Porporino

ou

les mystères de Naples

Du même auteur aux Éditions Grasset :

L'Amour
L'Arbre jusqu'aux racines
L'Aube
La Course à l'abîme
Dans la main de l'ange
Le Dernier des Médicis
Les Douze Muses d'Alexandre Dumas
L'Échec de Pavese
L'École du Sud
L'Écorce des pierres
Eisenstein
Les enfants de Gogol
L'Étoile rose
Les Événements de Palerme
La Gloire du Paria
Jérémie ! Jérémie !
Lettre à Dora
Menton
Mère Méditerranée
Nicolas
L'Or des tropiques
Porfirio et Constance
Le Radeau de la Gorgone
Le Rapt de Ganymède
Rhapsodie roumaine
Le Roman italien et la crise de la conscience moderne
Sentiment indien
Tribunal d'honneur
Une fleur de jasmin à l'oreille

DOMINIQUE
FERNANDEZ

Porporino

ou
les mystères de Naples

roman

Bernard Grasset
Paris

Dominique Fernandez / Porporino

Dominique Fernandez est né à Paris en 1929, d'une « mère auvergnate et janséniste » [1] *et d'un « père sensuel et dissipé »* [2] *d'origine mexicaine, l'écrivain Ramon Fernandez. Quand bientôt le couple se sépara, le fils fit l'apprentissage d'une double vie. Pendant la guerre, il vivait la semaine avec sa mère gaulliste et visitait son père collaborateur le dimanche. Elève au lycée Buffon, il entre ensuite en khâgne au prestigieux lycée Louis-le-Grand, étudiant le grec et le latin, bûchant férocement, comme il est de tradition dans ces classes, pour s'ouvrir les portes de l'Ecole normale supérieure. L'agrégation d'italien en poche, il est nommé professeur à l'Institut français de Naples en 1957. Ses cours seront suspendus par les autorités françaises après le scandale d'une conférence qu'il consacra au communisme et à l'érotisme chez Roger Vailland.*

En 1959, l'année de la parution de son premier roman, L'Ecorce des pierres, *Bernard Privat l'embauche aux éditions Grasset. Fernandez sera donc éditeur, mais aussi professeur de*

---

1. *Dictionnaire amoureux des écrivains contemporains de langue française par eux-mêmes*, sous la direction de Jérôme Garcin, Mille et Une Nuits, 2004.
2. *Idem.*

littérature italienne à l'université de Rennes et journaliste à L'Express, *puis au* Nouvel Observateur. *Il a toutefois moins connu de métiers que de pays, mû par « le dégoût précoce de Paris, de la France et de sa morale puritaine, et la recherche d'une véritable patrie »*[1]. *Ce sera en premier lieu l'Italie, puis l'ensemble des pays de la Méditerranée, l'Amérique du Sud, la Russie, la Syrie, l'Inde, la Chine... De ses voyages, il a rapporté de nombreux récits tels* Mère Méditerranée *(1965) ou* Dictionnaire amoureux de la Russie *(2004). Depuis 1984 et* Le Banquet des anges, *il travaille pour ses livres illustrés en compagnie de Ferrante Ferranti, dont les photographies jalonnent notamment* Le Radeau de la Gorgone, promenades en Sicile *(1988),* L'Or des tropiques, promenades dans le Portugal et le Brésil baroques *(1993),* La Perle et le croissant *(1995),* Rhapsodie roumaine *(1998),* Rome *(2004).*

Si la seconde mère de Fernandez s'appelle Méditerranée, ses pères d'adoption se nomment Dumas, Stevenson, Melville, Conrad, Tolstoï, Balzac et, bien sûr, Stendhal. Il s'est enfanté et multiplié dans des romans à l'écriture classique, aux thèmes aventureux et chantants, intimes mais universels. Outre le présent Porporino ou les mystères de Naples *(1974), on citera* L'Aube *(1962, nouvelle édition 2003),* Les Enfants de Gogol *(1971),* Dans la main de l'ange *(1982, prix Goncourt),* L'Amour *(1986),* La Gloire du paria *(1987),* L'Ecole du Sud *(1991),* Porfirio et Constance *(1992),* Le Dernier des Médicis *(1994),* Nicolas *(2000),* La Course à l'abîme *(2003). Chacun d'entre eux peut être considéré comme une « autobiographie imaginaire ».*

La vie et l'œuvre de Fernandez se signalent par une forme extrême de mobilité et de méfiance envers toute culture et tout pouvoir établis. S'il chemina un temps avec Freud dans

1. *Idem.*

L'Arbre jusqu'aux racines *(1972) ou* Eisenstein *(1975), il finit par prendre ses distances avec la psychanalyse, considérée comme sectaire et normative. La majorité, les masses l'effraient ou l'ennuient. L'homme est ailleurs, en marge, minoritaire mais vigilant. Il a défendu, avec vigueur et sans militantisme, la cause et l'esthétique homosexuelle dans son roman* L'Etoile rose *(1978) et des essais comme* Le Rapt de Ganymède *(1989),* Le Loup et le Chien *(1999) ou* L'Amour qui ose dire son nom, art et homosexualité *(2001).*

Fernandez aurait aimé écrire des opéras, il laissera des livres où le mot remplace la note, où le sens et les sens circulent à la vitesse du son. « Ce qu'il a aimé : l'amour, la beauté, l'Italie, la Russie. Ce qu'il a craint plus que tout au monde : cesser d'être amoureux. »[1]

Porporino, castrat de l'école napolitaine de la fin du XVIIIe *siècle, est un être inventé, à la modeste carrière ; il ne saurait prétendre à la gloire, même romanesque, d'un Farinelli. Dominique Fernandez en a fait le narrateur de cette biographie imaginaire, convaincu « qu'un deuxième rôle nous apprend plus de choses qu'une vedette sur les conditions réelles du milieu, de la profession ».*

Le milieu, c'est Naples au temps du roi Ferdinand, avec ses rues sombres, ses palais, ses cloîtres, les stucs de ses églises. Une ville à l'apogée de sa civilisation, que Fernandez s'emploie à faire jouer, jouir, chanter, exulter. « Métropole de l'opéra » mais aussi capitale intellectuelle de l'Europe, avec Paris et Londres, on y croise aussi bien le jeune Mozart que le vieux Casanova, l'aventurière lady Hamilton que le franc-maçon Perocades, ou ce fou de prince Sansevero.

---

1. *Idem.*

La profession, c'est celle du castrat Porporino, garçon à la virilité sacrifiée « sur l'autel du bel canto », dont on suivra les aventures, de son village de San Donato en Calabre, en passant par le Conservatoire des Pauvres de Jésus-Christ où il travaille sa voix de petit sopraniste, jusqu'à Castrapolis, cette Naples parcourue d'intrigues et fleurie d'inventions.

Porporino comptait « devenir quelqu'un », « se faire un nom », il trouvera dans son état de castrat une liberté plus grande, s'estimant à la fin de sa vie « prodigieusement enrichi d'avoir échappé à l'obligation d'être un homme! ». On retrouve ici un thème cher à l'auteur. « L'idée principale de ce livre, c'est l'aspiration à dépasser toutes les limites imposées par la société et par la nature »[1]*, confiait Fernandez lors de la parution de* Porporino ou les mystères de Naples. *Ce roman cultivé et foisonnant est donc aussi une apologie de l'androgynie, considérée comme réconciliation. Ce qui nous ramène là ou Fernandez en revient toujours : l'opéra, la musique. La musique n'a pas de sexe, elle est mouvement vers l'indistinct, l'absolu : elle allège et libère. En suivant Porporino au fil de ces pages audacieuses et baroques, on se laissera aller au rêve, jusqu'aux portes de l'Eden.*

1. *Les Nouvelles Littéraires*, entretien avec Jean-Louis Ezine, 25 novembre 1974.

Naples et Paris :
les deux seules capitales.

STENDHAL

Avertissement de l'éditeur

Une tout autre affaire m'avait amené à Heidelberg. Le comte de S..., propriétaire du château situé en amont sur le Neckar, ayant appris qui j'étais, de quel pays, voulut me faire lire un manuscrit découvert depuis peu dans les caves de sa maison. « Dans les caves, tiens ! et pas dans le grenier. » Telle fut ma première réflexion, assez étourdie je l'avoue. Le comte insista. Il connaissait bien le français. Je me mis à lire de-ci de-là, dans le manuscrit qui remplissait trois gros cahiers in-quarto, tenus tant bien que mal par des ficelles. L'écriture, fine et régulière, ne dénotait pas une personnalité très marquante. « Des mémoires du temps passé », dis-je au comte. Son ancêtre avait entretenu ce qu'on appelait au XVIIIe siècle une chapelle, c'est-à-dire un orchestre, avec musiciens et chanteurs, selon la coutume répandue alors en Allemagne. L'auteur du manuscrit, un chanteur italien, était mort, fort âgé, à la cour de cet ancêtre. « Emportez tout cela avec vous, et voyez s'il n'y a pas quelque parti à tirer de ces liasses », conclut l'aimable comte, pour couper court à la foule d'objections qui étaient montées à mes lèvres.

J'emportai le manuscrit, je le lus, je le fis lire. Un chanteur ! Le comte savait-il de quelle sorte de chanteur il m'avait remis les papiers ? Voulut-il me faire la surprise ? J'avais entre les mains un document plus unique que rare, un trésor, oui, d'un prix inestimable. Qu'on l'attribue au progrès de la philosophie des lumières (et particulièrement à la propagande des francs-maçons, pris à partie plusieurs fois dans ce livre), ou à la pruderie qui s'étendit sur l'Europe avec l'avènement de l'ère bourgeoise, on ne déplorera jamais trop le silence qui tomba dès les premières années du XIXe siècle sur les grands castrats de l'école napolitaine. Ils avaient inspiré quelques-unes de leurs plus belles œuvres à Scarlatti, à Haendel, à Mozart, à Haydn, à Gluck, à Rossini ; la célébrité dont jouit la Callas de nos jours ne donne aucune idée de leur gloire ; on se pâmait, on devenait fou en les écoutant ; ils suscitèrent des passions mémorables. Et pourtant ils ont quitté la scène du monde sur la pointe des pieds ; les contemporains les mentionnent en passant dans leurs souvenirs ; à peine quelques anecdotes ; aucune biographie. L'oubli, ou plutôt la censure. Il fallait montrer que pour un petit gain de morale on était prêt à étouffer une source immense de plaisir. On avait honte d'avoir tant joui.

Les temps ont bien changé. Notre époque, qui ne peut plus les juger sur leurs voix, interrogerait avidement des hommes que leur mutilation désigne comme d'inégalables modèles pour la vérification de certaines hypothèses. Ils n'avaient pas seulement le complexe, eux, ils avaient bel et bien la chose. Hélas ! le dernier est mort en 1861. Freud n'était né que depuis cinq ans... C'est dire quels sentiments m'agitèrent à la lecture du manuscrit retrouvé dans les caves de Heidelberg, berceau du romantisme allemand.

Avant tout, comment garantir son authenticité ? Aucun chanteur du nom de Porporino n'est passé à l'histoire. Les archives du conservatoire de San Pietro a Maiella, à Naples, ne contiennent pas la plus petite mention à son sujet. Ce serait plutôt étrange, si tant de pages du texte ne fournissaient là-dessus une explication suffisamment convaincante. Il faut s'y résoudre : le seul écrit qui nous reste sur la vie, l'éducation, les mœurs, les aventures de ces héros d'une race à jamais disparue, nous vient d'un acteur de second plan, pour ne pas dire un raté. Comme les donateurs qu'on voit dans les fresques de Florence, à genoux au premier plan, extérieurs à la scène qui est peinte, il se tient en marge du tableau qu'il décrit. On a presque envie de le pousser au milieu de ses personnages. Que n'est-il plus hardi ! Quelle idée de subir aussi docilement les conséquences du verdict prononcé autrefois par son père ! On lui en veut d'avoir tout de suite renoncé à devenir un grand chanteur. Ah ! si c'était Farinelli dont on avait retrouvé les mémoires ! Mais peut-être, après tout, qu'un deuxième rôle nous apprend plus de choses qu'une vedette sur les conditions réelles du milieu, de la profession. On peut faire confiance à un témoin effacé : des préoccupations égocentriques ne déformeront pas son jugement.

Quoi qu'il en soit, tous les noms propres, les noms de lieux, de personnages historiques cités dans le manuscrit, ont été vérifiés. Les voyageurs illustres dont parle l'auteur se sont bien, ou rencontrés, ou succédé à Naples à l'époque qu'il décrit. C'étaient les années 1770, comme on peut l'établir par certains recoupements. Le prince de Sansevero a réellement existé. Si toute trace de ses autres expériences a disparu, la chapelle funéraire qu'il fit élever pour sa famille est restée intacte. On la visite encore, au 17 de la rue appelée maintenant Francesco de Sanctis, près de la place San Domenico Maggiore. Les tombeaux, les statues, mais également, si on a le courage de monter par le petit escalier et de pénétrer dans la sorte de réduit poussiéreux où ils sont conservés derrière la vitrine de deux armoires branlantes, les deux horribles résultats auxquels ont abouti les recherches anatomiques du prince.

Quant à Antonio Perocades, qui joue aussi un grand rôle dans cette histoire, son nom figure en bonne place parmi les jacobins de la République Parthénopéenne, qui rallièrent Naples à la Révolution française, détrônèrent le roi Ferdinand et finirent pendus sur la place du Marché, victimes de la réaction monarchiste.

On savait que Feliciano Marchesi avait chanté sur la scène du théâtre San Carlo. Carrière fulgurante, mais brève. Pourquoi cette interruption brutale? C'était demeuré un mystère. Le présent manuscrit apporte sur ce point une complète, bouleversante révélation.

Reste un dernier sujet de perplexité : la langue dans laquelle est rédigé ce texte. Pour le français, passe encore. De même que l'Italie fournissait à l'Europe le langage musical, de même le rayonnement littéraire de Paris incitait beaucoup de gens à écrire en français. Mais de quel français s'agit-il? Est-il plausible que le fils de paysans calabrais s'exprime parfois sur le ton soutenu que n'eût pas désavoué un gentilhomme élevé à la Cour? Les deux premières pages, en particulier, m'ont causé de l'inquiétude : ces grandes phrases, dont il se moque lui-même! Puis je me suis dit : l'auteur a dû prendre la plume dans les années 1820; il avait autour de soixante-dix ans; il était vieux, et loin de son pays; peu rompu au métier d'écrivain; donc porté à montrer par l'emploi de tournures volontairement littéraires quel chemin il avait parcouru depuis sa lointaine, rustique enfance analphabète. J'ai fini par m'expliquer très bien que, précisément au début de son récit, pour se préparer à dépeindre son misérable village, son père et sa mère, des gueux, il ait éprouvé le besoin d'emboucher la trompette, au lieu de se contenter de l'humble pipeau. Très vite, d'ailleurs, le style s'améliore : une simplicité certaine, plus conforme à sa modestie foncière, de l'humour, des expressions familières remplacent avantageusement l'éloquence de l'exorde. Il n'avait plus honte de montrer qu'il avait été paysan, une fois établi qu'il savait faire du Rousseau. Rousseau qui, entre parenthèses, a créé le premier cette langue noble, oratoire : et pourquoi, sinon parce qu'il avait à se démarquer, lui aussi, d'une origine obscure ? On ne pourrait plus dire, pour lui fermer le bec, qu'il n'était que le fils d'un pauvre horloger de Genève.

Le manuscrit arraché aux profondeurs du sol germanique se trouvant ainsi à l'abri de tout soupçon d'imposture, j'ai résolu de le livrer à la publication.

Le tableau de la vie à San Donato, qui occupe le premier cahier, est l'évocation fidèle de coutumes dont beaucoup persistent aujourd'hui dans les terres reculées du Mezzogiorno. Il est admirable de penser que le progrès des lumières et les efforts conjoints des Perocades et des francs-maçons de tout poil sont venus à bout des castrats, mais non de l'esprit qui était incarné par les castrats, esprit de liberté absolue, défi à toute loi qui limite, à toute définition qui restreigne, puisque, encore à présent, dans ce bout d'Europe qui commence avec les oléandres et les buffles du Volturne et se termine aux plus extrêmes caps siciliens, survit un monde à peine moins ignorant des règles de fer qui gouvernent les sociétés modernes. Comme Porporino, le voyageur contemporain pourrait assister, par les portes ouvertes des petits villages de montagne, à ces rites de l'échange des produits domestiques et des ustensiles de cuisine, qu'a exterminés l'avènement de l'économie bourgeoise, sévèrement cloisonnée et fermée. Comme lui encore, il pourrait constater, à l'occasion de certaines fêtes dont l'usage n'est pas complètement éteint, que les hommes reliés aux plantes et aux bêtes par des complicités magiques sont moins sûrs de posséder une identité distincte et d'appartenir à un sexe déterminé, que les habitants des villes asservis aux lois inflexibles du rendement capitaliste. Incertitude sur le sexe, conception « ouverte » de la vie, refus des déterminations individuelles trop tranchées : vraiment, si l'opéra napolitain est mort à la fin du XVIIIe siècle, il semble que les aspirations auxquelles il répondait n'ont pas toutes disparu !

Influencé par le cadre vaporeusement romantique dans lequel il rédigeait ses souvenirs, cette petite ville allemande aux maisons roses et aux sapins noirs, on verra que Porporino, en conclusion de ses trois cahiers, se risque à une comparaison inattendue entre l'univers des castrats et... mais silence ! ne déflorons pas ici une trouvaille si heureuse ! Quel est le lecteur, en revanche, qui ne songera aussitôt au phénomène social le plus spectaculaire de notre temps, né au sein des empires industriels et par réaction contre leur tyrannie, la révolution pacifique des jeunes, le pouvoir des fleurs, la mode unisexe, le vagabondage enfantin, l'amour de la musique et l'amour de l'amour ? Garçons aux cheveux longs, filles aux hanches étroites, comme si la quête du paradis archaïque, où règnent l'indifférenciation sexuelle et la liberté, commençait à s'inscrire dans leur morphologie. Oui, il serait bien tentant d'établir un rapport entre la protestation hippie dans notre siècle et la vogue des castrats dans l'autre !

Mais revenons aux pages sur San Donato. De cette

parenté mystérieuse entre les cérémonies de l'opéra et les coutumes observées par le jeune Porporino dans son village aux traditions séculaires, il s'ensuit que les castrats napolitains incarnèrent, non pas le caprice morbide d'une aristocratie frivolement décadente, mais bien quelques-unes des aspirations les plus profondément enracinées dans l'âme humaine et faisant partie, pour ainsi dire, de son fonds permanent. Or, la réprobation qui frappa les castrats après la Révolution française tient à une cause précise : on leur reprocha de symboliser, par leur anomalie, toutes les tares de l'Ancien Régime, les extravagances de la classe oisive, ses mœurs licencieuses et sophistiquées. Combien ce reproche est faux, stupide et arbitraire, voilà ce qui ressort avec éclat du présent manuscrit. Le goût pour les castrats fut simplement l'expression passagère d'un besoin fondamental de l'humanité, qui dort dans la mémoire des peuples et se réveille ici et là, souvent à des siècles d'intervalle et dans les régions du globe les plus différentes, où il se cristallise alors dans une institution ou dans une mode, auxquelles il a préexisté et auxquelles il survivra, intangible et éternel.

Loin de moi, d'ailleurs, l'intention de vouloir dénigrer ce qui se passait à Naples au temps du roi Ferdinand (de Roi Ferdinand, comme ils disaient, en omettant l'article). Sur ce point encore, les mémoires de Porporino réparent une injustice scandaleuse. S'il y eut jamais une ville plus amusante et plus stimulante à habiter, où la noblesse par la variété de ses talents justifia l'abondance de ses privilèges, c'est bien la capitale du royaume des Deux-Siciles, dans les années qui précédèrent son brusque et terrible déclin. Les historiens, à l'avenir, feront bien de tenir compte d'un témoignage aussi précieux ! Tel qu'il est, voici un document très complet sur les fastes de Naples au faîte de sa splendeur, quand les Bourbons en avaient fait la métropole de l'opéra, un des centres les plus actifs de l'architecture, de la peinture, de la sculpture baroques, et le rendez-vous de l'Europe éclairée, comparable seulement, par l'afflux des visiteurs, le lustre des fêtes, le développement du commerce et de l'industrie, l'essor des sciences pures et des sciences appliquées, la fermentation intellectuelle, l'inquiétude politique, à Paris et à Londres.

Quant au soin de décider si c'était un crime que de sacrifier l'intégrité de jeunes enfants sur l'autel du bel canto, on conviendra, après avoir lu ces cahiers, qu'il faudrait être d'un esprit bien sectaire pour condamner en bloc une pratique qui fit au moins un heureux.

PREMIÈRE PARTIE

San Donato

Le monde à l'envers

J'avais dix ans, onze ans peut-être ? quand la chose fut décidée. Moi ou un de mes frères, on accompagnait le père aux champs. Le village, étiré sur une crête, dominait deux profondes vallées. Je montais en croupe derrière mon père. L'âne, en trébuchant dans la pierraille, cherchait son chemin sur la pente. Nous l'attachions au tronc d'un gros olivier qui se dressait dans le champ désert.

Mon père me bousculait, j'évitais de peu sa taloche. Pas toujours. Il suait sang et eau du matin au soir, la poussière l'aveuglait, et puis, cette terre aride le payait si mal de ses efforts.

Quel est ce voyageur assez dénué de scrupules pour écrire qu'ayant dépassé Salerne et fixant ses regards sur les rivages montagneux de la Calabre, il contempla avec étonnement un pays renommé par sa fertilité, dans lequel, malgré la prodigalité de la nature, il n'aperçut que des pentes caillouteuses laissées en friche par l'indolence des habitants ?

Eh bien ! monsieur de Venise, qui ne goûtâtes point, à vous trouver au milieu de la Grande Grèce, une jouissance aussi vive que vous l'eussiez espérée, sachez que le lieu commun le plus injuste et le plus sot abusa votre esprit. (Tant pis pour cette tirade. Ouf ! un peu d'éloquence fait du bien.) Depuis l'établissement des premiers colons grecs, qui la fertilisèrent en effet, notre région, monsieur, a subi non seulement vingt-cinq siècles d'invasions étrangères et de pirateries barbaresques, mais aussi des bouleversements naturels, des tremblements de terre, des incendies de forêts, d'une violence si sauvage que les fleuves en furent asséchés, les sources taries, les chutes de pluie arrêtées, les cultures condamnées, la population asservie à un labeur exténuant pour rendre les pierres moins stériles. Et vous qui nous accusez d'abhorrer le travail et qui, dites-vous, fûtes forcé de vous avouer que les Romains n'avaient pas eu tort en nous nommant Brutes au lieu de Brutiens, puissiez-vous en me lisant un jour sentir votre jeu de mots infâme vous rentrer dans la gorge.

Encore puis-je m'estimer heureux si, dans tous les opéras à sujet romain que j'ai chantés, il ne s'en est pas trouvé un où quelque poète de cour, bien nourri, bien vêtu, imbu à votre instar de sa supériorité d'homme du Nord, se soit cru obligé d'amuser le public des grands théâtres par l'étalage de son préjugé, me forçant ainsi à multiplier un mensonge dont un cœur honnête se révolte et à répandre une calomnie démentie par chacun de mes souvenirs d'enfant.

Toutes les terres appartenaient au prince de Sansevero, qui ne venait de Naples qu'une fois l'an. Il ne restait qu'un jour, le temps de recevoir l'hommage de ses vassaux, de vérifier leurs comptes et d'empocher ses revenus. A midi, il prenait la tête de la procession qui parcourait l'unique rue du village. Le soir, de son balcon, il regardait le feu d'artifice tiré en son honneur. Après quoi il repartait, dans son carrosse armorié.

L'aurore pointait à peine. Hommes, femmes et enfants, massés sur le terre-plein devant le précipice, nous suivions des yeux la descente périlleuse de l'attelage. Puis, d'un coup, les bêtes prenaient le galop, et l'on ne voyait plus, au milieu d'un nuage de poussière, que l'éclat des dorures dans le soleil pâle.

Pour comprendre l'impression que j'ai gardée de cette image, il faut se représenter la pauvreté extrême de la vie quotidienne à San Donato. Aucun paysan ne possédait le moindre objet de valeur ; de métal brillant il n'y avait pour ainsi dire aucune circulation ; l'eau elle-même était si précieuse qu'on interdisait aux enfants de se pencher au-dessus du puits et de contempler tout au fond le miroitement de la surface sombre. D'après nos vieilles croyances, un simple regard de convoitise aurait pu tarir la source. O scintillements mystérieux cachés dans les abîmes du sol ! Vous avez exercé sur moi plus de fascination que les plus somptueux bijoux dont le San Carlo ait jamais étincelé un soir d'ouverture !

Le prince que j'avais vu, lors de la procession, poser sans façon dans le crottin son pied chaussé d'escarpins à boucles d'argent, le prince dont, en qualité de chanteur de la chapelle, j'avais observé à l'église, pendant la cérémonie, la figure grave et longue sourire dévotement vers les images sacrées, laissait à sa place des intendants cruels qui se jetèrent sur nous dès que le carrosse eut disparu, en nous criant de nous hâter vers les champs.

Ils parcouraient à cheval la campagne, avec un flair de démons. Gare à celui qui, croyant profiter de la solitude et rester impuni dans ce désert, déposait par terre ses outils pour faire un petit somme à l'ombre. Avant que le malheureux n'ait eu le temps de se ressaisir, il était cinglé, sur les mains, sur toute autre partie du corps ou même sur le visage, d'un coup de lanière jusqu'au sang.

Je ne pouvais pas, à cause de mon âge, fournir une grande aide pour les travaux agricoles. « Bon à rien » était bien la plus douce des injures paternelles qui s'abattaient sans merci sur ma tête docile. Mon rôle consistait surtout à épier le galop du cheval ou le tourbillon poudreux qui l'annonçait au loin et à prévenir mon père chaque fois que le soleil, la sécheresse, l'épuisement, la soif ou l'horreur de contempler devant soi l'immensité aride, le dépossédant tout à coup de sa forte vitalité, le jetaient au sol, près de l'âne, terrassé par le sentiment de sa misère et vaincu par un accablement sans nom.

Que de fois, ainsi, j'ai veillé sur le repos de mon père, écartant de son visage en sueur l'essaim des mouches voraces, l'oreille tendue au moindre bruit, les yeux brûlés par la blancheur des collines torrides à perte de vue – sans me plaindre, ni de sa brutalité ordinaire ni de sa lâcheté présente, éperdu au contraire d'amour et de piété, honteux seulement de n'avoir pas quelque service plus insigne à lui rendre, et trouvant plus glorieux de recevoir ses coups et ses injures quand il était debout que de contempler à mes pieds son corps avili.

C'était le monde à l'envers ! Je songeais à la toile peinte qui ornait le mur de notre pièce, accrochée par un clou au-dessus du lit, œuvre d'un vagabond qui parcourait les campagnes et répandait dans les villages les prophéties d'une secte d'illuminés. La toile était divisée en douze petits tableaux, dont chacun renchérissait en absurdité sur l'autre, afin que l'esprit le moins enclin à douter de la solidité des apparences sût à quoi s'en tenir sur la promptitude avec laquelle les choses les mieux établies et les rapports consacrés par une hiérarchie immuable sont prêts à se changer en leurs contraires, et la vie à se mettre sens dessus dessous.

Par exemple on voyait : trois cochons en train d'égorger un boucher et de tourner dans une cuvette le sang frais d'homme ; un mulet à cheval sur un élégant seigneur coiffé d'un tricorne à rubans ; des oies occupées à rôtir le cuisinier ; un cortège de lièvres, de chevreuils et de loups portant en grande pompe au cimetière le cercueil du chasseur ; un arbre entier pendant par ses racines à des pommes écarlates ; un guerrier en jupe filant la quenouille à côté d'une femme habillée en soldat ; un sac de blé conduisant l'âne au moulin ; un lion dévoré par un escargot ; un char devant les bœufs ; et ainsi de suite.

Pourtant, me disais-je, tandis que j'essayais de rafraîchir mes yeux par le souvenir des couleurs éclatantes appliquées sur la toile avec une fourbe naïveté : le vermillon du sang du boucher, le jaune tournesol du feu attisé par les oies, l'écarlate des pommes – pourtant, s'il est vrai que tout va mal ici-bas et que les choses procèdent dans l'ordre inverse de leur destination première, le peintre n'avait pas besoin d'imaginer des situations aussi extravagantes ! Il n'aurait eu qu'à représenter un jeune garçon en train de protéger son père fort et dominateur contre la canicule et les mouches, contre la cruauté des hommes, pour suggérer que dans un monde où les enfants donnent au lieu de recevoir et veillent au lieu d'être veillés, il n'y a pas d'excès, de violence si criminelle à laquelle on ne doive s'attendre.

Je dois ajouter cependant que je n'avais pas la moindre notion du sort qui allait m'échoir sous peu. Parmi toutes les impossibilités de la nature que le dérèglement de l'univers, la colère de Dieu ou la folie des hommes rendent hélas ! possibles, je ne m'arrêtais pas un instant sur celle dont il était écrit que je ferais sur moi l'épreuve. A dire vrai, avec moins d'aveuglement ou plus de prescience, une des saynètes auxquelles j'ai fait allusion aurait dû m'intriguer plus que toute autre. Il n'en était rien, et la vengeance des animaux contre leurs maîtres me paraissait l'exemple le plus spectaculaire du renversement des attributions et de la confusion des rôles.

Je revoyais avec un contentement infini le sang couler de la gorge du boucher, un des cochons remuer dans la cuvette la flaque cramoisie pour en faire du boudin. A mon contentement néanmoins se mêlait un secret effroi, comme s'il n'était pas impossible que notre âne, étendu paisiblement près de nous, s'apprêtât, d'un froncement de naseaux pour ainsi dire naturel, à enfourcher le dos de mon père et à se faire reconduire au trot humain jusqu'à son appentis.

Je craignais et j'espérais ce moment, pour une raison dont j'ose à peine faire l'aveu. Loin de chercher à me rattraper des coups et des humiliations qui avaient remplacé pour moi la tendresse, la bienveillance qu'un enfant attend de son père, j'aurais couru à côté du mien pour alléger son fardeau et lui crier que je ne l'abandonnais pas. Quel dommage, vraiment, qu'il n'ait jamais pu mesurer, à la rébellion de son âne, la docilité de son fils !

Tout au loin, perchée à l'extrémité de San Donato sur un éperon qui surplombait le village, je distinguais la silhouette sombre, étroite et trapue de la forteresse du prince. Quand nous remontions, en fin d'après-midi, vers San Donato, sous les rayons encore blessants du crépuscule interminable, il y avait un moment où l'ombre que projetait cette forteresse au revers du piton nous rejoignait sur le chemin. Mon père poussait un soupir de soulagement, comme s'il avait plongé dans une bassine d'eau fraîche.

Mais moi, Dieu sait pourquoi, en regardant le château aux pans noirs, en gravissant les derniers éboulements du ravin subitement obscurci, tantôt je bénissais le ciel de nous avoir fait naître sous un seigneur sans la protection duquel le travail et les moyens de vivre nous auraient manqué, tantôt mon cœur se serrait sous l'impression d'une menace invisible – invisible et inexplicable, puisque l'âne était bel et bien reparti sur ses quatre pieds, avec sa double charge humaine sur le dos. Et mon père, au sortir de sa torpeur dans les champs, était redevenu mon père, buté, amer, despotique, c'est comme ça que je l'aimais.

Qui étais-je ?

Qui étais-je ? Du fait que je m'appelais Vincenzo, Vincenzo Del Prato, pouvais-je conclure que j'étais quelqu'un ? Mais je savais fort bien que mon nom de baptême n'avait pas été choisi par mes parents pour désigner l'être particulier qui leur était né en ma personne. Je m'appelais Vincenzo parce que, étant le second de leurs enfants, j'avais reçu le prénom de ma grand-mère paternelle, qui s'appelait Vincenza. Mon frère aîné, Giuseppe, s'appelait Giuseppe parce que, étant l'aîné, il avait reçu le prénom de son grand-père paternel, qui s'appelait Giuseppe.

La distribution des prénoms selon l'ordre de naissance constituait, à San Donato, une habitude immuable. Ce n'étaient même pas les parents qui décidaient qu'il en serait ainsi, mais le parrain et la marraine de chaque nouveau-né. Le rôle principal du parrain et de la marraine consistait à s'enquérir du prénom de tous les membres ascendants et collatéraux de la famille, pour déterminer ensuite, avec une précision mathématique, le nom du nouvel enfant. On était sûr que les lubies d'une mère, sous l'influence de sa grossesse ou à la suite d'un rêve prémonitoire, ne chercheraient pas à substituer au nom impersonnel dicté par la tradition un nom personnel inspiré par la tendresse. Le premier né recevait le prénom du grand-père paternel, le second le prénom de la grand-mère paternelle, le troisième le prénom du grand-père maternel, le quatrième le prénom de la grand-mère maternelle, le cinquième le prénom du frère le plus âgé de son père, et ainsi de suite.

Quand ma mère était grosse de ma deuxième sœur, qui serait son cinquième enfant, elle s'assit un jour de printemps au milieu d'un pré couvert de marguerites. La vue de ces petites fleurs dont l'épanouissement était d'autant plus miraculeux qu'elles poussaient en une seule nuit dans une terre aride, la douceur exceptionnelle de la saison, le chant des oiseaux infusèrent dans l'âme de ma mère une suave et joyeuse langueur. Elle battit des mains et souhaita que l'enfant qu'elle portait dans son ventre soit une fille, pour l'appeler Margherita. Une Margherita, pensait-elle, ne pourrait que s'épanouir, forte, belle et heureuse comme cette journée de printemps. Mais quand elle redescendit à la maison et fit part de son désir à mon père, celui-ci se contenta de l'envoyer chez la marraine désignée. Elle regarda ma mère et lui demanda sévèrement :

— A ce qu'il paraît, tu n'es pas de San Donato ?

— Oh ! fit ma mère effrayée.

— Et non seulement tu n'es pas de San Donato, mais tu n'as jamais eu d'enfants ?

— Giulia, je t'en prie !

— A ce qu'il paraît encore, ton mari n'a pas de frère aîné ?

— Giulia !

— Et non seulement il n'a pas de frère aîné, mais personne d'autre dans sa famille ?

— Giulia, au nom du ciel !

Avec quel art elle tortura ma pauvre mère ! Il faut savoir que cet interrogatoire faisait partie d'un rituel minutieux, de même que la dérision empreinte dans chaque mot et l'ironie cruelle de ces affirmations impies. La questionneuse feignait de croire que la mère désireuse de baptiser son prochain enfant en dehors de la tradition n'avait pas un nombre suffisant de parents pour se conformer à l'usage. Tout en ayant l'air de la plaindre sur la faible consistance de sa parenté, Giulia faisait avouer à ma mère presque un crime. Car refuser de donner à son cinquième enfant le nom du frère de son mari, c'était admettre que mon oncle n'existait pas. Autrement dit, selon notre mentalité, elle souhaitait sa mort, elle le tuait, et tout le monde saurait dans le village qu'elle souhaitait la mort de ce frère et de tous les frères et de toutes les sœurs de son mari.

La pauvrette acheva de perdre contenance. L'autre eut pitié et demanda d'une voix plus douce :

— Tu n'as sûrement pas oublié comment s'appelle le frère aîné de ton mari ?

— Paolo, dit ma mère dans un souffle.

— Paolo, quelle joie !

La marraine avait obtenu ce qu'elle voulait obtenir. Son filleul s'appellerait Paolo, Paola si c'était une fille. Elle procéda alors au rituel inverse de réhabilitation.

— Ah ! comme je suis heureuse, ma chère, de savoir que tu es bien de San Donato, que tu as bien quatre enfants déjà, que ton mari a bien un frère aîné, et que le frère aîné de ton mari s'appelle bien Paolo !

Je savais cette histoire, je savais que Paola ne désignait pas quelqu'un de particulier, pas plus que le nom de Vincenzo qui était le mien mais ne désignait pas la personne qui était moi. Si je n'avais pas vécu, mon nom aurait passé au prochain enfant de ma mère, un petit

Vincenzo ou une petite Vincenza femelle. A ne m'en tenir qu'à mon nom, je n'étais donc rien. J'étais à peine un homme, puisque la malchance avait voulu que le prénom de ma grand-mère, le prénom d'une femme, tombât sur moi. Moi, un garçon, affligé pour la vie d'un prénom qui avait désigné, qui continuait à désigner une femme vivante, simplement parce que j'étais né en second !

J'enviais mon frère Giuseppe, petit-fils de son grand-père Giuseppe. Il avait, lui au moins, la certitude d'être bien de son sexe. Chose curieuse, les petites filles qui portaient le nom ayant appartenu à un homme me semblaient plus de leur sexe que moi du mien. De Paolo à Paola, ce n'était pas pareil que de Vincenza à Vincenzo. Leur féminité se renforçait, pour ainsi dire, grâce à l'imprégnation des effluves masculins qu'on leur avait transmis par le baptême. Tandis que ma virilité, imbibée de l'essence féminine de celle qui avait habité mon prénom avant moi, ne pouvait que se diluer sous cette influence. Je sentais les choses comme cela.

Je savais aussi que mes parents ne s'étaient pas mariés parce qu'ils s'étaient plu ou parce qu'ils avaient eu le désir de bâtir à eux deux un foyer qui serait leur œuvre. Ils s'étaient mariés parce que leurs parents s'étaient mariés avant eux, et avant leurs parents leurs grands-parents, et parce que le mariage devient aussi inévitable à un certain âge que la chute des cheveux ou la mort à un autre. D'ailleurs, ils ne s'étaient pas mariés, des marieurs les avaient mariés. De même que Vincenzo n'était pas une preuve de mon existence particulière, à peine une indication sur mon sexe, ma naissance elle aussi constituait un fait impersonnel, puisque je ne pouvais pas la rattacher à une volonté précise de féconder un enfant qui serait moi.

Qui étais-je ? Cette question me tourmentait et je poursuivais la petite Luisilla en cherchant à lui faire avouer qu'elle n'avait pas plus de consistance, pas plus d'identité qu'aucun de nous.

— Qui es-tu ? lui demandais-je brusquement en la prenant par la main et en la forçant à s'arrêter.

— Je suis Luisilla fille de Pietro et si tu ne me lâches pas tout de suite je dirai à mon père de te battre.

— Tu es la combientième de ta famille ?

— J'ai six frères et sœurs avant moi, tu le sais bien.

— Attends. Combien ton père a-t-il de frères et de sœurs ?

— Mon père a deux sœurs.

— Et ta mère ?

— Oh ! ma mère, beaucoup de frères et de sœurs.

— Je te parie que le frère aîné de ta mère s'appelle Luigi.

— La belle découverte ! Est-ce que tout le monde ne le sait pas ?

— Tu mens, je ne le savais pas !

— Luisilla ! lui disais-je alors pour la calmer, car elle commençait à se fâcher pour de bon, tu me plais parce que tu ne t'appelles pas exactement comme ton oncle !

Elle me regardait comme un fou et s'enfuyait. C'est vrai que je l'avais choisie parce que, avec son prénom de Luisilla au lieu de Luigia, elle me semblait un peu plus quelqu'un que les autres petites filles du village, et moi, près d'elle, je me sentais devenir un peu moins personne, un peu plus moi. J'avais envie de l'aimer et d'en être aimé afin qu'un jour elle me dise « toi ! » d'une telle façon que je serais sûr d'avoir un peu plus de cette identité qui me manquait. « Toi, Vincenzo ! » ou, mieux encore : « Toi ! » tout court. Ce serait inouï de renaître par la volonté d'une petite fille qui exigerait que je sois quelqu'un de particulier pour elle. Mais je craignais aussi d'être repoussé et je préférais garder pour plus tard, quand je saurais mieux m'y prendre, cette occasion de passer à l'existence d'un être qui serait enfin moi.

Je pensais beaucoup à ma petite sœur Paola, spoliée de sa corolle, de son parfum de marguerite. En arrivant à Naples, j'ai voulu me faire, comme on dit, un nom. Dieu sait si cette ambition me paraît aujourd'hui insensée ! Une seule raison m'excuse de l'avoir nourrie quelque temps – oh ! si peu de temps d'ailleurs ! – : le désir de venger ma petite sœur de ce tort qu'on lui avait fait subir. Elle aurait pu être quelqu'un d'unique, me disais-je, la fleur merveilleuse qui ne pousse qu'une fois dans le désert. Au lieu de cela, avec son nom qui était celui de son oncle, je voyais bien qu'elle ne pourrait jamais être complètement elle-même, n'étant que Paola nièce de Paolo petit-fils de Paolo, et ne possédant aucun signe de reconnaissance qui permît de la distinguer d'une autre. N'importe qui aurait occupé sa place dans le clan familial, aussi bien qu'elle, c'est-à-dire dans le même anonymat, dans la même non-existence. Elle communiquait avec son oncle qui tenait lui-même son nom de son grand-père paternel, comme moi je communiquais avec ma grand-mère qui tenait son nom d'un des frères de sa mère, lequel à son tour... A y réfléchir, cela donnait le vertige, car on s'apercevait que dans tout San Donato, et depuis les siècles des siècles, un homme n'avait jamais réussi à exister individuellement en dehors de cette communication avec d'autres qui avait justement pour effet de le priver de soi-même.

Si j'avais su que c'était là le bonheur ! En échappant à l'identité trop précise que confère la possession d'un nom particulier, ils flottaient dans une douce ignorance de leurs propres limites et, sans effort, sans bruit, sans démonstration spectaculaire, ils vivaient – comment le dire autrement ? – en gens libres. L'état civil ne les avait pas mutilés. Ils n'auraient pas songé, en abordant un inconnu, à lui demander : « Comment t'appelles-tu ? » Question dépourvue de sens à leurs yeux. Ils savaient, par une merveilleuse prescience de leur âme en continuelle expansion dans toutes les choses de l'univers, que la liberté finit là où commencent les déterminations individuelles.

En fait, j'étais bien le seul à San Donato à me tracasser parce que le nom que je portais ne me désignait pas, moi, d'une manière plus appropriée. Luisilla, elle, n'avait jamais songé à la chance de ne pas s'appeler Luigia. Nous nous promenions la nuit. Je la prenais par la main, pointais son doigt vers une étoile.

— Tu la vois, cette étoile ?

— Laquelle ?

— Laquelle ? Tu ne la vois donc pas ?

— Mais Vincenzo, il y en a des millions de tes étoiles !

— Et pourtant, tu n'arrives pas à en voir une seule !

Elle plissait les paupières pour essayer de fixer un point que je lui indiquais dans le firmament, mais elle se fatiguait vite et renonçait avec un haussement d'épaules à me suivre dans cette nouvelle lubie. Je lui apprenais aussi à guetter un coin du ciel jusqu'à ce qu'une étoile filante le traversât comme un éclair.

— Tu es content, maintenant ? me disait-elle.

— Mais Luisilla, elle vient de disparaître !

Cette pullulation lumineuse me causait un véritable effroi. C'étaient comme des millions d'yeux clignotants derrière lesquels il était impossible de mettre des visages. Je me couchais sur le dos. Luisilla s'asseyait à côté de moi en mâchonnant une brindille.

— Je te défie, lui disais-je au bout d'un instant, d'en repérer une avec assez de précision pour être capable de la reconnaître demain ou même dans cinq minutes !

— Rentrons, faisait-elle, tu m'ennuies.

C'était l'heure où tout le monde à San Donato tirait sa chaise sur le seuil et se mettait à bavarder avec son voisin. Ils étaient assis côte à côte le long de la rue et souvent ils se penchaient de côté pour se toucher et s'assurer qu'ils tenaient bien l'un à l'autre. Une vingtaine de prénoms en tout servaient à désigner trois ou quatre cents personnes. Je faisais rapidement le calcul. Si quelqu'un avait ouvert une porte et crié dans la nuit : « Vincenzo ! » ou « Paolo ! » ou « Giuseppe ! », vingt-cinq voix auraient pu répondre à l'appel. N'est-ce pas cela qu'ils voulaient, n'est-ce pas cela qui les rendait heureux, oui, cette communication circulaire obtenue par la mitoyenneté des prénoms ? Chaque Vincenzo était tous les autres Vincenzo à la fois, et tous les Vincenzo participaient à la vie de chacun, de même que les étoiles qui scintillaient au-dessus de leurs têtes se contentaient d'une palpitation intermittente pour exister et d'une solidarité anonyme pour se reconnaître.

Comme ils avaient l'air apaisés et tranquilles ! Comme on les eût étonnés en leur apprenant que l'ambition de s'affirmer contre son voisin et d'être quelqu'un par soi-même créait une incessante agitation à la cour de Roi Ferdinand, distante de quelques dizaines de lieues de leur village ! Ni mon père ni ma mère ni aucun des habitants de San Donato n'auraient été assez fous pour se mettre en peine de savoir, avec cette fébrilité propre aux citadins, si leur individu avait ou non de la consistance. Lorsqu'ils furent sommés d'en acquérir une, au nom des idées nouvelles en vogue dans la capitale, on a bien vu quelle réaction énergique ils opposèrent au téméraire prédicateur !

Pourquoi donc étais-je le seul, moi, à vouloir me ressaisir moi-même, à vouloir fixer autour de ma personne des limites qui me rassurassent sur mon existence ? Pourquoi, loin d'éprouver une douce quiétude à me confondre dans les vingt-cinq ou trente Vincenzo ou Vincenza qui réduisaient mon être et leur être avec moi à un papillotement infinitésimal dans l'immense harmonie de l'univers, pourquoi suppliais-je Luisilla de me trouver un autre nom, n'importe lequel, pourvu qu'il fût de son invention ?

Il faut admettre que Dieu m'avait doté d'une sensibilité exceptionnelle aux problèmes de la personnalité et de la conscience de soi, afin de me rendre capable de réfléchir sur mon destin, d'en comprendre le développement extraordinaire et d'en consigner les divers enseignements dans le récit que voici. Il s'agirait de bien autre chose que de me tourmenter pour mon nom ! Le récit d'un homme qui, ayant perdu dans des circonstances atroces les preuves de son identité, a cru d'abord faire partie des réprouvés de la terre, avant de découvrir, sous certaines influences, une forme de félicité inconnue à l'immense majorité du genre humain.

Le chemin fut long, épineux et ardu. Que de fois on m'a posé la question indiscrète ! Que de fois, à Naples mais surtout ici, à Heidelberg ou lors de mes tournées à Dresde, à Vienne, à Londres, me suis-je entendu dire, par la bouche de gens qui n'étaient pas forcément animés d'une intention maligne : « Mais vous, dans le fond, qui êtes-vous donc ? Comment vous définissez-vous ? » J'aurais dû leur répondre, maintenant que j'y repense, en leur parlant de San Donato et des coutumes de mon village natal. « Vous vous trompez et vous cherchez en vain à m'humilier en me demandant de vous déclarer à quel sexe, à quelle race j'appartiens. Car c'est bien là le fond de votre pensée, n'est-ce pas, influencée par cinquante ans de propagande franc-maçonne et jacobine ? Eh bien ! voulez-vous que je vous dise la vérité ? La sagesse et le bonheur ne commencent que là où finit la conscience de son propre statut. »

N'est-il pas permis d'être ceci, cela, et autre chose encore ? Grand problème, qui a occupé toute ma vie !

Sa petite, féminine oreille

J'avais la plus belle voix de San Donato.

— Que de gloire, que d'argent il pourrait vous rapporter ! disait don Sallusto à mon père. Que d'argent !

Je ne comprenais pas le sens de ces mots, encore moins pourquoi en les proférant don Sallusto avait l'habitude de pousser un profond soupir ni pourquoi en les entendant mon père au lieu de se réjouir serrait les pans de sa cape à hauteur de son cœur et s'éloignait avec cet air ulcéré.

Je craignais toujours que le prêtre ne dénonçât la turbulence de la petite classe de musique qu'il réunissait le samedi soir. Nous ne profitions guère, en effet, des leçons du révérend. Ancien maître de chapelle à Naples, il partageait maintenant ses loisirs entre l'érudition locale et l'enseignement du chant. Je me jurais d'être plus discipliné à l'avenir si je pouvais en m'appliquant aider mes parents dans leur vieillesse. Mais il devait s'agir de quelque chose où ma volonté n'entrait pour rien, puisqu'on ne me consultait jamais sur cette grande décision à prendre.

Don Sallusto fit observer ce jour-là que le prince reviendrait dans trois mois. Mon père tressaillit et jeta sur le prêtre un œil sombre, comme un homme résolu à demander raison d'une offense. Don Sallusto répéta qu'ils avaient tout le temps de réfléchir, avant le retour du prince. Il caressa mes cheveux en murmurant d'une voix conciliante que si la réponse était positive je serais sûr de garder toute ma vie mes belles boucles, un avantage auquel la perte du reste donnerait un jour tout son prix. Il n'ajouta rien à ces paroles mystérieuses et s'éloigna derrière mon père, qui était parti sans l'attendre, raide comme un automate.

Entre la constitution sèche et nerveuse, le crâne chauve, les mains velues, la peau foncée, la musculature saillante de mon père, et l'apparence indéfinissable de don Sallusto, quel drôle de contraste, manifeste même pour moi. Il avait la peau rose, lisse, satinée, première curiosité pour San Donato ; une voix plus haute que la moyenne, avec des moments imprévus de fausset ; de longs cheveux souples rejetés en arrière ; des mains froides, humides et toujours un peu tuméfiées, comme s'il les avait laissées tremper longtemps dans l'eau froide et n'eût pas pris le temps de les sécher ; une barbe rare, faite de poils follets plus abondants sur une joue que sur l'autre ; et, disparité plus amusante encore, une des deux oreilles petite, potelée et délicate comme les oreilles de Luisilla, tandis que sur la seconde, normalement développée, on voyait le dessin complet du cartilage.

Autre sujet d'étonnement, la disposition singulière de sa graisse. Elle s'était fixée sur son cou, sur ses joues, sur son menton, avec une effronterie bien injuste pour un convive aussi notoirement modéré. Le reste de son corps présentait un embonpoint à peine supérieur à la moyenne. Un curé gras et gros n'aurait d'ailleurs pas déplu aux paysans de San Donato : maigres et affamés comme ils étaient, jamais l'idée ne leur serait venue d'ôter leur respect au propriétaire d'une noble corpulence. Mais que don Sallusto fût gras seulement au cou et au visage, et qu'il eût atteint ce résultat sans s'écarter de leur régime, en restant sobre par vertu comme eux se trouvaient l'être par nécessité, voilà qui les frappait comme un prodige.

Cependant, pour un motif ou pour un autre, il semblait embarrassé et honteux de lui-même. Il s'arrangeait en vous parlant pour tenir son menton et ses joues dans sa main. Puis il commençait à avoir honte également de sa main, toujours gonflée et humide. Alors il se troublait pour de bon. C'était vraiment à se demander pourquoi. Tout le monde savait qu'il mangeait peu, buvait peu et redistribuait aux plus pauvres les volailles qu'il recevait en hommage. Les femmes trouvaient qu'il avait l'air d'un saint, elles lui attribuaient des pouvoirs miraculeux. Ce qu'il avait de différent les fascinait, surtout la disparité des oreilles et l'implantation capricieuse du système pileux, d'abondants cheveux et peu de barbe, à l'inverse de ce qu'elles constataient sur la tête de leurs maris. Elles s'inclinaient devant don Sallusto par une génuflexion profonde. Le bas de leurs jupes (elles en portaient plusieurs l'une sur l'autre) était toujours blanc de poussière. Ma mère avait une manière incomparable de faire cette révérence. Puis elle pivotait sur elle-même et s'éloignait majestueusement. Qu'elle me paraissait grande, grosse, forte, imposante ! Comme je l'aimais d'être aussi pleinement mère, ma mère, emportant avec elle un peu du corps crayeux de la terre, dans les plis noirs de ses jupes qui tombaient jusqu'au sol !

Il ne pouvait pas les empêcher de baiser sa main où brillait l'anneau ecclésiastique. Mais quand elles étendaient le bras en le suppliant de leur laisser toucher sa petite, féminine oreille, il éconduisait doucement mais fermement leur prière, en repoussant leur main.

Pour un homme qui lisait des livres et qui en possédait une pleine étagère, c'était pitié de le voir aussi mal vêtu. Sa soutane s'effilochait par le bas, des taches de nourriture en maculaient l'étoffe usée et luisante. Comme il avait plus d'une fois refusé les services que ses pénitentes se disputaient pour lui offrir, il fallait bien penser que ce laisser-aller était volontaire. Le soir, à l'heure où le jour et la nuit unissent leurs lumières et leurs ombres comme des algues qui s'enlacent mollement dans une fontaine, on le voyait parfois, seul et immobile, en haut de la route de Naples, regardant au loin vers la capitale. Il promenait sa main sur le pourtour de son menton et de son cou, enfonçait avec des soupirs ses doigts dans le capitonnage adipeux. Nous n'aurions eu garde de le troubler dans sa rêverie, ni de l'interroger sur son secret mélancolique.

Depuis qu'il avait eu avec mon père cette conversation à mon sujet, il m'invitait plus souvent à le suivre dans les visites qu'il faisait de maison en maison, pour s'informer de la santé d'un malade ou des péripéties d'une grossesse. Il m'apprenait sur les us et coutumes de mon village quantité de choses qui m'auraient échappé par la simple observation. Je sentais confusément qu'il poursuivait un but en m'emmenant avec lui et en attirant mon attention sur les petits détails curieux de la vie à San Donato. « Regarde bien, Vincenzo, cela t'amusera plus tard de repenser à tout ce que tu auras vu ! » Je ne savais pas pourquoi je devais me préoccuper de ce qui m'arriverait plus tard, mais c'est un fait que don Sallusto, sans avoir l'air de rien, ouvrit mon cerveau à certaines notions qui auraient adouci mon avenir, si quelque chose avait pu adoucir mes premières années à Naples.

Par exemple, il me poussait devant lui dans une maison où une femme attendait son bébé. Elle m'interpellait aussitôt, avant toute autre forme de salut, par ces mots désobligeants : « Pourquoi as-tu les mains sales ? » Je regardais mes mains, interloqué. « Ah ! ce sera une fille, Dieu soit loué ! » s'écriait-elle en voyant que je lui avais tendu mes paumes.

— Si tu lui avais montré le dos de tes mains, me disait don Sallusto en sortant, sais-tu ce qu'elle aurait dit ? Elle se serait écriée : « Ah ! ce sera un garçon, Dieu soit loué ! » Tu comprends qu'un garçon, en général, est le bienvenu dans une famille, parce qu'il travaillera. Mais comme on aime bien les filles, on procède comme tu as vu. On demande au premier visiteur qui entre de montrer ses mains. Il n'a pas le temps de réfléchir, il tend ses mains, d'un côté ou de l'autre. De toute façon, c'est la volonté de Dieu qui s'exprime par ce geste du visiteur. Et alors, que Dieu soit loué ! Qu'il soit loué si c'est un garçon, qu'il soit loué si c'est une fille ! Et même si ce devait être...

— Et même si ce devait être ?

— Qu'il soit loué toujours et partout et quoi qu'il décide de notre pauvre personne !

— Mais pourquoi si je montre mes paumes ce sera une fille et si je montre le dos de mes mains ce sera un garçon ?

Don Sallusto ne répondit pas. Je m'aperçus qu'il avait rougi, tout en se triturant le menton avec ses gros doigts. J'avais touché sans le vouloir à son secret.

Parfois on l'appelait dans la cuisine. « Jetez vous-même les pâtes dans la marmite », lui demandaient les voisines venues assister la parturiente. J'appris que ce moyen également servait à soulager leur angoisse. Si les nouilles restaient debout, on pouvait compter sur un garçon. Si elles se couchaient, sur une fille. Don Sallusto trouvait un système ingénieux pour jeter les pâtes en tas, de sorte qu'il était impossible de savoir si elles étaient debout ou couchées. Tout le monde se mettait alors à rire de bon cœur. Les voisines savaient que don Sallusto aurait agi ainsi, et c'est parce qu'elles le savaient qu'elles l'avaient appelé dans la cuisine. Elles ne pouvaient pas s'abstenir de penser que la naissance d'une fille serait une calamité économique aussi interrogeaient-elles avec anxiété les auspices, comme les Anciens avant une bataille. Mais elles comptaient sur l'intervention de don Sallusto pour empêcher l'oracle de se prononcer. Si les nouilles ne voulaient ni se coucher ni rester debout, c'est que le sexe de l'enfant à naître n'avait pas plus d'importance que cela.

— Tu as vu ? Tu as vu ? me disait-il ensuite. Tu as vu comme elles étaient contentes ?

On lui montrait les bébés. Il les examinait avec attention, et quand il découvrait quelque tache rouge sur leur corps, il pointait l'index vers la mère, en lui disant sur un ton faussement sévère qui mettait toute la maisonnée en joie :

— Commère, commère ! Vous avez eu envie de manger des fraises pendant que vous étiez enceinte, et votre désir s'est imprimé sur la jambe de votre enfant. Heureusement que vous n'avez pas eu envie de charbon pour vous chauffer ! Car vous auriez imprimé sur votre enfant une tache noire indélébile !

J'aimais beaucoup ces visites aux nouvelles accouchées. Elles attendaient don Sallusto pour lui faire deviner de quoi elles avaient eu envie. On lui présentait le nouveau-né tout nu. Il devait trouver si elles avaient en envie de fraises, ou de framboises, ou de cerises, ou de mûres. Non seulement il se prêtait au jeu, mais il s'ingéniait à les distraire de leurs maternelles anxiétés par des inventions poétiques. Selon la saison où chacun de ces fruits parvient à maturité, elles s'entendaient dire :

— Au mois d'avril, la cerise s'épanouira sur la joue de votre enfant !

Ou bien :

— Les fraises de juin commenceront par refleurir sur la jambe de votre garçon ! Et ce sera une chose merveilleuse que de voir chaque année la belle tache rouge devenir fraîche, colorée et appétissante comme un fruit !

— C'est vrai, don Sallusto ?

— Heureusement, commère, que vous n'avez pas eu envie d'une pomme ! Une tache jaune n'aurait pas produit un aussi bel effet !

— Et si j'avais eu envie de charbon pour me chauffer ?

— Alors, vous auriez imprimé sur votre enfant une tache noire indélébile !

Il les quittait tout heureuses de penser que, parmi les mille dangers qui menaçaient la vie de leur bébé, elles l'avaient sauvé au moins de cette honte de porter une tache noire. Et moi, en tenant devant moi ces propos et d'autres, don Sallusto m'habituait à établir des rapports entre les choses les plus éloignées. Oh ! si dans toutes les taches, métaphoriques ou réelles, que nous portons sur nous en secret, nous savions reconnaître un désir refoulé de notre mère !

A mesure qu'on se rapprochait de la date où le prince ferait sa visite, je notais, chez mon père aussi, un changement qui ne pouvait pas passer inaperçu. Il se dépêchait un peu plus de revenir des champs, il frappait l'âne à coups redoublés, il avalait sa soupe aux choux et son quignon de pain en moins de temps qu'il ne faut pour le dire, une lueur rouge enflammait ses yeux qu'il fixait avec insistance sur ma mère. Ma mère, d'un air humble et soumis, s'efforçait de prévenir ses désirs pour calmer son excitation. Ces soirs-là, on nous envoyait plus tôt nous coucher.

Je savais très bien ce qui allait avoir lieu, étant donné la concentration de toutes les activités de la famille dans une pièce unique et la promiscuité, diurne et nocturne, ininterrompue. Je n'avais jamais pu épier leur manège sans un mélange d'envie et de crainte, l'envie qui me portait à maudire ma jeunesse, la crainte qui me l'eût fait souhaiter éternelle. J'étais renforcé maintenant dans mes appréhensions, maintenant que cette insistance brutale de mon père, cette lueur rouge qui brillait dans ses yeux, cet empressement servile et peureux de ma mère m'amenaient à comparer toute cette sombre violence à la naïveté de mes petites disputes avec Luisilla.

Soit dit entre parenthèses, il est étrange que dans le cours d'une seule nuit, lorsque je tendais l'oreille vers cette agitation furieuse terminée en soupirs et en râles, j'aie pu éprouver tout enfant les mêmes émotions dont je reconnus plus tard l'alternance, cette succession du désespoir le plus profond parce que j'étais exclu de la vie d'homme, et de la béatitude la plus merveilleuse parce que j'en étais dispensé.

Mon père n'atteignait pas son but une fois mais plusieurs, avant de s'endormir et de laisser ma mère en repos. On écrit tant de sottises sur cet aspect de la vie dans les campagnes du Sud, que je saisis l'occasion d'affirmer que rien d'égoïste ni de vil, non, aucune stupide fatuité ne l'entraînait à faire un usage aussi immodéré de sa vigueur. Parmi les raisons qui le poussaient à tourmenter ma mère de ses demandes insatiables, les unes tenaient au sentiment de son honneur, à l'obligation qui était faite à chaque homme, selon le code non écrit du royaume, de prouver le plus souvent qu'il pouvait sa valeur. Les autres tenaient au sentiment de sa misère, au besoin d'épuiser jusqu'à rassasiement l'unique forme d'appétit que son destin famélique ne lui interdisait pas d'assouvir. L'honneur et la misère, communs à tous les maris de San Donato, se livraient un combat désespéré dans l'âme de mon père sollicité par don Sallusto de prendre cette décision, à cause de ma belle voix.

Le matin, quand nous remontions la rue du village livré aux femmes, nous en trouvions toujours quelques-unes, sur le pas de leur porte, assises sans faire un geste, le visage pétrifié. Elles ne bougeaient un peu que pour lever un regard implorant sur don Sallusto et tendre vers sa figure une main suppliante. La vénération qu'elles avaient pour lui ne tenait pas seulement à sa dignité sacerdotale, comme je commençais à le comprendre d'après la surestimation fétichiste dont celle de ses oreilles qui n'était pas tout à fait une oreille d'homme faisait l'objet. Ces choses ne me sont devenues claires que beaucoup d'années plus tard, pourtant je voyais bien que ses cheveux et sa barbe n'étaient pas franchement masculins, de même que de sa personne entière émanait un je ne sais quoi d'indéfinissable, une façon différente d'être un homme, une autre incarnation de la virilité, une douceur, un renoncement personnel qui le distinguaient par exemple de mon père toujours impatient et rude. Quand je repense aujourd'hui à ma mère et aux femmes que j'ai laissées à San Donato, il ne me serait pas difficile de dire à quoi elles aspiraient confusément toutes les fois que, soulevant leurs paupières lourdes enfoncées dans une ombre violette, elles comparaient la morphologie bénigne de leur prêtre à la convulsive avidité de leurs maris.

Eux-mêmes, qui sait d'ailleurs s'ils n'auraient pas préféré, mille fois, vivre dans un monde aux lois moins cruelles, où personne ne les eût obligés à faire de leur virilité cette exhibition sourcilleuse ? Le rêve profond des hommes consiste-t-il vraiment à parader comme des coqs et à revendiquer sans cesse les prérogatives de l'état mâle ? Tant de fois je me suis posé la question, depuis que j'habite ici, en Allemagne, et que je vois, par les fenêtres du château, cette foule d'étudiants des deux sexes flâner le long du Neckar. Ils lisent des poèmes, ils rêvent, ils cueillent des fleurs qu'ils s'offrent les uns aux autres. On les étonnerait fort, je suppose, en leur disant que, d'après les coutumes en vigueur derrière les Alpes, la moitié d'entre eux devraient se jeter sur l'autre moitié comme sur des proies ! M'est avis que si Dieu me faisait la grâce de me ressusciter dans deux siècles, cette douceur entre garçons et filles dont je vois aujourd'hui les prémices, serait passée en règle universelle. J'imagine des communautés de jeunes gens entrelacés par des guirlandes et les garçons semblables aux filles, l'un et l'autre sexe avec des attributs indistincts, de longues chevelures, par exemple, ou des vêtements identiques, n'importe quel signe qui les dispense mutuellement du rôle unilatéral prescrit à chacun par une tradition mutilante... Mais je rêve, sans doute ! car le premier bénéficiaire d'une si heureuse évolution des mœurs, ce serait moi, et les frères de ma race, qu'on cesserait de regarder comme des bêtes curieuses, qu'on envierait peut-être... Quelle revanche, sur tous les Perocades, tous les fanatiques de la séparation des sexes, de la responsabilité individuelle et de la monogamie puritaine !

Don Sallusto passait son chemin avec un sourire. Il repoussait fermement les mains tendues tremblantes vers son oreille, parce que ce geste était impie, mais il les repoussait sans colère, parce que l'aveu caché dans ce geste était pathétique.

Une rue est une rue

« Les visiteuses », on ne les appelait pas autrement. Personne ne savait leur nom, elles restaient trop peu de temps et changeaient trop souvent pour qu'on ait envie de le savoir. Depuis quand avaient-elles inclus San Donato dans leurs tournées ? Elles parcouraient le royaume, de ville en ville, par la poste. Comme la poste ne montait pas jusqu'au village, elles se faisaient prendre à la halte plus proche par un muletier. Il les conduisait directement jusqu'à une petite maison abandonnée, juste en face du presbytère, de l'autre côté de la place. Elles arrivaient à la brune, assises de côté sur leur monture rustique, un voile de crêpe sur les épaules, la tête enveloppée d'un châle de soie jaune à franges, une rose à chaque oreille, des sandales à talons de bois aux pieds, un brin de rue entre les doigts, une main enfilée à la ceinture. Elles s'arrêtaient une ou deux nuits chez nous, sans mettre le nez dehors, puis repartaient à la même heure, dans le même équipage, une rose en moins si un homme avait réussi à leur plaire. Du moins la légende affirmait qu'il en serait ainsi, car le trophée, jamais, n'était resté entre les mains d'un habitant de San Donato. Ils s'introduisaient à la nuit tombée, jeunes et moins jeunes, mon père aussi y avait ses habitudes, et maint chef de famille prenait avec lui le chemin de la petite maison, sans s'absenter plus d'une demi-heure de leur foyer, aller et retour compris, sans être obligés d'apporter en échange plus qu'un quignon de pain ou un bulbe d'échalote.

Don Sallusto ne s'était pas opposé à cette coutume, plus ancienne que son installation à San Donato. Il n'avait mis qu'une seule condition, aussi étrange que catégorique. Aucune lumière ne devait filtrer en dehors de la petite maison, et, vu l'état dans lequel elle se trouvait, avec les planches disjointes de sa porte et plusieurs tuiles tombées du toit, autant dire qu'aucune lampe ni bougie ne devait y être allumée.

Seuls les lecteurs n'ayant encore rien deviné au sujet de mon professeur de musique et des motifs cachés qui inspiraient sa conduite, en cette occasion comme en toutes les autres, pourront prêter foi à ses arguments lorsqu'il justifiait cette mesure par la nécessité d'éviter le scandale, de protéger la réputation de San Donato, de détourner la curiosité des enfants, de respecter la sainteté de la place à l'autre bout de laquelle s'élevait l'église. En tout cas nous, les enfants, pour qui le but de ces rendez-vous n'offrait aucun sujet de mystère, rien d'autre n'excitait notre curiosité que de nous demander pourquoi de telles rencontres devaient avoir lieu dans le noir absolu.

Maintenant, j'ai compris. S'il interdisait aux visiteuses de montrer leur visage, c'était pour empêcher les hommes de les voir, de mettre des traits distincts sur le plaisir qu'elles leur donnaient. Défense à aucun d'entre eux de s'intéresser en particulier à l'une d'elles et de se mettre à l'aimer séparément ! L'instinct sexuel, dont il ne méconnaissait pas la force, devait rester quelque chose d'obscur et d'anonyme, sans nom et sans figure – comme une aspiration confuse à se fondre dans la grandeur de l'univers – à l'exclusion de tout choix et de toute volonté sélective. En somme, dans sa vision des rapports érotiques, il n'y avait presque plus rien de ce qui fait qu'un homme et une femme se regardent face à face et s'affrontent. Il concevait l'amour comme l'occasion qui permet à deux êtres opposés par la nature d'abolir leurs différences et de reformer ensemble une totalité indivise – en quoi il était parfaitement cohérent avec sa façon de jeter les nouilles dans la marmite des parturientes et de brouiller par ce stratagème dans l'esprit des commères la distinction entre fille et garçon.

Par l'entremise d'un prêtre à la constitution hypogénitale, l'antique mythe platonicien de l'androgyne revivait dans un village perdu du Mezzogiorno d'Italie. Tous y trouvaient leur compte, les visiteuses qui repartaient avec leurs roses aux deux oreilles, et leurs clients. Ils profitaient de l'obscurité de ces rencontres pour oublier les misères de leur vie dans un grand tournoiement de nébuleuse.

Ce serait peu dire que les femmes, les épouses, les mères toléraient également l'ancienne coutume des visiteuses : elles protégeaient ces filles, oui, on l'a bien vu, lorsque le jeune abbé vint de Naples. Abbé, il ne devait pas le rester toujours ! Il dit qu'un peuple sans mœurs était non seulement tombé hors de la faveur divine mais surtout dégradé dans l'estime de soi-même. Qui fulmina ainsi n'était autre que le futur grand Perocades, alors fourvoyé dans le ministère et naïf à ne pas croire, comme il me l'a raconté lui-même, en riant de sa mésaventure lointaine, bien des années après le fiasco de sa prédication.

Du haut de la chaire, un dimanche, il nous exposa en paroles véhémentes l'obligation que Dieu avait faite à chacun de préserver en soi l'union de l'âme et du corps. Toute infraction à la discipline morale devait être considérée comme une atteinte à l'intégrité primordiale, essentielle, de la personne humaine – s'écria-t-il en fixant son regard courroucé sur le coin des hommes dans l'église.

Le plus étrange, c'est qu'il parla à peine des liens sacrés du mariage. « Dieu » semblait dans sa bouche une simple concession au costume qu'il portait, et par « foi » conjugale, il désignait en fait le « contrat laïque » des Ecossais. Il agita des notions pour nous incompréhensibles, totalement inconnues dans le royaume avant l'apparition des premières Loges dans la capitale : les droits, les devoirs de l'homme, l'égalité, la dignité individuelle, la conscience de soi – avec la candeur et l'arrogance d'un jeune doctrinaire de vingt ans, le digne émule, comme il apparut plus tard à Naples, de James Anderson et de Friedrich Münter. L'habit ecclésiastique lui allait aussi mal que possible, je veux dire la tenue, l'uniforme de prêtre, car pour ce qui est du vêtement, de l'élégance, il portait une soutane ajustée et des manchettes en dentelle d'une blancheur éclatante qui formaient un contraste évident, cela, je fus à même de m'en rendre compte, avec l'incurie vestimentaire de don Sallusto, sans parler de notre gueuserie à nous tous. Sa personne était remarquablement propre et soignée, mais s'il croyait s'attirer ainsi la sympathie de son auditoire, c'est plutôt l'effet contraire qu'il obtint. Il *tranchait* par sa mise – comme nous trouvâmes son ton *coupant*.

De toute façon, il fallait être singulièrement mal informé des choses de notre province pour demander à des hommes encore dépourvus d'une notion claire de leur identité qu'ils se conduisent selon les règles de la responsabilité individuelle. Le péché, selon lui, ne consistait pas à tromper son épouse, mais à la tromper mollement, à l'aveuglette, avec la première venue, au hasard des rencontres, sans un désir précis de la tromper ni une idée mûre ni le courage de s'engager dans un nouveau lien. « Sachez au moins ce que vous faites, quand vous péchez ! Si vous manquez à la foi promise, que ce soit en connaissance de cause ! » Les paysans de San Donato, qui vivaient dans la familiarité des bêtes et des plantes, qui se distinguaient à peine les uns des autres par le nom, qui se mariaient sans choisir leur femme, qui ne faisaient pas plus de différence qu'il ne faut entre leur être à eux et le reste du monde, étaient bien les derniers que de telles paroles pussent atteindre. Et quant à ce qui se passait dans la petite maison en face de l'église, puisqu'il s'agissait de cela dans le sermon, don Sallusto n'avait fait que prévenir leurs désirs en les invitant à trouver leur bonheur avec n'importe laquelle des visiteuses, indifféremment. Ils se moquaient bien de savoir à qui ils avaient affaire, une fois la porte refermée derrière eux ! – mal refermée d'ailleurs, et souvent laissée entrouverte. Rien ne pouvait être plus maladroit, ou simplement plus déplacé, plus inutile, que de leur répéter sur tous les tons : « Un homme est un homme ! » et de leur prêcher le devoir d'agir en toute occasion avec une conscience nette de leurs actes.

Aucun des fidèles présents ce jour-là à l'église ne saisit plus que moi le sens caché de l'homélie, mais où l'orateur voulait en venir, ils le comprirent fort bien. Je m'étonne que les hommes, sommés de renoncer à leur unique passe-temps, ne lui aient pas réglé eux-mêmes son compte. Sans leur apathie naturelle, sans leur habitude de laisser en toute chose leurs femmes décider à leur place, ils auraient pu faire un mauvais parti à ce jeune fat, en le traînant par la peau de son cou blanc et frais dans l'unique pièce basse et humide de leur rez-de-chaussée sans fenêtre. Là, qu'il leur explique un peu comment, forcés de partager le grand lit avec plusieurs de leurs enfants, observés par les aînés qui se dressaient sur leur paillasse, ils auraient pu trouver un moment d'intimité avec leur femme et faire en sorte de conformer leur mariage au pacte qui cimente dans l'estime et le respect mutuel deux êtres s'étant choisis en connaissance de cause – pour employer les termes chinois du visiteur napolitain.

Il dut s'apercevoir qu'on avait du mal à le suivre, car il s'efforça de ramener son discours sur un terrain plus familier.

— En quoi seriez-vous différents des animaux, reprit-il d'une voix conciliante, si vous n'étiez pas capables de trier entre vos impulsions ? Le chien cherche la chienne, mais l'homme digne de ce nom n'obéit qu'à ceux de ses désirs qu'il peut mettre en harmonie avec les inclinations de son cœur, les lumières de sa raison et les besoins de son âme.

Sa comparaison avec les animaux tombait très mal, car plusieurs villageoises qui assistaient à son prône vivaient dans le pays sous un sobriquet affectueux, la Poule, la Chèvre, de même que le Loup, le Sanglier, le Renard désignaient certains paysans. Loin d'avoir une signification péjorative, de tels surnoms valaient à leurs propriétaires une déférence toute spéciale. On reconnaissait en eux des créatures magiques, dont la nature ne se confondait pas avec la simple espèce humaine, mais débordait sur le règne animal, auquel elle empruntait un peu de cette force obscure qui palpite sous la fourrure des bêtes. Je n'avais pas besoin de don Sallusto pour m'apercevoir tout seul de ces choses. Quelle marque plus grande d'honneur et de respect pouvait être rendue à un habitant de San Donato que de dire qu'il avait l'œil d'un loup, les cheveux frisés d'un mouton, un nez en forme de bec ? Moins on arrivait à déterminer où son humanité finissait, où commençait sa seconde vie d'animal ou de plante, plus sa personne nous en imposait. Les vieillards à figure de bélier ou de corbeau dont la peau commençait à se plisser comme celle d'une pomme automnale rabougrie au bout de son pédoncule, ou à durcir comme l'écorce des oliviers séculaires, faisaient l'objet d'un culte. On les identifiait à des êtres authentiquement surnaturels, en communication occulte avec toutes les sèves, les lymphes, toutes les puissances cachées et impénétrables de l'univers. Bienheureux l'enfant dont la joue était marquée d'une tache rouge destinée à refleurir chaque printemps comme une fraise sur sa tige ! Bienheureux les élus en qui rejaillissait la turbulence de l'arbre, la verdeur de la bête !

— Oui, continua le prédicateur (et aux paroles qu'il prononça alors et à l'exemple qu'il choisit pour nous en convaincre, on aurait pu se douter qu'il était déjà secrètement franc-maçon), oui, mes frères, n'oubliez pas qu'un homme est un homme ! Vous avez, vous, des obligations et des responsabilités précises, Dieu vous distingue de toutes les autres créatures vivantes en vous assignant une place définie dans l'harmonie universelle. Avec son insondable sagesse, il vous a fixé un certain nombre de droits et de devoirs, de même qu'il vous a dotés d'une conscience pour reconnaître que ces devoirs sont justes et ces droits nécessaires. Vous avez peut-être entendu parler de la merveilleuse découverte de ces deux villes enfouies il y a très longtemps sous la cendre ardente du Vésuve ? Eh bien ! je peux vous annoncer une autre découverte, plus miraculeuse encore que la résurrection de Pompei et d'Herculanum, et qui portera encore plus loin dans le monde la gloire du royaume de Naples. On vient de retrouver sur une plage de Castellammare di Stabia un exemplaire rarissime d'une espèce de la faune marine qu'on croyait à jamais éteinte, bien qu'aucun zoologue ne doutât de son existence dans les temps préhistoriques. C'est l'*Anfioxus lanceolatus*, pardonnez-moi de ne le citer que sous son nom latin, les savants qui l'ont retrouvé l'ont appelé provisoirement ainsi. Ce petit animal n'est ni tout à fait un mollusque ni tout à fait un poisson, il tient le milieu entre les invertébrés et les vertébrés, ou mieux, on a établi avec des preuves irréfutables qu'il constitue l'anneau historique de jonction entre les invertébrés et les vertébrés. Blanc, mince, presque invisible dans les sables, difficile à surprendre, encore plus difficile à capturer, il porte une petite queue dorsale en cartilage, première ébauche connue de la colonne vertébrale de tous les animaux à venir, y compris l'homme. En somme, c'est le premier invertébré qui ait refusé sa condition paresseuse et indifférenciée de mollusque, le premier invertébré qui ait opté pour une épine dorsale, qui ait choisi d'avoir un dos. Quelle admirable leçon pour vous tous, mes chers frères ! Dans le chaos pâteux qui constituait à l'origine notre univers, c'est à Naples, sur les plages du royaume, que s'est dégagée pour la première fois la forme d'un dos, bien avant l'apparition de l'homme ! C'est à Naples que pour la première fois la vie jusqu'alors lymphatique s'est articulée dans un embryon de consistance ! Resterez-vous inférieurs à l'énergie biologique démontrée par ce petit animal ? N'aurez-vous pas à cœur de répondre par une énergie morale semblable à la bienveillance inouïe dont Dieu a gratifié notre royaume en le choisissant comme terrain de sa première création vertébrée ? Est-ce vous qui porteriez la honte, après un tel exemple, de manquer d'épine dorsale ?

Il parla, il parla, toujours ces mots d'obligations, et de responsabilités, qui revenaient dans sa bouche, et de maturité, et d'accomplissement de la personne humaine. Etranges paroles à entendre, pour le jeune garçon perdu dans son auditoire, qui n'en avait plus que pour quelques mois avant d'être déchu à jamais de cette dignité virile à laquelle son imprudent sermon le conviait ! Heureusement pour nous tous, pour lui, pour mon père qui dans l'état d'esprit où il se trouvait aurait pu très mal prendre cette allusion involontaire, pour moi qui étais à cent lieues de soupçonner quelles hantises me poursuivraient dans les premières années de mon séjour à Naples, seulement une partie de ce qu'il disait entra dans nos têtes. D'ailleurs les événements qui suivirent son discours et conclurent de la manière la plus inattendue sa visite à San Donato emportèrent comme un fétu de paille le souvenir des belles phrases que nous venions d'écouter.

Les femmes s'étaient regardées plusieurs fois entre elles pendant le sermon. Sous le voile noir qui les enveloppait de la tête aux épaules, on sentait bien qu'une sourde agitation les travaillait. Elles comprirent que le jeune abbé voulait exclure San Donato de la tournée des visiteuses, et qu'elles resteraient seules, tous les soirs, aux prises avec leur mari. De quoi se mêlait-il ? Leur idée du mariage ne coïncidait pas du tout avec les exhortations de ce blanc-bec. Elles n'eurent pas besoin de se concerter plus longtemps. Il n'était pas encore descendu de la chaire, qu'elles se rassemblaient près de la porte. Et le naïf orateur, croyant peut-être avoir fait une impression profonde, s'avança sans crainte vers le bas de la nef. Il ne se doutait pas qu'il laisserait comme plus clair souvenir de son passage à San Donato l'image comique d'un petit être fluet saisi au sortir de l'église par les mains de robustes matrones.

Elles le soulevèrent en l'air, puis le portèrent au pas de course jusqu'au début de la descente, sur la route de Naples. Les hommes se mirent à rire mais restèrent en arrière, à discuter sur la place. Pour nous, les enfants, l'occasion était trop belle. Nous emboîtâmes le pas au cortège en poussant des cris et en lançant des cailloux par-dessus la tête du malheureux. Juché de force sur le mulet qui l'avait conduit, il fut attaché par une corde à la selle, poussé sur la pente et salué pour finir par un chœur de vociférations sarcastiques. C'est ainsi que les femmes de San Donato, faisant justice des idées nouvelles, envoyèrent dévaler en bas du ravin le culte monogamique de l'épouse.

Si don Sallusto avait attisé l'affaire, il est impossible de l'affirmer positivement. Les jours qui suivirent, on le vit se promener à pas nerveux autour de l'église. Il ne pouvait s'empêcher de laisser échapper de temps à autre une exclamation, sur le ton d'un homme dominé par une forte colère, sauf que, l'instant d'après, il baissait la voix et portait la main à son menton, comme chaque fois qu'une pensée importune le rendait honteux de lui-même.

Plusieurs personnes l'entendirent s'écrier avec rage : « Manquer d'épine dorsale ! » ou encore : « Un homme est un homme ! » Mais la suite se perdait dans un murmure confus. Il mettait la main sur sa bouche et rougissait comme un enfant. Si par hasard il m'apercevait, nouveau changement en lui.

— Je ne le permettrai pas ! déclarait-il d'un air résolu, en me faisant signe d'approcher. Sans comprendre autrement ce qu'il voulait dire par ces paroles mystérieuses, j'avais comme une vague impression qu'il cherchait à me défendre. Il m'appelait d'ailleurs de plus en plus souvent près de lui et c'est à partir de ce moment, je crois, qu'il commença à se charger méthodiquement de mon instruction.

S'il rencontrait deux ou trois personnes en train de bavarder dans la rue, il s'arrêtait aussi, posait la main sur mes cheveux. Bien qu'il revînt sur le sujet qui le tourmentait donc sans cesse, il arrivait maintenant à tourner toute cette affaire en plaisanterie.

— Il nous a parlé du Vésuve ! commençait-il d'un ton moqueur. On dirait qu'il n'a jamais vu un volcan ! Les rues de Naples sont peut-être bien droites et tirées au cordeau, il n'est pas difficile de savoir pourquoi, après trois siècles d'administration espagnole, mais regardez le Vésuve ! Une rue est une rue, mais une montagne n'est pas seulement une montagne. Une montagne peut être aussi un volcan, la terre peut être aussi du feu, il faut être aveugle pour ne pas comprendre ces choses-là et dire mécaniquement : « Une rue est une rue », comme un perroquet !

Il paraissait enchanté d'avoir découvert cette formule : « Une rue est une rue, mais une montagne n'est pas seulement une montagne. » Bientôt il se contenta de répéter : « Une rue est une rue ! », comme s'il s'agissait de la plus grande absurdité jamais entendue. Il s'arrangeait pour prononcer ces mots d'une manière si comique, en jouant sur sa voix de fausset, que les gens se mettaient à rire avec lui. Dans tout le village on adopta l'expression : « Une rue est une rue ! » pour indiquer quelque chose de ridicule et d'invraisemblable, sans faire attention que l'auteur de cette phrase n'était nullement l'abbé Perocades.

Seuls de nouveau, don Sallusto me donnait une bourrade et s'écriait : « Ne t'en fais pas, Vincenzo ! » Je ne voyais vraiment pas de quoi j'aurais dû m'en faire, surtout depuis que la bonne humeur était revenue à mon professeur de musique. Au lieu de marmonner d'une voix agitée et honteuse : « Un homme est un homme », il claironnait à qui voulait l'entendre : « Une rue est une rue ! »

Mais un jour nous croisâmes don Pietro, le collecteur des taxes royales, qui montait deux fois par an à San Donato, une des rares personnes, avec un ou deux petits propriétaires, le médecin, l'avocat et encore deux ou trois vieillards attachés au château du prince en qualité d'anciens clients de la famille, à qui un curé amateur d'antiquités locales pût se confier sur des sujets un peu érudits.

Don Pietro l'aborda et lui demanda d'un ton plein de déférence ce qu'il pensait de cette découverte de l'*Anfioxus lanceolatus*. La réaction de don Sallusto fut imprévisible et déconcertante. De l'air d'un homme blessé à vif dans son amour-propre, il regarda fixement son interlocuteur, bredouilla quelques mots inintelligibles, puis carrément lui tourna le dos sans répondre. Don Pietro, qui ne le connaissait que pour échanger avec lui les nouvelles ou discuter un article du journal de Naples lors de ses brefs séjours à San Donato, haussa les épaules et n'y pensa plus. Je pouvais m'expliquer le geste de don Sallusto par le dépit d'avoir été pris de court dans son domaine de prédilection, l'érudition antique, le latin. Bientôt du reste il trouva une riposte et prit sa revanche avec éclat. Mais n'y avait-il pas autre chose, pour qu'il se confonde à ce point, pour qu'il s'éloigne à grands pas sans se retourner puis se cache le menton entre ses doigts puis regarde ses mains avec une expression indéfinissable, la même que je surprenais parfois dans ses yeux lorsqu'il me dévisageait sans rien dire ? Je sentis que la question anodine de don Pietro l'avait touché dans la région la plus secrète de son être. Il ne fallait pas, et pour une raison tout à fait étrangère à son prestige de savant, parler à don Sallusto de ce petit animal qui s'était pourvu d'une queue dorsale parce qu'il en avait eu assez d'être un mou, un invertébré.

Le couteau et le pain

Un matin, avec la fatuité d'un novice imbu de son premier exploit, je revins de l'église ayant réussi à embrasser la petite Luisilla derrière le châtaignier de l'esplanade. J'annonçai la nouvelle à ma mère, convaincu qu'elle apprécierait la métamorphose du bébé en jeune homme, et partagerait sans arrière-pensée la fierté de son garçon. Elle me regarda au contraire d'un certain air qui fit que depuis lors, de part et d'autre, notre tendresse mutuelle s'en trouva offusquée.

J'étais accoutumé à tant de choses étranges que j'aurais pu ajouter philosophiquement celle-ci à toutes les contradictions dont je voyais la vie faite. La bienveillance du prince nous garantissait contre la mort mais en nous maintenant dans la misère; l'ombre de son château nous versait un peu de fraîcheur miséricordieuse mais comme l'aile menaçante d'un rapace; aux armoiries de son carrosse, aux boucles précieuses de ses escarpins, j'associais les cris de ses intendants, les lanières de leurs fouets; et si le maître de musique me promettait la gloire, c'était comme un don funeste, payé d'un prix exorbitant.

Pourtant, que l'amour de ma mère ne fût pas illimité,

qu'elle pût le soumettre à des comptes et à des restrictions, ne laissa pas de me causer un choc dont aujourd'hui encore je ne puis me donner les mêmes raisons que pour me résigner à l'injustice qui a créé des pauvres et des riches.

Elle portait, comme je l'ai dit, plusieurs jupes noires l'une sur l'autre, et ce n'était pour aucun autre motif, me semblait-il, que pour multiplier autour de sa personne, déjà grosse et ronde, les plis de cette étoffe laineuse, nocturne, délicieusement suffocante, où chacun de ses enfants aimait enfouir sa figure, certain de trouver entre les genoux maternels la complicité d'une cachette, la sécurité d'un refuge, l'isolement d'une prison, la chaleur d'un ventre et l'obscurité d'une caverne.

Pour la première fois, elle me dévisagea avant de me laisser m'enfoncer en elle.

J'avais tu, par précaution, le fait que je m'étais enfui avec Luisilla tout de suite après la messe ; ma mère n'eut donc pas le soupçon que j'avais négligé le service du Seigneur distrait par une pensée mauvaise. Et puis, ce que j'avais fait avec Luisilla, il était bien temps de le faire, si je me comparais aux amis de mon âge. Pas un qui ne fût déjà pourvu d'une « fiancée ». L'*honneur* qui était la loi dans cette ancienne province espagnole nous ordonnait, à nous les petits mâles, de revendiquer sans perdre de temps nos droits.

Ma mère ne pouvait pas non plus se douter de la fureur avec laquelle j'étreignais la fillette ni de l'intensité du plaisir que j'éprouvais en l'embrassant. Qu'il me soit permis, pour cette fois, de me vanter, puisque jamais plus, jamais plus mon destin ne m'a permis de revivre une pareille aventure ! Ma hâte à retrouver Luisilla, la frénésie de mes baisers se coloraient peut-être, force m'est ici de le croire, du pressentiment de mes années à venir. La solitude, le chagrin de ne pouvoir être aimé remplaceraient pour moi la gaieté insouciante qui est le lot de la jeunesse. La prémonition des jouissances que je ne devais connaître que par le malheur d'en être exclu me jetait dans une agitation sauvage : pour un peu mes ardeurs encore impuissantes d'enfant auraient par un bond extravagant de la nature forcé mes organes à leur donner satisfaction.

Quand je rouvris les yeux, quelques mois plus tard, après l'opération, il me souvient fort bien d'avoir entendu le docteur Salerno murmurer, tandis qu'il se lavait les mains dans l'eau rougie de la cuvette près de mon ventre sanglant : « Il était moins une ! » Et don Giuseppe, assurément, possédait trop de titres de gloire pour avoir besoin de rehausser avec moi son mérite, comme ç'aurait pu être le cas d'un quelconque médicastre anxieux de faire porter à son crédit un succès difficile.

Précoce, je l'avais été, mais trop peu encore, hélas, pour échapper à mon sort. Je serrais Luisilla contre l'arbre, je couvrais son visage et son cou de baisers, j'aurais voulu m'enfoncer dans l'arbre avec elle afin de trouver où loger cette force immense que je sentais sourdre en moi, grandir partout à la fois dans mon corps, pousser le sang dans mes veines et tendre vers un accomplissement dont les baisers me donnaient seulement un avant-goût, plus douloureux qu'apaisant.

— Idiot, tu froisses ma robe ! me dit-elle un jour. Oh ! si j'avais pu l'entendre me crier : « Tu me fais mal ! » J'aurais alors compris que j'étais devenu un homme, tandis que l'inquiétude qu'elle conçut pour sa toilette m'instruisit seulement du fait qu'elle était une femme.

Ma mère avait complètement changé d'attitude à mon égard. Elle ne m'embrassait plus comme autrefois, en m'attirant contre elle, entre ses genoux ou dans sa poitrine. Elle prenait mon visage entre ses deux mains, le tenait à bout de bras devant elle et commençait par promener ses regards sur toutes les parties de mon corps, sans les arrêter sur aucune en particulier, mais de telle façon que je me sentais peu à peu devenir la proie d'un horrible malaise. J'aurais voulu disparaître à ses yeux, plutôt que d'être toisé et soupesé comme si au lieu d'être un fils qui attend amoureusement le baiser du soir de sa mère, j'avais été un voleur tombé entre les mains d'un policier qui le soupçonne de cacher une arme sous ses vêtements et s'apprête à le fouiller de haut en bas.

Je me demande même si ma mère ne devait pas surmonter une énorme tentation en se contentant d'utiliser ses yeux pour cet examen de ma personne. N'aurait-elle pas trouvé plus expéditif de se servir de ses mains ? Oubliant qu'elle continuait à tenir mon visage, elle se mettait à les agiter et à enfoncer nerveusement ses doigts dans mes joues. Une fois, elle se saisit de mes oreilles et les tordit avec une violence si extraordinaire que je ne pus réprimer un cri. Aussitôt elle revint à elle, m'attira entre ses genoux et me couvrit de baisers passionnés. Mais le soulagement que j'éprouvai en retrouvant ma mère chérie ne m'empêcha pas de me souvenir longtemps avec angoisse de l'espèce d'égarement qui avait pris le pas sur sa tendresse. Elle me montra par son étreinte que j'étais toujours son fils bien-aimé : néanmoins, la crispation involontaire de ses mains sur mes oreilles n'avait-elle pas elle aussi une signification, et une signification redoutable, comme tous les mouvements de notre âme qui échappent à notre contrôle ?

Il était normal, certes, qu'elle me demandât de l'aider dans les petits travaux de la maison, les jours où un de mes frères accompagnait le père dans les champs. Mais elle commença à me harceler et à me houspiller pour des choses qui n'en valaient pas la peine, et quand je croyais avoir satisfait comme il faut à sa volonté, il m'apparaissait ensuite que celle-ci était purement tracassière. J'avais rangé le buffet, eh bien non ! je m'étais trompé dans l'ordre, j'aurais dû mettre les assiettes à gauche, les verres à droite. Je transvasais le vin avec d'infinies précautions. Qu'une seule goutte descendît le long du goulot, elle me punissait en me tirant cruellement les cheveux.

Qu'exigeait-elle de moi, en fin de compte ? Quel but obscur poursuivait-elle en occupant mes mains à ces manipulations inutiles ? Je me serais volontiers acquitté de toutes les menues tâches ménagères qui auraient servi à la soulager, elle, du grand et lourd devoir de soutenir une maisonnée de huit personnes. Mais j'avais le sentiment continuel d'être mis devant une faute, inconnue de moi, à expier ; et contre cette impression déprimante, je me défendais par une rancœur silencieuse, qui augmentait mon désarroi.

— Au lieu d'être assis à rien faire, tu pourrais quand même couper le pain, sans attendre que je te le dise !

Ma mère cuisait elle-même le pain, auquel elle donnait une forme allongée. Elle trouvait cette forme, qui faisait ressembler le pain sorti presque noir du four à un gros bâton recouvert d'écorce ou à la partie centrale d'un thon bruni par les algues, plus pratique que la miche, d'un usage plus généralement répandu dans nos campagnes. Le pain constituait le plat de résistance de notre souper : elle pouvait ainsi le diviser commodément en autant de morceaux égaux qu'il y avait de bouches à nourrir le soir autour de la table. De crainte que celui qui procéderait au découpage ne réussît à subtiliser un bout pour lui, on ne l'avait jamais vue s'en remettre à personne du soin de cette opération. Aussi fus-je surpris de l'entendre me demander, de but en blanc, de couper le pain, encore plus surpris et peiné du ton aigre, irrité et impérieux du reproche qu'elle me fit de n'avoir pas moi-même pris l'initiative.

J'obtempérai, sans doute plus lentement et avec plus de maladresse que si j'avais été entraîné à cet exercice.

— Coupe, mais coupe donc ! me criait-elle, en tournant autour de moi d'un air bizarrement excité. Montre-moi un peu ce que tu sais faire ! J'avais aiguisé le couteau exprès ! Ah ! le petit, comme il coupe mal à son âge, comme il coupe mal !

Encouragé de cette façon, par cette voix tour à tour cruelle et plaintive, qui tantôt me ravalait plus bas que terre, tantôt ressemblait au lamento des pleureuses lorsqu'elles s'arrachent les cheveux et se déchirent la poitrine derrière le convoi du mort, rien d'étonnant si mes mains se mirent à trembler. Je m'affolai, n'arrivant à rien de bon et finissant par taillader tout de travers.

Elle m'arrêta à la moitié du pain, s'empara du couteau, me repoussa si violemment que je tombai à la renverse sur le lit. Mais quand, m'étant relevé, je vins timidement dans son dos pour prendre d'elle ma leçon, je découvris avec stupeur que loin de continuer avec soin le travail que j'avais si mal commencé, elle s'acharnait sur le pain avec une frénésie destructrice. Les morceaux déchiquetés gisaient sur la table comme les tronçons pantelants d'une bête assassinée.

Plus mes rapports avec ma mère se gâtaient, plus j'avais besoin de me consoler avec Luisilla. Je n'arrivais pas à comprendre pourquoi, lorsque mon père quittait la maison d'un certain air pressé et gourmand qu'il ne songeait même pas à cacher, en disant par surcroît : « Je suis de retour dans une demi-heure », aucune ombre n'altérait le visage souriant de ma mère. Tandis que mes sorties à moi, dont elle ne devinait pas moins le but, donnaient lieu à des scènes qui la métamorphosaient, comme le jour où elle massacra le pain sous mes yeux terrorisés, de mère adorée en fantôme persécuteur.

Si j'avais senti, quand j'allais à mes rendez-vous, que mon père, au lieu de ma mère, me désapprouvait, je crois que j'aurais renoncé sur-le-champ à Luisilla. J'ai à faire part ici d'une idée qui me trottait souvent par la tête, idée pourtant si risible que j'aurais intérêt à la taire. Chaque fois que je me préparais à rejoindre Luisilla, c'était avec la vague intention de provoquer mon père ou, du moins, avec l'espoir qu'il recommencerait à jouer avec moi au loup, comme à l'époque où j'étais encore tout petit. Je lui volais pour rire son bâton et lui, pour rire aussi mais je ne savais jamais jusqu'à quel point, il me poursuivait en faisant la grosse voix.

Et certes, si j'avais besoin de me rassurer sur la place que je tenais encore dans son cœur, j'aurais pu me contenter à présent des paroles dures et méchantes et souvent des coups que je recevais de lui lorsque je l'accompagnais dans les champs. Mais je devinais bien à quelles causes il fallait attribuer cette manière d'agir envers moi : elle tenait beaucoup plus au sentiment de sa misère et au besoin d'échapper un instant par un acte compensatoire d'autorité à l'humiliation continue de sa vie, qu'elle ne manifestait l'intention de marquer une faveur personnelle à son fils en le gratifiant d'un éclair jailli de la majesté paternelle. Je n'étais rien pour lui, je continuais à ne compter aucunement à ses yeux, je n'avais pas réussi à me poser en rival de mon père, je restais indigne de son châtiment.

Qu'attendait-il pour m'interroger sur mes escapades en fronçant le sourcil de colère ? J'aurais saisi avec empressement l'occasion de lui prouver combien, en me soumettant à son blâme, j'étais désireux d'obéir à n'importe laquelle de ses volontés. Mais le père ne s'occupait pas de moi, il ne se souciait pas de savoir où me menaient mes courses nocturnes au-delà des dernières maisons du village, il ne me permettait pas de lui montrer, par le sacrifice de ce que je possédais alors de plus cher, où était ma véritable ambition. Comme c'eût été merveilleux de l'entendre gronder contre moi, et s'écrier en tempêtant qu'il ne tolérerait pas de telles choses ! Ce vacarme aurait retenti dans ma tête effarée et soumise comme la voix de cent mille pères. Hélas ! il me laissait complètement libre de le défier, il ne jouait plus au loup avec moi.

Nouveau désordre à San Donato

Non seulement il n'y avait qu'une rue à San Donato, qui serpentait en suivant la ligne de crête sans présenter au regard un dessin bien défini, mais la similitude de toutes les constructions entre elles de même que l'absence de numéros au-dessus des portes augmentaient la difficulté de se repérer entre les maisons. Le voyageur qui se présentait au pays avec un message était dans le plus grand embarras. Il devait s'arrêter devant chaque seuil et s'informer si celui qu'il cherchait habitait bien là, sans être jamais sûr, d'ailleurs, de trouver le destinataire, à cause du petit nombre des familles, du grand nombre d'habitants rangés sous le même patronyme et du choix limité des prénoms.

Une autre particularité de San Donato consistait dans l'état d'inachèvement où bon nombre de ces maisons étaient laissées. Même en négligeant celles qui ne montraient que les quatre murs, sans le toit, ou le toit, mais un trou béant à la place de la porte, habitations jamais habitées, il n'y en avait pratiquement aucune qui donnât l'impression d'être arrivée à son terme. Ici une façade de brique nue attendait son revêtement; là, au lieu de monter au ciel par une cheminée, la fumée sortait de côté en crachant par un tuyau qui avait crevé le mur. On était du reste tellement habitué à voir depuis toujours les choses dans cet état, que personne ne faisait de différence entre une maison complètement finie et une maison encore en instance de l'être. Don Sallusto m'apprit comment on les construisait et pourquoi la plupart restaient comme cela en plan.

Si quelqu'un avait envie de bâtir, il faisait venir le maçon. Le premier paiement n'était dû qu'après l'élévation des quatre murs. Assez d'argent ou, le plus souvent, ce qu'il fallait de blé, de légumes, de volailles : le toit. D'ordinaire une simple terrasse, sans charpente. Contre une poule on avait la porte. Les plus entreprenants se lançaient dans un second étage, auquel on accédait par un escalier extérieur, en sorte que le maçon pouvait poser ses briques, ou s'arrêter de les poser, travailler et cesser de travailler, pendant des années quelquefois, selon les disponibilités du propriétaire installé en bas avec sa famille. Le bord des toits plats se trouvait ainsi hérissé de moellons irrégulièrement alignés, ébauche d'un bien-être futur que seuls une dizaine d'habitants avaient réussi à atteindre.

Les quelques maisons à étage s'ornaient d'une fenêtre, luxe interdit aux troglodytes des rez-de-chaussée. Enfin, signe d'un faste inouï, devant cette fenêtre pouvait s'avancer un balcon, ou du moins une tablette de maçonnerie perpendiculaire au mur, dépourvue de balustrade et impropre à tout usage, car personne n'aurait été assez riche pour se payer les services d'un ferronnier ni même pour le faire venir de la ville. Quant aux maisons auxquelles il manquait jusqu'au toit, leurs propriétaires n'avaient pas renoncé à les terminer un jour. Ils passaient quelquefois toute leur existence en partageant le logis surpeuplé d'un parent ou d'un frère, cramponnés à l'espoir de remettre le chantier en route, sans perdre leur bonne humeur s'ils n'y arrivaient pas.

— Moi, dis-je étourdiment, je me ferai bâtir une grande maison, avec un étage, une fenêtre et un vrai balcon, comme celui du prince, qui est renflé comme un pigeon et a l'air de se pavaner au-dessus de la porte.

— Tais-toi, me dit don Sallusto brutalement. Tu ne comprends rien à ces choses. Le balcon qui te fait envie, tu aurais plutôt raison de le maudire si tu savais tout ce qu'il représente. Les ancêtres du prince sont arrivés un jour, il y a bien longtemps, à San Donato, d'un pays situé très loin de l'autre côté de la mer. San Donato ne possédait alors ni château ni balcon, et les champs appartenaient à tout le monde en commun. Ils sont arrivés avec leurs maçons, leurs forgerons, mais aussi avec des hommes d'armes et des soldats pour ne pas être dérangés dans la construction de leurs châteaux ni dans ce qu'ils avaient décidé de faire avec nos champs. Et puis, et puis – sa voix se fit ici moins sûre et son menton se mit à trembler – ils apportèrent encore des exigences plus terribles... Toi surtout, Vincenzo, je ne peux pas t'expliquer cela tout de suite mais crois-moi, ne te mets pas en tête de les imiter dans aucune de leurs inventions, tu ne pourrais pas les suivre jusqu'au bout, dans les plus importantes qu'ils ont cherché à nous imposer. C'étaient des Espagnols, vois-tu, sur un certain chapitre ils se montrent plutôt intraitables... Un homme, pour eux... Non, leur idéal n'est vraiment pas fait pour toi ! Tu serais pris dans un engrenage de démoralisation qui finirait par te broyer, par te broyer, mon petit, oui, par te broyer comme cela – dit-il en serrant son poing avec tant de sombre énergie que j'entendis craquer ses jointures.

Pour dissiper l'impression causée dans mon esprit

par ce discours bizarre et ces menaces imprécises, don Sallusto me fit observer en riant que j'avais beaucoup de chance ; et comme j'écarquillais les yeux sans oser lui demander pourquoi, il me dit de regarder à l'intérieur des maisons devant lesquelles nous passions en remontant la rue du village.

J'obéis à son conseil mais, par les portes ouvertes (on ne les fermait que la nuit, pour dormir, et encore), n'apercevant rien que je n'eusse déjà vu cent fois, je comprenais mal pourquoi il m'obligeait à recommencer l'inspection devant le pas de chacun des logis. Le mobilier était toujours le même, l'immense lit à boules de cuivre recouvert d'un édredon piqué, le coffre à vêtements au pied du lit, la table et les chaises dans un coin, le buffet dont les portes elles aussi étaient rarement fermées et sur les étagères duquel s'empilaient la même sorte de vaisselle et les mêmes ustensiles de cuisine, le fourneau enfin – et jamais un meuble de plus, ni une disposition particulière de ces meubles, identiques d'une habitation à l'autre et pour ainsi dire interchangeables.

Aux douze coups de midi, la rue, déserte jusqu'alors, commença à se remplir de mouvement. Des femmes rentraient de la fontaine en portant une cruche d'eau en équilibre sur leur tête. D'autres, qui avaient passé la matinée à préparer la pâte ou à coudre, apparurent sur le seuil en interpellant leurs voisines. Les fillettes débouchèrent des ruelles de traverse et coururent se mettre à la disposition de leurs mères. Don Sallusto me recommanda encore une fois d'observer tout avec soin. Les femmes qui étaient revenues avec l'eau la transvasaient dans de petits brocs qu'elles saisissaient ensuite à deux mains et apportaient en face, dans l'une des maisons qui bordaient l'autre côté de la rue. Elles entraient du même pas, décidé et tranquille, sans marquer un temps d'arrêt à la porte, sans frapper contre le montant ni demander la permission. Puis elles retournaient chez elles, l'une avec un bol de sauce tomate qu'elle avait pris chez sa voisine, l'autre avec un petit cornet de papier recroquevillé sur de la poudre blanche de sel.

J'aperçus ma mère. Elle tenait, par les deux anses, une marmite qui certes n'était pas à nous. Je reconnus le récipient. Il appartenait, s'il appartenait à quelqu'un, à la mère de Luisilla. Combien de détours, me chuchota don Sallusto en réponse à mon exclamation, ferait-il encore avant de réintégrer son domicile ? Ma mère le posa sur notre lit, puis elle saisit la fiasque de vin que j'avais remplie avec tant de danger pour mes cheveux et pour mes oreilles. Elle sortit de nouveau, entra dans une autre maison, d'où elle revint avec une bouteille d'huile sous le bras.

Pendant toutes ces opérations, je ne l'avais pas entendue prononcer deux mots, et par chacune des portes je voyais entrer et sortir dans un va-et-vient incessant bien que silencieux les femmes en train d'échanger leurs ustensiles et leurs provisions avant de se mettre à la cuisine.

Un peu plus loin, on avait installé au milieu de la rue un brasero autour duquel on s'affairait pour porter les tisons à incandescence. Il me parut curieux d'allumer déjà, quand l'automne était à peine entamé. Il fallait des températures rigoureuses pour décider les gens à tirer dehors les appareils de chauffage. Je hâtai l'allure, fort intrigué. Etendu sur un matelas et porté par deux hommes qui déposèrent leur fardeau par terre, à côté du brasero, j'aperçus un vieillard, d'aspect cadavérique. Ses mains s'agrippaient de manière convulsive au rebord du matelas. Je fus frappé par le contraste de sa peau mortellement pâle et de la barbe noire qui envahissait le visage. Il tenait les yeux clos. J'entendis son râle se frayer à grand-peine un chemin entre ses dents serrées.

Je n'eus pas le temps de demander pourquoi, s'il était si malade, on l'avait traîné dehors au lieu de l'installer près du fourneau, dans la chaleur familière de son foyer. Une femme se précipita sur don Sallusto. Elle lui tendit un couteau, en le suppliant d'aider son père à mourir. Et comme don Sallusto, sans vouloir obéir à la prière qu'elle renouvela d'une voix gémissante, se préparait à aller chercher les sacrements, elle attira son regard sur les mains du moribond, les doigts osseux agités par le spasme.

— C'est lui-même qui le demande, révérend, il ne peut plus parler, ses mains le demandent pour lui !

Don Sallusto prit alors le couteau, s'accroupit à côté du vieillard et décousit quelques points du matelas sur lequel il gisait sans mouvement.

— Je ne pouvais pas leur refuser cela, me dit-il, tandis que nous nous hâtions vers l'église, poursuivis par les lamentations des femmes qui se pressaient autour du mourant. Elles pensent que la mort sera moins pénible, que l'âme s'échappera plus facilement du corps, par l'ouverture que j'ai faite dans le matelas. Cet homme n'en a plus que pour quelques heures à vivre, et il mourra apaisé.

Don Sallusto paraissait lui-même tout heureux d'avoir contribué à ce départ en douceur par la petite dérogation païenne qu'il venait de se permettre aux dépens de sa religion.

Je connaissais la famille de ce vieillard comme une des plus pauvres de San Donato. Quelques semaines auparavant, j'avais suivi l'enterrement – le premier de ma vie – d'un ancien précepteur du prince, retiré dans le château depuis de longues années. Du château à l'église, le cercueil de bois noir rehaussé de dorures éclatantes avait traversé tout le village.

— Comment feront-ils pour payer ? murmurai-je sans oser formuler à haute voix mon inquiétude.

Saisissant au vol ma pensée, don Sallusto me répondit :

— Il sera enterré tout nu dans le cimetière, comme on a toujours fait à San Donato. Oui, Vincenzo, tu dois savoir que les cercueils sont venus avec les balcons. Dieu seul pourrait comprendre pourquoi ils mettent leurs morts entre quatre planches clouées.

— Il n'y a que la naissance et la mort qui comptent, me dit-il encore ce jour-là. Quoi qu'il t'arrive plus tard – il me regarda sur ces mots d'un air significatif – rappelle-toi que seules comptent la naissance et la mort. La vie est ouverte aux deux bouts...

Don Sallusto m'avait emmené plus d'une fois auprès des nouvelles accouchées, sans doute par fidélité à ses convictions sur les choses vraiment importantes. Mais peu de temps après, comme le hasard voulut, notre attention fut attirée, de manière imprévisible et inhabituelle, sur une coutume qui remontait aux temps les plus anciens de San Donato, bien qu'elle trouvât rarement l'occasion d'être mise de nouveau en honneur.

Un mois à peine s'était écoulé depuis le passage de l'abbé Perocades. L'effervescence produite par sa visite et plus encore par son expulsion commençait tout juste à retomber, le calme était revenu plus ou moins, quand deux femmes, appartenant à deux familles différentes, se trouvèrent sur le point d'accoucher, sinon à la même heure, du moins à un intervalle de temps assez rapproché pour donner lieu à la cérémonie. Deux naissances à la fois, il fallait fêter cette solennité, trop rare pour qu'on eût à craindre d'installer un désordre permanent au village, ce qui serait arrivé à coup sûr si la sorte étrange de licence qui se manifesta en cette occasion avait pu se donner libre cours dans des circonstances moins exceptionnelles.

La veille de ce jour mémorable, mon père, au retour des champs, chargea l'âne de la pelle et de la pioche et des autres outils que nous laissions habituellement dans le tronc creux de l'olivier ; et comme nous approchions du village, je vis que les autres paysans avaient agi de même. Les pelles, les pioches, les faux, les bêches ballottaient sur la croupe des montures. Quelle ne fut pas ma surprise, ensuite, de constater qu'au lieu de se diriger vers leurs maisons, ils déposèrent sur l'esplanade les instruments de leur métier. Je devrais plutôt dire qu'ils les y jetèrent pêle-mêle, tant ils montrèrent de hâte à s'en débarrasser : avaient-ils résolu de ne plus jamais s'en servir ? Le spectacle de ces manches et de ces lames enchevêtrés n'importe comment sur le sol faisait penser au dépotoir où l'on met au rebut les objets hors d'usage.

Le lendemain, les deux enfants naquirent, à quelques heures d'intervalle, le premier en pleine nuit, le second avec l'aube. Dès que la nouvelle fut connue, mon père rassembla tous les couteaux en notre possession et en fit un petit tas qu'il glissa sous le lit. Loin de se livrer à cette opération en cachette de ma mère, il procéda avec le maximum d'ostentation. Puis il se coucha de tout son long sur le lit, croisa les mains sur son ventre et resta immobile dans cette posture. J'attendais d'une minute à l'autre que ma mère le secouât par les épaules et le houspillât en lui rappelant que le soleil était déjà haut, qu'il fallait avoir perdu la raison pour fainéanter comme cela. Il n'en fut rien, pas plus qu'elle ne songea à récriminer au sujet des couteaux. Et moi ? me disais-je. Devais-je préparer l'âne ? Me précipiter sur la place pour y reprendre les outils abandonnés ? Je m'imaginais aussi qu'un des intendants du prince, voyant qu'il manquait un homme à l'appel, ferait irruption chez nous, le fouet levé dans son poing. Ni ma mère ni mon père, apparemment, ne se laissèrent traverser l'esprit par ce danger. Tandis que mon père, les mains toujours croisées sur le ventre et les yeux à demi clos, restait immobile sur le lit, ma mère enfila ses sabots, prit un panier, jeta sur sa tête un châle et s'élança dehors.

Je la suivis. Dans la rue il n'y avait que des femmes, et toutes dans cette même tenue, équipées pour aller aux champs. Elles s'acheminaient vers les maisons où les bébés venaient de naître. A ma stupéfaction, je vis apparaître sur le seuil la jeune mère, complètement habillée, son châle sur la tête et son panier au bras, mais si pâle et si faible qu'elle arrivait à peine à soulever de terre ses sabots. Les femmes l'entourèrent, elle s'abandonna entre leurs bras. Avec d'infinies précautions, le cortège prit la direction de la campagne.

Je courus à l'autre groupe. La nouvelle accouchée s'était mise en route, soutenue de tous côtés avec empressement. Plus chancelante encore que la première, elle semblait prête à défaillir. Pourtant, elle avait beau s'appuyer sur ses compagnes, celles-ci avaient beau lui faciliter du mieux qu'elles pouvaient l'ingrate entreprise, on se rendait bien compte que pour tout l'or du monde elle n'aurait renoncé ni à porter elle-même son panier, ni à marcher en traînant ses lourds sabots, pas plus d'ailleurs que ses amies ne l'auraient priée de monter sur leurs épaules. Le cortège se réunit à l'autre. En dehors des nourrices laissées avec les bébés, on peut dire que toutes les femmes s'en allèrent ce matin-là travailler, sous le soleil encore dévorant de cet automne.

En me retournant, j'aperçus don Sallusto qui venait vers moi avec de grands gestes. Nous remontâmes la rue comme nous faisions les autres jours, mais cette fois, vraiment, le spectacle tranchait sur l'ordinaire. Par les portes, restées grandes ouvertes après le départ des femmes, il me montra cette chose incroyable : dans chaque maison, le père, couché sur son lit, dans la même posture où j'avais laissé mon père. Les mains croisées sur le ventre, les yeux à demi clos, je crus d'abord qu'ils dormaient. En réalité, ils ramassaient leurs forces dans une occupation qui devait leur coûter beaucoup de peine, car, si je les observais un peu, je les voyais de temps à autre rouvrir les yeux et pousser un soupir, comme s'ils avaient à reprendre haleine avant de s'absorber de nouveau dans leur tâche.

Puis nous arrivâmes devant la maison du père d'un des nouveaux bébés. Il n'était pas sur son lit étendu, lui, mais pelotonné à même le sol, contre le montant du lit, dans l'attitude d'une poule surprise à couver. Il ne faisait pas un geste, ne bougeait pas le petit doigt. Pourtant, à regarder la sueur qui dégoulinait de son front et sur son cou, et le plissement en étoile de la peau de ses pommettes autour de ses paupières tenues vigoureusement rabattues, il n'était pas difficile de comprendre qu'il fournissait un effort démesuré, vers un but qui requérait une concentration extraordinaire de sa volonté, une dépense exténuante d'énergie et une foi aveugle dans le succès d'une entreprise qui excédait si visiblement ses moyens.

Ses couteaux, il ne les avait pas glissés sous son lit, mais rangés au-dessus du buffet, dans un endroit impossible à atteindre sans monter sur une chaise. Les pointes des lames étant tournées vers le mur, je voyais dépasser du rebord les manches de bois sculptés. Etait-il devenu fou, à renverser ainsi, par un caprice incompatible avec ses nouvelles responsabilités familiales, l'ordre établi des choses et les rôles fixés à chacun ? Il en avait pour neuf jours, me dit don Sallusto, à rester par terre, recroquevillé dans cette position. Neuf jours pendant lesquels tous les hommes du village s'abstenaient de travailler ou même de toucher à un des instruments de leur métier. En outre, ils s'interdisaient de manier un couteau et ils étendaient cette prohibition aux autres membres de la famille.

Les jeunes gens avaient le droit de sortir, mais ceux qui étaient déjà pères, d'un ou plusieurs enfants, demeuraient couchés jour et nuit. Si la tâche à laquelle ils se livraient dans la pénombre n'atteignait pas le même degré d'intensité que pour les deux héros spécialement désignés de cette cérémonie, il me suffisait de jeter un coup d'œil n'importe quand à travers n'importe laquelle des portes pour vérifier, d'après leur manière de crisper les mains sur leur ventre et de lâcher de profonds soupirs, qu'ils s'adonnaient sans trêve à leur occupation mystérieuse. Outre les couteaux, ils refusaient de se servir de leurs fourchettes. On devait les nourrir, à la cuiller, d'une bouillie liquide de maïs. Le soir, les femmes rentraient, avec leurs paniers pleins à ras bord de légumes et de fruits. Non contentes de plier sous ce fardeau, la plupart rapportaient un énorme fagot en équilibre sur leur tête. Au bout de neuf jours les hommes se relèveraient, délivrés de l'obscur effort qui les avait possédés avec tant d'inutile passion, les femmes se remettraient à leurs fourneaux, les couteaux paraîtraient de nouveau sur les tables et le traintrain de San Donato recommencerait comme s'il ne s'était rien passé.

Je me disais avec effroi que les intendants du prince, furieux de voir les champs à l'abandon, surtout en cette saison de labours et de semailles, se précipiteraient dans les maisons avant le terme fixé pour mettre fin à ce désordre et profiter de l'occasion pour exercer leur brutalité coutumière. Au lieu de cela, ils déambulaient tranquillement dans la rue. Ils ne pouvaient s'empêcher, certes, de regarder dans les intérieurs, soit pour s'assurer que leurs hommes étaient là au complet, à leur disposition malgré tout, soit par besoin invétéré d'inspecter. Mais rien ne laissait penser qu'ils mûrissaient un plan de représailles ou même qu'ils désapprouvaient ce bouleversement des habitudes. De toute mon enfance à San Donato, c'est la seule fois où je les vis se promener en dehors du château sans leur fouet.

Une découverte archéologique

Perocades avait dit, dans sa péroraison, il m'en montra plus tard les feuillets :

— De chaque côté de l'allée qui divise en deux votre église, je vois les hommes rassemblés à gauche, les femmes rassemblées à droite. Pourquoi le Seigneur veut-il que ses fidèles se répartissent ainsi selon le sexe et forment deux groupes nettement séparés ? D'abord, pour que chaque sexe ait la possibilité d'acquérir ou le temps de reprendre une conscience élevée et précise des responsabilités qui lui incombent en propre. Ensuite, afin de rendre manifeste que l'homme et la femme doivent rester de chaque côté d'une barrière jusqu'à ce qu'un choix réciproque, fondé sur l'estime et la compréhension mutuelle, les pousse à quitter leur travée respective, pour se prendre par la main et aller s'unir sous le regard de Dieu. Dieu vous a divisés pour vous donner le temps de vous choisir, en sorte que les époux qui se présentent devant son autel n'obéissent pas seulement à la force aveugle de leur première impulsion, mais agissent en connaissance de cause et par décision soigneusement mûrie.

« Admirez, mes frères et mes sœurs, avec quelle

judicieuse finalité la loi de notre Seigneur s'inscrit dans la configuration de son église. Le partage des fidèles, en deux groupes selon le sexe de chaque côté de l'allée centrale, constitue comme un langage qui vous indique clairement où est le devoir de chacun. Que chaque jeune homme considère attentivement si la jeune fille qu'il aime répond à toutes les qualités qu'il attend de son épouse future ! Que chaque jeune fille examine avec soin et dans le secret de la prière si celui qu'elle désire pour époux répond à toutes les exigences qu'elle formule pour le compagnon de sa vie ! S'il n'y avait pas ce symbole matériel de l'allée qui divise, du fossé à franchir, si les sexes étaient mêlés dans la confusion et le désordre, comment pourrait-on être sûr que l'homme et la femme se sont choisis lucidement, en toute connaissance de cause, comment pourrait-on être sûr qu'un mariage est le fruit d'une décision responsable, d'un consentement réciproque voulu par deux cœurs avertis, et non le résultat hasardeux d'une rencontre trompeuse fondée sur la simple illusion des sens ?

« Respectez donc cette bipartition établie par la sagesse de Dieu. Mais ce n'est pas tout. L'allée qui vous divise en hommes et en femmes n'est pas seulement un obstacle qui, en vous séparant, vous permet de vous connaître et de vous apprécier. Elle est aussi un chemin qui vous réunit, qui réunira deux d'entre vous dès lors qu'ils auront décidé d'associer leurs vies, elle est la route qui les conduira jusqu'à l'autel où Dieu bénira leur union.

« Vous me direz : la plupart d'entre nous, ne sommes-nous pas déjà mariés ? A quoi bon nous séparer en entrant dans l'église, puisque, de toute façon, nous sommes obligés de nous retrouver en en sortant ? Eh bien ! mes frères et mes sœurs, je vous dois en effet des explications sur un aspect parmi les plus remarquables, bien que généralement ignoré, du mystère hebdomadaire de la messe. Oui, il faut que chaque couple en entrant se sépare comme s'il n'était pas marié. Il faut que l'homme aille de son côté et la femme du sien. Il faut que l'office serve à l'un et à l'autre de retraite. Puisse chacun, pendant le temps qu'elle dure, descendre dans le fond de son cœur et retrouver, pour les vivifier et leur insuffler une nouvelle jeunesse, les raisons de son choix, les raisons de son mariage, les raisons de sa fidélité ! Puisse cette réflexion hebdomadaire vous empêcher de rester unis les uns aux autres seulement par routine, et vous forcer à reconnaître, dans le succès et dans la persévérance de votre union, le rôle de votre volonté personnelle.

« Et pour que le symbole de l'allée soit tout à fait clair à vos yeux, pour que vous vous rendiez bien compte que la séparation qu'elle vous impose momentanément n'a d'autre but que de vous fortifier les uns les autres dans votre amour et dans votre estime réciproques, je vous invite à venir maintenant communier, non pas les femmes d'abord et les hommes ensuite, comme vous en avez pris l'habitude par la faute d'une tradition erronée. Découvrez l'admirable signification de l'aménagement topographique de votre église. Rendez au chemin qui conduit à l'autel la beauté symbolique d'un véritable chemin. De même que vous voyez sur la route deux pèlerins cheminer côte à côte en prenant soin de se charger tour à tour du fardeau de leur commun bagage, venez communier deux par deux, en couples, homme et femme ayant renouvelé leurs vœux et fiers d'apporter au Seigneur le témoignage d'une union qui ne doit rien ni au poids de l'habitude ni à celui de la contrainte. L'union volontaire de deux adultes agissant en pleine connaissance de cause. N'est-il pas vrai que vous la choisissez, en ce moment même, dans le fond de vos cœurs purifiés, n'est-il pas vrai qu'elle s'impose d'elle-même, pour ainsi dire, à vos cœurs régénérés par le recueillement et la prière ?

« Mes frères et mes sœurs, comme je me réjouis de penser que chacun de vous, après ce temps de séparation et de retraite, est devenu davantage lui-même, plus intensément homme, plus intensément femme, plus intensément et plus consciemment la moitié d'un tout prêt maintenant à se reformer pour la plus grande gloire de Dieu ! Amen. »

Quelques semaines après ce mémorable sermon, on pouvait croire qu'il n'en resterait pas d'autre trace que le souvenir désopilant de l'exploit par lequel les matrones de San Donato avaient réduit au silence les raisonnements pour le moins étranges de son auteur. Cependant, il était manifeste qu'en raccompagnant au pas de course le jeune Perocades jusqu'à son mulet et en le précipitant sans ménagement sur la descente, elles n'avaient pas réussi à expulser complètement l'émotion causée par sa harangue. Ce serait trop dire, bien sûr, si je prétendais que les deux jeunes mères avaient hâté et synchronisé leurs accouchements, afin de rendre possible cette sorte de fête que j'ai décrite, au cours de laquelle la communauté paysanne infligea un fameux démenti à l'idéal franc-maçon de la répartition des tâches selon les sexes. Mais la formule « ce serait trop dire » est une pure clause de style sous ma plume, convaincu comme je suis, après avoir vécu toutes ces années avec le prince, assisté à plusieurs de ses expériences et partagé le secret de ses découvertes les plus merveilleuses, que nos espoirs, nos désirs ainsi que beaucoup d'autres influences psychiques peuvent agir directement sur le corps. Oui, il me viendrait presque l'envie de soutenir que cette double naissance à San Donato et les cérémonies auxquelles elle donna lieu furent la réponse inconsciente du village aux dernières paroles du sermon. L'homme toujours plus homme, la femme toujours plus femme, parlons-en, mon petit abbé !

Don Sallusto, en tout cas, continuait à se distinguer par des signes évidents d'agitation. Je voyais bien qu'il se creusait la cervelle pour trouver la riposte adéquate à la question que lui avait posée de façon si malencontreuse don Pietro, et pour en finir une bonne fois avec l'argument tiré de l'apparition sur les plages du royaume de ce petit animal mi-invertébré mi-vertébré, au nom savant. Il ne reparlait jamais à personne de ce passage du sermon, ni d'aucun autre d'ailleurs, bien qu'il remuât tout cela dans sa tête, comme je m'en apercevais d'après les brusques altérations de son visage, le tremblement gras si caractéristique de son menton, le va-et-vient désordonné de ses mains. Quand il croisait une des rares personnes de San Donato capables d'entamer avec lui une discussion sur ce sujet, il s'arrangeait pour détourner d'un autre côté l'entretien. En fait, comme je l'ai compris depuis, il attendait qu'une occasion lui permette de rétablir son autorité dans le village, sans avoir à soulever un coin du voile sur le secret de sa vie privée.

Un soir, enfin, après la classe de musique, il nous mit en file indienne devant la porte du presbytère et distribua à chacun de nous, dans le plus grand silence, un objet particulier, à moi ce fut une petite raclette, dont je ne concevais pas l'usage, pas plus qu'aucun de ceux qui en reçurent une semblable à la mienne. Deux autres eurent à porter deux gros cierges courts et trapus, mon jeune frère un in-quarto illustré auquel une épaisse reliure conférait un aspect vénérable. Gardant pour lui la clef, énorme et rouillée, du portail, don Sallusto prit la tête de la petite procession qui fit le tour de l'église, jusqu'à l'entrée par la façade.

La nuit était presque noire. Le vent poussait de gros nuages sur le croissant de lune à son dernier quartier. Il fallait tâter le sol du pied avec précaution, pour ne pas tomber dans un trou ou buter sur une pierre. N'empêche que nous n'aurions pas pu résister à la tentation de jouer à cache-cache et de nous égayer en courant sur le pré, si les gestes mystérieux et le silence complet observé par don Sallusto n'avaient imprégné cette scène inaccoutumée d'un caractère solennel.

On arrive au portail. Don Sallusto fait grincer la serrure. Les vantaux gémissent sur leurs gonds. Devant nous s'allonge la grande nef, froide et obscure, dont on ne devine le bout que par le lumignon rouge brûlant sur l'autel. Nous allumons les cierges. Quelques curieux, attirés par le remue-ménage, viennent s'informer sur le seuil. Don Sallusto les repousse doucement, en leur disant qu'il est sur le chemin d'une certaine découverte.

— J'espère un résultat positif. Mais en tout état de cause, laissons la vérité sortir de la main des enfants.

Puis il referme la porte, et nous voilà, six ou sept gamins avec leur prêtre, intimidés par ce spectacle, nouveau pour eux, de leur église démesurément agrandie par les ténèbres, et plus alarmés que rassurés par les paroles qu'ils viennent d'entendre. Seules reluisent à la flamme vacillante des cierges les bases des deux premiers piliers, à droite et à gauche de l'allée, recouvertes d'un enduit noirâtre déposé par le temps.

Don Sallusto reprend à mon frère le livre, mouille son doigt, tourne une page, une autre, s'arrête, recommence, absorbé dans un calcul que nous n'osons troubler ni par des questions ni en bougeant d'un pas. Chacun retient son souffle. Il s'avance dans la nef, se penche vers les piliers qu'il tâte un par un, à hauteur de sa taille. Nous ne le voyons bientôt plus, nous entendons seulement le bruit cadencé de ses souliers à clous, entre deux intervalles de silence. Il revient vers nous, hoche la tête, rouvre le livre, recommence à supputer en comptant sur ses doigts, enfin, comme frappé d'une idée soudaine, il s'accroupit devant le premier pilier à droite, au pied duquel un des cierges posés par terre lutte contre la cire fondue qui l'étouffe. Don Sallusto avance la main devant lui, et tout à coup il trouve. Il se déplace à croupetons jusqu'au pilier de gauche, palpe au même endroit, plein succès là aussi. Le voilà qui se relève, et comme s'il avait craint jusqu'alors de parler par peur de rompre un sortilège nécessaire à la réussite de son exploration, il nous dit à haute voix de nous séparer en deux groupes et de nettoyer avec nos raclettes la partie qu'il nous indique sur la face antérieure de chacun de ces deux gros piliers.

Nous fûmes un quart d'heure à racler et à gratter, après quoi nous apparut distinctement, sculptée en relief dans le granit à l'intérieur d'une sorte de rectangle évidé, une inscription. Elle était composée d'un seul mot. Don Sallusto nous en fit d'abord tâter les lettres sous les doigts, puis nous dûmes, un par un, épeler et répéter à haute voix. C'est ainsi que je lus : HOMBRES. Chacun épela et prononça sans grande difficulté le mot, bien que la signification nous en fût obscure. Ceux de mes camarades qui avaient travaillé au pilier du côté opposé eurent plus de peine à déchiffrer leur mot. Don Sallusto dut le prononcer plusieurs fois avant de réussir à le leur faire répéter correctement : MUJERES. Nous attendions des explications sur le sens et la portée de cette découverte qui ne pouvait être que capitale étant donné le mystère de toute cette cérémonie. Mais don Sallusto retomba dans son mutisme. Après avoir refermé avec soin la porte de l'église et redistribué à chacun de nous le même objet que nous portions en venant, il regagna le presbytère, suivi de son petit cortège de garçons silencieux, transis et médusés.

Don Sallusto n'exploita pas tout de suite son succès. Certain que ses élèves, impressionnés par la bizarrerie de cette nocturne aventure, se dépêcheraient de colporter le secret découvert, il se garda de paraître, en obtenant un triomphe trop rapide sur l'abbé Perocades, éprouver trop vivement le besoin de se défendre : peut-être, alors, se serait-on interrogé, avec une curiosité toute nouvelle, sur ce qu'il y avait de singulier dans certains aspects de sa personne. Il donnait des réponses évasives à ceux qui le questionnaient sur les événements de cette nuit, et hochait la tête avec un sourire chaque fois que le médecin ou l'avocat lui demandaient si la trouvaille faite en cette circonstance, il la jugeait digne d'être versée dans les archives de San Donato.

Il avait décidé, en réalité, de prendre pour confident don Pietro, d'abord pour rétablir son prestige devant un homme à qui il n'avait pas su répondre sur l'*Anfioxus lanceolatus*, ensuite parce que don Pietro, qui n'y apparaissait que deux fois l'an, n'était pas vraiment mêlé à la vie du village. Il ignorait les petits problèmes concernant l'existence de chacun. Peut-être même n'avait-il jamais fait attention où se localisait la graisse des sujets auprès de qui il percevait les taxes destinées à leur roi. Pour toutes ces raisons il n'irait pas le soupçonner, lui, don Sallusto, d'avoir entrepris une recherche scientifique mû par un intérêt personnel inavoué.

Le maître de chapelle saisit la première occasion. S'étant arrangé pour amener son interlocuteur au milieu de la place, à l'heure où la plus grande partie de la population masculine, revenue du travail aux champs, y goûtait le frais, il se mit à parler d'une voix forte, afin d'être entendu à la ronde. Car ici, dans ces conditions, il ne courait pas le risque d'avoir l'air d'un homme qui discourt avec abondance d'une chose pour en cacher une autre. Il pouvait passer, et il passa, pour un érudit qui profite de la rencontre de quelqu'un de son monde pour l'amuser par une anecdote savante.

— A propos, vous savez ce que j'ai découvert ? J'en avais bien le soupçon d'après le *Rapport historique et critique* du chanoine Arteaga, dont j'ai rapporté de Naples un précieux exemplaire. Il faudra que je vous le montre... Si nous étions en mesure de vérifier toutes les indications qu'il contient, nous pourrions écrire l'histoire du royaume sur de nouvelles bases... Un tout petit détail, en tout cas, je peux dès maintenant le verser au dossier... Oh ! c'est peut-être sans grande importance... Enfin, figurez-vous que j'ai trouvé, en grattant les deux premiers piliers de notre église, juste derrière la porte d'entrée, de chaque côté de l'allée centrale, les deux piliers qui forment le coin, pour ainsi dire, des deux travées de bancs et qui supportent aussi les deux bénitiers, j'ai trouvé à cet emplacement, bien en vue, deux inscriptions, deux inscriptions espagnoles, qu'il fallait seulement nettoyer de leur crasse, HOMBRES et MUJERES, une sur le pilier de gauche et l'autre sur le pilier de droite. Il n'y a pas si longtemps, comprenez-vous, qu'elles s'étalaient en plein sous les yeux des fidèles qui étaient forcés de les lire avant de gagner leurs bancs, HOMBRES d'un côté, MUJERES de l'autre... N'est-ce pas étrange, don Pietro ?

Inutile de dire que j'étais au premier rang des curieux qui se pressaient autour du curé. Don Sallusto, tout en parlant, me faisait de petits clins d'œil affectueux, comme s'il avait tenu à m'associer plus étroitement, mais je me demandais bien pourquoi, aux bénéfices de cette découverte qu'il exposait au collecteur d'impôts.

Après avoir permis à don Pietro de montrer, par un sourire à la fois entendu et perplexe, qu'il donnait sa langue au chat, mais non faute de comprendre le sens de ces deux mots, qu'il répéta avec un pur accent castillan, don Sallusto reprit, sur un ton plus désinvolte, comme s'il ajoutait une parenthèse indifférente :

— Certains prétendent que la séparation des hommes et des femmes à l'intérieur de l'église, de chaque côté de l'allée centrale, remonte au début du christianisme, qu'elle répond à un dessein de la sagesse divine, que la division matérielle des sexes rend manifeste le devoir particulier qui incomberait à chaque homme, à chaque femme... Oh là là ! je ne vais pas mettre à profit l'honneur que j'ai de m'entretenir avec vous en vous embrouillant les idées avec une théorie de cette sorte, dont ma petite découverte vient justement de prouver le caractère hautement fantaisiste... Vous comprenez, l'occupation espagnole du royaume ne remonte pas avant le quinzième siècle. C'est clair : quand les Espagnols arrivèrent à San Donato, ils trouvèrent des mœurs si contraires à leur conception de l'*honneur* qu'ils firent graver dans la pierre ces deux inscriptions : HOMBRES ! MUJERES ! Des ordres, oui, des prescriptions impérieuses... Les uns à droite, les autres à gauche... Une vraie discipline militaire... Quelle résistance aurions-nous pu opposer ? Nous autres paysans, n'étions-nous pas démunis et sans armes, devant ces soldats équipés de pied en cap ? Je ne vous en dis pas plus, mais de grâce, si cette obligation s'est transformée aujourd'hui en simple usage, qu'on ne vienne pas, en spéculant sur une fausse origine, raviver la honte de ces temps d'oppression.

Don Sallusto, qui tenait absolument à me mêler à leur conversation, bien qu'on vît mal quelle place je pouvais y tenir, en dehors du rôle que j'avais joué cette nuit avec mes camarades, réussit à trouver le moyen de m'associer plus étroitement aux paroles qu'il adressait à don Pietro, en sorte qu'elles me restèrent gravées avec une plus grande précision dans l'esprit.

Il me fit signe d'approcher.

— Ce garçon, dit-il à don Pietro en mettant sa main sur ma tête, s'appelle Vincenzo, vous voyez. Il est né ici, à San Donato, d'une famille qui a ses racines à San Donato depuis un temps immémorial. Et pourtant, ce n'est pas le nom d'un de nos saints qu'il porte. Gaudioso et Proculo, les deux saints de la Calabre, nés en Calabre et crucifiés à Reggio au quatrième siècle, nos deux martyrs, les deux gloires les plus indiscutables de notre histoire religieuse, vous ne trouverez personne ici qui porte leurs noms. Nos saints calabrais ont été détrônés par des saints espagnols, c'est comme je vous le dis. Je n'ai rien contre Vincenzo Ferrer, espagnol, Dieu m'en garde ! Mais je constate que c'est un pape espagnol, Calixte III, le premier, entre parenthèses, de la souche exécrée des Borgia, qui l'a canonisé, dès 1455, moins de quarante ans après sa mort, sur l'insistance d'un autre Espagnol, Alphonse d'Aragon, lequel s'était emparé, par des moyens plus ou moins catholiques, du royaume de Naples. Contre cette coalition d'un pape espagnol et d'un souverain espagnol, comment nos saints, de modeste extraction locale, auraient-ils pu résister ? Vincenzo supplanta Proculo et Gaudioso. Son culte fut introduit à Naples et dans le royaume, où il est devenu populaire. On dit : populaire. La peinture retraçant les principaux épisodes de la vie de Vincenzo Ferrer, que vous avez sûrement admirée à Naples dans l'église de Saint Pierre martyr, où une chapelle est dédiée au dominicain de Valence, cette peinture remonte au quinzième siècle. Mais quand vous saurez qui visitait avec prédilection cette chapelle, qui s'agenouillait devant cette peinture, qui la commanda, peut-être ? vous conviendrez avec moi que le coup de force espagnol est patent : la reine Isabelle, oui, la femme du roi Ferrante, fils naturel d'Alphonse d'Aragon, et son successeur sur le trône... Si nous soupçonnions seulement une petite partie des domaines où s'est exercée à nos dépens la volonté de nos maîtres d'outre-Méditerranée...

Don Pietro poussa un soupir d'assentiment résigné. Mais on voyait bien que le prêtre avait réussi à le pénétrer d'admiration pour sa science plutôt que de chagrin pour la déconfiture des saints Gaudioso et Proculo.

Ils s'éloignèrent bras dessus bras dessous dans la petite rue sombre qui conduisait à l'église. J'entendis encore don Sallusto qui disait :

— Aujourd'hui, le peuple se réjouit parce que, au lieu d'un vice-roi, comme il en a subi pendant plus de deux siècles, qui gouvernaient pour le compte de Madrid et faisaient filer nos richesses de l'autre côté de la mer sur les galions dorés de Charles Quint ou de Philippe II, aujourd'hui le peuple a retrouvé un souverain authentique, Naples est redevenue la capitale d'une monarchie indépendante, Sa Majesté le Roi Ferdinand étend sur nous les bienfaits de sa bénignité pleinement et librement royale. Vous savez, don Pietro, avec quel zèle j'invite mes paroissiens à lui rendre grâces, non moins que je les exhorte à lui payer leurs impôts, maintenant que l'argent qui rentre dans les caisses de l'Etat en rejaillit pour le bien de tous les sujets. Mais entre nous, don Pietro, c'est le seul changement, nous sommes encore entre les mains de l'Espagne ! Roi Ferdinand lui-même, que j'admire et que je révère, ne pourrait pas faire qu'il en soit autrement, puisqu'il est un Bourbon d'Espagne ! N'est-il pas le petit-fils du feu roi d'Espagne Philippe V, et le fils de Charles, qui a régné à Naples sous le nom de Charles VII avant de succéder à son père sur le trône de Madrid, qu'il occupe à présent sous le nom de Charles III ? La tutelle espagnole ne s'exerce plus brutalement sur nous, elle n'en imprègne pas moins toutes nos mœurs, nos manières de sentir, d'agir... HOMBRES ! MUJERES ! Les hommes d'un côté, les femmes de l'autre... Un règlement tout militaire... Personne ne pouvait prendre de l'eau bénite sans être rappelé à l'ordre. Ainsi le voulait l'*honneur* des premiers Aragons, ainsi continue à le vouloir l'*honneur* des Bourbons d'Espagne. Alors, je vous demande un peu si Dieu vraiment...

La suite m'échappa, et je mentirais de prétendre que j'avais compris où il voulait en venir. Mais j'avais saisi au vol ce mot d'*honneur*. Don Sallusto l'avait prononcé à l'espagnole, *honor*, en le détachant de l'article et en aspirant le h, contrairement à l'usage qui prévaut en Italie, où on dit : *onore* d'une voix adoucie par l'instinct musical. Et comme ce mot, quand il était prononcé de cette façon plus farouche, jouait un rôle particulier dans la vie de San Donato, comme il avait servi plus d'une fois pour innocenter des maris jaloux coupables de vengeances sanglantes, comme déjà à notre âge nous nous le passions tel un talisman pour nous stimuler à la conquête des petites filles et surmonter la peur que leur sexe nous inspirait – c'est peut-être à ces paroles énigmatiques du maître de chapelle que remonte mon premier soupçon d'un lien occulte entre des coutumes en apparence éternelles et de précises vicissitudes historiques. Nous nous conduisions comme de petits Espagnols, sans savoir que nous appartenions à une race plus antique ! Quelles étaient ces choses qu'on nous avait imposées ? Et si on nous les avait imposées, de quelle spoliation funeste étions-nous les victimes ?

Vos paroles de ce jour-là, don Sallusto, combien de fois, plus tard, à Naples, me sont-elles revenues à l'esprit, combien de fois ai-je rêvé dessus... O douceur d'une époque et d'un univers si différents des nôtres que la même mésaventure n'y causerait pas les mêmes souffrances, et qu'on pourrait y être heureux par un état qui expose chez nous à de cruelles mortifications !

Premières prophéties, leur justesse

A mesure que la date fatale approchait, mon père avait de plus en plus de mal à se contenir. A la maison il s'irritait pour un rien, nous faisait des scènes à propos de vétilles. La chose n'était pas complètement nouvelle, il est vrai. Mais à présent ses accès de colère se doublaient d'une pointe arrogante de défi. « Voyez si je ne suis pas encore le maître ! » semblait-il proclamer à tout bout de champ. Nous étions assis pour le repas du soir autour de la table. Il nous regardait chacun tour à tour dans les yeux, en nous forçant à baisser les paupières devant son regard injecté. Comme aucun de nous n'aurait songé à lui disputer la moindre parcelle de l'autorité qu'il se croyait tenu à défendre avec cette détermination farouche, contre Dieu sait quelles menaces inconnues de nous, il arrivait que son regard fît le tour de la table en ne rencontrant que des têtes déjà docilement baissées, tant nous mettions d'empressement à lui obéir.

Il se levait alors d'un bond, repoussait derrière lui sa chaise qui tombait avec fracas et s'élançait dehors à la recherche de preuves plus convaincantes de ce qu'il estimait qui lui était dû. La soumission trop vite acquise et pour ainsi dire inconditionnelle de sa petite famille n'apaisait pas en lui la peur d'être sévèrement jugé pour l'action qu'il se préparait à commettre. Dans la rue, il cherchait querelle au premier venu, le plus futile prétexte lui étant bon pour déclarer qu'il ne se laisserait marcher sur les pieds par personne. Soit que don Sallusto eût mis discrètement le village au courant de la situation, soit que la nouvelle se fût répandue d'elle-même, ceux que le hasard des rencontres exposait à l'humeur provocante de mon père se hâtaient de lui donner raison, si bien que ses velléités batailleuses manquaient régulièrement leur but et qu'il poursuivait en vain une occasion favorable pour se délivrer du fardeau de son tourment. Il marchait à grands pas dans la rue, drapé dans sa cape et redressant le buste, prêt à pourfendre des ennemis qu'il ne trouvait pas et à se venger d'affronts qui n'existaient que dans son besoin de faire meilleure figure à ses propres yeux. Un vrai pugilat faillit éclater une ou deux fois. Des voisins s'entremirent. Mon père ne put jamais savoir si le silence qu'on observa à son égard pendant toute cette période où mûrissait sa décision était fait de mépris pour l'infamie dont il s'apprêtait à se rendre coupable, ou de respect pour la détresse que tout le monde lisait dans son cœur.

Finalement, il se déchargeait sur moi du poids qui l'oppressait. Il ne se contentait plus de me dire : « Bon à rien ! » en me rudoyant au hasard avec les premiers mots qui lui venaient à l'esprit. « Tu ne seras jamais bon à rien ! » s'écriait-il maintenant, et le froncement prolongé de ses sourcils, la lenteur avec laquelle il détachait ses paroles, comme s'il prenait le temps de les choisir et de les peser mûrement, le soin qu'il mettait pour les articuler, la brièveté cinglante du dernier mot qui tombait comme le verdict après la délibération, toutes ces circonstances transformaient une injure machinale à laquelle j'étais depuis longtemps habitué, en une sinistre prophétie qui me remplissait d'épouvante.

En particulier, quand j'exécutais à contretemps les ordres précipités, parfois incohérents, qu'il me dictait dans sa colère, j'étais sûr qu'il finirait par déclarer, après avoir déposé par terre son outil pour mieux réfléchir à ses termes : « Décidément, il n'y a rien à attendre de ce garçon ! » Peut-être est-ce sous l'effet de ces commandements sans rime ni raison que les objets commencèrent à m'échapper des mains. Il me demandait de lui passer la pioche. Je la lui tendais. « Non, c'était la pelle, imbécile ! » Ces scènes se répétaient de plus en plus souvent, assorties de recommandations imprégnées d'amertume : « Tu pourrais faire attention quand je te parle ! » ou de vagues accusations formulées de façon si bizarre qu'il m'était impossible non seulement d'y répondre, mais même de comprendre de quoi il m'en voulait exactement. « Tout cela arrive par ta faute ! » « Sans toi, la question ne se serait jamais posée ! » Quelle est la question qui ne se serait jamais posée ? De quelle faute s'agissait-il ? Je me sentais d'autant plus impuissant à faire face à ce qu'il exigeait de moi, que la simple vue de ma personne, si mon impression était juste, suffisait à le confirmer dans ses sentences inexorables, sans qu'il ait besoin d'autres preuves.

Pelle ou pioche, tout ce que je faisais était mal fait. Je ne parvenais plus à lui plaire. C'était donc vrai que je n'étais bon à rien. Je m'habituais à cette conviction, je m'enfonçais dedans, si loin qu'il m'arriva une fois ou deux de commettre exprès une erreur dans l'exécution d'un ordre. J'avais parfaitement entendu qu'il me demandait la pelle et je lui tendais exprès la pioche, afin de le renforcer dans l'opinion qu'il s'était faite à mon sujet. Si je ne réussissais pas à remonter dans son jugement, autant lui donner au moins la satisfaction de penser qu'il ne s'était pas trompé sur mon compte. J'espérais ainsi retrouver le secret de lui plaire. Par peur de faire quelque chose qui prouverait que je n'étais pas incapable de toute action utile, j'en arrivais à me garantir par avance contre l'éventualité d'un succès : par exemple, en laissant tomber par terre les outils qu'il me réclamait. Je ne dis pas que je les laissais tomber mû par l'intention précise d'attirer sur moi la malédiction irritée de mon père. Ils m'échappaient des mains, voilà tout, et sitôt après, quand je l'entendais me crier de sa voix méprisante : « Tu ne seras jamais bon à rien ! », je comprenais que c'était cela que j'avais recherché, cette condamnation, pleine et entière, oui, définitive. Quel réconfort en effet de me dire que faute d'occuper un rang passable dans le jugement de mon père, je lui permettais de voir ses prédictions les plus sombres se vérifier, ce qui était encore un moyen de reconnaître son autorité, peut-être de rentrer en grâce auprès de lui, en tout cas de retrouver à ses pieds ma place de fils obéissant.

Je fis en outre à cette occasion une expérience assez extraordinaire. Je m'aperçus que même lorsque mon père n'était pas là pour me voir et que je n'avais par conséquent aucun bénéfice supplémentaire à attendre d'un tel geste, la simple action de laisser tomber de mes mains un objet pouvait me procurer du plaisir. J'étais en train de tenir une casserole, une cuiller ou n'importe quoi d'autre et tout d'un coup, vlan ! avant que je me sois rendu compte de ce qui se passait, l'objet avait roulé par terre, à mon immense soulagement. En quoi consistait ce soulagement, j'aurais été bien en peine de le dire, pas plus que je ne saurais me l'expliquer aujourd'hui de manière tout à fait satisfaisante. Ni l'importance de l'objet ni le bruit qu'il pouvait produire en tombant n'entraient en ligne de compte dans l'impression agréable qu'il faisait sur moi par sa chute. Je le tenais fermement dans mes mains résolu à le transporter sans encombre du buffet où je l'avais pris jusqu'au fourneau sur lequel je devais le poser. Cette sorte de plaisir que j'essaye de décrire ne ressemblait nullement à ce qu'éprouve un enfant lorsqu'il jette son jouet devant lui, par bravade ou par colère, mais dans tous les cas de propos délibéré, poussé par le besoin impérieux de s'affirmer. Je cherchais à tout prix au contraire le moyen d'éviter la chute ; je crispais mes doigts sur les anses de la marmite ; je résistais de mon mieux à la tentation lorsqu'elle se présentait au milieu du parcours ; et quand enfin j'ouvrais les doigts, c'était avec le sentiment d'avoir lutté jusqu'au bout et d'être vaincu dans un combat où il se trouvait que j'étais le plus faible.

Le plus souvent, d'ailleurs, je n'avais pas le temps de penser à tout cela. Je saisissais l'objet machinalement, en état de complète insouciance, et seulement lorsque je le voyais par terre devant moi, sans pouvoir dire comment il m'avait échappé des mains, je comprenais que je n'aurais pas éprouvé la même sensation de délivrance s'il était arrivé normalement à destination.

— Tu ne vas pas me faire croire que ça te reprend ! dit ma mère, attirée par le bruit d'une casserole qui avait roulé contre le pied du fourneau. A mon air sincèrement étonné, elle me dévoila un détail de ma vie passée dont j'avais perdu tout souvenir. Cinq ou six ans plus tôt, m'apprit-elle, j'avais causé un grave souci à mes parents. Je n'arrivais plus à retenir aucun objet dans mes mains. Ils avaient dû me procurer une écuelle en bois. Mon père s'était mis en peine de tailler dans une écorce d'olivier un gobelet à mon intention. On avait commencé par me battre mais le médecin, appelé à la rescousse, avait exclu qu'il y eût mauvaise volonté de ma part. D'après lui, les influences pernicieuses qui rôdent çà et là dans la campagne avant de choisir leur victime expliquaient cette série d'accidents. Une telle excuse, me dit-elle sévèrement pour conclure, ne serait plus de mise aujourd'hui.

Impressionné par ce récit, je redoublai de précautions, évitant avec un soin particulier de transporter les objets susceptibles de se casser dans leur chute. Mais un jour, soit par étourderie, soit parce que ma mère voulut me mettre à l'épreuve, soit parce que quelque chose en moi me souffla d'en tenter l'expérience, je pris une pile d'assiettes pour la ranger dans le buffet. Avant que j'aie pu appeler à l'aide et me raidir contre mon impulsion, avant même de deviner avec quelle force elle m'enjoignait de la satisfaire, patatras ! la catastrophe se produisit. Les morceaux de faïence se répandirent en étoile à mes pieds. Sans faire un geste pour les ramasser, incapable de bouger le petit doigt, je restai un long moment sur place penché au-dessus des débris, comme si c'était ma propre image qui avait volé en éclats. Je ne sais plus si ma mère se rua sur moi pour me battre ou si lui inspira quelque pitié la dépendance dans laquelle me tenaient à nouveau ces forces obscures revenues au bout de plusieurs années se saisir de leur proie. Tout ce que je me rappelle, c'est d'être demeuré immobile à contempler le désastre, muet de stupeur et de ravissement.

Du sang sous la lune

Même s'il ne s'était rien produit de cette suite d'incidents, je garderais un souvenir précis des dernières semaines qui s'écoulèrent avant le retour du prince : un événement beaucoup plus mémorable, en effet, précéda de peu mon départ de San Donato.

C'était par une nuit de pleine lune. Luisilla m'avait enjoint de me trouver après souper derrière l'église, au pied du châtaignier de l'esplanade, notre lieu de rendez-vous habituel.

— Pour rien au monde tu ne dois manquer de t'y trouver ce soir, me dit-elle en me regardant fixement dans les yeux.

— Comme tu veux, dis-je, non sans désinvolture, car ce ton solennel m'avait quelque peu agacé. Je voulus profiter de l'importance qu'elle semblait attacher à cette rencontre pour me venger de toutes les autres fois où elle avait refusé de prendre au sérieux mes préoccupations.

— Non, pas comme ça, reprit-elle d'une voix impérieuse. Ce soir il y aura pleine lune. Il faudrait attendre un mois plein encore avant d'avoir sous la main une occasion pareille. Jure-moi que tu seras là, à neuf heures, au pied de l'arbre, pour la révélation.

En me sauvant de la maison après souper, je ne pus m'empêcher de penser que Luisilla était devenue assez bizarre ces derniers temps. Tantôt elle riait aux éclats, tantôt elle se couvrait le visage de ses mains et courait s'asseoir à l'écart. Elle ne s'expliquait sur rien de ce qui lui passait par la tête, mais on voyait bien que ses sautes d'humeur, toujours imprévisibles, ne dépendaient pas de ce qu'avait dit ou fait la personne qu'elle fuyait brusquement pour aller se cacher la figure derrière ses doigts. Elle manifestait beaucoup d'autorité dans les jeux, avec cet aplomb que confère la possession d'un secret qu'on est seul à détenir, quitte à planter tout en l'air dès qu'elle retombait en proie à son idée fixe. Avec moi elle se montrait fébrile, exigeante. Je ne pouvais jamais deviner si elle s'accrocherait à mon cou avec avidité ou si elle détournerait le visage en laissant paraître une intense expression de dégoût. Dans ce dernier cas, elle me faisait asseoir à côté d'elle mais sans me permettre de la toucher. Elle se tenait pelotonnée sur elle-même, les genoux remontés à hauteur du menton, les bras croisés autour de ses jambes. Je me demandai comment elle me recevrait ce soir. Vraisemblablement, elle ne m'avait convoqué de manière si instante que pour me communiquer une nouvelle qui éclaircirait les choses entre nous.

Aucune heure n'aurait pu se prêter mieux à la solennité d'une explication. La lune avait parcouru la moitié du ciel, brillant au-dessus de la campagne déserte. Les collines s'étageaient à perte de vue au-delà du ravin, blanches comme un champ de pierres ou d'ossements. A côté de moi les dernières maisons se découpaient comme en plein jour, tout en revêtant cet aspect irréel propre aux apparitions nocturnes. On n'aimait pas tellement à San Donato ces nuits qui n'étaient pas de vraies nuits : d'abord parce que l'alternance bien tranchée du jour et de la nuit, du travail et du sommeil, constituait une des rares certitudes sur lesquelles on pouvait compter, sauf justement quand la lune, entrant dans les maisons à travers les fentes des portes, empêchait de dormir ; ensuite parce qu'il fallait toujours craindre qu'une couleuvre ne réussît à se faufiler dans l'étable. Elle se pendait aux mamelles de la chèvre pour lui pomper, outre le lait, jusqu'à la dernière goutte de son sang.

Quant à moi, je m'amusais à faire le compte de tout ce qui serait différent dans un jour éclairé par la lumière du soleil, avec des ombres légères étirées autour des maisons, au lieu de ces flaques de ténèbres étalées pesamment au petit bonheur sur la place vide.

Luisilla m'attendait sous l'arbre. Les chiens se mirent à aboyer tous ensemble quand je la rejoignis.

— Assieds-toi là, me dit-elle, mais surtout ne me touche pas.

Elle se tenait dans sa posture favorite, le menton appuyé sur ses genoux qu'elle enserrait de ses bras.

— Tu dois savoir, commença-t-elle, que je viens d'être victime d'une grave injustice, quoique d'autres à ma place auraient peut-être sujet d'être fières.

A ces mots je bondis sur mes pieds, en m'écriant que j'étais prêt, pour la rétablir dans ses droits, à braver sur-le-champ n'importe quelle aventure périlleuse.

— Il ne s'agit pas de cela, me dit-elle. D'ailleurs, je ne peux pas te dire en quoi consiste exactement cette injustice, ni même te donner une petite idée de ce que j'ai présentement à subir.

— Fais-la-moi partager, alors, lui dis-je. A nous deux tu verras que l'épreuve, quelle qu'elle puisse être, sera plus facile à supporter.

Le vent écarta le feuillage sur nos têtes. Au rayon de lune qui toucha son visage, je vis qu'elle réprimait un sourire.

— C'est bien pour cela que je t'ai fait venir, Vincenzo. Pourtant, aussi sûr que deux et deux font quatre, tu ne subiras jamais par toi-même une injustice semblable à celle dont je suis la victime, c'est une chose positivement impossible. Tiens ! reprit-elle avec une énergie accrue, comme si elle venait de découvrir à l'instant un nouveau motif de ressentiment, il y a même double injustice dans mon cas : une première fois à cause de ce qui m'arrive, une seconde fois à cause de ce qui est certain qu'il ne t'arrivera jamais.

— En es-tu sûre ? hasardai-je, pour essayer de la radoucir.

Elle se contenta de hausser les épaules en signe de mépris.

— Mais peut-être, continuai-je, la chose dont tu me parles ne va pas durer aussi longtemps que tu le crains ?

— Si ces chiens pouvaient se taire un peu ! s'écria-t-elle, sans même daigner répondre à ma question.

— Vois-tu, Luisilla, dis-je, vexé d'être traité en enfant, ils aboient parce qu'ils ne savent plus si c'est le jour ou la nuit. Cette confusion de ténèbres et de clarté les remplit d'inquiétude. Comment s'y reconnaître ?

— Bien dit ! s'exclama ironiquement Luisilla. Tu te mets à la place des chiens, mais moi, mes raisons d'être énervée, tu ne les devines même pas. C'est vrai qu'avec ta manie de te tourmenter au sujet de ton nom, de vouloir te repérer dans le fouillis des étoiles...

— Avoue, dis-je, que je ne suis pas le seul à me tourmenter ce soir. Même les animaux, à ce qu'il semble, aimeraient savoir à quoi s'en tenir.

Elle m'interrompit sèchement.

— Il y a des situations, figure-toi, où on ne le sait que trop, à quoi s'en tenir. On préférerait justement ne pas être obligé de le savoir.

— Si tu t'expliquais un peu mieux, murmurai-je, de plus en plus décontenancé.

Elle s'appuya sur ses bras étendus en arrière mais sans cesser de tenir ses genoux étroitement serrés contre sa poitrine, puis, indifférente à mes prières, elle se mit à observer les reflets de la lune sur les feuilles, comme pour me signifier que la première partie de la conversation était finie. Même si je ne me trouvais pas plus avancé qu'au début, elle avait tout dit de ce qu'elle avait à me dire sur ce sujet-là.

J'allongeai une main pour essayer de prendre une des siennes. Elle se jeta de côté pour se mettre hors d'atteinte.

— D'abord, s'écria-t-elle d'une voix perçante, je t'ai interdit de me toucher. Sache que cette interdiction est absolue et que de plus elle ne peut être levée de toute la nuit.

— Mais Luisilla, balbutiai-je, ne m'as-tu pas dit que tu avais besoin de moi et que tu comptais sur mes services ?

Elle se redressa et me regarda avec hauteur.

— Que crois-tu ? S'il y a de quoi se révolter à cause de l'inégalité du sort qui épargne les uns en frappant les autres, je pourrais aussi bien me vanter de ce qui m'arrive et te plaindre parce que tu es resté un enfant à qui certaines choses de première importance demeurent et demeureront cachées !

Le rayon de lune, en tournant dans le ciel, vint éclairer devant nous un petit pan de mur qui donnait sur le ravin. Luisilla chuchota d'une voix précipitée :

— Regarde ! Tu me fais perdre mon temps. Il n'y a

plus une minute à perdre. Je vais te dire maintenant pourquoi je t'ai fait venir. Il faudra que tu répondes par oui ou par non à mes questions. Es-tu prêt, me demanda-t-elle après une pause, à t'unir avec moi dans une société secrète ?

Ebahi, je hochai simplement la tête.

— Tous les deux ? ne pus-je m'empêcher d'ajouter.

Elle ne m'entendit sans doute pas, car déjà elle s'était levée d'un bond et portée sur le bord du ravin. La lune, à présent, l'enveloppait tout entière. Sitôt que je l'eus rejointe, je m'appuyai à côté d'elle sur le parapet, sans oser ni la toucher ni lui demander de m'expliquer ce mystère, de peur de l'indisposer une nouvelle fois si je n'obéissais pas en silence à toutes ses prescriptions. Les chiens continuaient à aboyer dans le village. A nos pieds, la campagne, pétrifiée sous la lune, semblait frappée de mort. Sans le bruissement du feuillage qui s'agitait dans notre dos, j'aurais pu croire que nous flottions transformés en fantômes au-dessus des champs et des bois, ayant laissé nos dépouilles humaines derrière nous.

Elle sortit alors de sa poche un petit objet long et pointu qui brillait dans sa main.

— Tu reconnais cela ? me dit-elle.

— Une aiguille à coudre, Luisilla.

— Ma mère s'en servait encore ce matin pour raccommoder la culotte de mon frère Ernesto, déchirée de haut en bas, ajouta-t-elle avec dépit.

Sur ces mots elle pinça les lèvres et tapa du pied dans le mur, me donnant ainsi à entendre que s'il n'avait tenu qu'à elle les choses se seraient passées de bien autre façon. Que réprouvait-elle, l'indiscipline du turbulent Ernesto ou la soumission de leur mère trop empressée à réparer le dégât ? Elle saisit l'aiguille entre le pouce et l'index et la lança de toutes ses forces de l'autre côté du mur, là où la pente dévalait au milieu des éboulis. Puis, sans retirer son bras tendu au-dessus du vide, elle déclama en détachant solennellement les mots :

— Je jure de revenir chaque mois à pareille époque sous la pleine lune et de jeter dans le ravin une aiguille à coudre semblable à celle-ci. Je fais mon frère Vincenzo que voici gardien de mon serment.

Debout à côté d'elle, j'étais partagé entre la fierté de jouer un rôle dans cette cérémonie, l'embarras de décider si pour me montrer à la hauteur de la confiance qu'elle plaçait en moi je devais étendre la main à mon tour et répéter le serment, enfin l'inquiétude en pensant qu'elle avait volé cette aiguille à sa mère, qu'elle se proposait de recommencer tous les mois et que j'étais maintenant, de gré ou de force, complice de ses larcins. A peine la formule prononcée, Luisilla plongea une nouvelle fois la main dans sa poche et en retira un canif dont elle fit sauter la petite lame. Le métal étincela sous la lune.

— C'est à toi maintenant de prouver, me dit-elle, si tu veux entrer avec moi dans la société secrète. Mets ta main gauche sur le mur et sors l'index.

J'obtempérai, en repliant mes autres doigts et en sortant l'index dont je posai le bout sur le mur.

— Pas comme cela ! Tu le laisses pendre tout mou et je t'ai demandé de le tendre, fit-elle en accompagnant son ordre, déjà étrange, d'un petit rire qui pour la première fois m'atteignit dans mon amour-propre. Elle avait eu beau jusqu'à présent me rudoyer de toutes les manières, je ne m'étais senti que vexé d'être tenu à l'écart des préoccupations qui lui trottaient dans la tête. Maintenant, c'était comme si elle venait de découvrir en moi une particularité comique, d'où découlait quelque inaptitude à remplir le rôle qu'elle m'avait assigné.

Désireux à tout prix de la convaincre de son erreur (mais non sans me dire que ce n'était pas vrai qu'elle m'avait prescrit de tendre mon doigt : elle m'avait demandé simplement de le poser sur le mur), j'employai toutes mes forces à raidir mon index ainsi qu'elle l'exigeait. Si le sang n'y afflua pas en poussant tumultueusement dans les veines, si mon doigt ne gonfla pas à vue d'œil devant nous, c'est qu'on est impuissant à servir son désir par le seul effort de la volonté.

— Bon, reprit-elle, apparemment satisfaite. A présent, je pose le canif sur le mur, tu le prends de ta main droite et, si je n'ai pas compté en vain sur toi, tu vas te faire dans ton index tendu une entaille assez profonde pour qu'on voie le sang couler.

Impatient de me réhabiliter, je saisis en hâte cette occasion. J'enfonçai la petite lame dans mon doigt, animé d'un tel enthousiasme que le sang jaillit en gouttes rouges qui descendirent le long de la phalange et s'étalèrent sur le mur. Luisilla se pencha pour examiner la coupure puis, se redressant et reprenant sa position hiératique, elle me dit :

— Chaque mois, à l'époque de la pleine lune, jure-moi de pratiquer comme ce soir une entaille d'où le sang coule.

— Je le jure, fis-je, le bras allongé au-dessus du ravin.

Elle m'expliqua alors le but de la société secrète.

— Sache que les grandes personnes s'efforcent de nous contraindre, selon que nous sommes filles ou garçons, à des tâches distinctes auxquelles elles décrètent que nous sommes obligatoirement affectés. Nous devons donc chercher à nous défendre. Grâce à la société secrète, nous leur ôtons comme par enchantement le pouvoir de nous soumettre à leur volonté injuste. Toi, le garçon, ta blessure, faite à cet endroit, t'associe à mon destin de fille et mêle comme dans un philtre magique une portion d'éléments féminins aux caractères de ton sexe. Tout est là... Mettre le plus possible de choses communes entre nous, pour empêcher les grandes personnes de nous séparer en deux camps.

— Oui, oui ! m'écriai-je, sans oser demander par quel prodige les quelques gouttes de sang que j'avais versées pouvaient m'arracher aux limites de mon sexe pour m'imprégner des mérites du sien.

— Mais, reprit-elle, si nous voulons que le sortilège reste efficace, nous devons le renouveler tous les mois, avec chacune des périodes de la lune.

— Ne crains plus rien ! dis-je. Regarde ! Nous sommes tout blancs, nous sommes sauvés !

J'étais au comble de l'exaltation, comme si je venais de trouver un argument décisif à l'appui de ses dires. Je lui montrai nos habits tout blancs, nos mains toutes blanches sous la lune. Si les grandes personnes cherchaient à nous dominer sous des ordres arbitraires, qu'il serait merveilleux de ne plus jamais revenir dans le monde, d'échapper pour toujours à ses lois cruelles et de flotter jusqu'à la fin des temps comme ce soir, allégés par miracle de nos dépouilles terrestres et libérés de notre poids humain, glissant au-dessus des champs et des vallons endormis, sous cette clarté irréelle.

Me souvenant du début de notre entretien je voulus être sûr que Luisilla partageait mon euphorie. Convaincu qu'il ne pouvait en être autrement, la petite tache de sang étalée sur le mur en faisait foi, je m'apprêtais à lui demander si elle commençait à ressentir les bienfaits de notre serment et à se relever de ce tort mystérieux qu'elle avait eu à subir, quand soudain, net, inexorable et familier, j'entendis de l'autre côté de la place le cri d'appel de ma mère.

J'imaginais si bien ce qui avait pu se passer à la maison en mon absence ! Le brouhaha de la table qu'on débarrasse avait caché d'abord ma fugue. Ma mère toutefois s'en était vite aperçue et, sous prétexte de secouer les miettes de la nappe, elle était sortie devant le seuil pour regarder à droite et à gauche jusqu'à l'extrémité de la rue et voir si elle pouvait encore me rappeler. Pendant ce temps, mes frères et mes sœurs s'étaient mis à courir autour de la table, tandis que mon père, farfouillant dans la boîte à outils, entreprenait une petite réparation sur le pied boiteux d'une de nos chaises.

Ma mère rentrait alors, serrant entre ses lèvres un pan de la nappe dont elle rabattait les deux coins pour la mettre exactement dans les plis. Devant le vacarme qui s'était déchaîné dans la pièce, et constatant l'absolue indifférence de mon père au remue-ménage de ses enfants, elle n'arrivait plus à réprimer son irritation. Elle essayait d'attraper le premier de ses fils qu'elle trouvait à sa portée, mais tous prenaient la fuite et se réfugiaient derrière la table. Elle avait beau les poursuivre et proférer d'obscures menaces, ils se bousculaient à qui mieux mieux et s'échappaient à temps en riant de plus belle, ce qui avait pour effet d'augmenter sa colère. Malheur à celui qui tombait entre ses mains ! Il aurait à payer, par le supplice auquel on soumettrait ses oreilles, non seulement l'effronterie de la petite bande surexcitée, mais surtout le mécontentement, l'amertume et le chagrin causés dans le cœur de ma mère par ma disparition. La plupart, néanmoins, profitant de l'instant où elle passait près du mur de l'autre côté de la table, gagnaient la porte en deux bonds et s'égaillaient comme des moineaux.

Après quoi, elle n'avait plus qu'à se retourner avec aigreur contre son mari, en lui reprochant de ne pas surveiller ses fils avec plus de sévérité. C'était juste le moment où le pied de la chaise restait définitivement entre les mains de mon père. Il contemplait avec stupeur l'aboutissement infructueux de ses efforts. Alors, abandonnant ses outils par terre, il se relevait, se redressait de toute sa taille et, soit pour se débarrasser de ma mère par une ruse dont il savait l'immanquable effet, soit qu'il ne voulût pas renoncer à l'occasion de réaffirmer une opinion qui occupait constamment son esprit, même s'il dédaignait d'en faire plus souvent état pour ne pas rabâcher une vérité trop évidente, il déclarait que rien ne pouvait l'étonner de ce qui se passerait dans cette maison. Ma mère devinait tout de suite où il voulait en venir. Elle se repentait de l'avoir provoqué et s'efforçait maintenant de le faire taire avant qu'il n'exprimât jusqu'au bout sa pensée. Elle prenait la nappe qui était restée sur la table, l'aplatissait en tapotant dessus du bout des doigts pour réparer le désordre causé aux plis lors du sauve-qui-peut des enfants, elle rangeait la nappe dans le buffet, puis s'affairait à sa vaisselle et remettait en place les ustensiles, de manière à montrer qu'elle avait recouvré son calme et qu'on pouvait considérer l'incident comme clos.

Mais mon père, une fois lâché sur son sujet favori, ne s'arrêtait plus. Il commençait par dire que le ciel l'avait bien mal traité en ne lui permettant pas de trouver aux déboires de sa vie une consolation dans ses enfants. Puis, sans remarquer que ma mère, épouvantée de l'entendre récriminer à tort et à travers contre le ciel, se signait à toute vitesse au-dessus du fourneau, il proclamait que je n'étais bon à rien. Dès le début il s'en était rendu compte, dès le début. Avec un fils tel que moi, la série de malheurs ne faisait que commencer pour leur maison. Ma mère se tordait les mains et s'arrachait les cheveux. Mettant de côté ses propres griefs à mon endroit et passant outre au ressentiment que je lui causais par mes escapades nocturnes, elle cherchait en vain le moyen de me protéger contre les prophéties qui sortaient de plus en plus menaçantes de la bouche de mon père. Et comme il redoublait de violence, peut-être pour se faire pardonner la décision que dans le secret de son cœur il avait déjà prise à mon sujet, elle se sentait si oppressée par la rigueur du verdict prononcé contre moi, qu'elle n'avait plus qu'un recours, partir à ma recherche et pousser ce long ululement dans la nuit. Elle soulageait à la fois son angoisse à l'idée que je m'éloignais chaque jour un peu plus d'elle, et l'effroi superstitieux qui battait à grands coups dans sa poitrine devant l'avenir prédit à son fils.

Tous les épisodes pénibles survenus entre mes parents dans les dernières semaines, ce cri me les remit en mémoire. J'aurais presque voulu, pour ne pas l'entendre percer les ténèbres avec cette véhémence plaintive, être resté tranquillement chez moi au lieu de venir au rendez-vous. Je crois que je me serais enfui tout de suite vers le village sans chercher à embrasser Luisilla, si je n'avais craint de paraître ridicule en abandonnant mon salaire, juste au moment où je venais de le mériter. Cette coupure à mon doigt, il est vrai, elle ne me l'avait pas imposée seulement pour m'obliger à montrer mon courage : à réfléchir à tout ce qui s'était passé entre nous au cours de cette nuit, je me disais bien que

Luisilla poursuivait un autre but que le simple plaisir de mesurer, par les épreuves que j'étais prêt à braver sur son ordre, la place qu'elle occupait dans mon cœur.

Mais ce n'était guère le moment de m'interroger sur les dessous étranges d'une telle cérémonie. D'ailleurs, tant d'autres choses eussent mérité la réflexion ! Pourquoi, depuis quelque temps, tout le monde semblait préoccupé du même problème ? L'abbé Perocades avait dit que l'allée centrale de l'église obligeait les hommes et les femmes à occuper des places distinctes, et qu'une disposition des lieux aussi nette manifestait la volonté divine. Don Sallusto, ensuite, avait réussi à prouver le contraire, en incriminant les envahisseurs espagnols d'un usage qui révélait seulement leur manie de séparer et leur soif de dominer. Et maintenant, pour la troisième fois en quelques semaines, Luisilla elle aussi attirait mon attention sur le partage du monde en filles et en garçons !

Pourquoi, sans le vouloir, étais-je toujours pris à témoin ? Qu'avais-je à répondre, moi ? Quel rapport y avait-il entre les découvertes archéologiques de don Sallusto et l'aventure mystérieuse de cette nuit ? Pourquoi me faire rêver à un monde où l'opposition des sexes ne serait pas aussi tranchée que dans le nôtre ?

Pouvais-je deviner que j'étais enveloppé de signes envoyés par un dieu bienveillant pour me préparer au drame qui allait bouleverser ma vie ?

Le cri de ma mère retentit à nouveau, plus proche et plus terrible. Luisilla, fâchée d'être interrompue, me regardait sans indulgence. Que faire ? Laquelle des deux femmes m'exposais-je à mécontenter le plus, en cédant aux injonctions de l'autre ? J'aurais bien voulu rester avec Luisilla sur l'impression très pure de notre pacte lunaire, mais je risquais de décevoir mon amie et de la faire rire à mes dépens une fois de plus, en négligeant d'exploiter virilement mon succès. Mû par le sentiment de ce qui était dû à mon honneur beaucoup plus que par l'envie réelle d'échanger avec elle des caresses et des baisers, je fis un pas dans sa direction. Elle recula en hâte et me cria, comme au début de notre rencontre :

— Ne t'ai-je pas averti que tu ne devais pas me toucher et que cet ordre ne pouvait pas être levé de la nuit ?

Je sautai sur l'occasion pour la planter là sous l'arbre et rejoindre en quelques bonds ma mère.

DEUXIÈME PARTIE

Les pauvres de Jésus-Christ

Une cour blanche, un palmier

Les jeunes garçons qui traversaient la place des Gerolomini pour livrer le pain dans les ruelles sifflaient en passant sous certains balcons de leur connaissance. Entre deux séances de travail, pendant que je buvais de l'eau de mélisse pour reposer mon larynx fatigué par les roulades, j'entendais fort bien ces sifflements. Je commençais à me dire avec désespoir, en regardant le palmier par ma fenêtre : Tu ne connaîtras jamais l'amour. J'avais quinze ans, lorsque ces accès de mélancolie se mirent à empoisonner les petites satisfactions de vanité que j'avais tirées jusqu'alors des privilèges attachés à mon état.

Le Conservatoire des Pauvres de Jésus-Christ, dont la cour blanche s'orne de cet unique palmier, donne sur la place des Gerolomini, en face de l'église du même nom.

Pendant cinq années, il m'avait suffi de penser aux avantages qui me mettaient au-dessus de mes camarades de collège, pour me sentir parfaitement content. Il y avait deux sortes d'élèves, les génitaux, futurs compositeurs, et les castrats, futurs sopranistes.

Les journées, pour tout le monde, étaient dures. Lever à six heures et demie, sitôt une heure d'étude, ou révision des exercices faits la veille. Sept heures et demie : service à la chapelle. Huit heures : collation de pain trempé dans du lait. Huit heures et demie : leçon de contrepoint avec le maestro. Neuf heures et demie : leçon de littérature. Dix heures et demie : vocalises, en présence du maestro et devant le miroir. Onze heures et demie : exercices instrumentaux ou choraux. Midi et demi : récréation. Repas à une heure. Puis, jusqu'au soir : une heure de littérature et d'histoire, une heure d'assouplissement de la voix, une heure d'étude musicale, une heure de composition. A six heures, service à la chapelle. Les cours de physique acoustique, de calligraphie, de maintien, de bonnes manières occupaient la soirée. Souper à neuf heures. Récréation. Coucher à dix heures et demie.

Il y avait un maestro pour le chant et un autre pour le contrepoint. Le portier tirait la cloche quand ils entraient dans la cour. Nous devions nous précipiter au son de la cloche et les accueillir au bas de l'escalier en leur baisant la main. Antonio Sacchini enseignait le contrepoint, Giuseppe Aprile, premier sopraniste du San Carlo, le chant.

Un jour sur deux, un des élèves avancés, appelé *maestrino*, se chargeait de faire la leçon. Les élèves qui se destinaient à la composition inscrivaient leurs exercices sur une ardoise qu'ils présentaient tous les deux jours au maestro du contrepoint. Ils travaillaient dans un vacarme épouvantable. L'étude se faisait en commun, bien que nul ne s'appliquât à la même chose. Aux quatre coins de la salle qui leur servait aussi de dortoir, chacun s'évertuait sur son instrument. Les violons jouaient dans un angle, les clavecins dans un autre, une cacophonie. Je me trouvai bientôt un ami, du nom de Cimarosa. Domenico, Mimmo, comme on l'appelait. Nous avions exactement le même âge. Bien qu'intact, lui, il était déjà gras et replet. Le bruit ne le dérangeait pas. Il composa ses premiers airs couché sur son lit, sans faire attention au tapage.

Nous, les petits sopranistes, qu'on n'élevait que pour le chant, nous dormions aussi en dortoir, mais on chauffait le nôtre. Nos voix étant fragiles, nous répétions dans de petites pièces spécialement aménagées. A quatorze ans, le prince de Sansevero obtint pour moi une des deux chambres indépendantes. Feliciano, que le duc de Stigliano protégeait, occupait l'autre. Feliciano et moi, on fut voisins pendant sept ans.

Salade, thon et sardines faisaient le menu ordinaire des élèves. Les castrats avaient droit à des œufs, à du poulet, à du vin. Cimarosa me suppliait de lui mettre de côté un morceau de blanc ou un doigt de vin. J'apportais mes provisions en cachette, mais lui les étalait sur son lit, au milieu des partitions qui volaient dans les courants d'air. Il mangeait et buvait sans se gêner. Il continuait à écrire en mangeant. Un jour qu'il cherchait l'encrier, il vit qu'il fallait pour l'atteindre se pencher vers le pied du lit. Je lui avais gardé une part de flan. Il trempa sa plume dans la sauce caramel, poissa toute sa feuille mais l'air fut terminé sans qu'il ait eu à décoller son dos des coussins.

En plus des leçons et des exercices, nous étions tenus de servir la messe à l'église des Gerolomini et de prêter notre concours à certaines fêtes et processions. Ce concours était payé, l'argent que nous rapportions au Conservatoire pourvoyait à une partie de notre entretien. On nous habillait en angelots, pour veiller autour des cadavres d'enfants. Nous formions deux équipes de quatre, qui se relayaient chaque demi-heure. Il fallait rester à genoux près du cercueil ouvert et prier dans cette position pendant toute la nuit qui précédait la cérémonie funèbre à l'église. Des ailes en vraies plumes pendaient à nos épaules. Un bandeau pailleté brillait dans nos cheveux.

Feliciano, une fois, fut désigné pour cet office. Il sut, je ne sais comment, qu'à la lumière des cierges on avait l'air pâle comme la cire et lugubre. Il s'arrangea pour se colorer délicatement les lèvres et les joues d'une couche de fard rose, ni trop ni trop peu. Dieu seul pourrait dire par quel subterfuge il se l'était procuré et qui lui avait appris à se maquiller avec ce goût. Ses camarades étaient agenouillés sur le tapis du salon. Feliciano réussit à se faire apporter un prie-dieu. Il passa toute la nuit en prières, sur le rembourrage de velours, la tête droite et le corps immobile, sans vouloir se faire remplacer quand c'était son tour de repos.

Le duc de Stigliano, dont le neveu venait de mourir en bas âge, entra plusieurs fois au cours de la nuit dans le salon. Il fut tellement frappé par la beauté, par la tournure et par le toupet de ce garçon de douze ans, qu'il décida de le prendre sous sa protection. Les cheveux blonds de Feliciano, de chaque côté du bandeau pailleté, s'échappaient en boucles folles. Son visage resplendissait à la flamme des bougies. Le lendemain, il était installé dans une des deux chambres indépendantes, payée très cher par le duc.

Moi, mon protecteur, je comprenais à certains signes qu'il n'y avait pas de quoi tellement me vanter d'être attaché à la maison du plus puissant seigneur de Naples. « Don Raimondo di Sangro, le prince de Sansevero ! » On avait du mal à réprimer un petit mouvement de frayeur quand ce nom était prononcé. A San Donato aussi, le prince inspirait de la crainte. Mais on savait pourquoi. Il possédait les terres, de lui dépendait notre subsistance, n'étions-nous pas à la merci de ses intendants ? Ici, à Naples, des gens sur lesquels il n'avait aucun pouvoir, direct ou indirect, me regardaient d'un drôle d'air s'ils venaient à apprendre qui payait mes études, ma chambre, mon habit. La plupart se signaient furtivement en mentionnant le prince. L'opinion était d'ailleurs fort divisée à son sujet. Par quelles occupations mystérieuses se laissait-il absorber comme cela ? Pourquoi cet atelier souterrain aménagé dans les caves de son palais ?

« Mais comment ? Ignorez-vous qu'il est un des flambeaux de la science parthénopéenne ? – Nous y voilà : la science parthénopéenne ! Le style biscornu de don Raimondo commence à déteindre sur vous, mon cher ! – Lisez les lettres où il fait aux savants de l'Europe entière le récit détaillé de ses expériences. Tout ce qu'on peut dire de sa manière d'écrire, c'est qu'il use parfois de tournures délicieusement surannées. – Bon, mais pour un savant, avouez qu'il court après des buts parfaitement chimériques. – Chimérique, la presse dont il a fait cadeau au Roi, capable d'imprimer à la fois plusieurs couleurs, tant sur la soie que sur le papier ? Chimérique, le papier à cartouches, en usage maintenant dans notre artillerie, qui ne donne ni flammes ni étincelles, mais se réduit immédiatement en charbon ? Chimérique, le drap qui peut être exposé à la pluie sans se tremper, et reste si sec et léger sous les orages les plus furieux, que toute la Cour s'y est fait tailler des redingotes pour aller à la chasse ? – Allons, allons, nous ne parlons pas des mêmes choses. Ces petites inventions-là ne servent que d'alibi au prince qui travaille en secret à des découvertes beaucoup moins innocentes. – Calomnies, mon cher, calomnies. – Avouez qu'on serait curieux de savoir où et comment il se procure certains des ingrédients qui entrent dans la composition de ses mixtures chimiques. – Sans audace, on n'arrive à rien. – Où donc est-il arrivé, votre flambeau de la science ? A ce qu'on sache, aucune de ses grandes entreprises n'a encore abouti. »

Le défenseur du prince haussait alors les épaules.

« Aboutir ! Aboutir ! Si vous êtes dans ces idées-là, vous ne comprendrez jamais rien à don Raimondo. – Soit, mais dites-moi ce qui l'oblige à travailler la nuit ? – Etrange question ! Vous voudriez peut-être que le prince de Sansevero observe l'horaire des marchandes de légumes ? – On a vu des lueurs bizarres s'échapper des soupiraux de son souterrain. – N'espérez pas qu'il descende dans sa cave simplement pour lire le journal. – Des étincelles de la couleur du phosphore grosses comme des billes ont sauté l'autre nuit dans la rue et se sont mises à bondir sur le pavé comme des yeux énucléés de chats. – Contes de bonnes femmes, qui feraient bien rire le prince ! – Répondez-moi par oui ou par non, à la fin. N'avez-vous jamais touché certains des abat-jour de ses lampes ? N'avez-vous jamais entendu rien dire au sujet de la matière dans laquelle ces abat-jour seraient faits ? – Taisez-vous, malheureux ! – Répondez-moi d'abord : toutes ces personnes à Naples qui se volatilisent un beau jour sans qu'on retrouve leur trace, savez-vous comment on explique leur disparition ? – De grâce, vous plaisantez ! – J'aimerais mieux me laisser mourir, en tout cas, que de recourir aux services de Giuseppe Salerno, son médecin. »

Don Giuseppe Salerno, de quel droit en parlaient-ils ? Qui donc en dehors de moi aurait pu dire le mélange de fascination et d'horreur qui me liait à mon bourreau? Les premiers temps après l'opération, il venait m'examiner dans le dortoir. Il m'étendait sur mon lit, tout nu, ses doigts palpaient et retournaient mes testicules. J'avais beau me répéter : cet homme devrait t'inspirer de la haine !, je n'éprouvais aucune rancune contre lui. Chaque fois qu'il entrait dans le dortoir, un élan irraisonné de tendresse me poussait à me jeter dans ses bras. Puis j'attendais le passage de sa main : courte et trapue, semblable à un gros animal sur mon corps, mais d'une adresse merveilleuse pour fureter partout sans faire mal. Je vous ai adoré, don Giuseppe, je vous ai détesté, je ne sais plus. Vous aviez mis fin à mon enfance, je sentais bien pourtant qu'elle commençait une seconde vie grâce à vous, qui n'aurait jamais de fin, qui serait éternelle. Jamais plus je ne serais celui qui courait après la petite Luisilla. Quel chagrin de me dire cela. Mais aussi quel soulagement, quelle joie. Etre en paix profonde avec soi-même ! Sentir qu'on a rempli le plus sacré des engagements ! De quel engagement s'agissait-il ? De quelle paix ? Que signifiait cette pensée que je retournais le soir dans ma tête : Tu es entré de plain-pied dans l'enfance éternelle ? Don Raimondo, c'est vous qui m'accueillîtes par ces mots, sans daigner vous expliquer davantage. Tu es entré de plain-pied dans l'enfance éternelle, murmura-t-il, en posant sa main sur mes boucles d'un air tout rêveur.

Un dont la figure ne me revenait pas du tout, c'était l'autre collaborateur du prince, le baron de Roccazzurra, narquois, sournois, jovial, féroce. Il crut intelligent de me dire, la première fois qu'il me vit :

— Rien qu'un mois de plus, peut-être, les ravages du temps auraient emporté le petit trésor que tu caches au fond de ta gorge !

Le prince lui-même ne me faisait pas tellement peur, bien qu'on ne sût jamais au juste à quoi s'en tenir avec lui. Tant que je fus enfant, du moins, il s'ingénia à me mettre en confiance. Chose impossible, à cause de l'énorme impression faite sur moi par sa légende, son palais magnifique, ses activités mystérieuses, l'embrasement nocturne que j'avais une fois constaté de mes yeux à la fenêtre de son souterrain. Il me protégeait en tout cas contre les taquineries du baron. Lorsque je me mis à fréquenter plus souvent son palais, il poursuivait jour et nuit le grand dessein d'arracher aux lois établies de la nature le secret de la lampe perpétuelle. Il m'admettait dans son laboratoire, au bout d'une enfilade de salons que je devais traverser entre deux haies de flambeaux portés par des domestiques impassibles.

Ce parcours m'intimidait trop, pour que j'ose regarder autour de moi. Je marchais en hâte jusqu'au cabinet du prince, je m'asseyais dans un coin, je levais à peine les yeux du tapis. En somme, je ne connaissais pas plus don Raimondo qu'à l'époque où il descendait de son carrosse armorié devant son château de San Donato, en mettant par terre dans le crottin son pied chaussé d'un escarpin à boucle d'argent. Comme alors, lorsque je chantais dans l'église à neuf pieds de son visage, au milieu des cierges allumés, la quantité de chandelles qui brûlaient sur sa table, entre les bocaux, les cornues, les balances, les couteaux, isolaient sa figure dans une auréole lumineuse.

Parmi nos obligations extérieures, il y avait aussi la *frottola*, sorte de chant de louange qu'il fallait exécuter à dix ou quinze en courant devant la statue de San

Gennaro, les jours de procession solennelle, le 4 mai et le 19 septembre. Le 19 septembre 1763, la foule remplissait en grondant la cathédrale. Le sang de saint Janvier tardait à se liquéfier. L'archevêque, alors nouveau dans ses fonctions, prit peur de ce murmure qui enflait sous la voûte. On commença à l'insulter. Giuseppe Aprile nous fit signe de rester à notre place. Il s'éclipsa derrière la grille du chœur. Quelques secondes plus tard, des roulades fantastiques s'élevèrent du fond de la cathédrale. Cette voix merveilleuse, qui avait si souvent porté jusqu'au délire l'enthousiasme des spectateurs du San Carlo, réussit à détourner l'attention du peuple, assez longtemps pour permettre à l'archevêque de réchauffer l'ampoule.

Nous fournissions les chœurs à certaines soirées du San Carlo. Des élèves profitèrent de ces soirées pour nouer avec les chanteuses du théâtre des amitiés dont notre austère gouverneur prit ombrage. Mon ami Cimarosa avait une jolie voix de ténor en plus de ses autres dons. Derrière une colonne en carton du palais de Babylone, il fut surpris en conversation fort intime avec une des demoiselles de la suite de Sémiramis. Le gouverneur étouffa le scandale mais refusa désormais de louer nos services à l'Opéra. Mimmo se consola en se faisant apporter par Feliciano et par moi, pour qui nos protecteurs avaient obtenu le droit de sortie, des gâteaux à la crème de chez Startuffo.

Je sortais en habit, Feliciano également, tous les autres étant astreints à l'uniforme du collège. Soutane rouge et simarre bleue, pour les pauvres de Jésus-Christ, à l'image de Notre Seigneur, tel qu'on le peint dans les tableaux. C'était une survivance du XVIe siècle, époque de disettes et d'épidémies où les enfants jetés à la rue erraient sans pain et sans toit. Recueillis par des moines, qui agitaient une cloche en criant : Faites la charité aux pauvres de Jésus-Christ !, ils furent les premiers pensionnaires du collège, transformé ensuite, quand les temps eurent changé, en conservatoire de musique. La soutane était restée. Presque une jupe, quoi. Des gens se permettaient de rire dans notre dos, lorsqu'ils nous voyaient traverser la rue dans ce costume. Je me jetai au cou du docteur Salerno le jour où il m'autorisa, de la part du gouverneur sollicité par le prince, à sortir en habit.

Farinelli, qui vivait maintenant retiré dans sa villa de Bologne, au milieu de ses clavecins et de ses tabatières, était notre dieu. On consacrait une partie du cours à l'étude de la technique qui l'avait rendu immortel. Pendant qu'il était au Conservatoire, il y avait de cela un demi-siècle, le maestro du chant, alors le grand Nicolo Porpora, l'avait fait travailler cinq années de suite sur une seule et même feuille de musique, où se trouvaient inscrits tous les exemples possibles et imaginables de vocalises, de roulades, de trilles, d'appoggiatures et de fredons.

Nous savions sa carrière sur le bout du doigt, il faisait partie des héros qu'on étudiait au cours d'histoire, avec Enée, César, Achille, Xerxès, Alexandre. A trente ans Elisabeth Farnese, la seconde femme de Philippe V, l'avait appelé à la cour d'Espagne. Le roi souffrait d'une hypocondrie en apparence incurable. Il ne se levait plus, ne s'intéressait plus à rien, le gouvernement était tombé au pouvoir des intrigants. Farinelli, caché derrière un rideau, chanta le premier soir quatre airs. Charmé par cette voix inconnue, le roi se réveilla de sa léthargie. Le second soir il s'habilla. Au bout d'une semaine il avait repris en main les affaires de l'Etat. Pendant dix ans il se fit chanter les quatre mêmes airs, tous les soirs. Après la mort de Philippe V, Farinelli resta encore quatorze ans à Madrid au service de son successeur, Ferdinand VI, un mélancolique lui aussi, pour qui il continua de chanter les quatre mêmes airs. Décoré de la croix de Calatrava réservée aux Grands d'Espagne, premier ministre occulte, possesseur d'une immense fortune, il fut renvoyé en Italie à la mort de Ferdinand, par notre roi Charles, second fils de Philippe V, Charles VII de Naples, devenu Charles III d'Espagne. Ces noms m'étaient familiers, je les avais entendu prononcer par don Sallusto, le jour où il déplora auprès de don Pietro, le collecteur d'impôts, l'ascendance espagnole de la maison des Bourbons de Naples.

— On peut voir déjà la croix d'or de Calatrava pendue à son cou, disions-nous pour nous gausser d'un élève dont le zèle nous agaçait. Nous n'étions pas tendres entre nous. Cette sombre férocité du Napolitain pour lui-même, qui étonne toujours le voyageur leurré par le ciel bleu, avait déjà entièrement corrompu nos cœurs. Pour vous peindre l'humeur singulière qui régnait dans le dortoir des castrats, cette espèce de désespoir gai dont seule notre race a le secret, je ne vous donnerai qu'un exemple.

Au cours d'histoire, voici quelle était la version officielle du renvoi de Farinelli par Charles. Charles en arrivant sur le trône voulait conclure un pacte avec la France, Farinelli avait dissuadé pendant vingt-quatre ans les souverains espagnols de suivre cette politique. Ce récit nous faisait pouffer de rire. On savait, nous, la vérité, on se la répétait le soir avec jubilation, en sautant sur les lits au milieu de la plume des coussins qui volait. Roi Charles avait déclaré : « Je ne veux de chapons que sur ma table. » Ce jeu de mots, de nous parfaitement compris, nous enchantait. Nous tirions une sorte d'âcre plaisir à nous traiter nous-mêmes de chapons. L'esprit castrat, c'était la quintessence de l'esprit napolitain : conscience de sa propre bouffonnerie, autodérision, orgueil de cette conscience, refus de se laisser duper. Nous aurions baisé les genoux de ce monarque à l'ironie si cruelle.

Mais le prince de Sansevero, au lieu de rire de l'anecdote des chapons, entra dans une belle colère :

— Rien ne m'étonnera de la part d'un Espagnol, fils d'un Espagnol, et par surcroît époux fidèlement monogame. Figure-toi qu'à Naples il traversait tous les soirs en pantoufles l'immense couloir qui séparait sa chambre de celle de sa femme, pour rendre hommage à ce laideron ! Allons, j'ôte le laideron, qui pourrait te faire méprendre sur ma pensée. La reine aurait été de la plus surprenante beauté, on n'a pas idée de manquer à ce point d'imagination !

Ces mots du prince, jetés sur le ton du plus profond mépris, me remirent en mémoire notre équipée nocturne, quand nous avions gratté, à la lueur des cierges, sous la direction de don Sallusto, les inscriptions espagnoles dans l'église. Il me sembla que don Sallusto s'était répandu lui aussi en paroles peu amènes sur le compte des Espagnols, comme celles que j'entendais maintenant de la bouche de don Raimondo. Mais cette conversation était une des premières que j'eus avec le prince. Je me tus, bien trop intimidé pour oser interrompre les réflexions de mon auguste protecteur par un petit souvenir pris dans la vie de mon village.

Il y avait trois ans que j'habitais au Conservatoire quand le gouverneur, personnage inaccessible qui apparaissait deux fois l'an à nos yeux, descendit en personne dans le dortoir des castrats. Il nous annonça que la cérémonie du changement de nom aurait lieu dans une semaine. Nous devions nous préparer à quitter pour toujours le nom que nous avions reçu de notre famille.

— Le choix d'un pseudonyme est un acte capital dans la vie du sopraniste, nous dit-il. Vous devez savoir que Farinelli s'appelait de son vrai nom Carlo Broschi et qu'il fut adopté par trois amateurs de musique, les frères Farina, qui le retirèrent de son village et lui payèrent douze ans de collège à Naples. Caffarelli s'appelait Gaetano Majorano jusqu'à ce qu'un musicien du nom de Caffaro l'eût distingué entre les petits paysans qui jouaient dans la poussière. Vous n'êtes pas obligés de prendre le nom d'une personne existante. Votre maestro Giuseppe Aprile a emprunté le sien au mois de l'année qui a été celui de son début au San Carlo. Dans une semaine, vous me ferez part de votre choix. Nous nous réunirons dans la cour, autour du palmier.

Je demandai conseil au prince, en lui rapportant fidèlement les paroles du gouverneur.

— Les frères Farina... Un musicien du nom de Caffaro... Toujours la même histoire ! s'écria-t-il en tapant du pied.

— Quelle histoire, Excellence ?

— Pourquoi vous mettre dans la tête une sottise pareille ? Qu'est-ce que tu as retenu, Vincenzo, de ce que le gouverneur vous a dit ?

— Excellence, ils ont voulu montrer qu'ils n'étaient pas ingrats pour ceux qui leur avaient permis d'apprendre à chanter.

— C'est cela ! C'est cela ! Je m'en doutais bien ! Je suis même sûr qu'il en est le premier convaincu, le gouverneur ! Il n'y comprend rien ! Tu te rends compte, ajouta-t-il à l'adresse du baron, il les pousse à croire qu'ils doivent changer de nom dans le seul dessein de rendre hommage à leur protecteur !

— Ecrivez votre traité, répondit froidement le baron.

— Oui, oui, je l'écrirai. Il faut que tu comprennes, Vincenzo, que le désir de paraître sur la scène avec un nom qui ne t'appartient pas n'a rien à voir avec la gratitude, avec l'intérêt. Mais dis-moi, tu l'éprouves, ce désir, n'est-ce pas ?

Vincenzo, Vincenzo Del Prato, je n'y avais jamais tenu, à mon nom. J'inclinai la tête sans répondre.

— Un Farinelli, un Caffarelli se distinguent du reste des hommes par le fait justement qu'ils ne s'appartiennent plus. Ils abdiquent en changeant de nom une partie importante de ce qui leur restait, malgré tout, de trop particulier, de trop individuel. Un pas de plus vers la délivrance totale...

Le prince avait chuchoté ces derniers mots, la figure enfoncée entre les mains. Il revint à lui au bout d'un moment.

— Nicolo Porpora est mort l'autre jour. Que dirais-tu, Vincenzo, de t'appeler Porporino ?

Dans la rue, je me souvins de l'époque où je souffrais de m'appeler Vincenzo, de porter un nom qui m'identifiait si peu. Le prince avait l'air de dire, maintenant, que le nom reçu des parents est toujours un signe de reconnaissance trop précis. Il m'expliquera plus tard, pensai-je. Porporino ? Le choix était flatteur. Le grand Porpora revivrait en moi. De m'entendre appeler Porporino par mes camarades, par mes professeurs, me procura longtemps une de mes plus fortes satisfactions de vanité.

La cérémonie eut lieu dans la cour, à midi. On nous mit debout en cercle autour du palmier, en nous ordonnant de nous tenir par la main. Le soleil intense, la réverbération sur les murs blancs obligeaient à fermer les yeux. Le gouverneur nous appela un par un. Comme les autres, je déclarai mon pseudonyme. Après quoi, il fallait sortir du rond. On allait se ranger sous les arcades du pourtour, à l'ombre.

La plupart avaient choisi le nom de leur protecteur : paresse, tradition, soumission. Ils ne s'étaient pas cachés, au dortoir, de l'espoir d'obtenir plus d'argent, plus longtemps, par cet acte servile. Appuyé contre le mur du fond de la galerie, à l'ombre, je me dis que le prince serait triste de savoir cela. Pour la première fois, je me sentis moi-même triste pour don Raimondo. Les rêves qu'il poursuivait dans le secret de son souterrain ne correspondaient pas tout à fait à la réalité.

Mon cœur trembla quand ce fut au tour de Feliciano. Il n'avait rien dit à personne de ses intentions. Il déclara simplement : Je m'appellerai Marchesi. Puis il lâcha la main de son voisin et se mit en marche vers le portique. Mais pourquoi, maintenant, ne rouvrait-il pas les yeux ? Il tendait les mains en avant, comme un aveugle. Tout le monde le regardait. Marchesi ? Ce nom avait surpris. Il ne signifiait rien, ne rappelait rien. On observait avec étonnement ce beau visage fermé, ces longs cils, ces mains qui cherchaient à tâtons devant elles, cet air de petit garçon perdu, dans le soleil éclatant de la cour blanche. Juste avant d'arriver sous le portique, il me coula entre ses paupières un regard malicieux, de moi seul visible. Comédie ou pas, je me dis que ce qu'il venait de faire aurait plu à don Raimondo. Il avait su mettre du mystère, Feliciano, dans cette cérémonie.

Je prenais un vif plaisir aux cours de littérature et d'histoire. A présent que les calomnies répandues sur notre compte par messieurs les philosophes, comme on les appelait dédaigneusement au palais Sansevero, sont venues à bout de notre race, qu'il me soit permis de protester avec énergie contre une de leurs accusations les plus dépourvues de fondement. Rossignols, boîtes à musique, têtes creuses, analphabètes, c'étaient les plus douces injures dont ils nous abreuvaient. Savaient-ils que nous avions passé deux heures par jour, pendant dix ans, à étudier l'Antiquité, la mythologie, les belles-lettres, le latin, la grammaire italienne, la langue française? Qui fut jamais plus ferré que nous sur les conquêtes d'Alexandre ou les exploits d'Hercule? Les poèmes écrits par Métastase continuaient à fournir les neuf dixièmes des livrets d'opéras. Chaque année un musicien différent composait une nouvelle *Didon abandonnée,* un nouveau *Caton à Utique,* un nouvel *Alexandre dans les Indes,* une nouvelle *Sémiramis,* un nouvel *Artaxerxès,* un *Démétrius,* un *Démophoon,* une *Clémence de Titus,* un *Achille à Scyros,* un *Thémistocle,* un *Roi pasteur,* une *Zénobie,* une *Olympiade,* un *Attilius Regulus,* une *Hypermnestre,* un *Romulus et Ersilia,* une *Défaite de Darius.* Nous connaissions à fond l'histoire de chacun de ces personnages, de la ville ou du royaume où ils avaient vécu, nous avions lu Homère, Virgile et Ovide, les historiens grecs et latins, d'Hérodote à Pausanias, d'Apollodore à Dion Cassius, de Valerius Flaccus à Suétone, de Stace à Justin.

A l'époque de mes débuts au San Carlo, on en était au quinzième *Caton,* à la seizième *Olympiade,* Alexandre s'était montré dix-huit fois magnanime envers le roi des Indes, Didon avait été abandonnée vingt-deux fois, Sémiramis s'était vingt-cinq fois déguisée en homme sous le nom de son fils. Le record absolu appartenait à Achille, qui avait inauguré le théâtre, le soir de la fameuse représentation du 4 novembre 1737, et depuis avait inspiré vingt-huit partitions différentes. Le soir du 4 novembre 1737, Achille était chanté par une femme, la cantatrice Vittoria Tesi. Les auteurs des vingt-huit opéras suivants écrivirent pour un sopraniste. Nous avions repris notre bien, nous ne le lâcherions plus.

Achille à Scyros, Achille réfugié dans la petite île des Sporades parmi les filles du roi Lycomède, qui de nous n'eût souhaité monter un jour sur la scène dans ce rôle ? Vous vous rappelez. Quand les Grecs commencèrent à rassembler leurs guerriers pour l'expédition de Troie, un oracle prédit à Thétis que son fils mourrait s'il prenait part à l'entreprise. Elle l'envoya dans l'île de Scyros, chez le roi Lycomède, l'habilla en femme et lui ordonna de se cacher au milieu des princesses. La ruse échoua devant l'astuce encore plus grande d'Ulysse. Le subtil débarqua à Scyros sous les traits d'un marchand, étala par terre des cadeaux devant les filles de Lycomède, des colliers, des bracelets, des parfums, mais aussi une épée. Le héros, incapable de se réfréner plus longtemps, saisit l'arme, montra son vrai visage, supplia Ulysse de l'emmener à la guerre et courut vers la mort qui l'attendait sous les murs de Troie.

Que de fois nous avions lu cette histoire avec émerveillement, dans notre *Iliade* marquée à cette page par un fil rouge de laine ! Si l'un de nous, plus tard, devait jouer Achille sur la scène, revêtir les habits féminins, faire tomber ses cheveux jusqu'aux épaules, pincer les cordes d'une harpe, ce n'est point d'abord la vanité de la toilette, n'en déplaise à nos censeurs, ni le goût de se couvrir de parures et de bijoux, qui l'auraient séduit dans ce rôle. Il avait été frappé pour toujours par cet épisode étrange de la guerre de Troie, par la gravité funeste de cet oracle, par ce subterfuge maternel de la prison insulaire et du travestissement féminin. Nous avions rêvé longuement sur l'aventure de ce déguisement inutile. Au lieu de me pavaner comme un fat, j'aurais revécu une à une les péripéties racontées par Homère : l'impatience du héros, la crainte religieuse du destin, le bond irrésistible sur le glaive, la course enthousiaste vers le sacrifice.

Feliciano, il est vrai, ne cachait pas sa joie à l'idée de paraître en public couvert de bijoux, à moitié nu sur des fourrures. Il me demanda si une jeune princesse des Sporades mettait dans ses cheveux un diadème. Il n'avait pas oublié l'effet du bandeau pailleté sur le cœur du vieux duc de Stigliano. Cimarosa, qui nous écoutait, promit d'écrire pour lui un opéra sur les noces d'Hercule et d'Omphale.

— Réduit en esclavage par la reine de Lydie, Hercule file à ses pieds, habillé en femme. Je supposerai que la reine lui a posé son diadème sur la tête.

Ce projet enchanta Feliciano. Mais il dit :

— Mimmo, tu es bien trop paresseux pour réussir à faire un seul opéra !

— J'en ferai quarante, justement parce que je suis paresseux. Et je les écrirai très vite, pour m'en débarrasser.

Une fois par semaine, Giuseppe Aprile, celui qui avait sauvé l'archevêque, emmenait toute sa classe en promenade. Le meilleur exercice consistait selon lui à chanter près d'un mur et à écouter chacun son écho. Nous partions donc à la recherche d'un mur. Mon plus beau souvenir, c'est lorsqu'il nous fit monter sur une barque et nous conduisit par la mer sous la colline de Cumes. J'avais lu avec passion les vers de Virgile : quelle impression plus profonde ils me causèrent, devant l'antre de la Sibylle ! Le maestro nous envoya un par un jusqu'au fond de la galerie souterraine. Intimidé par la majesté du lieu, transi par l'humidité des voûtes, épouvanté par le vacarme qui se déchaîna, j'entendis ma voix rebondir d'une paroi à l'autre de la caverne, comme un appel sacrilège lancé vers les dieux infernaux.

On connaissait par cœur l'Arioste et le Tasse, on avait mis le nez dans Racine et dans Voltaire. Armide, Iphigénie, Roger, Renaud étaient de nos familiers.

Flammes et feux

à M. l'Abbé Nollet
de l'Académie des Sciences à Paris
de Naples, ce 15 mars 1766

Monsieur,

Me voici ponctuel dans le maintien de cette promesse que je vous fis dans ma lettre du mois passé.

Vous saurez donc, Monsieur, que m'étant appliqué au mois de juillet de l'année dernière à une opération chimique dans le dessein de faire quelques expériences physiques, après y avoir travaillé pendant environ quatre ans, un soir vers la fin du mois de novembre à une heure de nuit je me trouvais dans la chambre secrète de mon souterrain, occupé à contempler par le soupirail l'obélisque que la piété de mes concitoyens éleva devant mon palais, sur la place, à la mémoire de tous les enfants morts pendant les terribles épidémies des siècles derniers. Cette vue me rappela vivement les remontrances que tant d'esprits éclairés à Naples, en particulier don Antonio Perocades, tenu ici en très haute considération, et par moi-même en bonne et sincère amitié, ne manquent jamais de me faire lorsqu'ils me rencontrent, sur la prétendue inutilité de mes recherches, comme de celles de mon très cher médecin et ami Giuseppe Salerno. Je ne vous cacherais pas, Monsieur, que le souvenir des pestes qui ravagèrent notre ville ne m'a jamais incité à chercher un remède qui préviendrait le retour de semblables fléaux ; bien que, toutes les fois qu'il m'arrive de contempler l'obélisque, une foule de pensées bizarres et funèbres vienne assiéger mon esprit, comme lors de cette nuit de la fin du mois de novembre, une heure après le coucher du soleil.

Poussant un gros soupir, je me détournai de cette fenêtre, pour reprendre mes expériences. Presque machinalement, je débouchai quatre urinaux chimiques de verre, qui étaient posés sur une petite table ; et voulant examiner de près en quel état était la matière, que j'y avais renfermée, le hasard fit qu'approchant trop la bougie, que je tenais allumée, celle qui était contenue dans l'un d'eux, du poids d'un quart d'once moins sept grains, en fut subitement embrasée, et il s'en éleva une flamme belle et vive, tirant un peu sur le jaune. Je fus si surpris de cet accident imprévu, que dans mon embarras je sortis précipitamment mon mouchoir de la poche pour prendre cet urinal, sans me brûler, et le porter sur une autre table voisine, craignant que s'il fût venu à éclater, comme il était à supposer, la flamme ne s'étendît sur la table et ne se communiquât à la matière, qui était dans les trois autres urinaux, également ouverts. Vous pourrez me dire qu'il aurait été plus naturel et plus à propos d'emporter les trois urinaux froids, plutôt que celui dont la matière était enflammée, puisque je me mettais en danger de me brûler : mais je pense que dans la surprise d'un pareil accident toute autre personne en aurait usé de même.

Je croyais donc en le prenant qu'il aurait été fort chaud; mais je trouvai que son degré de chaleur passait à peine le tiède; ainsi je n'eus aucune difficulté à le tenir embrasé dans ma main sans aide du mouchoir. Je laissai brûler cette matière pour en examiner la durée, et en voir la résolution; et vers les sept heures de la nuit la flamme, après six heures de durée, était aussi vive et aussi pleine qu'au commencement. Je voulus donc l'éteindre avant de m'aller coucher; et lorsque je l'étouffai avec le chaperon de verre, qui sert de couvercle à cet urinal, je fus extrêmement surpris de voir qu'il avait conservé le même degré de tiédeur, que j'avais observé en le prenant de dessus la table.

Le matin suivant je me levai de fort bonne humeur, ayant l'esprit rempli d'une infinité de réflexions, que j'avais faites pendant la nuit. Quel étrange hasard, m'étais-je dit, a voulu que juste au moment où je quittai le soupirail de ma cave et détournai mon regard de cet obélisque qui commémore le martyre des petites victimes fauchées par la peste, la proximité involontaire de ma bougie réveillât la matière inerte endormie dans l'urinal, et cela, après quatre années de recherches infructueuses. Ayant épuisé la nuit entre cette pensée et une quantité d'autres, je courus sur-le-champ à mon souterrain, je découvris mon urinal et je tentai d'en rallumer la matière, ce qui me fut absolument impossible. Et lorsque je m'avisai de la remuer avec un cure-oreille d'ivoire, il en sortit une petite flamme, qui ne dura qu'un instant : elle était semblable à celle qui s'exhale de l'esprit de vin quand il n'est pas bien rectifié et dépouillé de son phlegme. Je fis enfin tous les efforts possibles pour la rallumer, mais inutilement.

Après cette tentative, je remarquai que cette matière ne paraissait point avoir souffert de diminution. Je vis même qu'elle était absolument de la même consistance qu'avant sa mise à feu, c'est-à-dire, comme du beurre mol en temps d'été. Il me prit donc envie de la repeser; et mon étonnement fut extrême, lorsque je découvris qu'elle n'était pas diminuée d'un atome de son poids précédent.

Que vous en semble, Monsieur? La chose ne commence-t-elle pas à vous paraître sérieuse et surprenante? Mais ce ne sont là que les premiers grades de votre étonnement.

Ces événements merveilleux, que je viens de vous raconter, me saisirent tellement, et me remplirent l'esprit de tant et différentes pensées, que de trois ou quatre jours je ne fus capable de songer à autre chose. Je me tins donc pendant ce temps tantôt renfermé dans ma chambre, assis ou le plus souvent debout, sans pouvoir trouver une heure de repos, tantôt réfugié dans une pièce ou une autre de mon palais, à tous les étages duquel je pris soin de faire allumer des torchères et des candélabres en grand nombre, dans l'idée que les flammes d'aspect commun produites par la combustion de la cire aideraient l'autre, celle-ci fantastique et surnaturelle, à se manifester de nouveau; me gardant, pour la même raison, de descendre dans mon souterrain, de peur d'empêcher par des visites trop fréquentes ou de perturber de quelque manière l'obscur enfantement du feu dans les entrailles de mon urinal; me contentant de réfléchir sur ce qui s'était passé et de me tourmenter en mille sortes pour le succès de cette aventure à proprement parler inouïe.

Me suivrez-vous, Monsieur, dans le cours imprévu de mes pensées? Quel dommage, assurément, que le préjugé dont votre grande Nation a l'orgueilleux monopole, vous empêche d'estimer au prix qu'elle mérite l'étude à laquelle je me livre en compagnie du docteur Salerno sur la personne d'un jeune garçon, maintenant pubère, acheté autrefois à ses parents, châtré sur mon ordre, placé chez les Pauvres de Jésus-Christ et destiné, si Dieu le veut, à perpétuer la glorieuse école de Porpora et de Farinelli. Au demeurant, j'espère que vous serez plus indulgent pour un procédé que vos philosophes jugent barbare, en songeant que, dans une ville où tant et tant d'enfants, comme je vous l'ai observé, perdent la vie dans les pestes qui ravagent plusieurs fois par siècle le royaume, perdre seulement une petite partie du corps ne représente, en regard, qu'un dommage léger. Quoi qu'il en soit, mon propos n'est autre ici que d'attirer l'attention d'un savant sur deux phénomènes sans rapport manifeste, en l'invitant à les rapprocher par une comparaison qui pourrait, avec l'aide conjuguée des lumières de Lutèce et de Parthénope, ouvrir de nouvelles voies à la science.

Considérez donc ceci, je vous prie. D'une part, une matière qui brûle sans perdre de son poids ni de sa substance, contrairement à toutes les lois de la combustion telles qu'Aristote les a fixées dans sa Physique. D'autre part, une voix qui reste après la mue dans sa fraîcheur enfantine et conserve malgré le développement du thorax et des autres parties mâles, sauf la génitrice, cette transparence cristalline qui n'est d'aucun sexe en particulier. Entre la flamme produite par cette matière et les sons issus de cette voix, je pose une première analogie en les unissant par un dénominateur commun que j'appelle Souffle. Trouverez-vous un inconvénient à me suivre jusque-là ? Voici deux espèces de souffles apparentés par l'insolence avec laquelle l'un et l'autre défient les règles communément observées par la Nature : car une flamme ordinaire ne se nourrit qu'aux dépens de la matière qu'elle consume, tandis qu'une voix d'homme reflète, dans son grain devenu rude, la métamorphose des organes qui l'émettent. Serez-vous en désaccord avec moi sur ce point ?

Quant à la déduction ultérieure que j'en tire, je ne mets pas moins de confiance dans votre assentiment. La flamme de mon urinal, la voix de mon garçon présentent à mon esprit deux prodiges, deux détournements miraculeux de la loi naturelle, deux conquêtes sur les vérités les mieux établies de la physique et de la physiologique, deux infractions aux limites qui enserrent de partout le champ misérable de nos actions ; deux ponts jetés entre la finitude humaine et l'infini des Mondes, deux espérances de vie illimitée, totalement libre et dégagée des servitudes terrestres, deux anticipations, si vous me permettez cette hypothèse hardie, du jour où les nouveaux Copernic et les nouveaux Galilée, votre Lagrange peut-être ? ayant réussi à soustraire notre Globe aux contraintes de la gravitation, l'auront lancé dans l'espace comme un astre indépendant du Soleil...

Pardonnez-moi si j'ai rêvé un peu : désireux de ne rien vous cacher, vous savez maintenant quelles réflexions m'obsédèrent ; pas au point, cependant, de me faire oublier que je devais me mettre en peine de rallumer la matière pour voir si après une nouvelle combustion elle garderait son privilège de rester dans son premier poids ; faute de quoi, mes rêves n'auraient été que des chimères, indignes de retenir votre attention. Je voulus donc en former une espèce de chandelle ; et prélevant une partie de la matière, qui était dans un des trois urinaux, je l'enfermai dans un petit tuyau garni de son couvercle percé dans le milieu. J'y fis passer une mèche de certains filaments, que les Physiciens savent n'être pas sujets à se consumer facilement dans le feu ; mais pour lors, quoique j'eusse grassement oint l'extrémité qui sortait hors du trou, il me fut impossible de l'allumer.

M'étant assis il me vint en pensée que peut-être la trop petite quantité de la matière en empêchait l'embrasement : ce que je voulus éprouver. Ayant soulevé le couvercle, de manière à le désajuster du tuyau, je mis le tout sur une balance, et j'y joignis peu à peu de la nouvelle substance avec mon cure-oreille ordinaire. Mon attente ne fut point vaine pour cette fois ; car dès que la matière fut montée au poids d'un quart d'once moins vingt-sept grains, sans y comprendre le poids de la mèche, sitôt que j'en approchai la flamme de ma bougie, cette mèche s'alluma, quoiqu'elle eût jusqu'alors refusé de le faire. Je repris donc courage, et pour mieux m'assurer si cette quantité était nécessairement requise pour que la mèche pût prendre feu, je la tirai un peu plus, et j'élevai le couvercle. Puis je commençai d'en retirer peu à peu la matière dans la même proportion de quantité, dont j'avais usé en l'y mettant. Sitôt que j'en eus ôté la quantité d'un peu plus du poids d'un grain, la flamme commença à s'agiter de façon, qu'elle était sur le point de s'éteindre. Je me hâtai de remettre dans le tuyau cette petite portion de substance, que j'en avais ôtée ; elle reprit d'abord sa première vigueur, et la flamme ne fut plus agitée.

Cette flamme était beaucoup plus petite que celle des chandelles de cire, ou des lampes ordinaires ; elle était, comme je vous l'ai dit, d'une couleur tirant sur le jaune. Lorsque j'approchais la main à quatre doigts de distance de sa pointe, elle me faisait sentir une cuisson fort aiguë, que je ne pouvais supporter, et j'y rallumais sans peine une bougie, comme si c'eût été une chandelle ; lorsque je passais au-dessus du papier blanc, il paraissait bruni de fumée ; enfin, quoique la lumière qu'elle rendait ne fût guère brillante, elle suffisait néanmoins pour lire à sa lueur toute sorte d'écriture. Ayant observé ces choses avec attention, je voulus aussi augmenter la quantité du produit, dans la pensée que, comme cette lumière dépérissait par la diminution du poids de la matière, elle pourrait peut-être acquérir plus de beauté et de vigueur par son augmentation. Dans cette vue, je mis dans le tuyau avec mon cure-oreille toute la matière restée à l'intérieur de mon urinal, qui montait dans celui-ci à vingt grains plus d'un quart d'once ; ainsi j'y remis quarante-sept grains de nouvelle substance ; mais je vis que cette nouvelle augmentation était inutile, car la flamme demeura toujours dans le même état, et de la même pâleur qu'auparavant.

Je pris tout doucement le vase, où était la matière allumée, pour le porter dans mon cabinet ; non sans m'être assuré, au moyen d'une feuille de carton que j'accommodai en forme de lanterne, qu'aucun souffle de vent ne pourrait mettre en danger la flamme, dans le chemin qui mène de mon souterrain à l'étage. J'avais pratiqué à la base du cylindre de carton un petit trou, que je jugeais indispensable à la nourriture en air. Quelle ne fut pas ma stupeur de voir la flamme se coucher à l'horizontale et allonger de toutes ses forces sa pointe vers ce trou, comme on observe au sujet de ces lampes, dont les orfèvres se servent pour souder. Cette excitation crût en peu d'instants à tel point, que je me hâtai d'appliquer mon doigt sur l'orifice. La flamme reprit aussitôt sa position verticale, et j'arrivai sans encombres dans mon cabinet.

Je fus si satisfait de cette nouvelle et singulière victoire, que, m'étant assis, je me mis à considérer jusqu'à l'aube ce brillant phénomène, avec la complaisance d'un tendre amant qui contemple le portrait de sa maîtresse. Il n'y a pas d'heure, depuis, que je ne rende visite à ce nouvel objet de mes amours ; mais non sans crainte de le trouver éteint. Cependant, il n'est rien de plus certain que depuis la fin de novembre, jusqu'au quinzième jour du présent mois, je l'ai toujours vu allumé, sans que la flamme parût avoir le moindre mouvement, ayant la même longueur et la même vigueur que d'abord. Enfin, ce qui me transporte jusqu'aux limites extrêmes du ravissement, c'est que le matin même de ce jour, en ayant pesé la matière, je n'y trouvai pas la moindre diminution du premier poids, qu'elle avait quatre mois auparavant, lorsque je l'allumai.

Mais avant de poursuivre, dites-moi de grâce comment je devrais appeler cette lumière, pour la distinguer de toutes les lumières existantes ? Je ne saurais, pour mon compte, lui donner un autre nom que celui d'éternelle, ou, si vous préférez, de perpétuelle. D'aucuns ont appelé ainsi certaines lampes, qui se sont retrouvées par hasard dans des tombes antiques, où elles étaient restées ensevelies sous la terre pendant plusieurs siècles ; comme il est arrivé dans le Territoire de Viterbe, où on découvrit une tombe qui avait mille six cents ans, avec à l'intérieur une lampe dont la flamme, à peine exposée au grand air, s'éteignit. Mais de quelque façon qu'on explique cette circonstance, et je ne manquerai pas de vous dire plus loin mon opinion là-dessus, il reste que cette lampe des Anciens serait toujours en désavantage comparée à la mienne, puisque je peux l'exposer au grand air sans aucun détriment de sa durée, alors que l'autre brûle seulement en lieu clos.

Il est vrai aussi que le docteur Plott, comme on lit dans l'Encyclopédie du docteur Chambers, a non seulement émis l'opinion que les lampes perpétuelles, ou lumières éternelles, sont des choses praticables : il est allé en outre jusqu'à en donner quelque idée. Toutefois personne n'a jamais vu en public aucune des susdites lumières, telles qu'il les a conçues ; et il ne semble pas qu'il ait fait davantage, que proposer pour mèche le lin asbestique, dit également amiante ; et pour huile la naphte, ou bitume liquide, lequel jaillit dans les mines de charbon de Pitkhser dans la province de Shrop : sans avoir pris soin, ce qui était la première règle à suivre, de prouver que ce bitume conserve la vertu de ne pas se consumer. D'autre part, en ce qui concerne les lampes des Anciens, qui ont pu se réembraser par l'intromission d'air frais à l'ouverture de la tombe, le même auteur juge qu'il est possible de les imiter en enfermant un peu de phosphore liquide dans le récipient d'une machine pneumatique, à condition de laisser une portion d'air dans ce récipient. Mais moi, je ne fais pas de projets, et je ne propose pas d'imitations : je donne la chose pour si sûre et si certaine que d'ici peu je montrerai au public non pas une mais bien deux de ces lampes éternelles, ou appelons-les perpétuelles.

N'est-il pas temps à présent de vous manifester la plus solennelle particularité de la composition de ma lampe merveilleuse ? La matière, qui est la principale raison de ce phénomène, consiste dans les os de l'animal le plus noble, qui soit sur la terre ; et les meilleurs de ces os étant ceux de la tête, je les ai pris pour mon usage. Je croirais volontiers que les os de n'importe quel autre animal possèdent la même vertu, bien qu'aucun d'entre eux, en vérité, ne puisse prouver les trois quarts de la noblesse, que le premier démontre.

Semblable matière explique, non seulement cette sorte de flammèches qu'on voit parfois dans les cimetières; dans les champs, où s'est déroulée quelque sanglante bataille; et jusque sur la tête de ces malfaiteurs punis par la pendaison, qui se balancent au grand air; elle explique aussi ces lueurs, qu'on a observées à l'ouverture des tombes antiques. Comme la plupart des gens associent à l'idée de lumière celle de lampe, les paysans ignorants qui ont mis ces tombes au jour, apercevant soudain une espèce de lumière, et notant la présence d'une lampe dans la tombe, ont cru, et ensuite affirmé, qu'ils avaient trouvé cette lampe allumée, puis qu'elle s'était immédiatement éteinte.

En réalité, c'est à cause des sels contenus dans les os que ceux-ci s'embrasaient au contact de l'air; ils s'éteignaient aussitôt, parce qu'ils n'étaient pas suffisamment purifiés; cette lueur doit être appelée pour cela un feu volatil, plutôt qu'un vrai et stable feu. Vous savez bien que les meilleurs phosphores artificiels se retirent de l'urine, en raison des sels, dont elle regorge. Mais parce que des sels de cette nature viennent d'un excrément de notre corps, ils arrivent à peine à produire du phosphore, et jamais du vrai feu.

Les sels qui se trouvent mêlés à notre substance donnent parfois lieu à de subits embrasements, même s'ils sont entourés d'une multitude de parcelles impures impropres pour cet office : à cette classe de sels il faut rattacher toutes ces mises à feu spontanées, observées soit sur les champs de bataille, soit autour des gibets où pendent les cadavres des criminels suppliciés. Mais si on parvenait à extraire de notre corps et à épurer les sels de toutes les autres particules inertes qui les oppressent et mettent un frein à leur expansion, alors on les rendrait aptes à produire non seulement de vraies flammes, mais des flammes perpétuelles : vous possédez maintenant presque tout le secret de ma lampe.

Reste la dernière énigme, à savoir cette propriété de durer indéfiniment, jusqu'à perpétuité, sans la moindre diminution d'un simple atome de la dose de sa matière. Que faut-il penser d'un privilège si mystérieux ? Rien d'autre assurément, sinon que cette lampe, une fois allumée, reçoit à chaque instant autant de nourriture de l'air environnant, qu'elle dépense de matière par la combustion : en sorte que le gain soit égal au dommage. Mais comment concevoir, qu'une telle chose puisse arriver ? Ecoutez mon avis sur ce point.

Il est suffisamment établi en physique que toute notre atmosphère se trouve parsemée d'un nombre infini de minuscules parcelles ignées élémentaires. Je ne vois pour ma part aucune répugnance à imaginer que la matière extraite selon mon procédé du sel des os ait la vertu d'attirer à elle avec la plus joyeuse énergie ces fragments infimes du feu épars. Voilà comment elle se refournit tout en brûlant ; voilà pourquoi ma lampe fait une plus belle flamme quand elle est placée à l'air libre que lorsque j'essaye de la protéger du vent ; voilà pourquoi elle tordait sa pointe vers l'ouverture latérale que j'avais pratiquée dans le cylindre de carton.

Il me paraît hors de doute que la matière de ma lampe reçoit la compensation du léger poids qu'elle perd, de tous ces petits corps en train de nager dans l'atmosphère ; et spécialement des petits corps vitreux, et des sulfureux, dont notre Pays abonde, en raison des

Solfatares et du mont Vésuve. Ne m'est-il pas arrivé certaines nuits, dans mon souterrain, de tomber en extase devant le jaillissement inopiné de mille étincelles produites au milieu des ténèbres par le simple frottement réciproque des atomes ignés ?

Jugez jusqu'à quel point s'élève mon enthousiasme, et ma jubilation intérieure, lorsque, inspectant les salles jour et nuit illuminées de mon palais, à tous les étages, j'observe le travail incessant de mes domestiques occupés selon mes ordres à renouveler les bougies au fur et à mesure de leur épuisement dans les flambeaux. Je ris en moi-même de tant de zèle si parfaitement et si comiquement inutile, puisque la cire, de par sa nature ingrate, n'est appelée à rien d'autre, qu'à fondre et à disparaître. Puis je reviens à mon cabinet adorer en silence, avec une volupté inconnue aux plus fougueux amants, la vaillance imperturbable de ma petite lampe, laquelle se moque avec gaillardise et mystère des lois ordinaires du feu, de l'embrasement, de l'effort, de la combustion, du dépérissement et de la mort – de même que la voix de mon garçon déjoue par sa transparence cristalline les obligations auxquelles il devrait être soumis par les caractères de son sexe et par les servitudes de son âge.

A quelle fin je destine cette merveilleuse invention, et pour quoi je fais instruire à mes frais ce chanteur, c'est ce que vous saurez, Monsieur, quand le grand œuvre auquel par ailleurs je travaille sera suffisamment avancé. Je ne doute point qu'en lisant ma relation, vous n'ayez eu sujet de rire de mes craintes, et de mes joies, et que vous ne m'ayez pu prendre pour un de ces chimistes, pour ne pas dire souffleurs de profession, dont peu de chose est capable d'incendier la fantaisie : mais vos réflexions deviendront plus sérieuses, lorsque vous aurez appris le magnifique dessein que j'ai formé pour ma lampe, et qui est sans rapport en tout cas avec l'utilité que des édiles soucieux du bien public pourraient en retirer pour l'éclairage des rues.

Permettez, Monsieur, que je suspende ici ma narration. Cette lettre est trop longue ; excusez-moi, je n'ai pas eu le temps de la faire plus courte ; ce serait une indiscrétion de ma part, que de tarder davantage à la finir.

J'ai l'honneur d'être, Monsieur, votre dévoué collègue,

Raimondo di Sangro, prince de Sansevero.

Gourmandise

Feliciano, je t'ai admiré avec passion, dès le premier jour. Ta gaieté d'abord m'a séduit, ton toupet monstre, ta confiance absolue dans ton étoile. Tu étais arrivé à Naples aussi pauvre que nous, mais l'idée que tu serais redevable de ta carrière à tes bienfaiteurs n'a pas effleuré une seule fois ton esprit. Ce n'était pas de l'ingratitude. Tu débordais de gentillesse, tu avais des prévenances exquises pour tout le monde. Tu entrais dans une pièce : aussitôt tous les regards convergeaient vers toi. On était en train de travailler, tu nous bousculais joyeusement, on s'arrêtait pour te faire place : à côté de toi on avait l'air si laborieux, si contraints !

« N'est-ce pas que vous vous sentez mieux quand vous m'avez avec vous ? » semblais-tu dire, en faisant exprès de mettre sens dessus dessous les feuilles de nos partitions. Tu étais exaspérant, mais tu étais indispensable. A quinze ans, à vingt ans encore, tu ressemblais à ces enfants qui se sont perdus dans une foule et qui s'accrochent à chaque passant pour lui demander : « M'aimez-vous ? M'aimez-vous ? »

Tu passais lentement entre les lits du dortoir, puis soudain tu sautais à pieds joints sur un lit, tu te laissais tomber à plat ventre, de toute ta hauteur, sur l'oreiller. On ne voyait plus ton visage : ton regard, ta bouche nous manquaient tout à coup. On ne savait pas si tu riais, si tu pleurais, si tu t'étais fait mal en tombant, si tu n'avais pas eu une syncope, si par hasard tu n'étais pas mort.

Tu demandais à celui qui était en train de jouer du violon : « Apprends-moi à jouer du violon. – On n'apprend pas comme ça ! disait l'autre, mi-agacé, mi-flatté. – Apprends-moi, tu verras. » Au bout d'un mois, c'est vrai, tu arrivais à tirer de l'instrument des sons passables. Ton professeur commençait à prendre la chose au sérieux, il était fier que tu l'eusses préféré, il se voyait déjà ton ami. Tu choisissais ce moment pour planter là le violon, le début d'amitié. Tu essayais le clavecin, puis la flûte, le hautbois. Doué pour tout. Le violoniste te regardait jouer de la flûte, en se disant avec chagrin que tu étais entré dans sa vie par miracle, qu'il t'avait déjà perdu. Personne ne put te garder plus d'un mois dans la même occupation avec lui. Tes ennemis affirmaient que tu manquais de caractère. Tu avais peur, selon eux, de persévérer dans une étude où les résultats pour finir ne seraient sans doute pas si brillants. On aurait pu dire avec plus de vérité, peut-être, que tu fuyais tes camarades par délicatesse. Tu ne voulais pas les faire souffrir en leur accordant une préférence qui les eût trompés sur la place qu'ils tenaient dans ton cœur.

La porte de ta chambre restait jour et nuit grande ouverte. Tu recevais sans arrêt des visites, on pouvait rarement te parler au milieu du va-et-vient, mais tu avais le chic pour dire à chacun en particulier le mot agréable ou affectueux qu'il avait envie d'entendre à ce moment-là. Moi, ton voisin de chambre, tu ne me laissais jamais repartir sans m'accompagner jusqu'à ma porte, et tu m'embrassais dans le couloir pour que je ne sois pas triste en rentrant chez moi.

Nous étions tenus de faire nos lits, de garder en ordre nos affaires et de balayer une fois par semaine. Toi seul tu réussis à échapper au règlement. On balayait, on tirait les couvertures pour toi. Le gouverneur en personne descendit jusqu'à ta chambre pour te faire une semonce. « Je vois que vous ne m'aimez pas », lui dis-tu avec un soupir. « Monsieur le gouverneur, que vais-je devenir si vous ne m'aimez pas ? » Il se retira d'un air sévère, tu courus après lui, il ne se retourna pas jusqu'à ce qu'il eût regagné son appartement, mais tu entras derrière lui, Dieu sait ce que tu lui dis pour lui arracher ce privilège exorbitant de pouvoir revenir quand tu voudrais, à n'importe quelle heure du jour, et distraire par tes folies cet homme si occupé.

Ta défense était d'être sans défense. Tu manquais les cours, tu étais toujours en retard dans les exercices, tu passais bien plus de temps à te choisir des bonbons chez Startuffo qu'à étudier tes vocalises, avec cela tu ne te cachais nullement, et quand le maestro croyait de son devoir de t'adresser une réprimande, tu le regardais avec un si joli sourire ! « Mettez-moi à la porte, si je n'ai pas le bonheur de vous plaire ! » Il y avait tant de tristesse alors dans tes yeux, tu avais l'air si petit, si perdu. Ta chambre était restée nue comme au premier jour de ton installation. Tu ne possédais pas au bout de plusieurs années un objet de plus qu'en arrivant. Toutes tes affaires tenaient dans le petit baluchon que tu avais apporté de la campagne. Les cadeaux du duc, où donc les avais-tu mis ? Tu aurais très bien pu t'en aller d'une minute à l'autre et disparaître dans la rue, sans laisser de trace.

C'était ça, ta force : de faire craindre à ceux qui t'aimaient ou qui avaient charge de toi, qu'ils pouvaient te perdre à chaque instant, sur une simple faute de cœur commise contre toi. Ils t'auraient dit une parole un peu dure, tu aurais vu à leur mine que tu ne leur étais plus nécessaire : adieu ! s'ils ne voulaient plus de toi, tu voulais d'eux encore moins. Tu serais parti, à la recherche d'un autre toit, d'une autre famille. Oui, tu aurais très bien pu frapper au hasard à une porte, entrer dans un foyer inconnu, prendre ta place à la table et rester avec des étrangers aux yeux bons. Ou même, si tu ne trouvais personne, te coucher contre un mur, entre des mendiants, à la chaleur de leurs guenilles.

Tu avais besoin de nous pour te sentir vivre, il te fallait ce public que nous formions jour et nuit autour de toi. Tu aurais dépéri sans l'attention continuelle que tu nous forçais à tourner vers toi. Voilà comment tu as réussi à nous tenir complètement sous ta sujétion, en nous faisant vivre dans la peur de te voir te faner sous nos yeux, ou t'évanouir soudain mystérieusement dans Naples.

Sept années de suite j'ai vécu en tremblant que Feliciano oublie de m'embrasser quand je sortais de sa chambre. J'avais la force de ne pas m'arrêter dans le couloir, de me laisser rattraper devant ma porte.

Mes cheveux me donnaient du souci. Je ne me rappelais pas sans frémir une de mes premières entrevues avec don Raimondo, en présence de ce baron de Roccazzurra que décidément j'ai haï. Le prince ne levait les yeux sur moi que lorsque j'étais arrivé à la porte de son cabinet. Roccazzurra, au contraire, m'observait dès mon entrée dans le premier salon, à l'autre bout de l'enfilade. Des flambeaux brûlaient jour et nuit dans le poing de laquais immobiles. Je devais remonter sous son regard perçant, entre cette double haie de flambeaux, une suite de pièces immenses en marbre et en velours, sans me prendre les pieds dans les tapis.

Le prince caressa longtemps mes cheveux, encore bouclés à l'époque et d'une belle couleur blonde.

— J'ai obtenu qu'on ne te les coupe pas, dit-il enfin. Si le coiffeur se présente et invoque le règlement, réponds que tu as l'autorisation du gouverneur. J'ai besoin qu'ils soient aussi longs que possible. C'est très important pour mes expériences.

— De toute façon, don Raimondo, s'écria alors le baron de sa voix désagréable de basse-taille, il n'y a pas à craindre que ce bel enfant devienne jamais chauve comme moi.

Le baron était horriblement chauve en effet, avec une couronne de cheveux drus plantés bas sur la nuque. Presque des crins. Et noirs comme du jais.

— Hippocrate l'avait déjà remarqué, murmura le prince. Une abondante flore pileuse garnit leurs angles fronto-pariétaux, comme pour les femmes et les enfants.

— Mais chez l'homme qui exerce les privilèges de sa virilité, enchaîna le baron, la région occipitale est la seule à rester fournie.

J'observai le prince, à la dérobée. Il portait, lui, une perruque, poudrée, argentée, grise avec des reflets bleus, terminée de chaque côté par deux rouleaux au-dessus des oreilles. La mode des perruques commençait à se répandre à Naples depuis que l'influence française avait détrôné les coutumes espagnoles. Celle de don

Raimondo, on ne pouvait pas dire qu'elle lui embellissait le visage, ni d'ailleurs qu'elle le lui gâtait. Elle semblait avoir pour unique fonction de brouiller les conjectures sur l'âge réel du prince. Etait-il jeune ? Etait-il vieux ? Question aussi impossible à résoudre que de savoir la couleur exacte de cette perruque. La physionomie était ouverte, large, les traits peu accusés, le menton peu fourni, les yeux à fleur de tête. Le nez, très long, tombait droit, mais au dernier moment il déviait, il partait de côté. Cette embardée singulière dérangeait l'idée qu'on cherchait à se faire de cette figure.

Le baron passait d'un air fat ses mains courtes et grasses sur son crâne poli.

— Toi, tes boucles, me dit-il en me clignant de l'œil avec une familiarité qui me déplut, tu les porteras toujours bien en vue sur ta tête. Après tout, peut-être que cela vaut mieux que de les cacher à un endroit où on ne peut pas les montrer sans indécence, conclut-il avec un petit rire satisfait.

— Suffit, dit don Raimondo. Tu te vantes toujours de ta calvitie, c'est stupide. Je me demande pourquoi je continue à t'associer à mes recherches. Sans doute parce que tu représentes si bien ce que j'ai le plus en horreur. Ton crâne brille comme une casserole, à force de te vautrer toutes les nuits comme un singe lubrique dans les maisons de Chiaia.

— Un singe ! Un singe ! répliqua le baron, fort piqué. Mon cher, si tu observes l'évolution des êtres humains depuis l'époque des cavernes, tu ne pourras nier que la nature tend à faire disparaître les poils des régions les plus nobles du corps, à commencer par le front, symbole de la pensée. Dire que c'est à un savant comme toi que je dois rappeler cette loi fondamentale de l'évolution ! Nos ancêtres n'avaient pas un coin de peau qui ne fût garni de poils. Le front s'est d'abord dégagé, siège et symbole de l'activité la plus noble de l'homme, ensuite la plante de son pied, symbole de sa domination dans l'univers, ensuite la paume de sa main, symbole de son aptitude industrieuse. Il n'est pas impossible que le crâne entier jouisse un jour de la même prérogative, quand nous aurons achevé jusqu'au bout notre développement, quand nous serons devenus cent pour cent des hommes.

— Cent pour cent des hommes ! A Dieu ne plaise que j'aie à frayer avec une telle engeance ! Mais Naples sauvera le monde. Naples, on peut compter sur Naples.

Le prince redoubla de caresses et se pencha à mon oreille.

— C'est toi le sel de la terre ! Ne coupe sous aucun prétexte tes cheveux !

En sortant du cabinet, je dus repasser entre les domestiques alignés sur deux rangs avec un flambeau allumé dans la main. D'un bout à l'autre des salons, ils portaient tous la même perruque, identique à celle de leur maître ! Les deux rouleaux de chaque côté au-dessus des oreilles, la couleur grise, les reflets bleus, c'était pareil. Ils semblaient sans âge eux aussi, ils n'avaient pas l'air dans le temps. D'autant plus qu'ils se tenaient absolument immobiles, les muscles du visage figés.

Une fois dans la rue, je m'arrêtai, frappé par cette réflexion subite :

— Comment expliquer que le seigneur le plus riche de Naples, qui fait éclairer en plein jour son palais pour se montrer plus magnifique, qui envoie chercher à Paris ses perruques, ne songe même pas à se distinguer de ses valets ?

Deux ans plus tard, hélas, malgré les promesses de don Sallusto, mes cheveux cessèrent de boucler. Le prince s'en aperçut et me dit tristement :

— Eh quoi ? Même toi tu changes ? Même sur toi la nature exerce son droit implacable, elle te tire toi aussi dans la sotte direction où s'avance le genre humain ?

Je ne sais si ce fut à la suite d'une nouvelle remarque du prince, ou parce que je commençais à le comprendre d'instinct, dans le dédale obscur de ses spéculations : toujours est-il que je me regardais avec inquiétude dans le miroir. Mes boucles avaient presque entièrement disparu, puis la belle couleur blonde vira au châtain. Une mèche. Une autre. Pourvu, me disais-je avec effroi, qu'ils ne deviennent pas noirs comme ceux du baron, don Raimondo ne me le pardonnerait pas.

Je voyais que je mécontentais mon protecteur. Aussi, quand il me demanda si j'étais en bons termes avec un soprano du Conservatoire nommé Feliciano, dont on lui avait dit le plus grand bien, je ne fus pas peu fier de ma réponse. Après coup, seulement, je m'avisai que la requête du prince était surprenante. Qui avait pu lui parler de Feliciano ? Grand bien de quoi ? Pas de sa voix, en tout cas. J'aurais pu lui citer dix soprani du Conservatoire qui chantaient mieux. Ainsi, pensai-je, il a déjà sa réputation en ville. Nous autres, nous poursuivons d'obscurs efforts pour mériter notre talent, mais lui, sans se donner de mal, il attire les regards, il amuse, la manière dont il chante passe déjà au second rang pour le goût de la noblesse.

A mon grand dépit, la curiosité du prince ne fut nullement jugée un événement digne de commentaire.

Feliciano, dans l'opinion duquel je comptais bien me hausser d'un degré en l'introduisant chez l'homme le plus célèbre de Naples, ne parut impressionné ni par l'enfilade des salons ni par la fantaisie de les faire éclairer aux flambeaux en plein jour ni par l'alignement splendide de ces deux rangées de domestiques. Il s'approchait d'eux tranquillement, les examinait sous le nez avec un aplomb incroyable, un par un, forçant ces malheureux à soutenir son regard sans ciller. J'étais au supplice. Avait-il oublié qu'il sortait d'une famille aussi pauvre que la leur ? Arrivé à la porte du laboratoire, il disait, tout haut, avant d'entrer :

— Je vous félicite, don Raimondo, pour la tenue de votre personnel. On a vraiment plaisir à venir chez vous.

Le prince riait aux éclats des insolences de Feliciano. Moi qui en étais encore, au bout de trois ans, à appeler mon protecteur Excellence ! Feliciano s'installait dans un fauteuil, croisait les jambes, allongeait la main vers le plateau des friandises et commençait à croquer des bonbons.

— J'espère qu'ils viennent de chez Startuffo. Savez-vous que le duc est incorrigible, don Raimondo ? Il ose se servir chez un confiseur que personne ne connaît.

Le prince, à cette époque, venait tout juste de découvrir le secret de la lampe perpétuelle. La lettre qu'il avait écrite à M. l'abbé Nollet, de l'Académie des Sciences à Paris, faisait le tour de l'Europe. Les uns portaient aux nues l'invention, les autres accusaient don Raimondo de fable ou de fraude. Tout ce bruit finit par l'agacer.

— Quatre ans de recherches incessantes, me confia-t-il une fois. Il y a quelque chose qui me retenait au bord de cette découverte.

Il continua, dans un murmure :

— Je me demande si je n'aimerais pas infiniment

mieux trouver le secret de la nuit perpétuelle. Il me semble que mon imagination me porterait plus vite à un résultat. La nuit, la grande nuit sans fin, une nuit unique étendue d'un bout à l'autre du monde, et nous, délivrés de nos fardeaux, à flotter dans le flux et le reflux de cet océan ténébreux.

Ces moments de rêverie n'étaient pas rares chez le prince. Je fus content de m'apercevoir qu'ils n'avaient jamais lieu en présence de Feliciano.

Pour me rendre de la place des Gerolomini au palais Sansevero, je descendais la rue des Tribunali, trop étroite pour la foule qui s'y pressait à toute heure, puis je tournais à gauche par une petite ruelle, appelée passage du Soleil, dont les façades étaient si rapprochées qu'elles se touchaient presque par les corniches de leurs toits. On reconnaît l'esprit napolitain dans le choix dérisoire de ce nom, gravé dans le tuf poreux. Le soleil ne parvenait jamais jusqu'aux fenêtres des logis. Des familles de dix, de douze enfants campaient dans les rez-de-chaussée. L'ombre humide me prenait à la gorge. Je me hâtais vers mon but. En réalité, je n'avais pas envie de me sentir solidaire de toute cette misère de quartier, mais je n'étais pas capable, comme Feliciano, de renier d'un coup l'univers de mon enfance, ce bric-à-brac d'ustensiles pauvres reluisant dans la pénombre, ces lits gigantesques aux boules de cuivre trop astiquées, ces figures graves d'enfants aux joues creuses, ces femmes assises sur le seuil le dos tourné à la rue, cette odeur de tomate et d'huile, ces arêtes de poissons jetées aux chats dans le caniveau, ces mouches, ces ordures, ces flaques.

Le dernier mur qui bordait la ruelle à ma gauche était la façade du palais Sansevero, dont la masse imposante forme l'angle de la place San Domenico Maggiore. Au milieu de la place s'élève l'obélisque, richement orné de statues et de reliefs en stuc, construit après les pestes du siècle dernier, à la mémoire des enfants morts. Les petits vagabonds que les Pauvres de Jésus-Christ ne pouvaient pas recueillir moururent par milliers au cours de ces épidémies.

L'église San Domenico, j'y entrais souvent. Je poussais la porte de la sacristie et grimpais par l'escalier en vis jusqu'à l'espèce de balcon qui fait le tour. Là-haut, alignés contre la paroi, les Aragons gisaient dans leurs cercueils. Quelle idée d'avoir choisi cette sépulture ! On aurait dit de vieilles malles, abandonnées dans un grenier. Le velours, le damas s'étaient effilochés autour des planches, les couleurs avaient passé, la poussière recouvrait les bières d'un voile gris. C'étaient bien des gentilshommes de haut parage, des rois et des reines pourtant, qui reposaient dans ces caisses pour l'éternité ! Voici Jeanne IV d'Aragon, son mari Ferrandino, voici Ferrante, et puis Alphonse le Magnanime, plus loin Isabelle d'Aragon, duchesse Sforza, et Maria Enriquez de Ribera, et Caterina di Moncada, et là, Ferdinand d'Avalos, marquis de Pescara, l'époux de Vittoria Colonna, le vainqueur du roi de France à Pavie ! L'épée de François Ier pendait par un clou à son cercueil, non pas comme un trophée glorieux, mais comme un simple outil rouillé. Toutes ces vies splendides jetées au rebut dans ces caisses ! Je me promenais sur la galerie, un étrange sentiment au cœur. Même si je devenais célèbre un jour, au bout d'une vie de succès, de réceptions et de fêtes, je retrouverais pour finir l'humble origine d'où j'étais sorti, puisque même les rois et les vainqueurs de rois, la mort les dépossédait de leur prestige. Ma conscience ne pourrait pas me dire : Tu as été infidèle à la pauvreté de ta famille, tu as voulu te désolidariser de San Donato, tu as trahi tes parents. C'est ainsi que, devant le sépulcre déchu de ces trépassés royaux, je me sentais moins coupable d'avoir glissé en hâte devant les rez-de-chaussée ténébreux des vivants de la ruelle du Soleil.

Et puis, ces morts, tous des Aragons, tous des Espagnols ! Leur abaissement posthume devait plaire à don Raimondo.

Quand j'avais bien regardé, je rejoignais Feliciano. Il n'avait pas besoin, lui, de penser que la gloire finit en poussière pour se jeter dessus avec avidité !

On a posé à l'envers l'église San Domenico : l'abside est tournée vers la place.

— C'est bien simple, disait Cimarosa, un même endroit ne peut pas être consacré à la fois à Dieu et au Diable. Startuffo, qui a sa boutique au bas de la place, fait de trop bons gâteaux. Dieu s'est déclaré battu. Il a décidé de tourner le dos à son rival, pour ne pas voir mes amis Porporino et Feliciano en jeunes lévites du temple de la gourmandise.

Pauvre Mimmo ! Nous ne pouvions lui rapporter que les gâteaux transportables. Il connaissait par ouï-dire seulement, d'après nos descriptions qu'il écoutait les larmes aux yeux, les extravagantes constructions de meringue et de crème, les Délices au chocolat, les Maries-Carolines fourrées de fruits confits, les Châteaux d'Espagne au café amer, les babas géants imbibés de rhum des Antilles, toutes ces merveilles fondantes, collantes, ruisselantes, dégoulinantes, car le goût en ces années-là était au tendre et au mou, la mode n'allait pas au croustillant. Il y avait aussi les sorbets, sorbets au citron, sorbets aux mûres, sorbets aux myrtilles, une spécialité de Startuffo, que dis-je, une exclusivité, une innovation, les premières glaces jamais faites en Italie, en Europe. Startuffo envoyait chaque hiver des bateaux jusqu'en Suède qui rapportaient de la neige dans les profondeurs de leurs cales. Cette neige était conservée dans une sorte de citerne creusée sous la terre du petit jardin qu'il avait aménagé exprès derrière la pâtisserie.

La première salle servait de magasin d'exposition : les pièces montées, les petits-fours, les cornets à la crème, les pâtes tourées, feuilletées, sablées, chiquetées, les pains de Savoie, les profiteroles, les vésuviennes, les pompéiennes, ces couleurs, ces parfums, comment choisir sans se tromper ? Une vendeuse nous suivait pas à pas, une pour chacun de nous, une assiette dans chaque main. Feliciano n'en finissait pas de palper, de caresser, de humer. Il soulevait le couvercle des Maries-Carolines et trempait son doigt dans le caramel. La dégustation se faisait dans le salon du fond. Les trois murs de cette pièce, de même que le plafond, étaient entièrement recouverts de miroirs. Les miroirs multipliaient à l'infini la profusion bariolée des crèmes, des fruits confits, des sirops, le vert des pistaches, le jaune des cédrats, le rouge des amarènes, l'orange des bergamotes, le violet des airelles. Dans ce chatoiement de couleurs qui bougeaient avec le va-et-vient des mains entre l'assiette et la bouche, on avait l'impression d'être soi-même au centre d'un gigantesque gâteau, dans un capitonnage poisseux et douillet. Semblable jouissance, je ne l'ai éprouvée qu'à l'intérieur de l'église San Gregorio Armeno, lorsque je m'asseyais sous la nef peinte en bleu, en vert, en or, chaude et parfumée comme si elle sortait du four, devant les anges en stuc qui descendaient de la coupole, avec leurs joues rebondies qui avaient l'air en sucre, et les plis de leur robe moutonnant comme de la crème fouettée.

La clientèle était faite de messieurs d'un certain âge, très élégants, le plus souvent seuls. Ils mangeaient très lentement, dans un silence religieux, les coudes appuyés sur le plateau de marbre du guéridon, sans toucher le dossier doré et tarabiscoté de leur chaise. Il y en avait un qui enfonçait le couteau à la recherche des fruits confits dans la pâte spongieuse du baba, avec les mêmes précautions qu'un haruspice romain en train de fouiller dans le ventre de l'agneau pour en prélever les entrailles. Je voyais dans les glaces dix mains, vingt mains accomplir en même temps le même sacrifice. Dix, vingt petits morceaux d'angélique pénétraient dans dix, vingt bouches où ils étaient mâchés avec une sacerdotale componction. Ce culte si distingué de la sucrerie inspirait un immense respect à Feliciano.

Jusqu'à quinze ans, ma seule crainte était de grossir, de quitter la catégorie des castrats longilignes, vers laquelle ma bonne étoile avait bien voulu me diriger, pour entrer dans celle des castrats adipeux. Farinelli, dont le portrait ornait le parloir des Pauvres de Jésus-Christ, était un échantillon superbe de *musico* longiligne.

— Tu n'as pas peur, demandai-je niaisement à Feliciano, de prendre trop de plaisir à manger de ces friandises ?

— Je ne vois pas, mon cher, quels autres plaisirs il nous resterait. Tout par la bouche, rien que par la bouche.

Encore une preuve, cette réponse, de ce que j'appelle l'esprit castrat.

Feliciano, bien parti lui aussi pour être un longiligne, avalait une quantité fabuleuse de gâteaux à une vitesse non moins ahurissante. Au sortir de la pâtisserie, il se mettait à marcher à énormes enjambées, en tirant sur les biceps de ses cuisses. Il prétendait qu'il sentait fondre à mesure, dans la chaleur de l'effort musculaire, toute la crème ingurgitée chez Startuffo. Je voudrais le voir à vingt-cinq ans, marmonnais-je à part moi, pour me consoler de cette tarte à la frangipane dont je n'avais pas osé prendre. Puis, lorsque je fus sujet à mes premiers accès de mélancolie, je cessai de me surveiller. Nous faisions des orgies de meringues et de babas, lui par joie de vivre, par exubérance et par fringale, moi avec le sombre plaisir de penser que j'étais ridicule, dans mon état, de me préoccuper pour ma silhouette.

« Qu'importe que je devienne gros et ventripotent, puisque je ne pourrai jamais aimer ! » me disais-je en voyant les mines gracieuses que le garçon laitier adressait à la caissière.

Le soir, je tendais l'oreille vers les bruits de la rue : le sifflement des jeunes gens quand ils passaient sous les balcons, le grincement des fenêtres qu'on ouvrait avec prudence, les murmures, les rires, les disputes, les baisers envoyés sur le doigt. La nuit, je sursautais si deux chats miaulaient dans la cour. Le fracas de l'eau qui se déversait dans la gouttière me faisait trembler dans mon lit. Je pouvais rester une heure à regarder fixement le bec intarissable des fontaines et les ronds produits par le jet dans l'eau noire de la vasque. Parfois je me faufilais dans les cuisines et je m'arrêtais devant les fourneaux. On mettait le lait à bouillir dans de vastes chaudrons. J'attendais toujours avec une palpitation de cœur le moment où la masse blanche du liquide, jusque-là inerte, commençait à frémir. Une vie étrange se mettait à battre là-dessous. De légères boursouflures crevaient à la surface, de plus en plus nombreuses, de plus en plus nerveuses, de plus en plus rapides, comme si une volonté belliqueuse se frayait un chemin depuis les profondeurs lointaines. Puis la matière trépidante prenait soudain son élan, le lait montait à toute vitesse jusqu'aux bords du récipient, je n'avais ni le temps ni l'envie de m'opposer à la catastrophe imminente, le lait débordait avec rage et moi, cloué sur place par l'émerveillement et l'horreur, je contemplais, les larmes aux yeux, le ruissellement de l'écume blanche sur les flancs rebondis du chaudron.

Pour comble, Feliciano lui aussi se mit à faire la cour à la jeune caissière de chez Startuffo. Il se penchait sur le comptoir derrière lequel cette demoiselle surveillait le mouvement des vendeuses. Il lui prenait la main, il caressait l'étoffe de sa manche. Qu'est-ce qu'il pouvait bien lui chuchoter à l'oreille ? Il n'essayait quand même pas de la séduire ? Quel aplomb ! J'étais stupéfait. Et si, après avoir bien ri et fait la coquette avec lui, elle lui montrait par certains signes trop clairs qu'il ne devait pas s'arrêter en chemin ? Une telle éventualité m'aurait empêché, moi, de dire un mot sans trembler à cette jolie caissière.

J'avais seize ans, la nuit de ma première crise de désespoir.

Je venais de passer une heure, seul, avec Feliciano, dans sa chambre. Nous avions fait un peu d'école, quelques trilles, choisis dans l'échelle Porpora. Pour triller, il faut rapprocher avec rapidité deux sons, retenir son souffle, et battre la luette. Nous commençâmes par observer chacun dans la bouche de l'autre si sa luette battait avec l'agilité nécessaire. Il ouvrit ensuite la fenêtre, sur l'odeur qui montait des jardins, dans le soir violet. Je vins me placer à côté de lui, nous fîmes à tour de rôle l'exercice.

Il s'agissait bien d'exercice ! Le plaisir, oui, le plaisir le plus vif montait des profondeurs de nos corps et se répandait par nos gorges en notes cristallines qu'elles chantournaient à ravir. Les sons, non plus simple vibration des atomes ébranlés dans l'espace, mais chaude matière et vivante émulsion, avaient l'épaisseur de la crème, la transparence de l'opale, le velouté du damas, le panache du jet. Les chanteurs non coupés se contentent de les souffler hors de leurs poumons d'où ils prennent leur vol en légères arabesques : moi je les sentais, comment dire ? remuer sous ma langue, mollir dans le suc des muqueuses, se colorer aux roseurs du palais, tiédir contre l'ivoire des dents, se gonfler enfin et s'épanouir à l'approche des lèvres. Aussi purs que les sons émis par la plus éthérée des gorges féminines, ils possédaient en outre une consistance, une rondeur, quelque chose de pulpeux et de moelleux, comme un poids de chair mêlé indissolublement à leur transparence. Et à qui pourrait s'étonner de trouver dans une voix humaine des qualités d'une telle sorte, je répondrais que les voix ordinaires, en effet, sortant de la poitrine où elles sont confinées dans la cage thoracique, s'échappent de la bouche aussi impalpables que l'air dont elles tirent leur volatile substance ; tandis que la voix du castrat, étant par la force des choses son unique organe d'émission, se trouve tout imprégnée de cette sève qui n'a pas d'autre issue dans son corps. Elle draine avec elle outre l'air des poumons la lourdeur de ses membres, l'odeur de sa peau, la fécondité méconnue enfouie dans ses parties mortes. Son gosier produit non seulement une expiration pulmonaire mais un acte complet d'expulsion, ce qui donne aux femmes renversées dans leur fauteuil et pâmées en nous écoutant l'impression qu'elles font l'amour avec nos voix.

Feliciano, avec un talent musical plutôt moyen, était l'incarnation du chant érotisé. Dans sa voix, je sentais comme le contact d'une main, comme le frôlement d'une bouche – Dieu me pardonne, je sentais comme le don de sa chair, trouble et juteuse émanation de ce qu'il y avait de plus charmant dans son corps. Je finis par me taire, engourdi par cet épanchement liquoreux.

Quelle folie me prit soudain ? Peur de comprendre que j'attachais infiniment trop d'importance à cette heure, alors qu'il n'était resté avec moi que faute d'une distraction plus amusante ? Humiliation de me dire qu'avec un véritable ami je ne me serais pas demandé chaque minute s'il n'était pas temps de le quitter ? Je tenais la feuille des trilles déployée devant nous, il m'entourait le cou de son bras. Peut-être la sensation de bonheur fut trop forte pour mon caractère méfiant. Dès demain, pensais-je, il ne se rappellera même plus que nous avons chanté ensemble, devant le palmier érigé sur sa tige, seuls pour la première fois, sans être dérangés par ces odieuses visites. Il aura oublié qu'il a posé la main sur mon épaule, pesé sur mon cou et répandu avec moi dans l'air parfumé du soir le tendre trop-plein de son être. Puis-je supporter que ce moment d'intimité ne marque pas une date toute spéciale dans l'histoire de notre amitié ? Oh ! qu'il laisse une trace, même funeste pour moi, mais une trace !

Tout à coup, sans savoir ce qui m'arrivait, je froissai la feuille des trilles, je la jetai en tapon sur son lit, je me dégageai brusquement de son bras, je courus vers la porte que je claquai dans mon dos. Là, derrière la porte, la main sur le loquet, je restai quelques secondes immobile, le cœur battant. Courrait-il après moi ? Viendrait-il m'embrasser ? Mais ne valait-il pas mieux me passer une bonne fois de ses baisers, mettre fin au supplice de me dire qu'il s'acquittait d'un geste si nécessaire à mon bonheur avec la gentillesse distraite qu'il mettait dans tous ses actes ?

Je me jetai sur mon lit. Ma vie défila en teintes noires sous mes yeux.

Primo, je suis un garçon pauvre, j'ai la religion du travail, je crois qu'il faut mériter mon pain, je n'arrive pas à me débarrasser de la conscience de mon infériorité sociale.

Secundo, je suis d'un caractère timide, je sors difficilement du rang où mes bienfaiteurs m'ont mis, j'ai besoin d'un encouragement du prince pour oser montrer que j'ai une belle voix.

Tertio, mon père m'a trop souvent dit que je n'étais bon à rien : où trouver la force de lui prouver le contraire ?

Quarto, je me rends bien compte, à la gêne que j'éprouve en passant devant les *bassi* de la ruelle du Soleil, que je m'en veux d'avoir rompu avec mon milieu d'origine : comment espérer un jour me sentir à l'aise dans une carrière brillante ?

Quinto, j'ai honte de mon état, je ne suis pas un *musico* fier de sa voix, mais un éviré que le sentiment de sa mutilation obsède.

Sesto, je ne me serais peut-être même pas aperçu de tous ces sujets de chagrin, si le hasard n'avait placé, dans la chambre voisine, un ami qui est né pauvre comme moi, qu'on a châtré comme moi, mais qui parle d'égal à égal avec le gouverneur, traite avec détachement le duc, a su devenir un familier du prince et conte fleurette à la jeune caissière de chez Startuffo. Songe-t-il une seconde dans quelle ombre encore plus obscure il relègue ses parents pendant qu'il mord à une vésuvienne dans la pâtisserie la plus chic de Naples ? Il débutera au San Carlo dans le grand rôle, même si dix élèves sortent du Conservatoire avec un meilleur classement.

Oh oui ! me disais-je pour conclure, cette petite énumération de tes malheurs prouve que tu en viendras à bout, à force de discipline, de méthode et de volonté. Mais quelle vie tu te prépares ! Si tu te compares à Feliciano, avoue que tu avais le cœur mieux fait pour pousser la charrue derrière l'âne, que pour monter sur une scène en quête d'applaudissements.

Ces sombres réflexions m'occupèrent toute la nuit. J'avais laissé une bougie allumée à mon chevet.

A deux heures du matin, Feliciano entra dans ma chambre.

— J'avais oublié de te faire goûter de ces bonbons, dit-il simplement en s'asseyant sur mon lit, sans paraître remarquer mes yeux rougis.

Mon premier mouvement fut de me jeter à son cou et de lui faire une confession complète. Mais non, pensai-je aussitôt, cet élan serait déplacé. S'il me fait cette visite, à cette heure, après ce qui a eu lieu entre nous, c'est pour me donner l'occasion de me rattraper à ses yeux. Un peu d'élégance, Porporino. Je réussis à deviser gaiement sur la saveur comparée des bonbons.

Je m'étais redressé sur mon lit. Il me prit par l'épaule et me força à me recoucher. Puis il s'étendit à côté de moi, posa sa tête sur mon oreiller. Quoi ? Il me caressait le visage ? Est-ce que j'avais mes sens ? Est-ce que j'entendais bien ? Petit fou, me disait-il à voix basse, petit fou, en promenant son doigt sur l'arête de mon nez, sur mes paupières closes, entre mes lèvres. Petit fou.

Il se souleva sur le coude et m'ordonna de le regarder. Il fit alors cette chose que je ne pouvais pas prévoir, que je ne sus pas recevoir comme il fallait, que je n'arrive pas, encore aujourd'hui, à m'expliquer, qui me sauva cette nuit-là du désespoir, qui m'installa dans une attente inquiète. Il se pencha sur mon visage, de plus en plus près, je ne vis plus que ses yeux grands ouverts sur moi, ses yeux admirables aux reflets verts, son souffle était tout contre moi, contre mes lèvres, je sentis sa bouche sur la mienne, il y déposa un baiser, il s'y déposa par un baiser, il s'appuya sur ma bouche par la sienne. Etait-ce un baiser de lèvres humaines ou la visitation impalpable d'un ange ? La bouche resta contre ma bouche, nous restâmes ainsi pendant une minute ou pendant l'éternité, unis par le contact le plus tendre, le plus cruel, de nos deux bouches scellées appuyées l'une sur l'autre sans bouger.

Il retira son visage aussi lentement qu'il l'avait approché, sans cesser de me regarder dans les yeux, sans cesser de me sourire, emportant peu à peu avec son sourire le secret de sa visite, la clef du paradis qu'il m'avait ouvert et l'horreur de l'enfer où il m'avait trouvé. Il se leva, souffla ma bougie, gagna la porte en silence et disparut mystérieusement, comme il était entré.

Le petit chevalier

Académie chez la comtesse Kaunitz, femme de l'ambassadeur d'Autriche, pour un très jeune musicien allemand, presque un enfant dit-on. Il s'est déjà fait une réputation à Vienne, ainsi que dans d'autres capitales d'Europe. Il arrive maintenant de Rome, où le Pape l'a nommé, par décision tout à fait extraordinaire, chevalier de l'Eperon d'or. C'est le second musicien après Gluck à qui échoit cet honneur. Pour voir le petit chevalier, et pour rire à ses dépens, toute la noblesse accourt dans les salons de la comtesse.

Les Kaunitz louent le palais Sanfelice, dans le quartier de la Sanità. Nous montons vers Capodimonte par des ruelles noires. Ça pue. Deux valets du prince courent devant le carrosse en tenant à bout de bras des torches allumées. Le galop des chevaux éclabousse le seuil des logis. Que pensent de nous les familles entassées dans l'obscurité ? Qu'aurais-je pensé à leur place ? Feliciano, qui a pris le meilleur coussin à côté de don Raimondo, regarde avec dégoût ces pauvres gens. A cinquante toises du palais, le cocher met au pas, dans la file des autres voitures qui attendent pour tourner sous le porche. Les deux domestiques qui précèdent chaque carrosse éteignent leur flambeau dans la bouche du faune grimaçant sculpté sous la voûte de chaque côté de l'entrée.

Au fond de la cour, construit en avant de la façade, le fameux escalier de Sanfelice, un édifice à part, un bâtiment en soi, plus qu'un simple escalier, avec ses rampes couvertes qui battent dans la pénombre et s'inclinent comme les pennes d'un gigantesque oiseau triplement ailé. Les arcs vides, les trous d'ombre alternent avec les piliers pleins, le piperne noir du Vésuve avec le marbre de Carrare. Quatre des pièces dans chacune desquelles vivent dix ou douze personnes rue de la Sanità pourraient tenir sur le palier qui donne accès à l'étage noble. J'aimerais me perdre dans ces ténèbres inutiles, monter et descendre à la rencontre des chats qui miaulent dans les vastes recoins sous les marches.

Don Raimondo me présente à la princesse de Belmonte, protectrice des musiciens. Bien qu'elle ait dépassé la quarantaine, plus majestueuse que vraiment attrayante, elle éclipse par l'aisance de ses manières et la vivacité de son esprit la toute jeune donna Isabella, sa fille, pourtant ravissante, dont c'est la première sortie dans le monde. Un cavalier polonais, vingt-cinq ans au plus, fait la cour à la princesse, qui le paye en retour de sourires et de clins d'œil. Lady Hamilton, femme de l'ambassadeur d'Angleterre, la princesse de Francavilla et la duchesse de Calabritta attendent avec la princesse qu'on leur amène le petit prodige. Casanova est en train de leur raconter sa dernière aventure à Venise : une visite nocturne, clandestine, dans le couvent de femmes de Murano. Puis il les quitte. Ces dames se tiennent dans un boudoir décoré de chinoiseries en porcelaine, la folie du jour. Feliciano, qui était resté pour écouter le récit de Casanova, me laisse avec le prince. Où va-t-il ? Avec qui ?

Elles commentent avec animation la dernière nouvelle. Le sopraniste Venanziano Rauzzini, qui a chanté avant-hier au San Carlo dans l'*Armide abandonnée* de Jommelli, vient d'enlever la première cantatrice, Caterina Gabrielli, au vieux duc de Maddaloni, protecteur et amant de la jeune femme depuis dix ans. Le castrat s'est enfui avec sa maîtresse. Ils se cachent quelque part dans Naples. Sauf lady Hamilton, ces dames ne paraissent nullement surprises d'une aventure qui renverse les idées anglaises. Rauzzini, avec une femme ? Tout au plus, la princesse de Francavilla, moins libre que ses amies, se montre un peu piquée de la préférence donnée à un chanteur sur un duc.

— Ça clouera le bec à notre petite Sarah Goudar, dit en riant la princesse de Belmonte. Elle devra rengainer son vilain jeu de mots. « Soprano : adjectif substantivé du genre neutre. »

— Du genre neutre ? demande lady Hamilton.

— Toutes les étrangères, ma chère, ne comprennent pas comme vous ce qui fait que Naples est Naples. Sarah Goudar, en bonne Française, tient ce raisonnement qu'elle trouve impeccable : Un castrat est un eunuque, or un eunuque n'est pas un homme, *ergo*...

— Mais que me dites-vous du Pape ? s'écrie la duchesse de Calabritta. Gaetano Guadagni lui présente une requête, pour avoir permission de se marier, exposant que l'opération a été mal faite. Sur quoi Sa Sainteté renvoie la requête avec cette note en marge : *Che si castri meglio.*

— Qu'on le châtre mieux ! L'adorable naïveté !

— A propos, croyez-vous que Sarah Goudar arrivera à se faire recevoir à la Cour ?

— Il faudrait d'abord que la bonne société consente à se rendre chez elle.

— On n'a pas oublié qu'elle vendait de la bière à Dunkerque, avant d'être remarquée par le chevalier de Casanova, qui la céda au sieur Ange Goudar.

— Oui, mais s'il ne tenait qu'au Roi...

Les dames se regardent entre elles d'un petit air mystérieux. Puis elles repensent au vieux duc trompé. Fera-t-il poursuivre les amants et assassiner Rauzzini ? L'honneur l'empêche de paraître en public avant qu'il n'ait lavé cet affront. La princesse de Francavilla tient pour l'honneur, la princesse de Belmonte serait aux cent coups si on lui tuait son chanteur préféré. Don Raimondo les observe sans rien dire. L'honneur ? Je sais bien ce qu'il en pense. Donna Isabella, de plus en plus gauche et timide, se rencogne dans un angle. La princesse de Belmonte raconte à lady Hamilton la mort tragique du grand Giovanni Francesco Grossi, dit Siface, premier sopraniste du siècle passé.

Il fréquentait les maisons les plus distinguées de Rome. Les dames de la meilleure noblesse se disputaient l'avantage de prendre de ses leçons. Ce fut ainsi qu'il fit la connaissance de Palmetta, dame romaine aimée d'un gentilhomme napolitain. Siface en devint amoureux et n'eut aucune peine à supplanter son rival. Il enleva Palmetta, la conduisit à Venise, où ils se firent passer pour mari et femme. Le Napolitain, fou de rage, mit sur leurs traces deux assassins. Ils battirent en tous sens l'Italie. Après bien des recherches vaines, ils arrivèrent enfin à Venise, le soir où Siface chantait un oratorio dans la belle église de Saint-Pierre-et-Paul. Les sicaires résolurent d'exécuter leur mission lorsque la foule sortirait de l'église. Pendant que l'un se postait de manière à surveiller le chanteur, le second assassin se glissa de pilier en pilier à la recherche de Palmetta. Quand il l'eut repérée parmi l'assistance, les deux compagnons se retirèrent dans l'ombre, la main sur la poignée de leur dague.

Mais voici que c'est au tour de Siface de chanter. A peine ont-ils entendu pendant quelques instants cette voix merveilleuse, qu'ils sentent fondre leur cœur. Ils ont des remords, répandent des larmes, enfin ne songent plus qu'à sauver ces amants dont ils avaient juré la perte. Ils attendent Siface à la porte de l'église ; Palmetta est à son bras. Ils l'abordent, le remercient du plaisir céleste qu'il vient de leur donner, et lui avouent qu'il ne doit son salut qu'à l'impression ineffable que sa voix a produite sur leur cœur. Ils lui expliquent ensuite le motif de leur voyage, écartant leur manteau pour lui montrer leur main crispée sur le pommeau du stylet. Qu'il se sauve sur-le-champ et quitte Venise avec Palmetta sans perdre une minute, pour qu'ils puissent raconter au Napolitain qu'ils sont arrivés trop tard.

Siface et Palmetta se hâtèrent de profiter du conseil. Ils se réfugièrent à Turin, où la duchesse régnante, instruite de leur aventure et touchée de leur sort, donna au chanteur la place de premier musicien dans son palais, à Palmetta un abri sûr dans un couvent. Un soir que Siface, en revenant du couvent, prenait le frais sur les remparts de la ville, deux hommes se jetèrent sur lui et le laissèrent pour mort, le corps percé de plusieurs coups de poignard. C'était le gentilhomme napolitain lui-même, qui ne se fiait plus à ses agents, et avait demandé au père de Palmetta de faire la besogne avec lui.

Siface, contre toute espérance, guérit de ses blessures. La duchesse, de plus en plus attendrie, voulut assurer la sécurité des amants. Pour qu'il n'eût plus à sortir la nuit, elle décida de légitimer leur union et de les marier. Pendant un an ils vécurent au palais, enfermés et heureux. Puis la jeune femme, ennuyée de cette existence recluse, eut envie de voir le port de Gênes. Siface l'y accompagna. Le lendemain de leur arrivée, on les trouva poignardés dans leur lit.

— Le castrat et la jeune femme, mariés comme mari et femme ? demande lady Hamilton.

Mais personne, cette fois, ne songe à sourire d'une question qui prouve avec quelle simplicité les gens du Nord tranchent entre ce qui est possible et ce qui ne l'est pas. L'histoire de la princesse de Belmonte a causé sur tous ces cyniques une profonde impression. La jeune donna Isabella essuie ses yeux du coin d'un mouchoir de batiste. La duchesse Carafa di Bovino entre alors en courant dans le boudoir et annonce que le duc de Maddaloni, son cousin, assiste à l'académie. Elle vient, contre toute attente, de le croiser dans le premier salon après l'antichambre. La pâleur de son visage, le désespoir peint sur sa physionomie d'habitude si enjouée lui ont fait peur, dit-elle. Surprise et émerveillement chez les dames. Je me souviens d'avoir remarqué moi aussi en entrant une figure pétrifiée de vieillard. Il se tenait dans l'embrasure d'une fenêtre, répondant à peine aux saluts des invités de la comtesse. Les yeux gonflés et rouges, comme quelqu'un qui a beaucoup pleuré, les traits tirés par l'insomnie, il fixait sur les hôtes du palais un regard absent. La petite société du boudoir se demande pourquoi il est venu. Il ne pense pas, tout de même, que la Gabrielli et son amant oseront paraître ce soir ? La duchesse Carafa di Bovino se préoccupe de ce qu'on va dire de son cousin s'il garde cette mine d'enterrement. La princesse de Francavilla déclare à nouveau qu'il ne devrait se montrer que résolu à tirer vengeance.

— Et toi, petite, demande la duchesse de Calabritta à donna Isabella, pourquoi crois-tu que le duc se fait voir dans cet état ?

— Pour souffrir, répond la jeune fille, en rougissant jusqu'aux cheveux.

Ces mots ont le pouvoir de rendre leur gaieté aux dames. La princesse de Belmonte se renverse dans son fauteuil et tend sa main potelée au cavalier polonais qui la presse dans les siennes. Je suis en train de sourire à donna Isabella pour essayer de lui faire comprendre qu'elle ne reste pas seule avec cette noble opinion sur le duc, lorsque la comtesse Kaunitz entre, suivie d'un homme en habit vert qui tient son tricorne à la main, et d'un jeune garçon aux yeux ronds, lui aussi en habit vert.

— Le Kapellmeister de Son Excellence le Prince-Archevêque de Salzbourg, Leopold Mozart, et son fils Wolfgang Gottlieb demandent à vous présenter leurs hommages, dit la comtesse, d'un ton faussement modeste.

— Ah ! notre petit prodige ! s'écrie la princesse de Belmonte.

Mais avant que les dames n'aient le temps d'attirer le jeune garçon et de le faire asseoir entre elles, je note une courte scène étrange. Par-dessus son gilet, mais sous son habit, Wolfgang Gottlieb porte une décoration voyante, la croix de l'Eperon d'or donnée par le Pape. Il s'incline devant la princesse de Belmonte et en profite pour ramener sur sa poitrine le pan de son habit. Quand il se redresse, la décoration n'est plus visible. Le père, qui ne le quitte pas des yeux, a fort bien observé la manœuvre. Il le tire vivement par le bras : l'habit s'ouvre à nouveau et l'Eperon d'or, accroché sur le cœur, brille en bonne place, bien en vue pour la princesse. Le jeune garçon a frémi sous l'étreinte paternelle, pourtant il renonce à se dégager. Le Kapellmeister du Prince-Archevêque murmure à son fils quelques mots en allemand – ils ont répondu jusqu'ici en français, dans la langue parlée par la noblesse. Wolfgang Gottlieb regarde alors son père. Quel regard ! L'étincelle du reproche, vite étouffée sous un air contraint et soumis. Le petit prodige s'avance vers la princesse. Il s'efforce de sourire malgré les larmes qui lui montent aux yeux.

Les dames veulent absolument savoir ce qui l'a le plus frappé depuis son arrivée en Italie. Elles s'attendent au récit de son entrevue avec le Pape, mais l'enfant raconte un souvenir de Turin. C'est une habitude de la Cour que, si le souverain assiste à une représentation, le spectacle ne doit pas dépasser une certaine durée de temps. La dernière répétition, qu'on appelle dans cette ville concert général, a lieu en présence d'un chambellan qui note la longueur de chacun des morceaux de musique, et fait ensuite l'addition pour voir si la somme rentre dans les limites prescrites. Cette opération, dite minutage, exécutée scrupuleusement lors de la répétition finale du *Mithridate*, donna cinq minutes de plus.

— Le chambellan me pria de trouver le moyen de supprimer ces cinq minutes. Il m'indiqua un morceau qui lui avait semblé trop long, d'où j'aurais pu les ôter. Je m'excusai en disant qu'il m'était impossible de les enlever sans porter préjudice à l'ensemble du morceau. Le chambellan insistait ; je tins bon ; la question parut d'une telle importance que nous décidâmes de la faire trancher par le Roi en personne. Sa Majesté fut assez généreuse pour me faire cadeau de ces cinq minutes, sur la foi du succès que mon opéra avait obtenu à Milan.

— Comme tu racontes mal, dit Leopold avec aigreur. On croirait vraiment que tu cherches à te faire passer pour un gamin sans manières, capricieux et indocile. Les nobles dames qui t'écoutent doivent me plaindre d'avoir pour fils un tel mauvais sujet. Allons, raconte la fin de l'histoire de manière à te faire honneur, c'est l'occasion ou jamais.

Les mains de Wolfgang Gottlieb sont agitées d'un léger frémissement, mais, cette fois-ci encore, il se domine et obéit à l'injonction paternelle.

— Avant de quitter Turin nous allâmes nous présenter, comme c'était notre devoir, à Sa Majesté le Roi. Le spectacle avait eu du succès, le morceau trouvé trop long par le chambellan n'avait pas déplu à la Cour, les cinq minutes de trop étaient passées inaperçues. Le Roi nous reçut avec beaucoup de bienveillance. Au moment où nous prenions congé, il nous recommanda d'organiser notre voyage de manière à nous mettre à l'abri de quelque fâcheuse rencontre. Nous remerciâmes chaleureusement, puis je me permis de dire : « Du reste les voleurs, Majesté, devraient y réfléchir à deux fois, parce qu'ils ne gagneraient rien avec nous, dépourvus de tout comme nous sommes. A moins qu'ils n'entendent nous détrousser de ces cinq minutes que la clémence de Votre Majesté daigna nous donner en cadeau. » Le Roi sourit, nous serra la main et nous souhaita bon voyage.

Leopold jubile en observant sur les figures de la noblesse la gaieté produite par le récit de son fils. Mon garçon a bien de l'esprit ! Mais tout son plaisir est ruiné quand il apprend le vrai motif de cette gaieté. La princesse de Belmonte s'exclame, entre deux éclats de rire :

— Ah ! ces avares de Piémontais ! J'étais sûre qu'il ne vous aurait pas donné une montre ni aucun cadeau de prix ! Cinq minutes ! Cinq minutes ! Il a dû se trouver trop heureux de s'en tirer à si bon compte ! Cinq minutes pour tout cadeau ! Ah ! Ah !

D'un œil effaré Leopold regarde tour à tour la princesse de Francavilla, la duchesse de Calabritta, lady Hamilton, la comtesse Kaunitz, le prince de Sansevero et deux ou trois gentilshommes qui se tiennent là, pour voir si aucun de ces hauts personnages n'aurait une idée plus respectueuse d'une Majesté. Il s'aperçoit, trop tard, que la répartie de son fils au Roi du Piémont pourrait bien avoir l'air d'une insolence. Comme tout le monde rit à gorge déployée, Leopold esquisse un sourire, non sans continuer à se tenir sur ses gardes, pour le cas où quelqu'un de la société, après avoir bien ri, s'aviserait que le petit étranger, en racontant une anecdote sur l'avarice d'un roi, s'est payé tout bonnement leur tête.

Wolfgang Gottlieb profite de la gaieté générale pour se faufiler entre les fauteuils et rejoindre dans le fond de la pièce donna Isabella. Une gracieuse rougeur colore les joues de la jeune fille, aux premiers mots qu'il lui adresse. Comme il a de la chance ! me dis-je. Ils se plaisent, ils se parlent, il lui murmure à l'oreille Dieu sait quoi qui l'amuse et la trouble. Quel joli couple ! Et moi... Le jeune garçon, il est vrai, jette des coups d'œil inquiets du côté de son père. Quelle drôle de façon de rentrer le cou dans ses épaules, qui lui donne soudain l'apparence d'un vieux. Père et fils se ressemblent alors : même nez allongé, mêmes yeux fuyants, même mine craintive, et jusqu'à cet habit vert, identique, correct, trop correct, comme s'ils voulaient se faire pardonner par la modestie de leur tenue l'audace de se pousser dans le grand monde.

Leopold, à force de tourner la tête à droite et à gauche, aperçoit son fils dans le fond du boudoir. Il se lève d'un bond, au risque de déplaire à la princesse de Belmonte et aux dames. Il se précipite sur son fils et l'arrache à donna Isabella, qui demeure immobile dans son coin, plus muette et confuse qu'une bergère de Santa Chiara. Wolfgang va-t-il résister ? Mais non, il ne proteste pas, il suit son père. Ils s'excusent auprès de la princesse, et partent vers la salle de concert. Je leur emboîte le pas. Un obscur sentiment de solidarité commence à m'attacher à cet enfant, qui a tout pour réussir, le talent pour les amateurs, la grâce pour les jeunes filles, la précocité pour les dames, un père attentif, ambitieux, et pourtant... et pourtant quoi ? Peut-être ce père, justement ?

Les salons se sont remplis peu à peu. Des domestiques en grande livrée circulent au milieu de la foule, offrant aux invités des glaces et des sucreries. J'aperçois l'immense Casanova escorté du minuscule abbé Galiani. Adossé à la porte de la salle de concert, le duc de Cattolica nous regarde venir, hautain et méprisant. C'est son habitude. Le prince de Caramanico, son beau-frère, se tient à côté de lui.

— Aurais-je bien l'honneur d'avoir devant moi M. Mozart ? demande le duc au jeune garçon. En même temps il allonge la main vers la croix d'or qui orne sa poitrine.

— Oh non ! réplique vivement Wolfgang. Mon nom est Trazom.

Nous restons tous abasourdis par cette réponse.

— Eh bien ! reprend le duc, qui a compris plus vite que les autres et paraît décidé à s'amuser aux dépens du petit Allemand, il faut, mon cher Caramanico, que nous fassions venir cette croix, afin d'être incorporés avec M. Trazom. Qu'est-ce que cela coûtera bien ?... Trois ducats ?... Faut-il avoir une permission pour la porter ?... Et cette permission coûte-t-elle aussi quelque chose ? Oui, il faut que nous fassions venir cette croix.

Wolfgang Gottlieb est devenu tout pâle, mais il ne

répond rien, laisse la main du duc jouer avec sa croix. Et même il empêche son père de placer le récit de l'entrevue avec le Pape. Le prince de Caramanico sourit d'un air stupide.

Le duc sort une tabatière de sa poche.

— Alors, c'est entendu ? Vous me laisserez faire une copie de cette jolie petite chose ?... Et là-dessus, M. Trazom, prenez une prise !... Ainsi, demain, j'enverrai chez vous et vous aurez la bonté de me prêter cette croix, rien que pour un moment. Je vous la renverrai tout de suite : seulement pour pouvoir en parler avec l'orfèvre. Je suis bien sûr que lorsque je lui demanderai ce qu'elle vaut, il me dira : environ un thaler bavarois. Elle ne vaut certainement pas plus, car elle n'est pas en or, mais en cuivre, hé ! hé !

— A Dieu ne plaise, répond l'enfant. Elle n'est pas en cuivre, elle est en fer-blanc, hé ! hé ! Et là-dessus, M. le duc, prenez une prise ! ajoute-t-il en tirant à son tour une tabatière de sa poche.

Le duc croit avoir un coup de sang. Il hèle son domestique et lui crie, rouge de colère, en s'avançant dans les salons, de façon qu'on l'entende à la ronde :

— Attention ! Qu'on ait dorénavant plus de respect pour nous, quand nous porterons tous les deux, mon beau-frère et moi, l'éperon de M. Trazom !

Leopold Mozart fait un pas comme s'il voulait courir après le duc pour lui présenter ses excuses. Wolfgang, toujours aussi calme, est entré dans la salle de concert. Il se met à inspecter les clavecins.

— Trazom, quel drôle de nom, dis-je.

— Pas si drôle que ça, répond-il.

— Pourquoi n'avez-vous pas voulu vous présenter au duc sous votre vrai nom ?

Il se retourne vers moi et, ouvrant les pans de son

habit pour mettre sous mes yeux la décoration du Pape, il dit :

— Pourquoi ? Pourquoi ? Pourquoi les pères obligent-ils les fils à placer à l'endroit du cœur un petit morceau d'or qu'ils n'ont pas demandé ? Pourquoi des gens à qui c'est complètement égal vont-ils s'asseoir pendant une heure sur ces chaises et faire semblant d'écouter ma musique ? Pourquoi suis-je forcé de jouer devant eux ? Etes-vous entièrement vrai avec vous-même, vous ? Vous reconnaissez-vous dans chacune des choses que vous faites ? Et d'abord, comment vous appelez-vous ?

— Oh moi ! dis-je en rougissant, c'est complètement différent. Moi-même, je ne compte pas, en quelque sorte.

— Vous ne comptez pas ?

— Mon nom est Porporino. Je suis un... castrat, comprenez-vous ?

— Laissez-moi vous embrasser ! s'écrie-t-il alors en me serrant sur son cœur et en couvrant mes joues de baisers. Puis il recule d'un pas, tout en gardant dans ses mains les miennes qu'il presse avec effusion. Sans paraître remarquer ma stupeur, il ajoute ces paroles mystérieuses :

— Vous en avez fini pour toujours d'être un fils, vous ! Oh ! comme je vous envie ! Porporino... C'est un nom que vous vous êtes donné, n'est-ce pas ? Mais moi, que puis-je espérer en mettant les choses au mieux ? Changer Mozart contre Trazom !

Mozart contre Trazom ? Que veut-il dire ? Pourquoi m'envierait-il ? S'il savait ! Comme il a l'air malheureux ! De minute en minute, comme il me devient plus cher ! Je m'apprête à lui sauter au cou à mon tour, quand je m'aperçois que les invités ont pris place et que la séance va commencer. Un laquais distribue le programme.

1. Concert de clavecin du maestro Antonio Sacchini exécuté à première lecture par M. Wolfgang Gottlieb Mozart. 2. Aria de la composition de M. Mozart chantée par le maestro Giuseppe Aprile. 3. Sonate de clavecin de la composition de M. Mozart, exécutée par lui-même, avec des variations improvisées séance tenante. 4. Répétition de ladite sonate, dans un ton différent de celui où elle a été écrite. 5. Concert de violon obligé, joué deux fois de suite, M. Mozart tenant la première fois la partie du clavecin, la seconde fois la partie du violon (avec M. Leopold Mozart). 6. Aria composée à l'improviste et chantée par M. Wolfgang, avec accompagnement par lui-même au clavecin, sur des paroles dont il prendra connaissance pour la première fois. 7. Autre sonate de clavecin, composée et exécutée à l'improviste, sur un motif fourni par le maestro Sacchini. 8. Fugue musicale, composée et exécutée au clavecin par M. Mozart, selon toutes les lois du contrepoint, sur un thème qui lui sera présenté à l'improviste.

Il joue à ravir. Ce n'est pas étonnant ! s'écrie une voix après le premier morceau. Regardez l'anneau qu'il porte à son doigt ! On chuchote que cet anneau doit avoir quelque vertu magique, pour faire mouvoir aussi agilement cette petite main. Wolfgang ôte l'anneau et le pose sur le bord du clavier. Il cherche dans les rangs s'il n'aperçoit pas donna Isabella. Leurs regards se croisent, ils se sourient. Deuxième morceau. Mon maestro se surpasse dans l'air fait spécialement pour lui. Comme il est fait, aussi ! Quelle musique ! Une tendresse nouvelle, un accent inconnu de nos compositeurs. Moins de virtuosité et plus de cœur. C'est vrai, ce que j'entends murmurer par don Raimondo. On peut prévoir que ce garçon écrira des choses sublimes pour les castrats si dans son pays les idées stupides qui commencent à se répandre hors de France ne l'obligent pas à les remplacer par des ténors. Déjà, pour l'Opéra de Paris, Gluck a dû récrire le rôle d'Orphée.

Dévotion, dérision

M. l'abbé Ferdinand Galiani, qui a passé dix ans à Paris et ne se console pas d'être revenu à Naples, se lamente tout haut du manque de distractions. Il est tout petit, l'abbé, fait des moulinets avec ses petits bras et crie d'une voix aiguë qu'il a besoin d'une anecdote. Une anecdote, une anecdote pour Mme d'Epinay ! Qu'est-ce qu'on va dire de lui à Paris s'il ne trouve rien de piquant pour sa prochaine lettre à Mme d'Epinay ? Fournissez-moi une anecdote !

— De quoi aurais-je l'air, si je lui raconte l'histoire arrivée l'autre jour à notre lieutenant de police ? Prié d'un grand dîner de cérémonie au Palais Royal, c'était le cas d'avoir une perruque neuve. Il la commande. Le jour dit, pas de perruque. Un valet de chambre va la chercher. Le perruquier fait mille excuses. Sa femme était accouchée deux jours avant ; l'enfant était mort la veille ; la mère se trouvait encore au plus mal. Il n'est pas étonnant que dans ces moments de trouble et d'embarras, on ait oublié d'apporter la perruque à monseigneur. Mais la voilà dans cette boîte. Vous verrez, dit-il, que j'y ai apporté tous mes soins. On ouvre la boîte avec précaution pour ne pas gâter la perruque : on y trouve l'enfant mort de la veille. Ah ! Dieu ! s'écrie le perruquier, les prêtres se sont trompés. Ils ont enterré la perruque ! Il a fallu un ordre de l'archevêque, un procès-verbal, un arrêt du conseil, je ne sais quoi encore pour enterrer l'enfant et déterrer la perruque.

On fait cercle autour de l'abbé. Le baron de Breteuil, nouvel ambassadeur de France, s'informe auprès de ses voisins s'il peut considérer cette anecdote comme typiquement napolitaine.

— Pourquoi ne retournez-vous pas à Paris, si vous vous ennuyez tellement avec nous ? demande, de son air suffisant et stupide, le prince de Caramanico.

— Sachez que si je quittais Naples, je demanderais l'aumône à Paris. D'abord, il faudrait que je quitte mes appointements en entier qui font la moitié de mes revenus.

— Mais il vous reste au moins six mille francs de votre abbaye d'Amalfi.

— Point du tout, je perdrais celle-ci aussi. On ne m'ôterait pas, à la vérité, l'abbaye ; mais aucun de mes fermiers ne s'aviserait de me payer jamais.

— Comment cela, je vous prie ?

— Tel est l'état d'anarchie où nous vivons, que personne ne craint les lois de la justice. Mais on craint, en revanche, l'injustice. Et comme je suis magistrat, je puis la faire. On me craint, on me paye.

Le représentant de Louis XV, tout sot d'entendre parler ainsi dans un salon, se mouche avec un soin marqué.

— Racontez donc à Son Excellence, M. l'abbé, comment vous avez obtenu votre abbaye d'Amalfi.

— Que voulez-vous, j'ai toujours eu la manie de ramasser des pierres sur les pentes du Vésuve. J'en avais fait une petite collection, que j'envoyai au Pape, avec cette requête : *Beatissime Pater, fac ut lapides isti panem fiant*. Faites que ces pierres se changent en pain. On ne sait jamais, me disais-je. Vous connaissez l'anecdote du *lazzarone* ? Un pauvre homme, un gueux vit un jour un paysan entrer à Naples qui tirait deux vaches derrière lui. « Tu me les donnes, tes vaches ? » demanda-t-il. L'autre serra le licou dans son poing et s'éloigna en hâte. Un second *lazzarone*, ami du premier, dit alors : « Mais tu es fou ! Pourquoi voulais-tu qu'il te les donne ? » « On ne sait jamais », telle fut la réponse. Sublime réponse ! On ne sait jamais. Sa Sainteté Benoît XIV eut la bonté d'accueillir ma requête, et de m'accorder, en échange de mes cailloux, l'abbaye d'Amalfi, de quatre cents ducats de revenu.

— J'ai vu des milliers de ces *lazzaroni* mendier et dormir dans les rues, dit le baron de Breteuil. M. l'abbé, vous qui êtes un éminent économiste, expliquez-moi de quoi ils vivent et s'il est bon pour un Etat de les laisser vivre ainsi.

— Des dizaines de milliers, monsieur l'ambassadeur, la moitié de la population. Le Roi n'a pas de meilleurs amis, ni la monarchie de plus ferme soutien.

— Je m'incline devant cette réponse, en me souvenant de ce que Marmontel disait de vous à Paris, M. l'abbé. « Le plus brillant Arlequin que l'Italie ait jamais produit, mais avec la tête de Machiavel sur les épaules. »

— Il paraît, dit le baron de Roccazzurra, que l'interdiction des bals masqués va être levée d'ici peu.

— C'est le mot d'Arlequin qui vous a fait penser au carnaval ? demande gaiement Galiani.

L'ambassadeur rougit jusqu'à la racine des cheveux.

— Rassurez-vous, poursuit l'abbé. Plus nous avons

l'occasion de nous moquer de nous-mêmes, plus nous sommes contents, nous autres Napolitains. N'est-ce pas, Roccazzurra ?

— Notre jeune Roi Ferdinand vient d'atteindre sa majorité, dit le prince de San Nicandro. C'est pour fêter cet événement qu'il a l'intention de rétablir le carnaval.

Galiani lève les yeux au ciel et joint ses petites mains.

— Que Dieu bénisse notre gracieuse Majesté ! Le dernier carnaval de Naples eut lieu en 1748. J'avais exactement vingt ans. Quelle gaieté, quelle folie dans les rues ! J'espère un grand bien pour ma patrie du rétablissement de ces fêtes. Voilà plus de vingt ans que les Napolitains n'ont eu à cacher leurs visages. La galanterie est la pierre ponce qui polit les nations.

Lord Hamilton, l'ambassadeur d'Angleterre, un homme grand et maigre, à la peau foncée et au nez aquilin, demande alors :

— C'est donc Sa Majesté le Roi Charles qui interdit le carnaval ? Mais pourquoi ?

— Oui, pourquoi ? répète Galiani. Et pour augmenter la confusion du baron de Breteuil, il ajoute, en le regardant sous le nez :

— Ne sommes-nous pas le pays d'Arlequin et de Polichinelle ?

— Demandez à monseigneur pourquoi, dit soudain don Raimondo, qui s'est approché en silence. Il tient par le bras M. le lieutenant de police, qu'il pousse en avant dans le cercle.

Tout le monde se tait à l'apparition du prince. M. le lieutenant de police est nu-tête, on cherche en vain la fameuse perruque échangée contre l'enfant mort. Galiani se ressaisit le premier.

— M. le lieutenant de police, dit-il en s'inclinant, ne

refusera certainement pas de nous éclairer sur les raisons de Son auguste Majesté le Roi Charles.

— La sécurité publique, M. l'abbé. Nos *lazzaroni* profitaient du relâchement de la surveillance pendant le carnaval pour entrer dans les maisons et piller les magasins. Il n'y avait à cette époque qu'une police bien insuffisante. Le Padre Rocco ne pouvait pas à lui seul contenir toute cette canaille !

— Le Padre Rocco ?

— Le plus populaire des prédicateurs napolitains, Excellence. Dommage que vous ne l'ayez pas connu. Grand, fort, pourvu d'une voix de stentor, il parcourait la ville avec un gros bâton ferré et un lourd crucifix accroché à sa ceinture. Il rattrapait les voleurs par la manche, forçait les usuriers à baisser leurs taux, se jetait dans les bagarres, écartait les adversaires. Si on ne l'écoutait pas, il brandissait son bâton ou son crucifix ou les deux à la fois et tapait à tour de bras sur les récalcitrants. On le rencontrait dans les tavernes, ou même dans les lupanars. « Allons ! » s'écriait-il, « donnez-moi une preuve de votre repentir et de vos bonnes intentions. Que ceux qui sont décidés à se racheter lèvent la main ! » Tous les bras se levaient. Padre Rocco restait un bon moment silencieux. Il regardait son auditoire, puis portait le crucifix à ses lèvres, puis tournait les yeux vers l'image de la Madone ou du saint pendue au mur et enfin s'exclamait : « O mon Dieu ! Puissé-je avoir maintenant une épée pour couper toutes ces mains qui t'ont offensé, afin qu'elles soient empêchées de patauger dans le vice, de voler, de frauder, de commettre l'usure et l'assassinat, et la fornication. » Toutes les mains retombaient en même temps, ils fondaient en larmes, ils ne savaient plus où se cacher. Mais, comme disait à Sa Majesté le Roi Charles le marquis Tanucci son premier ministre : « De ce genre de prédication ils ne retiennent que le droit de s'adonner à leurs péchés plus joyeusement qu'avant. » Les nuits de carnaval étaient devenues des nuits de débauche et de crimes.

— De galanterie, M. le lieutenant de police, dit Galiani en riant.

— De crimes, M. l'abbé.

Le duc de Serracapriola demande l'indulgence pour le Padre Rocco.

— Avouez que son système d'illumination des rues est le premier qui ait réussi à Naples, et le seul qui empêche notre ville de se transformer la nuit en coupe-gorge. Nous avons nos porteurs de flambeaux qui courent devant nos carrosses. Mais les piétons attardés qui rentrent chez eux sans lumière ? Padre Rocco suggéra aux *lazzaroni* de placer des tabernacles au coin des rues, dans les carrefours les plus sombres et les plus mal famés. Ces pauvres gens, enflammés par l'éloquence du capucin, rivalisèrent pour apporter des bougies et procurer de l'huile aux lampes qui brûlent devant les images saintes. Mon cher prince, ajoute le duc en se tournant vers don Raimondo, c'est désolant d'avoir à le dire, mais il arrive que la superstition la plus aveugle soit plus utile au progrès que toutes les découvertes de la science.

Don Raimondo, agacé par des reproches qu'il a entendus cent fois dans la bouche d'une certaine noblesse gagnée aux idées maçonniques, hausse les épaules.

— Monsieur le lieutenant de police, répond-il, peut-être que si je vous rappelais votre nom et le pays de vos ancêtres, vous trouveriez que la décision du Roi Charles ne s'explique pas seulement par le souci de la sécurité publique. Qui parmi vous ignore que M. le lieutenant de police s'appelle Pedro Gutteriez ? Votre père, monseigneur, dont vous avez hérité les fonctions, vint d'Espagne, déjà en qualité de chef de la police, à la suite du Roi Charles, qui s'appelait alors don Carlos et fut envoyé en Italie par son père, le Roi Philippe V d'Espagne, pour conquérir le trône de Naples. Le Roi Charles, qui est retourné maintenant en Espagne, s'est toujours conduit en champion de la morale castillane. Si on lui demande à son lit de mort quel aura été le plus beau fleuron de sa couronne, il pourra répondre : le culte monogamique de l'épouse ! A Naples, il n'y avait même pas de lit dans sa chambre, tant il était assidu pour dormir dans celle de la Reine. Maintenant, voilà plus de dix ans qu'il est veuf. On n'a jamais pu le persuader de se remarier avec une des filles de Louis XV. Fidèle à Marie-Amélie, on dit que certains soirs, dans sa résidence de Madrid ou de l'Escurial ou d'Aranjuez, il saute de son lit et marche pieds nus comme un fou dans les couloirs, jusqu'à ce que le vent froid de la nuit et le contact glacé du marbre soient venus à bout de sa fièvre.

« Qui donc pourrait s'étonner que la licence permise par le carnaval lui ait toujours paru une horreur ? »

— Bravo, Excellence, s'écrie l'abbé Galiani en battant des mains. Naples ne redeviendra une ville gaie que lorsque les plaisirs amoureux nous seront octroyés sans frein. O Paris ! Paris ! Comme je l'écrivais l'autre jour à Mme d'Epinay, je suis le Gulliver revenu du pays des Houynhms, qui ne fait plus société qu'avec ses deux chevaux. Je ne rencontre ici que des vols, des assassinats, des rues obscures malgré Padre Rocco, de la boue, des ordures, et des maisons qui s'écroulent sur la tête des passants, pendant qu'on marche à Paris à la clarté des lanternes, la tête haute, les souliers propres, l'or en main, en ne croisant que des offres de multiplier l'espèce humaine, au lieu de menaces pour la détruire.

Ces derniers mots font rire la société.

— Je vais vous raconter une chose qui peut-être vous rassurera, monsieur l'abbé, dit lord Hamilton, après avoir ri lui aussi de bon cœur. J'étais l'autre jour convié au Palais Royal de Caserta, pour un grand repas de Cour donné en l'honneur des ambassadeurs. J'arrive, je monte le grand escalier, je traverse d'immenses salles tapissées de damas cramoisi et de velours et splendidement illuminées. Dans la plus grande de ces salles je vois des chaises disposées le long des murs, et chacun qui s'assied où il veut. L'affluence était telle qu'on avait aligné au milieu du salon une double file de chaises supplémentaires, dossier contre dossier. Le hasard m'installa juste en face de la Reine, qui prit le premier siège qu'elle trouva libre. Pourquoi tout ce monde assis ? me demandai-je. Que font-ils ? Qu'attendent-ils ? Dans aucune des salles que j'ai traversées ni dans celle où la Cour est maintenant réunie je n'ai aperçu la moindre table. La Reine sourit et arrange avec soin sur ses genoux les plis de sa robe. Quand chacun eut pris place, des soldats d'une taille magnifique entrèrent en procession, portant tout le nécessaire pour souper, sauf des tables. Ces soldats marchent et bougent avec la même régularité et le même sérieux que s'ils étaient à l'exercice. Celui qui vient en tête tient un grand panier rempli de serviettes richement brodées. Le page qui l'accompagne ouvre une de ces serviettes et l'étend sur les genoux de chacun des invités. Pour la Reine, ce fut un gentilhomme de Cour qui lui rendit ce service. Le deuxième soldat porte un panier rempli de vaisselle d'or. Le troisième panier, porté par un troisième soldat, contient couteaux et fourchettes. Chaque invité reçoit sur ses genoux, de la main du page, une assiette et deux couverts. Puis vient le quatrième soldat, avec un grand pâté de macaronis. L'écuyer tranchant qui l'accompagne est armé d'un couteau long d'un pied avec lequel il coupe le pâté puis en met une belle tranche sur l'assiette des convives. Un cinquième soldat vient ensuite, avec un panier vide, pour emporter les assiettes sales. Les boissons, du vin et de l'eau fraîche, sont servies entre les plats, par d'autres soldats non moins graves ni cérémonieux. Le reste du repas comprenait différents plats de poisson et de chasse, des viandes frites et rôties, des pâtés du Périgord, ainsi que des hures de sangliers. Le dessert avait la forme d'une pyramide : c'était une vraie montagne de biscuits, de gâteaux et de fruits glacés dégoulinant de sirops et de crèmes. Je ne vous dirais pas tout ce qui s'échappait des assiettes posées en équilibre instable sur les genoux, pour le plus grand dommage des robes de soie blanche. Un soldat ramassait dans un panier les plus gros morceaux tombés par terre. La Reine ne toucha qu'à deux plats qui lui avaient été préparés tout exprès par ses cuisinières autrichiennes. Elle me fit l'insigne honneur de m'envoyer par le gentilhomme de Cour une bouchée de chacun de ces deux plats. Mais pourquoi, finis-je par demander à mon voisin, devons-nous goûter à ces mets succulents dans une position aussi peu confortable ? Quoi, vous ne savez pas ? me répondit-il. Le Roi de Naples adore donner de grands repas. Mais un article de l'étiquette espagnole lui fait une interdiction rigoureuse d'admettre quiconque à sa table, en dehors de la Reine. Alors, il a ordonné d'enlever les tables dans les salles de festin. Le Roi, la Reine et toute la compagnie royale mangent sur leurs genoux.

L'abbé Galiani paraît enchanté. Il bout du désir de raconter à son tour une histoire.

— Le prince de Sansevero nous dira peut-être que le poids de l'hérédité s'atténue avec les générations, en tout cas on peut prévoir que notre jeune Roi Sa Majesté Ferdinand n'observera pas longtemps l'étiquette de Madrid. Je me trouvais hier à Portici, avec la Cour, en compagnie de mon ami Casanova, tiens ! où a-t-il disparu ? Il devait me rejoindre après le concert. Je ne le vois pas. A Portici, donc, le Roi s'était diverti avec la charmante Reine à toutes sortes d'espiègleries, quand l'envie lui prit de se faire berner. Le jeune monarque, après avoir voltigé en l'air, se mit en tête de rire aux dépens de ceux qu'il avait amusés. Les vieux courtisans s'étant esquivés, quelques jeunes seigneurs se prêtèrent avec bonne grâce au jeu. Ils firent briller leur courage, pendant que la Reine se tenait les côtes et que ses dames et le reste de la noblesse riaient de ce rire à la napolitaine, qui n'est pas le rire sous cape de Madrid ni le rire du bout des lèvres de Versailles, non plus que celui des cours du Nord où on se mord les lèvres pour ne point rire. Le Roi aperçoit alors un jeune gentilhomme florentin, bossu, timide, arrivé fraîchement de Toscane. Il s'approche de lui avec la plus grande bonhomie et lui propose le branle. La petite figure du malheureux s'allonge, ses yeux se troublent. Le Roi l'assure que s'il craint de faire rire la société, il doit se défaire de cette peur, puisque, s'étant lui-même soumis au jeu le premier, personne ne peut se croire humilié de le suivre. Sur un signe de son gouverneur, le pauvre jeune homme enlève son habit et prend place sur la couverture, dont le Roi daigne pour l'honorer tenir un des coins. Il fallait voir le petit magot gigoter de ses longues échasses ! Toute la Cour pouffait de rire pendant qu'il versait de grosses larmes. J'ai Casanova pour témoin, vous pouvez l'interroger.

Le prince de San Nicandro, ancien précepteur de Ferdinand, qui a toujours l'air de somnoler et qui laisse pendre sa lèvre avec dégoût, se croit obligé, en présence des ambassadeurs, de donner une idée plus avantageuse du Roi son pupille.

— Sa Majesté aura comme son père la passion de la chasse, déclare-t-il gravement. Quand Elle quitte une pièce décorée de tapisseries parmi lesquelles se trouve l'image d'un cheval, Elle lève toujours une jambe comme si Elle allait enfourcher sa monture. Elle a fait recouvrir un des salons du Palais Royal de tapisseries qui représentent un bois plein d'oiseaux. Avec son arc et ses flèches, Elle possède une main si sûre qu'Elle manque rarement d'atteindre en plein dans l'œil l'oiseau qu'Elle a visé.

— Et savez-vous ce que Sa Majesté vient d'écrire à son père, qui lui conseille de garder le marquis Tanucci pour premier ministre? demande le duc de Cattolica, Grand Chambellan du Palais. Ecoutez : « Entre les choses que je ne comprends pas, il en est quatre qui m'étonnent. La première est qu'on ne trouve pas le sol aux Jésuites supprimés, qu'on disait si riches; la seconde, que tous les avocats de mon royaume sont riches, quoique, selon la loi, ils ne doivent recevoir aucun salaire; la troisième, que toutes les jeunes femmes qui ont un jeune mari deviennent enceintes une fois ou l'autre, et que la mienne ne le devient jamais; enfin, la quatrième est que tout le monde meurt au bout de sa carrière, excepté Tanucci, qui vivra, je crois, jusqu'à la fin des siècles. »

— Je crois décidément qu'il y a bon espoir que le carnaval soit rétabli, monsieur le lieutenant de police, dit l'abbé Galiani en se frottant les mains.

— Mais vous vous trompez fort, monsieur l'abbé, rétorque don Raimondo, si vous estimez que le carnaval servira d'abord aux plaisirs amoureux des Napolitains. La morale castillane de l'honneur monogamique s'oppose aux mascarades et aux déguisements, mais pour d'autres raisons que celles que vous pensez. Opposer la raideur espagnole au libertinage napolitain, c'est donner crédit à une fausse alternative. Nous sommes plus fins que cela, monsieur l'abbé, ou plutôt nous sommes plus ambitieux. Evidemment, vos philosophes de Paris ne vous ont pas préparé à entendre ce mystère-là.

— Nous sommes tout oreille, monseigneur.

— Ne vous êtes-vous jamais demandé ce qui pousse nos *lazzaroni* et nos bourgeois et la noblesse tout entière à se cacher le visage et à perdre pour une nuit leur identité ?

— Je vous l'ai dit : l'envie de s'amuser incognito.

— Ah vraiment ? Observez ce qui se passe cette nuit-là. L'homme prend le masque de la femme, la femme prend le masque de l'homme. L'enfant se déguise en vieillard, le vieillard en enfant. Les sexes, les âges et les situations sociales se trouvent comme par miracle intervertis. Chacun échange son rôle avec celui de son voisin. De quoi des cerveaux espagnols pourraient-ils avoir plus horreur ? L'échange des rôles, voilà l'essence du carnaval. Regardez ces hommes et ces femmes courir à droite et à gauche dans la rue et se céder les uns aux autres les signes de reconnaissance par lesquels ils se distinguent habituellement. Ne dirait-on pas qu'ils arrivent à oublier qui ils sont ? Oh ! cette merveilleuse licence, de se rêver librement tels qu'ils pourraient être ! Croyez-vous, monsieur l'abbé, que votre insipide galanterie ne tient pas le dernier rang dans leurs préoccupations ?

Galiani a écouté distraitement, en jouant avec sa tabatière : qu'on laisse dire le prince, c'est connu qu'il a des idées bizarres. Mais aux mots d'*insipide galanterie*, l'abbé, piqué sur le vif, s'apprête à répondre, lorsqu'un nouveau personnage sort du cercle et fait un pas en avant. Cet habit ajusté sur ce corps mince, ces manchettes blanches, ces mains fines me rappellent quelque chose. Où ai-je vu cet homme ? Qui est-il ? Fluet, sec, élégant, autoritaire, il prend à partie le duc de Cattolica.

— J'entends plaisanter sur Son Excellence le marquis Tanucci, s'écrie-t-il. Que Dieu prête longue vie au premier ministre, pour la prospérité et le progrès du royaume ! N'a-t-il pas empêché l'autre jour l'achat d'un coûteux diamant par le Trésor de la Couronne, en faisant observer à Sa Majesté que la valeur d'un objet doit toujours être en proportion avec les peines et les sueurs de ceux qui l'ont produit ? Quelle proportion pourrait-il y avoir entre ce diamant et les tourments de sept mille familles pendant une année entière ?

Mais oui, c'est lui, c'est Antonio Perocades, je le reconnais, il n'a guère changé depuis son passage à San Donato, sauf qu'il a quitté la soutane. J'entends à peine ce qu'il est en train de raconter sur la dernière invention du marquis Tanucci, le cimetière de Poggioreale. C'est lui, je me rappelle tout, l'église, le prêche, les femmes furibondes, la mule, les cris, la dégringolade dans le ravin. Il est plus à son aise, évidemment, mieux à sa place, ici, dans les salons de la comtesse Kaunitz. Il parle toujours avec la même éloquence, nerveuse et péremptoire. Ses doigts fins, son linge net, sa voix coupante appartiennent au même monde que les marbres, les miroirs brillants, les cristaux aux arêtes effilées, les pendeloques biseautées des lustres, toute cette splendeur froide et pure qui scintille dans le palais Sanfelice.

— Comprenez-vous, il faut absolument obtenir des gens qu'ils renoncent à enterrer leurs morts sous le pavé des églises. Les moines s'emparent des cadavres, ils en tirent d'énormes profits. Grâce au cimetière, les particuliers cesseront de gaspiller leur argent en messes, en messes anniversaires, en messes perpétuelles, en services du bout de l'an, en *dies irae*. Il ne suffisait pas d'expulser les Jésuites et de récupérer leurs biens. Il fallait encore arracher au clergé le commerce des morts.

Le baron de Breteuil, qui cherche depuis le début à placer un mot profond sur Naples, peut-être dans l'espoir que l'abbé Galiani le rapporte à Mme d'Epinay dans sa prochaine lettre pour qu'il fasse le tour de Paris, déclare avec lenteur :

— La mort, le sentiment de la mort imprègne tout ici, même la vie économique !

— Elle favorise en tout cas de curieuses institutions, dit le duc de Serracapriola. Les nobles se font enterrer dans leurs chapelles, le peuple est jeté dans la fosse creusée sous la grande nef de l'église, mais les plus pauvres terminent leur carrière en dehors des murs, transportés par deux croque-morts dans une simple charrette. C'est l'épreuve la plus cruelle, la punition la plus avilissante qu'on puisse infliger à ces malheureux, qui ont lutté toute leur vie contre la misère, et qui maintenant, tout de suite après leur mort, recommencent à être écrasés sous son poids. Pour échapper au terrain vague, aux croque-morts et à la charrette, ils s'associent de leur vivant en confraternités. Vous trouverez ainsi dans la joyeuse ville de Naples une cinquantaine de clubs mortuaires, qui assurent à chacun de leurs affiliés, contre une petite obole versée mensuellement, l'assistance gratuite pour toutes les occasions indispensables et ruineuses, toutes les fêtes de la vie et de la mort : le mariage, le baptême et la communion des enfants, l'extrême onction, les funérailles. Surtout les funérailles. Quand un membre d'une confraternité passe de vie à trépas, ses parents n'ont aucun souci à se faire, sinon de montrer leur douleur par l'abondance des larmes qu'ils réussissent à verser. Les démarches, les dépenses, l'exécution de la cérémonie, tout retombe sur la confraternité. Il y a des confraternités pour toutes les classes et pour tous les métiers : il y en a pour les nobles, pour les magistrats, pour les marchands, pour les artisans, pour tout le monde.

— J'ai été frappé, dit le baron de Breteuil, par la pompe bizarre des enterrements. L'autre jour j'en ai croisé un dans Toledo. En tête marchait le porteur d'une bannière. Une double file de sacs rouges surmontés d'une cagoule jaune formaient le gros du cortège.

— La confraternité des Pèlerins, Excellence.

— Douze hommes portaient sur leurs épaules la caisse mortuaire, en argent massif, bosselée et ciselée avec un raffinement incroyable. Derrière le cercueil venait une sorte de grand officiant, seul, en habit superbe, la main fermée sur un bâton d'ébène à pommeau d'ivoire.

— Le prieur de la confraternité, avec l'insigne de son rang.

— Mais dites-moi : quelle était cette troupe de pauvres gens qui suivaient le cortège, avec dans la main droite une lance ornée à la cime d'un gonfalon noir ?

— Les mendiants de San Gennaro.

— Les mendiants de San Gennaro ?

— Lorsqu'un domestique est trop vieux pour continuer à servir ses maîtres, il passe au service de San Gennaro. Il lui suffit de prouver son degré d'ancienneté ou d'infirmité pour recevoir du trésorier du saint un diplôme qui l'intronise dans sa nouvelle charge. Il n'a plus alors à se préoccuper de rien, sauf de prier le ciel qu'il lui envoie dans sa paroisse le plus grand nombre possible de funérailles. La confraternité leur verse à chacun trois carlins pour se rendre dans la maison mortuaire, escorter le cercueil jusqu'à l'église et brandir au vent leur petite bannière noire. Il valait la peine, Excellence, de suivre le convoi jusqu'au bout. Vous auriez constaté que si les mendiants de San Gennaro semblent entourés du plus profond respect et même d'une sorte de vénération populaire tant qu'ils marchent derrière le prieur, le cortège n'est pas plus tôt entré dans l'église que la foule se retourne contre eux. On les reconduit à leur domicile au milieu des moqueries, des hurlements et des injures, on les appelle lanciers de la mort, ils doivent se protéger comme ils peuvent des trognons de choux et des tomates pourries. C'est stupéfiant de voir comme d'une seconde à l'autre ils tombent dans le dernier degré de l'abjection, après qu'on s'est signé sur leur passage avec toutes les marques d'une dévotion exaltée.

Perocades hausse les épaules.

— C'est ainsi qu'à Naples, dit-il, au lieu de lutter réellement contre ce qui leur fait peur, les gens recourent à des boucs émissaires. Dans notre malheureuse ville, qui n'a ni les moyens d'assurer le bien-être à ses habitants, ni la générosité de fonder des asiles, ni le courage de se réveiller de ses superstitions, les mendiants de San Gennaro jouent un triple rôle. Ils exorcisent la crainte de la misère, la crainte de la vieillesse et l'horreur de la mort. Quand on les a raccompagnés sous les injures et sous les trognons de choux, c'est comme si leurs persécuteurs avaient expulsé de la communauté les fantômes qui les obsèdent. Jusqu'aux prochaines funérailles, célébration apparente du défunt, mais tout le monde, au fond, attend cette occasion pour se ruer sur les mendiants et chasser, avec eux, les grands sujets d'épouvante.

— Et le marquis Tanucci, dit lord Hamilton, veut supprimer ces belles institutions ?

— En effet.

— Trouve-t-il que les habitants du Royaume dépensent trop en rites mortuaires ou que les trognons de choux récompensent mal cinquante ans de bons et loyaux services ?

— Son Excellence le premier ministre, répond don Antonio, est acquis aux principes de la franc-maçonnerie, même si nous n'avons pas encore l'honneur de le compter parmi nos frères. Vous parliez tout à l'heure du carnaval. Le marquis eut mille fois raison de suggérer au Roi Charles de l'interdire, j'espère qu'il saura faire prévaloir son opinion auprès de Roi Ferdinand.

— Pourquoi, je vous prie ?

— Pourquoi ? Mais parce que le coût ridicule de ces fêtes est un non-sens économique dans la vie d'un Etat moderne. Les boulangers payaient deux mille ducats par an à l'Elu du Peuple pour être exemptés de la mascarade : ils s'évitaient ainsi une dépense dix fois supérieure. Les bouchers en faisaient autant. Le prince de Butera se ruina en arcs de triomphe, et le patrimoine des Bisignano fut entièrement dilapidé pour le plaisir de faire défiler dans Toledo douze chars de la plus somptueuse extravagance qui représentaient le Pacha vainqueur des Nations. On voyait ce Sultan entrer à Constantinople suivi du cortège de ses prisonniers, les Kalmuks, les Tartares, les Géorgiens et le grand Mogol.

— Monsieur Perocades, dit doucement Galiani, mes mérites ne sont pas grands, mais sur le terrain de l'économie, vous m'en reconnaîtrez peut-être quelques-uns.

Tout le monde se tourne avec curiosité vers le célèbre auteur du traité *De la monnaie*. Les *Dialogues sur le commerce des blés*, qu'il vient de publier à Paris, ont enthousiasmé Voltaire, Diderot et d'Alembert.

— Monsieur Perocades, je puis vous le dire entre nous, puisqu'aucune dame ne nous écoute. Avez-vous songé à ceci ? La petite indisposition dont souffrent les femmes à intervalles réguliers fait une retenue de quinze pour cent sur le plaisir amoureux. Terrible impôt ! Trois vingtièmes ! Qu'il m'a coûté à Paris ! Un mois de carnaval pendant lequel la licence a ses coudées franches, n'en déplaise à monseigneur le prince de Sansevero, permet de rétablir un peu la balance. Comment ? Mais de la façon la plus scientifique, la plus mathématique du monde. Un mois sur douze, cela fait un peu plus de huit pour cent récupéré au profit du bonheur. Huit pour cent contre quinze pour cent, l'équilibre est encore déficitaire. Rendez-nous au moins le carnaval, vous qui êtes si sourcilleux sur le budget.

Complot, crépuscule

Attirées par les éclats de rire, lady Hamilton et la comtesse Kaunitz se frayent un chemin jusqu'à nous.

— On se croirait aux Fiorentini, s'écrie lady Hamilton.

— C'est vrai, dit le duc de Serracapriola, que Piccinni n'avait jamais été aussi drôle que dans *les Fourbes démasqués*.

— Il paraît que Paris va nous enlever Piccinni ? demande le duc de Cattolica au baron de Breteuil.

— Naples se doit de relever le défi de Vienne et de répondre aux assauts du chevalier Gluck, répond le baron en s'inclinant devant la comtesse Kaunitz.

— Il nous restera Paisiello, dit l'abbé Galiani. Avez-vous entendu au Nuovo *le Crédule détrompé* ? J'ai une furieuse envie de faire avec ce jeune homme un petit opéra bouffe que j'appellerai *Socrate imaginaire*.

— Racontez-nous cela, s'écrient plusieurs voix.

— On suppose un bon bourgeois de province qui s'est mis en tête de rétablir l'ancienne philosophie, l'ancienne musique, la gymnastique, etc. Il se croit Socrate. Il a pris son barbier dont il a fait Platon. Sa femme est acariâtre. Elle le poursuit dans l'escalier avec un bâton : c'est une Xantippe. Il va consulter son démon dans une grotte et déchaîne un chœur de furies.

— Mais ce sera une parodie de l'*Orphée*, de l'*Alceste*...

— Hé ! Hé !... Enfin, on lui fait boire un somnifère en le persuadant que c'est la ciguë. Marche funèbre. Tout de suite après un allegro reproduit le bavardage des familiers. Le tout en dialecte napolitain. Le piquant, c'est que mon Socrate sera la caricature de don Saverio Mattei, ce docte florentin qui clame partout que le chevalier Gluck a définitivement rendu la vie à la tragédie grecque, aux nobles sentiments, à la douleur antique.

— Vous êtes contre la douleur antique, monsieur l'abbé ? demande la comtesse Kaunitz.

— Dieu m'en garde, Madame. Mais oserais-je vous répondre que je ne fais pas fi non plus du plaisir moderne ? Les Napolitains qui décrient tout ce qu'ils réussissent et se rabaissent avec délectation dans leur propre estime peuvent être fiers au moins d'avoir inventé cette chose : l'opéra bouffe. Pergolèse, Sacchini, Piccinni, Paisiello...

— Et demain Cimarosa, ajoute don Raimondo.

— Des auberges, des servantes, des paysans, des prêtres, des médecins sur la scène, au lieu des sempiternels dieux et des rois. Nous en avons soupé, des Achille, des Hercule, des Artaxerxès, des Didon. Ouf ! A nous la rue, la vie, le parler de tous les jours. On ne pourra plus dire de l'opéra ce qu'en disait Saint-Evremont : « Une sottise chargée de musique, de danses, de machines, de décorations, est une sottise magnifique, mais toujours une sottise. » Je me souviens des derniers mots que Voltaire m'adressa quand je pris mon congé : « Heureux homme, vous allez retrouver la patrie de

Pergolèse. Donne-t-on toujours à Naples la merveilleuse *Servante maîtresse* ? Ici l'Opéra est un rendez-vous public où l'on s'assemble à de certains jours, sans savoir pourquoi ; c'est une maison où tout le monde va, bien qu'on dise du mal du maître, et qu'il soit ennuyeux. »

— Cette fois-ci je suis d'accord avec vous, dit Antonio Perocades. L'opéra bouffe se joue sans ces dépenses ruineuses qui condamnent l'opéra seria. Une petite maison fera tout le décor de votre *Socrate*. Un bâton, un bol pour la ciguë suffiront comme accessoires. Assez de tous ces frais inutiles qui vident les caisses de l'Etat.

— Pour un résultat souvent ridicule, ajoute le duc de Serracapriola, un autre franc-maçon, Grand Maître de la Loge de l'Amitié. C'est encore un de vos écrivains, monsieur le baron, qui s'est moqué de toutes ces machineries indispensables au grand opéra.

Souvent au plus beau char le contre-poids résiste :
Un dieu pend à la corde et crie au machiniste ;
Un reste de forêt demeure dans la mer,
Ou la moitié du ciel au milieu de l'enfer.

— Sa Majesté le Roi, déclare le prince de San Nicandro, aime infiniment mieux se rendre aux spectacles gais du Nuovo ou des Fiorentini qu'aux représentations solennelles du San Carlo. Voilà un argument décisif.

— Savez-vous la raison de cette préférence royale ? demande malicieusement Galiani.

Le prince de San Nicandro, qui avait déjà repris son air somnolent, redresse la tête avec inquiétude.

— C'est que les opéras comiques sont écrits en dialecte napolitain, et que Sa Majesté, qui règne magnanimement sur le peuple de ses fidèles *lazzaroni*, n'a pas encore appris l'italien et n'entend que le napolitain.

Le prince, qui a élevé le Roi, devient rouge comme un coq. Le baron de Breteuil, de plus en plus surpris de la liberté avec laquelle on parle des choses de la Cour, regarde de côté et d'autre pour savoir quelle mine prendre.

— Les *lazzaroni* ont vraiment le souverain qu'il leur faut, dit lord Hamilton, lorsque la gaieté s'est un peu calmée. Le Roi partit l'autre jour pour la pêche avec ses courtisans. Au retour, il voulut se rendre à pied au marché et vendre lui-même son poisson. Comme nous ne marchions pas assez vite derrière lui, il se mit à courir dans la rue, et toute la Cour de galoper à sa suite ! Quand il eut vendu quelques poissons, à la grande joie des commères, il en eut assez, ôta son habit, fit signe à ses petits domestiques et commença à jouer avec eux au merlan. Il prenait un merlan et toc ! il lui tirait un grand coup de pied. Les pêcheurs, les vendeurs puis tous les gamins entrèrent dans la partie, bientôt ce fut un beau tohu-bohu, les poissons en morceaux volaient dans tous les sens, le sang giclait de partout, le Roi en était couvert, il riait aux éclats. Quand il fut en nage, il se dirigea vers une taverne et demanda où était la cuisine. Il avisa un panier d'œufs, se fabriqua lui-même une omelette et nous conseilla d'en faire autant. De temps à autre, il appelait un de ses petits domestiques par son surnom et lui lançait droit dans la bouche un morceau de sucre. Je me demande comment il fait pour connaître un à un par leur sobriquet la troupe qui l'accompagne en tout lieu de petits domestiques, de palefreniers, de rabatteurs, de marmitons.

— Le soir de cette fameuse partie de poissons, dit la comtesse Kaunitz, mon mari, en mettant la main dans sa poche, trouva une tête de merlan, cadeau de Sa Majesté.

— N'est-ce pas ce qu'on appelle de l'opéra bouffe ? demande le baron de Breteuil, croyant faire un trait d'esprit.

L'abbé Galiani, qui n'a rien dit depuis un moment, se tourne tout à coup vers le prince de Sansevero. La main sur le cœur, un soupir aux lèvres, l'œil ironique, il déclare :

— Hélas ! Le déclin de l'opéra seria entraînera aussi la fin des castrats, qui donnent une si haute idée de Naples aux esprits éclairés de toute l'Europe.

— Nous y voilà, me murmure à l'oreille don Raimondo. Il se venge. Je m'y attendais. Puis tout haut : La Reine Christine, qui protégea Descartes, monsieur l'abbé rationaliste, vous ne la comptez pas au rang des esprits éclairés ?

— Je n'aurais garde, Excellence, de proférer une telle sottise.

— En guerre contre Sigismond III de Pologne, elle écrivit à ce prince pour le prier de lui céder pendant une quinzaine de jours le castrat Baldassare Ferri. Elle avait entendu conter de si rares merveilles au sujet de ce chanteur qu'elle aurait donné n'importe quoi pour l'écouter. Le Roi de Pologne accepta cette requête, on proclama un armistice, et le *musico*, ayant traversé les lignes des deux armées, fut reçu à Stockholm avec des honneurs extraordinaires.

— Je me rends, Excellence. Il faut dire que lorsque le castrat Senesino, qui chantait Jules César, roulait mort aux pieds de la statue de Pompée, c'était un spectacle merveilleux et conforme en tout point aux exigences de la raison, que de voir le maître de Rome étendu par terre dans des escarpins noirs vernis à talons rouge sang et boucles de brillants, en bas de soie brodés de fleurs, en culotte courte vert olive, avec de fausses hanches rembourrées de futaine, et une cascade de boucles poudrées qui lui tombaient sur les épaules. Sans nul doute les sopranistes ont contribué plus que personne à donner cet air de vraisemblance et de sérieux qu'on admire dans nos tragédies lyriques. Caffarelli avait soin quand il entrait en scène d'envoyer force saluts et baisers dans les loges à ses amis, puis, s'il y avait là un autre acteur qui, suivant l'exigence du drame, s'adressait à lui en chantant un air, il faisait exprès de lui tourner le dos et de se moquer de lui par toutes sortes de grimaces. Jusqu'à tant que ce fût à son tour de chanter, il prenait du tabac ou mangeait des bonbons ou parlait tout haut à son page pour lui demander de rajuster un ruban. Ne suis-je pas Caffarelli, l'incomparable *virtuoso* ? Qu'ai-je à faire avec le personnage que j'incarne, qu'ai-je à f... de Neptune dont il sera bien temps tout à l'heure de brandir le trident en carton.

— Je me souviens, dit la comtesse Kaunitz, qu'à la première de l'*Orfeo* du chevalier Gluck à Vienne, Gaetano Guadagni pinça les fesses de la malheureuse Eurydice au milieu de son grand air. Elle fit de tels couacs qu'il n'eut aucune peine à triompher ensuite et à ramasser pour lui tous les applaudissements.

— Et que me dites-vous de Pacchiarotti ? Pour être sûr de produire son effet, il exige, quel que soit le sujet et le lieu de l'opéra, de faire son entrée en descendant une colline, dans son attirail de guerre, avec d'énormes plumes sur son casque, annoncé par une fanfare de trompettes, même s'il doit jouer la scène d'amour de Didon et d'Enée où les deux amants se rejoignent en secret dans une grotte.

— Monsieur l'abbé, dit le prince de Sansevero, en fait d'anecdotes vous nous battrez toujours. Pourquoi donc oubliez-vous de nous raconter celle-ci ? Pacchiarotti, que vous tenez en si haute estime chantait un soir le rôle d'Arbace dans l'*Artaxerxès* de Métastase et Porpora. A la fin du grand air où il dit : « Et pourtant je suis innocent », une ritournelle jouée par l'orchestre devait précéder la reprise. Il s'arrête de chanter, il attend la ritournelle, mais, à sa stupeur, rien, il constate que l'orchestre reste silencieux. Il se penche vers la fosse, le maestro lui dit : « Voyez, nous sommes tous en larmes. » Tout le théâtre pleurait. Pendant cinq minutes, on n'entendit que des sanglots dans la salle, tant l'émotion était grande.

— Quelle honte pour notre patrie ! s'écrie Perocades. Savez-vous ce que Jean-Jacques Rousseau a écrit dans son *Dictionnaire de musique ?* « Il se trouve en Italie des pères barbares qui, sacrifiant la nature à la fortune, livrent leurs enfants à cette opération, pour le plaisir des gens voluptueux et cruels qui osent rechercher le chant de ces malheureux. »

— Il faudrait savoir, rétorque don Raimondo, quel jour votre Jean-Jacques Rousseau a menti. Quand il rédige les articles de son *Dictionnaire de musique*, il songe à plaire à ses lecteurs parisiens. Lorsqu'il se trouvait à Venise, il n'avait pour guide que son propre plaisir. Or, ne l'a-t-il pas écrit également ? C'est à Venise, rencogné dans sa loge du théâtre San Crisostomo, en écoutant le castrat Giovanni Carestini se produire dans la *Sémiramis* de Jommelli, qu'il revint sur tous ses préjugés contre l'opéra italien, éprouva des ravissements inconnus de lui à ce jour et comprit qu'il n'avait pas ouï chanter jusqu'alors.

— Je propose de laisser Jean-Jacques Rousseau en dehors du débat, dit Galiani. Tout le monde sait qu'il y a trois sortes de raisonnements. Raisonnements de cruches, ce sont les plus ordinaires, raisonnements de cloches, comme ceux de Jacques-Bénigne Bossuet, évêque de Meaux, ou de Jean-Jacques Rousseau, ermite d'Ermenonville, enfin raisonnements d'hommes, comme ceux de Voltaire, de Buffon, de Diderot.

— De toute façon, reprend don Antonio, l'histoire donnera tort aux castrats. L'opéra bouffe les exclut. Quand l'opéra seria aura vécu, il n'y aura plus de rôles pour les castrats. Scarlatti, Porpora, Jommelli, Gluck, c'est le passé. L'avenir s'appelle Pergolèse, Piccinni, Paisiello, Cimarosa.

— Que voulez-vous, ajoute Galiani, si l'Italien veut être sérieux et grand, il est gauche et maussade. Qu'il n'essaye pas d'imiter les Brizard, les Aufresne, les Clairon. Mais s'il bouffonne, alors il est pantomime et charmant tout à fait.

— L'opéra bouffe, poursuit de sa voix froide et coupante don Antonio, veut de vrais hommes et de vraies femmes. Partout la vérité. Cela peut aller loin. La *Serva padrona* de Pergolèse n'est pas seulement le manifeste de la nouvelle musique, c'est aussi un symbole du nouvel idéal de justice et d'égalité dont s'honore notre siècle.

Je cherche à voir quel effet peuvent produire ces mots sur la noblesse ici présente. Personne ne semble ému des paroles de don Antonio. Aucun danger qu'on l'expulse du salon, comme jadis les commères de San Donato le précipitèrent dans le ravin. L'adhésion de la Reine Marie-Caroline à la franc-maçonnerie, le choix du prince de Caramanico comme Grand Maître des Loges Nationales, du duc de San Demetrio comme Grand Maître de la Loge de l'Egalité, du prince de Ferolito à la tête de la Loge de la Paix, du duc de Serracapriola à la tête de la Loge de l'Amitié, sont une garantie pour le mouvement, même s'il reste contenu dans les limites d'une distraction mondaine.

Le baron de Breteuil, qui se souvient vaguement d'une certaine Querelle des Bouffons déclenchée il y a vingt ans, à Paris, par des représentations de la *Serva padrona*, demande en quoi cette petite comédie paraît si importante aux yeux de M. Perocades. Il croit se rappeler qu'elle faisait les délices de la Reine Marie Leszczynska.

— On vous le disait tout à l'heure, Excellence. Un notaire et sa servante sur la scène, dans une maison bourgeoise. Cela nous change un peu de Didon et d'Enée dans leur grotte, de Renaud et d'Armide dans leur jardin, d'Hercule et d'Omphale dans leur palais, d'Achille et de Deïdamie dans leur île ! Pas de machineries, pas de ballets, du naturel, de la simplicité, de la concision, le langage quotidien. Une jeune servante qui dit son fait à un maître bougon et avare. Et qui réussit, par la seule vertu de la grâce et de l'esprit, à se faire épouser, c'est-à-dire à effacer l'humilité de sa naissance. Si le maître démérite et se croit tout permis parce qu'il a de l'argent, que le serviteur prenne sa place ! Seul compte ce qu'on est par soi-même. Maintenant, suivez-moi bien. Ce n'est pas un hasard si Pergolèse et tous les auteurs d'opéras bouffes après lui réclament de vrais chanteurs, de vraies voix, au lieu de semi-virs et de demi-voix. Comment voulez-vous que le faux, l'artificiel, l'antinaturel serve à exprimer l'aspiration à la justice, à l'égalité entre les hommes ? Comment voulez-vous que cette foule de personnages nouveaux qui montent pour la première fois sur la scène, et qui rivalisent en mérite personnel, puisqu'ils n'ont rien reçu d'autre en naissant, ne soient pas parfaitement naturels, les hommes entièrement hommes, les femmes entièrement femmes ? Notez bien que je laisse de côté les raisons morales qui condamnent la mutilation comme un crime.

Le prince de Sansevero, qui hait les francs-maçons

encore plus que l'esprit parisien, s'écrie d'une voix sifflante :

— A vous entendre, messieurs, ligués avec cette touchante unanimité contre nos belles voix, je me dis que vous nous cachez certainement le motif qui vous échauffe. Je parie que vous avez reçu de Paris ou de Milan une brochure d'un de ces profonds philosophes, dont la rumination cherche à contrecarrer nos plaisirs. Ces messieurs sont montés en chaire avec leur science démographique pour nous apprendre que l'Italie serait bientôt un désert, si on ne mettait pas plus de scrupules à procéder avec les jeunes garçons. Laissons aux honnêtes femmes des grandes villes, clament-ils du haut de leur pupitre, les rires modestes, l'air dédaigneux et les propos plaisants dont ces malheureux sont l'éternel objet. Mais faisons entendre, s'il se peut, la voix de la pudeur et de l'humanité qui crie et s'élève contre cet infâme usage ; et que les princes qui l'encouragent par leurs recherches, rougissent une fois de nuire en tant de façons à la conservation de l'espèce humaine. La population va périr, l'herbe pousse déjà dans la rue de Toledo et sur la promenade de Santa Lucia. Ah ciel ! Ces messieurs doivent être de bien bonnes têtes, si l'on en juge par leur froideur pour les arts. Malheureusement pour eux, une autre bonne tête, un peu meilleure, M. Malthus, docteur anglais...

Le petit Mozart, qui s'est glissé parmi nous depuis un bon moment, oublié et ignoré de tout le monde, interrompt soudain don Raimondo.

— Pardon, s'écrie-t-il en s'adressant à Perocades, mais moi, les castrats, je les aime !

Un immense éclat de rire accueille cette déclaration. Le prince de Sansevero lui-même ne peut s'empêcher de sourire.

— Excusez-moi, monseigneur, continue le jeune étranger en s'accrochant au ruban de l'Ordre de San Gennaro qui barre la poitrine du prince, je vous ai coupé la parole, mais comment puis-je laisser dire du mal de mon cher Manzuoli qui me prenait sur ses genoux à Londres pour m'apprendre à chanter, et de mon cher Cicognani qui a chanté mon premier opéra à Milan ? Et vous tous, qui avez entendu l'autre soir la voix divine de Venanziano Rauzzini, comment pouvez-vous penser que là où il y a tant de beauté, il n'y a pas aussi la vérité tout entière ? Je veux écrire pour les castrats ! La vérité n'est pas dans le respect de la nature, elle est dans le respect et la recherche du féerique et du merveilleux. L'Italie serait beaucoup moins digne de notre amour et de notre vénération si...

Il s'embrouille et finit par dire, sans s'apercevoir que, moins cynique, la société aurait pu trouver blessant un tel propos :

— Les castrats sont les véritables fils de l'Italie !

L'abbé Galiani, enchanté de pouvoir vitupérer les deux catégories de personnes qu'il tient le plus en horreur, demande à Mozart s'il sait pourquoi l'institution des castrats s'est développée en Italie et quelle ville précisément leur a donné naissance.

— Rome, jeune homme, parce que dans les Etats du Pape il est interdit aux femmes de monter sur les planches. Si les prêtres n'avaient promulgué cette sotte interdiction, les eunuques n'auraient jamais fait carrière au théâtre.

— Et, ajoute Perocades, on n'aurait pas à déplorer cette tache sur le front de notre pays.

— Il faudrait nous expliquer, dit le prince de Sansevero, pourquoi ce ne sont pas les Etats du Pape, mais le royaume de Naples, où cette prohibition n'existe pas, qui a le monopole du recrutement et de la formation des sopranistes.

— Monsieur l'abbé, s'écrie le petit Mozart en se tournant vers Galiani, la précision que vous avez bien voulu me fournir me paraîtrait pleine d'enseignement, s'il était vrai que les castrats ne chantent que des rôles féminins. Mais j'étais à Milan l'autre mois, la cantatrice Antonia Bernasconi chantait dans le *Caton à Utique* de Hasse, et ce fut dans le rôle de César que j'entendis Ferdinando Tenducci. A Vérone, j'ai assisté à une représentation de l'*Artaxerxès* de Guglielmi : il y a deux rôles de femmes dans cet opéra, et tous les deux étaient tenus par des femmes. Il y a deux rôles de castrats également, l'un pour Artaxerxès, le grand roi, l'autre pour Arbace, le capitaine de ses armées. Avant-hier, au San Carlo, j'ai applaudi dans l'*Armide abandonnée* de Jommelli une véritable Armide, Caterina Gabrielli. Venanziano Rauzzini, lui, c'était Rinaldo. Rinaldo, Arbace, Artaxerxès, César ! C'est à mon tour de vous poser une question, monsieur l'abbé. Si à l'origine on fit en sorte de produire des voix d'hommes qui ressemblassent le plus possible à des voix de femmes, pour remédier à l'interdiction qui était faite aux femmes de paraître sur les théâtres de Rome, dites-moi pourquoi dans toutes les autres villes d'Italie, où cette prohibition n'existe pas, on utilise des femmes pour les rôles de femmes et des castrats pour les rôles d'hommes ? Dites-moi surtout pourquoi les rôles écrits pour des castrats exigeraient au contraire, si on suivait la logique du bon sens, des voix graves, des voix mâles ? N'avez-vous jamais prêté attention à cette circonstance pour le moins étrange, que les castrats brillent toujours dans les rôles de rois, d'empereurs, de capitaines, de guerriers ? Pourquoi leur confie-t-on invariablement des emplois de ce genre ? Pourquoi recourt-on à eux, et à eux seulement, chaque fois qu'il s'agit de personnifier les qualités les plus étrangères au tempérament féminin, la force, le courage militaire, l'humeur batailleuse, le désir de puissance ? Pourquoi choisit-on ce qu'il y a de moins masculin dans la voix pour exprimer ce qu'il y a de plus masculin dans le caractère ? Quel rapport devrons-nous établir entre le timbre particulier de ces voix et la sombre énergie virile qu'elles incarnent pour des milliers de spectateurs ?

Tout le monde écoute bouche bée ce flot d'éloquence. C'est vrai, me dis-je, que les étapes de ma carrière s'appelleront Mars, Achille, Hercule, Agamemnon, César, Alexandre, c'est vrai que c'est bizarre. Il est étrange aussi que je n'y aie jamais pensé. Aucun de mes maîtres au Conservatoire n'a jamais attiré notre attention là-dessus. Personne non plus parmi les invités de la comtesse Kaunitz, à en juger par leur étonnement, leur silence, ne s'est jamais posé la moindre des questions qui se pressent à l'esprit du jeune étranger. Seul don Raimondo, qui a souri plusieurs fois et approuvé de la tête, semble en mesure de répondre.

Attiré par la voix véhémente de son fils, Leopold Mozart est accouru en hâte. Il s'apprête à tirer l'enfant par la manche et à l'emmener avec lui. Heureusement que le personnage apostrophé par Wolfgang n'est qu'un petit abbé sans figure. Leopold, soulagé, constate que les dignitaires de la Cour, les princes et les ducs chamarrés daignent écouter son fils avec un air de surprise amusée.

— Je remercie le ciel de m'avoir permis de rencontrer le grand Farinelli à Bologne. Tenez, vous me demandiez tout à l'heure mon souvenir le plus frappant d'Italie. Nous fûmes rendre visite au chanteur dans la splendide villa qu'il habite aux portes de la ville.

— Tu pourrais mentionner, dit aigrement Leopold, l'obligeance et la générosité du comte Pallavicini, qui mit son carrosse à notre disposition.

Il salue à droite et à gauche, pour faire comprendre à la noblesse qu'elle s'est acquis à jamais leur reconnaissance et leur dévouement. Mais Wolfgang, sans écouter son père :

— Farinelli, enfoncé dans un fauteuil au milieu de son salon, contemplait devant lui plus de cinquante tabatières rangées par ordre de grandeur. Un seul candélabre brûlait sur la table. Le reste de l'immense pièce était enfoui dans la pénombre. Il n'y avait personne avec lui, ni parent, ni ami, ni domestique, ni chien, ni chat. Les pierres précieuses incrustées dans le couvercle des tabatières brillaient par intermittences à la flamme de la bougie. Il se leva pour nous accueillir. Ce geste lui coûta un véritable effort. Il me parut toujours aussi grand, aussi beau, mais un peu voûté à présent, et je remarquai combien son visage était pâle. Il nous invita à nous asseoir et retomba pesamment dans son fauteuil.

« — Vous vivez seul dans cette maison ? demandai-je, étonné du silence et de l'obscurité qui régnaient ici. Je venais de passer trois jours à Bologne dans des palais remplis de monde.

« — Je ne suis plus qu'un vieil homme triste et rongé de souvenirs, murmura-t-il.

« — Vous êtes une des personnes que j'aime et que je vénère le plus sur la terre avec Padre Martini, m'exclamai-je, transporté du désir d'alléger de mon mieux ses tourments.

« — Enfant, vous placez mal votre admiration, reprit-il. Savez-vous qui vous avez devant vous ? J'ai soigné pendant vingt-cinq ans l'hypocondrie de deux rois en leur chantant tous les soirs quatre airs, toujours les mêmes. Ils m'ont pris mon art, je n'ai gardé que leurs tabatières.

— Gottlieb ! s'écrie alors Leopold en secouant son fils par le bras. Il distribue de nouveau ses sourires et ses courbettes. Il n'oublie pas, lui, que c'est le petit-fils et le neveu de ces deux souverains hypocondres qui accroche les décorations sur la poitrine de tous ces ducs et princes.

— Mon père, répond le jeune garçon, vous m'avez baptisé Gottlieb en Allemagne. S'il est vrai que vous avez voulu par ce nom que Dieu fût avec moi, souffrez qu'en Italie je m'appelle Amadeo.

Leopold, incapable de décider si son fils par cette nouvelle lubie cherche à lui désobéir ou à capter au contraire les bonnes grâces de la noblesse italienne, fait une moue de dépit corrigée par un sourire obséquieux.

— Farinelli se leva de son fauteuil, prit le candélabre et nous conduisit lui-même dans les différentes pièces de sa demeure. Dans chacune nous vîmes un ou deux clavecins, qu'il avait rapportés de ses voyages à travers le monde. Il effleurait du doigt le couvercle du clavier, disait en soupirant : Celui-ci m'a été donné par le margrave de Bayreuth ! Celui-là par l'Electeur de Munich ! Celui-là par l'Impératrice de Russie ! Voici le clavecin du prince de Galles ! Le Grand-Duc de Toscane m'a fait cadeau de celui-là !

« Quand nous eûmes fini le tour des salons, il revint dans la première pièce, se laissa retomber dans son fauteuil et se mit à regarder fixement sa collection de tabatières. Malgré la foule de choses que j'avais envie de lui demander, je n'osais interrompre le cours de sa méditation. Il me dit enfin :

« — Vous voulez donc écrire des opéras ?

« — Tel est mon plus cher désir.

« — Et comment, s'il vous plaît, comptez-vous procéder ?

« — En écoutant ce que me dictera mon cœur.

« — Vous avez déjà un sujet ?

« — J'ai le sujet, les personnages, le décor. Nous sommes en Crète. Le roi de ce pays, qui rentrait de la guerre de Troie, a fait naufrage devant l'île. Son fils, le jeune Idamante, persuadé que son père est mort, fait éclater sa douleur.

« — Par quelle scène commencera votre opéra ?

« — Mais, je viens de vous le dire : par l'air du jeune héros qui déplore la mort de son père.

« — Idamante serait le nom du héros ?

« — En effet.

« — L'acteur chargé de ce rôle serait donc le premier acteur ?

« — Oui.

« — Le dessus, par conséquent ?

« — Le dessus.

« — Votre opéra, jeune homme, sera un fiasco complet.

« — Comment cela, je vous prie ?

« — Comment cela ? Vous faites ouvrir la scène par le premier acteur, et vous le faites chanter pendant que le monde vient, s'assoit, remue les fauteuils, dans le bruit ? Aucun de nous ne sera votre homme.

« — Bon, dis-je en riant, je pourrai mettre au début un chœur de pêcheurs, ou le récit du naufrage fait par un rescapé.

« — Combien y aura-t-il de personnages ?

« — Sept principaux.

« — Sept principaux ?

« — Idamante, le roi son père qu'on a cru mort mais

qui a réussi à gagner incognito le rivage, une princesse troyenne captive, une princesse crétoise amoureuse du héros, le grand prêtre de Neptune, le frère cadet d'Idamante qui veut usurper le trône avec la complicité de la princesse crétoise repoussée par le héros, la vieille nourrice qui reconnaît le roi. Idamante est amoureux de la princesse troyenne captive...

« — J'ai compris. Votre opéra sera un fiasco encore plus solennel que je ne croyais. Il faut supprimer le frère d'Idamante.

« — Mais si tout l'intérêt de l'histoire repose sur la rivalité des deux frères ? L'un qui est sincèrement dévoué à son père mais qui pour cette raison même se croit obligé de lui désobéir, c'est Idamante. Il aime la princesse troyenne, contre l'avis de son père. La piété filiale consiste-t-elle à réprimer les mouvements de son cœur ? Il ne le pense pas. Il pense même que ce ne serait pas faire grand crédit à la générosité de son père que de tenir compte d'une prohibition dictée par un moment de colère. L'autre frère, en revanche...

« — Sept personnages, c'est deux de trop.

« — Le roi dit à Idamante : Ou tu abandonnes ta princesse troyenne, tu renonces à un mariage qui nuirait aux intérêts du royaume, et je te cède ma couronne. Ou tu t'obstines dans un projet contraire à ma politique, et je donne le trône à ton frère. Sache si tu veux être riche et puissant, entouré de la vénération de tes sujets, ou partir comme un mendiant sur les mers, promis à une fin misérable, maudit à jamais par ton père. Il dépend de toi que la postérité te compte parmi les grands monarques, ou qu'elle t'oublie comme un chien indigne de rester dans la mémoire des hommes. Idamante, naturellement...

« — Sept personnages, c'est deux de trop.

« — Mon histoire ne vous paraît-elle pas touchante ?

« — Touchante, tant que vous voulez.

« — Mais quoi ?

« — D'abord, ce sujet n'a jamais été traité par Métastase. Cela veut dire que trente ou quarante compositeurs ne l'ont pas déjà mis en musique. Cela veut dire qu'en présentant au public un drame dont il n'a pas déjà entendu trente ou quarante fois les péripéties, vous avez trente ou quarante fois moins de chances de lui plaire.

« — Vous parlez sérieusement, maestro ?

« — Plaire au public n'est même pas le plus important. Jeune homme, il me paraît que vous n'avez pas mal étudié l'art poétique d'Aristote et d'Horace, et que vous possédez à fond votre Euripide et que peut-être même vous avez la malchance de nourrir dans votre cœur de nobles et saintes aspirations. Mais vous ne savez donc pas que pour réussir en Italie il faut commencer par consulter les décorateurs et les machinistes ? Qu'avez-vous prévu pour eux ?

« — Qu'ai-je prévu ?

« — Oh oui ! je me souviens. Le naufrage. Mais il a lieu au tout début de l'action ?

« — Le héros chante son premier air devant les débris du navire qui a été englouti avec son père.

« — Et puis ?

« — Comment cela, et puis ?

« — Vous n'avez rien prévu pour la suite ? Aucun orage ? Aucun tremblement de terre ? Aucune éruption de volcan ? Aucune apparition dans le ciel ? Et l'ours ?

« — L'ours ?

« — Enfin, passons. L'essentiel, c'est de plaire aux chanteurs et aux chanteuses.

« — Je m'y emploierai de toute mon ardeur, m'écriai-je. Ils n'auront pas à se plaindre de ma musique.

« — Tout doux. Commencez par ramener leur nombre à cinq, si vous tenez à faire jouer votre drame.

« — Mais pourquoi cinq, pourquoi pas quatre ou six ?

« — Comment ? Vous n'avez jamais entendu dire qu'un drame ne doit pas compter moins ni plus de trois principaux acteurs, la première actrice, le premier dessus et la basse ? Ni plus de deux acteurs secondaires, la seconde actrice et le second dessus ? Combien de morceaux aura votre opéra ?

« — Combien de morceaux ? Autant qu'il m'en faudra pour exprimer le tumulte des sentiments qui agitent mes personnages.

« — Ne me faites pas rire, voyez, je n'ai plus tellement de souffle. Apprenez que chacun des trois principaux acteurs doit chanter cinq airs en tout : deux dans le premier acte, deux dans le second, et un dans le troisième. La seconde actrice et le second dessus ne peuvent en avoir que trois, et les derniers rôles doivent se contenter d'un ou de deux tout au plus. Prenez garde aussi que deux airs pathétiques ne se succèdent pas. Il faut partager, avec la même précaution, les airs de bravoure, les airs d'action, les airs de demi-caractère, les menuets, et les rondeaux. Surtout, faites bien attention de ne pas donner d'airs passionnés, ni d'airs de bravoure, ni de rondeaux aux seconds rôles. Il faut que ces pauvres gens se contentent de ce qu'on leur laisse, et il leur est interdit de se faire honneur.

« — Alors, ne puis-je m'empêcher de m'écrier, stupéfait par ce que je venais d'entendre, c'est donc vrai ce qu'on dit sur... ?

« — Sur nous ? Sur nos caprices ? Sur notre vanité ? Sur notre arrogance ? Oui, c'est vrai que la décadence du grand opéra italien, c'est nous qui en portons la faute. Oui, c'est vrai que toutes ces règles minutieuses et ridicules, c'est nous qui les avons imposées aux compositeurs. Sachez qu'il m'est arrivé à moi-même de refuser de chanter dans un opéra dont l'auteur ne m'avait fourni que deux fois, au lieu des quatre prévues, l'occasion de produire une certaine note de tête que j'étais le seul à pouvoir atteindre.

« — Vous vous moquez de moi. La musique devait être exécrable, et vous prîtes ce prétexte pour vous débarrasser du fâcheux.

« — Du tout, mon petit. C'était une œuvre sublime. Ecoutez, je suis vieux, je n'ai plus de raisons de mentir, je ne suis plus protégé des ténèbres qui s'épaississent chaque jour autour de moi que par cette unique bougie qui tremble devant vous. Je puis vous le dire en vérité : nos voix, à nous autres dessus, ma voix, oui, peut-être plus encore que celle des autres, personne n'a jamais entendu rien de si beau, personne n'entendra rien de pareil. Savez-vous ce que les Italiens font devant quelque chose de trop beau, qui les transporte hors d'eux-mêmes et les oblige à reconnaître l'existence d'une force qui les dépasse ? Ils cherchent à le détruire. Nous avons commencé nous-mêmes, par nos caprices et par nos prétentions, à détruire cette beauté que nous portions en nous. Les Italiens ne supportent pas de croire à quelque chose qu'ils admirent. Ils n'auraient pas supporté de se laisser ravir et subjuguer par nos voix, si nous ne leur avions fourni, en même temps, le moyen de se moquer de nos personnes. Voilà le secret de nos panaches, de nos jabots, de nos escarpins vernis, de nos déguisements grotesques, de nos manières insupportables. Voilà pourquoi nous sommes venus à bout de tous les jeunes musiciens qui, remplis d'enthousiasme et animés d'une foi égale à la vôtre, ont essayé d'écrire pour nous une musique jaillie du cœur. Retenez bien mes paroles : le siècle ne prendra pas fin que nous n'ayons peu à peu découragé notre public et fait naître chez ceux qui étaient prêts à mourir de plaisir en nous écoutant une sorte d'horreur pour nous-mêmes. Oui, le dégoût et l'horreur d'une telle beauté...

« Que pouvais-je répondre ? Quelle attitude convient-il d'adopter devant un homme qui se dénigre avec autant d'acharnement ? Peut-être j'aurais dû me lever, courir vers les fenêtres et pousser les volets qui maintenaient la pièce dans une obscurité artificielle. Je voyais bien ce qui avait pu le conduire à parler ainsi : le chagrin de vieillir, le mépris des polémiques dirigées contre les sopranistes, le désir de se justifier, l'envie d'entraîner avec lui dans sa mort un art qu'il avait porté à son faîte, l'amertume d'avoir sacrifié vingt-cinq ans de sa vie pour le plaisir de deux malades, sans compter cet obscur démon qui doit saisir chacun de nous au soir de son existence et lui murmurer à l'oreille : l'unique supériorité qui te reste, c'est de te rendre compte de la vanité de tout ce que tu as entrepris.

« En vain essayai-je de lui tirer quelques souvenirs de sa carrière. J'espérais lui prouver qu'il s'était noirci à dessein, lui et les autres castrats ; les règles imposées aux compositeurs n'étaient pas aussi féroces qu'il s'était plu à me le faire croire ; en écoutant un opéra où il avait chanté, et dont il avait fait la gloire, j'étais bien plus sensible à la douceur ou à la violence des émotions exprimées, qu'à la virtuosité requise pour arriver au contre ut ou au sol supérieur. Enfin, lui dis-je, pourquoi se répandre en sarcasmes contre un art qui tient l'Europe sous le charme ?

« Farinelli me répondit à peine. Il gardait les yeux fixés sur sa petite armée de tabatières, gloire et dérision d'une vie consacrée à la plus sublime des muses.

Bientôt je crus m'apercevoir qu'il ne m'entendait même plus. Nous restâmes un long moment en silence. La bougie était presque consumée. Je craignis qu'elle ne vînt à s'éteindre. Le domestique qui entra pour regarnir le candélabre nous donna l'occasion de prendre congé. J'avais les larmes aux yeux, en voyant ce grand homme accablé de la même sorte de mélancolie contre laquelle il avait lutté chez deux rois pendant un quart de siècle.

Une méprise plutôt étrange

Comment nous quittâmes le palais, je ne me rappelle plus. Galiani s'était mis à la recherche de Casanova, moi de Feliciano. Le duc de Maddaloni n'avait pas bougé : comme un homme frappé d'une douleur trop profonde pour songer à l'impression qu'il peut faire, il restait là, debout dans l'antichambre, au milieu de la foule des invités qui refluaient vers la sortie. Une mèche de cheveux blancs pendait sur sa joue creuse. La jeune donna Isabella fut la seule à lui envoyer un regard de sympathie. La duchesse Carafa di Bovino, sa cousine, et la princesse de Francavilla échangèrent, sans se gêner, des propos désobligeants dans son dos. Paraître en public, après l'affront reçu, c'était déjà une faute ; ne pas se jeter aussitôt sur la trace des coupables, puisque ni la cantatrice ni son nouvel amant n'assistaient à l'académie, peu de gens lui pardonneraient cette lâcheté.

L'abbé Galiani rentra chez lui. Qu'il le voulût ou non, la fantomatique, mystérieuse figure du grand Farinelli continuerait à hanter les esprits de tous ceux qui avaient écouté le récit de sa vieillesse. Pour se venger, il écrivit à Mme d'Epinay :

« Adieu, ma belle dame ; portez-vous bien. Je me porte bien aussi, mais je m'ennuie, et je n'ai pas un seul homme ici digne de m'entendre et de causer avec moi. Il n'y a plus d'espoir que l'enlèvement de Caterina Gabrielli nous vale un bel assassinat. Le duc Carafa di Maddaloni s'est fait voir dans un état piteux. Il a capitulé. Dans son œil éteint l'appel gémissant de la chamade étouffe le clairon de la vengeance. Vous ai-je dit que le petit Mosar est ici, et qu'il est moins miracle, quoiqu'il soit toujours le même miracle ; mais il ne sera jamais qu'un miracle, et puis voilà tout. »

Je me couchai sans avoir revu Feliciano. Le lendemain matin, tout excité, il me fit signe de le suivre en bas. S'il voulait me parler, pourquoi n'entrait-il pas dans ma chambre ? Je fus sur le point de l'en prier. Quelque instinct m'avertit de n'en rien faire. Je craignais trop de perdre l'espérance d'un nouveau baiser, en lui montrant par ma hâte le prix que celui de l'autre soir avait eu pour moi.

— Quelle aventure ! me dit-il, à peine étions-nous dans la cour. Sais-tu ? J'ai plu au chevalier de Casanova !

Devais-je lui apprendre que Casanova n'était pas chevalier ? Cela lui faisait tant de plaisir d'avoir plu à un homme qui n'était pas seulement célèbre mais encore chevalier ! Et puis, qu'importait ? D'ailleurs, que voulait dire : J'ai plu ? Un petit pincement que j'éprouvai dans la région du cœur m'empêcha de répondre.

Nous nous adossâmes contre le palmier.

— Je voyais bien qu'il me regardait depuis un bon moment et qu'il tournait autour de moi sans en avoir l'air. Mais, sachant qui il était, et connaissant la nature de ses goûts, je n'eus pas plus tôt remarqué son manège que la pensée suivante me vint à l'esprit. Certes, me dis-je, il aura cru, par quelque ressemblance de mes traits avec ceux d'une femme aimée autrefois, que je suis le fruit d'une de ses liaisons passées. Quelle est la ville d'Italie, d'Europe, où il n'a laissé un fils ou une fille qu'il retrouve dix ou vingt ans après avoir abandonné leur mère ? J'étais à mille lieues de soupçonner le vrai motif de sa curiosité. Enfin il s'approche et m'adresse le plus gracieux des sourires qu'un fils en reconnaissance de paternité puisse espérer de son géniteur. Je fais un geste pour me défendre.

« — Feliciano, dit-il en allongeant la main, inutile de chercher à m'éviter.

« — Assurément, monsieur, vous vous trompez, dis-je en reculant vers le mur.

« — Je n'attendais pas moins de votre modestie que cette réserve exquise qui vous fait honneur, dit-il en s'avançant d'un autre pas dans ma direction.

« — Mais monsieur, répondis-je, vous êtes la victime de quelque erreur.

« — Résistez ! Résistez ! Vous me donnez ainsi une idée encore plus avantageuse de vos mérites que celle que j'avais pu m'en faire en vous observant de loin.

« — Oh ! dis-je, il ne peut s'agir que d'une pure illusion !

« — La plus douce des illusions, alors, répliqua-t-il, en commençant à me serrer de si près que la lueur pétillante qui enflammait ses yeux me causa un début d'inquiétude.

« — J'admire, dis-je, celle qui réussit il y a vingt ans à vous marquer d'un souvenir si impérissable que vous vous laissez aujourd'hui abuser par une fausse ressemblance.

« Il recula d'un pas et me dévisagea comme s'il ne comprenait pas ce que je venais de lui dire.

« — Oui, continuai-je, c'est quelqu'un d'autre que vous voyez à travers moi, et je vous répète que vous vous trompez.

« — Que vous me plaisez, que vous me plaisez ainsi ! s'écria-t-il, en reprenant tout son aplomb. Je n'aurais point aimé, en vérité, que vous vous rendiez sur-le-champ. Mais maintenant que nous commençons à devenir amis, faites-moi la grâce, je vous prie, de passer derrière ce rideau où nous pourrons causer à notre aise.

« Je le suivis, amusé malgré tout par la fatuité de cet homme qui semblait croire que j'aurais dû bondir de joie et lui sauter au cou en apprenant que je l'avais pour père. Quelle ne fut pas ma surprise de l'entendre me dire, à peine fûmes-nous à l'abri des curieux, dans l'embrasure de la fenêtre où il m'avait entraîné :

« — Avouez-moi tout, Feliciano. N'est-ce pas que vous n'êtes pas ce que vous prétendez être ?

« — C'est à mon tour, dis-je, à ne point vous comprendre.

« — Eh bien ! soyons plus précis. Ces yeux aux reflets verts, ces lèvres de corail, ces cheveux qui bouclent avec tant de grâce sans le secours des fers, votre teint, Feliciano, votre manière de marcher, de vous tenir, n'appartiennent pas, j'en mets ma main au feu, à une petite victime de la cruauté sacerdotale.

« A-t-il entendu dire, me demandai-je, que je passe pour être né de la fornication d'un prêtre ? J'allais éclater de rire à cause de la tournure fadement complimenteuse et bizarrement alambiquée de sa phrase, quand je m'avisai, par je ne sais quel frémissement qui parcourut ma personne, que peut-être le chevalier de

Casanova ne songeait nullement à goûter avec moi les douceurs de la paternité.

« — Feliciano, reprit-il, je suis sûr que votre conformation diffère de la mienne.

« J'hésitais encore à comprendre.

« — Vous n'êtes qu'une beauté travestie.

« — Monsieur, répondis-je, je suis Feliciano Marchesi.

« — Ma chère, vous êtes une jolie femme déguisée. Si la longue contemplation que j'ai faite de vos charmes ne m'en avait donné l'assurance, je n'aurais jamais eu l'effronterie de vous attirer derrière ce rideau.

« — Vous feriez mieux, dis-je, de vous occuper de la ravissante donna Isabella. Le sieur Leopold Mozart a défendu à son fils de lui murmurer à l'oreille les doux propos qu'il avait envie qu'elle entende. Elle est restée toute seule dans son coin.

« — Quand le soleil paraît, les étoiles s'éteignent.

« — Et moi, m'exclamai-je, qui croyais que vous me preniez pour votre fils !

« — Allons donc ! Voilà une fiction bien commode, ma belle, pour recevoir certains hommages.

« — Votre erreur sera pardonnée, dis-je, si vous savez la reconnaître.

« — Et vous, dit-il, votre résistance deviendra inhumaine, si vous ne savez vous en départir.

« — Persévérer dans une illusion après qu'on a été détrompé, c'est mentir à bon escient.

« — S'obstiner à nier après qu'on a été convaincu, c'est agir sans loyauté.

« — Le vrai moyen, dis-je, de mettre fin à ce quiproquo, c'est de convenir que nous nous sommes trompés tous les deux, vous en me croyant un autre que je ne suis, moi en supposant que votre curiosité était dictée par d'autres motifs que les vôtres.

« — Le vrai moyen, dit-il, de rendre impossible à un homme la guérison d'une passion naissante, c'est de l'irriter sans cesse.

« Sur ces mots il tira sa bourse de sa poche et me tendit un doublon. Dis, Porporino, qu'aurais-tu fait à ma place ?

— Moi ? m'écriai-je, j'aurais repoussé sa main et je serais rentré dans le salon.

— Ce fut aussi mon idée, mais j'empochai d'abord le doublon. Il me retint par le bras.

« — Passons donc aux preuves, me dit-il. Voici les miennes : votre silhouette, votre fraîcheur, le doux éclat qui brille dans vos yeux, votre chevelure qui retombe en boucles naturelles, et puis, je ne sais quoi qui me parle au cœur. D'un homme, vous n'avez que l'habit, qui fait valoir à la perfection la grâce toute féminine de vos formes. Croyez-vous que je ne verrais pas au premier coup d'œil tout ce qui sépare d'un misérable rebut de l'humanité l'échantillon le plus aimable du beau sexe ?

« — Vous perdez votre peine, monsieur, moi aussi j'ai mes preuves.

« — Il n'y en a qu'une seule qui me pourrait convaincre.

« — Eh bien ! tenez-la : on m'a visité.

« — On vous a visité ?

« — Je débute au San Carlo dans un mois.

« — Qui vous a visité ?

« — Le confesseur de Mgr l'évêque, selon l'usage.

« — Laissez-moi vous visiter aussi.

« — Je ne le puis, répondis-je, car il est évident que vous savez tout sur moi et que vous persistez néanmoins dans vos intentions.

« — Vous n'avez pas fait ces difficultés avec le confesseur de l'évêque.

« — C'était un vieux prêtre, dis-je, et d'ailleurs il n'y a jeté qu'un regard en passant.

« — Raison de plus, dit-il, pour vous soumettre à l'examen d'un juge plus jeune, pourvu de deux yeux bien en face des trous.

« Enfin, irrité de ma résistance, et décidé à se rendre droit où gît la solution du problème, Casanova allonge dans la bonne direction une main que je saisis au passage.

— Mais quoi ! m'exclamai-je, incapable de me contenir plus longtemps, j'espère que tu as profité de cette insolence pour mettre fin à ce dégoûtant badinage ?

— Attends, Porporino. Je commençais à avoir ma petite idée et je voulais voir si je ne me trompais pas. Je fis exprès de relâcher mon étreinte. Sans tarder il fonça sur le but ; mais sitôt retira sa main. Ce qu'il avait rencontré ne pouvait plus lui laisser le moindre doute. Ou alors...

— Ou alors ?

— C'est que ma petite idée était juste !

— Continue.

« — Quittons-nous bons amis, lui dis-je en riant. Je garde le doublon comme dédommagement pour le *misérable rebut de l'humanité* qui vous a échappé dans votre colère.

« Il recomposa sa mine, fit un pas en arrière, me dévisagea de haut en bas, se mit à rire lui aussi et me dit enfin :

« — Feliciano, vous n'en serez pas quitte à si bon compte. Je ne serai pas dupe deux fois.

« — Comment cela, je vous prie ?

« — J'ai rencontré autrefois à Ancône un être d'une beauté ravissante, qui voyageait avec sa mère et son jeune frère et s'exhibait comme *castrato* dans les soirées musicales. Quand je l'eus bien observé, je me persuadai que les charmes qui enflammaient mes yeux ne pouvaient en aucun cas appartenir à un garçon, et, mon imagination prenant l'essor le plus libre, je devins tout à fait épris de Bellino – c'est ainsi que sa mère l'appelait. Cependant, j'eus beau me montrer pressant, offrir de l'argent à la mère et ma protection à la créature merveilleuse qu'elle faisait passer pour son fils, on me dit que je rêvais, que le prêtre était passé par là, que sans cette visite le directeur du théâtre d'Ancône, sujet du Pape, n'aurait jamais permis à Bellino de monter sur les planches, et dix autres arguments de cet acabit qui produisirent sur moi l'effet contraire à celui qu'on attendait. Devais-je écouter ces bavardages et renoncer à Bellino et m'empêcher de trouver une douce volupté à le croire d'un sexe dont j'avais besoin qu'il fût ? Comme pour vous, ma chère, j'eus recours à la preuve par le fait. Comme pour vous, également, je fus d'abord cruellement puni de mon obstination. Ma main rencontra quelque chose qui ne prêtait à aucune équivoque. Je ne vous l'ai pas dit tout à l'heure, mais je vous le dis maintenant, si forte est ma conviction que vous êtes à mille lieues de vous trouver dans un tel cas : ce qui me dégoûte le plus, c'est moins de constater la dégradation à laquelle on réduit de malheureux jeunes gens, que l'insensibilité à laquelle leur triste état les condamne. Vous me suivez ? Enfin, faisant contre mauvaise fortune bon cœur, et attendri malgré tout par les charmantes illusions que m'avait procurées la contemplation de Bellino, je proposai à sa mère de l'emmener avec moi à Venise, où je pourrais le recommander à plusieurs directeurs d'opéra de mes amis. Nous prîmes congé de la mère, qui me remercia avec effusion. Le premier soir, nous arrivâmes à Sinigaglia. Je descendis à la meilleure auberge. Nous soupâmes au coin de la cheminée, puis, comme il n'y avait qu'un lit dans la pièce, je demandai de l'air le plus tranquille à Bellino s'il voulait se faire allumer du feu dans une autre chambre. Quel ne fut pas mon étonnement quand il me répondit avec douceur qu'il ne ferait aucune difficulté de coucher dans le même lit. Nous achevâmes notre repas. Je me préparais à me coucher tout habillé sur un côté du lit, quand je ne sais quoi de suave et de voluptueux qui se répandit sur le visage de mon compagnon m'avertit que mon instinct ne m'avait pas trompé. Je m'aperçus avec ravissement que le moment approchait où Bellino serait las de jouer un rôle qui avait dû lui être aussi pénible qu'à moi-même. En effet, il se déshabilla et se glissa dans le lit. Je l'y rejoignis aussitôt. La promptitude et la violence de notre double plaisir chassèrent de ma tête toute autre curiosité que de savoir jusqu'où pourrait nous entraîner l'excès de notre bonheur. Lorsque nous nous accordions un moment de relâche, c'était seulement pour remettre nos sens dans leur assiette et leur rendre cette sorte d'élasticité indispensable à leur harmonieux fonctionnement. Enfin, au petit jour, je sus le fin mot de l'énigme. « Je m'appelle Thérèse, me dit-elle en pleurant. J'ai dix-sept ans. Ma famille était très pauvre. Quand mon père mourut, ma mère, que tu as vue, me plaça à Bologne chez le castrat Salimbeni. Je lui appartins pendant un an. Puis il dut partir pour Palerme. Je ne pouvais le suivre, ayant à pourvoir aux besoins de ma mère et de mon jeune frère. Comme j'avais une jolie voix, il me conseilla de me faire passer pour un homme. On me visiterait. Dans les Etats du Pape, où les femmes n'ont pas le droit de paraître sur un théâtre, à Bologne par conséquent, l'inspection serait plus stricte que dans les autres Etats italiens, où les prêtres continuent à la faire, bien que le motif d'un tel examen ne soit plus, dans les villes non soumises à la juridiction sacerdotale, l'interdiction faite à notre sexe, mais la méfiance des directeurs d'opéra, qui payent plus cher un castrat qu'une chanteuse, et entendent bien ne pas se laisser tromper sur la marchandise. Quoi qu'il en soit, continua mon bienfaiteur, ta nouvelle carrière t'exposera à quantité de visites, plus ou moins sérieusement faites, par des prêtres plus ou moins perspicaces, ou plus ou moins désireux de l'être. Voici donc comment tu t'en tireras. Tu coucheras seule, tu t'habilleras en particulier, et au cas où tu ne pourrais plus, d'ici un ou deux ans, dissimuler la forme rebondie de ta gorge, ce sera un défaut que tu partageras avec beaucoup d'entre nous. Outre cela, je vais te donner un petit instrument que je t'enseignerai à placer de manière qu'on puisse facilement te croire d'un autre sexe que le tien chaque fois qu'on te voudra inspecter. Salimbeni nous quitta sur ces mots et revint le lendemain avec l'instrument qui devait parfaire ma métamorphose. En présence de ma mère, il me montra comment le fixer avec de la gomme adragante. Je me trouvai, après cette opération, semblable à mon ami, la similitude étant à se méprendre. Mon amour, me dit Bellino, jure-moi de ne pas révéler ce secret et dis-moi que tu ne m'en veux pas si je t'ai fait languir si longtemps. Ma mère ne m'aurait jamais pardonné d'en faire état. Il faut qu'elle ignore ce qui s'est passé entre nous. Elle sait que ma carrière serait ruinée à Bologne si on venait à découvrir la vérité sur mon sexe, et que même à Venise, à Milan ou à Naples, mes gains seraient diminués de moitié. »

« — Feliciano, reprit Casanova, si je manque aujourd'hui à mon serment, c'est d'abord parce que

Bellino s'est retiré du théâtre, ensuite pour vous convaincre, ma chère, que vous êtes la seule fille digne de remplacer dans mon cœur le souvenir laissé par Thérèse. J'ai rencontré beaucoup de femmes, presque aussi belles que vous, mais aucune qui me persuade à ce point de la suprématie de leur sexe.

« — Et moi, dis-je, en réponse au long discours du chevalier, j'ai rencontré beaucoup d'hommes, presque aussi beaux que vous, qui feignirent de me prendre pour une femme afin d'assouvir avec moi le plus abominable des goûts. Hélas ! c'est un des dangers auxquels nous sommes le plus souvent exposés, nous autres infortunés castrats, quand nous avons la malchance supplémentaire de ressembler à une femme. Certains malheureux, qui n'oseraient pas se livrer ouvertement à la turpitude de leur vice, par crainte de l'opinion ou pour ne pas tomber sous le coup des lois, nous poursuivent de leurs assiduités infâmes, en jouant sur la similitude de nos traits avec ceux d'une jolie fille. Nous procurons de la sorte une agréable aubaine et un alibi bien commode au peuple des gitons honteux. En vérité, nous ne sommes à l'abri, ni des femmes qui nous aiment comme des hommes, ni de celles qui ne demanderaient pas mieux que de trouver en nous des créatures de leur propre sexe, ni des hommes qui nous aiment comme des hommes, ni de ceux qui font semblant de nous aimer comme des femmes pour éviter d'avoir l'air de nous aimer comme des hommes. De grâce, monsieur, si vous avez quelque amitié pour moi...

J'interrompis brusquement Feliciano.

— Dis-tu vrai ? m'écriai-je.

— Qu'il y ait des hommes comme cela ? Mais où vis-tu ?

— Et ensuite ?

— Casanova restait incrédule, ou feignait de le rester. Il me pria de recommencer l'épreuve, parce que, allégua-t-il, dans le premier emportement, il ne s'était plus souvenu de se tenir en garde contre le tour du petit instrument fixé par de la gomme adragante. Il me pressait de nouveau contre la fenêtre, avec toutes sortes de mines et de simagrées.

« — Que vous coûte-t-il, Feliciano, de me favoriser de ce léger plaisir ? Si j'ai raison, avouez que je le mérite bien. Si j'ai tort, soyez certain que je ne vous demande rien d'autre que de toucher une chose faite pour me dégoûter.

« — Ah ! vous dégoûter ! répondis-je. Je suis bien sûr du contraire. Ecoutez-moi, vous essayez en vain de me persuader qu'il est en mon pouvoir de vous guérir. Vous êtes amoureux de moi, indépendamment de mon sexe.

« — Avec un peu de complaisance, Feliciano, depuis longtemps vous m'auriez mis en mesure ou de lâcher la bride à ma passion ou d'imposer silence à mon cœur.

« — Monsieur, rétorquai-je, cet éclaircissement incendiaire, si vous l'obteniez, tournerait à mon entier préjudice. Comment, avec votre esprit, pouvez-vous vous flatter que, me trouvant garçon, vous cessiez tout à coup de me tourmenter ? Les charmes que vous me prêtez exerceront deux fois plus de ravages dès lors que votre désir vous paraissant à vous-même des plus singuliers, il n'y aura pas d'excès auquel votre sentiment ne vous porte.

— Mais tu es fou ! m'exclamai-je de nouveau. Tu ne sais donc pas qui est Casanova ? La princesse de Belmonte lui a fait faire le récit complet de ses aventures à Venise.

— J'étais là.

— Eh bien ?

— Je croyais comme toi en l'écoutant.

— Tu as changé d'avis ?

— Depuis ce qui s'est passé entre nous. Ma petite idée a pris corps et je n'en démordrai plus.

— Tu étais là quand il a raconté aux dames son intrigue dans le couvent de Murano ?

— Justement.

— Justement ?

— Moi aussi je prenais ses paroles pour de l'argent comptant. Puis, cette nuit, après notre conversation derrière le rideau, j'ai réfléchi. Tiens ! des nonnes, me suis-je dit. Quel drôle de choix de la part d'un homme qui nous a répété vingt fois au cours de la soirée qu'il ne s'intéresse qu'aux femmes.

— Je ne vois rien qui puisse te surprendre dans ce choix.

— Vraiment ?

— Non.

— Comment nous a-t-il décrit le jardinier du couvent ?

— Le jardinier ? Un jeune gaillard de la meilleure mine, brun et vigoureux. Il avait piqué dans sa boutonnière un géranium écarlate et transportait, cambré sur ses reins, une grosse pierre tombée du mur qu'il tenait serrée contre sa poitrine. Mais, franchement, quelle étrange question, Feliciano !

— Attends. Et le gondolier, qui l'a conduit jusqu'à la poterne du canal ?

— Il était blond, celui-là, ses longs cils dorés palpitaient sous le rayon de la lune. Quand il commença à chanter, Casanova bondit de son siège et lui mit une main sur la bouche, de peur que sa chanson, dont les notes claires flottaient sur le silence endormi de la lagune, ne donne l'alarme au couvent. Mais les paroles étaient si belles, la mélodie si douce, qu'il se contenta d'écarter les doigts devant les lèvres du gondolier, pour laisser filtrer en sourdine cette voix délicieuse.

— Tu te souviens de ce qui se passa au débarcadère ?

— Comment ne pas m'en souvenir ? La description était si précise, si amusante. Il aperçoit une forme humaine accroupie sur la première marche au-dessus de l'eau. Je suis perdu ! pense-t-il en dégainant son poignard. Il se dresse à l'avant de la gondole, mais celui qui l'attendait saisit au vol son bras et lui murmure en hâte : Monseigneur, je suis envoyé par qui vous savez pour vous ouvrir la porte. Il ôte son masque. C'était un jeune garçon de la plus singulière beauté : yeux fendus en amandes, lèvres rouges et charnues, boucles noires, joues à peine ombrées d'un duvet encore enfantin. Tu vois, je me rappelle chaque détail. Casanova, le cœur battant de l'émotion qu'il vient d'éprouver, reste immobile et stupide en face de ce messager jailli de l'ombre. Il ne sait plus ce qu'il fait : il lève le pied, avance la jambe, oubliant qu'il est encore sur l'embarcation. Il serait tombé à l'eau, si l'autre ne l'avait saisi à bras le corps et transporté sur la rive. Ils restèrent une bonne minute à se regarder dans les yeux, avant de reprendre leur souffle et de s'acheminer dans le jardin. C'est là qu'ils rencontrèrent le jardinier, avec son géranium écarlate et sa pierre serrée contre la poitrine.

— Et les nonnes ?

— Les nonnes ?

— Oui, que nous a-t-il raconté sur elles ?

— Que pouvait-il nous raconter, Feliciano ?

— Comment, que pouvait-il nous raconter ? Il était bien venu pour elles, pour les rencontrer, non ?

— Eh bien ! il les rencontra.

— Alors je te pose la question : es-tu capable de me les décrire, à leur tour ?

— Il ne nous les a pas décrites.

— Pourquoi ?

— Mais parce qu'une nonne ressemble à une autre nonne ! Ne sont-elles pas habillées de la même façon ? La règle du cloître ne les a-t-elle pas fondues dans un même moule ?

— Je ne te le fais pas dire ! Mais leur visage, au moins, leur expression, leur caractère, ce qu'elles disaient, un mot, un geste qui les distingue...

— Impossible, Feliciano ! La mère abbesse ou quelqu'une des sœurs qui n'étaient pas dans le complot pouvait surgir à tout instant. Donc, le silence le plus complet, autant d'obscurité que le permettait la pleine lune, pas de lampe...

— Et cette lune qui lui faisait tant de plaisir quand elle éclairait le visage blond du gondolier, il en maudit le rayon lorsqu'il pénétra dans la cellule de la sœur B..., où on voyait comme en plein jour et où la sœur de garde en faisant sa ronde n'aurait pu être trompée par les ténèbres.

— C'est bien naturel ! Je ne vois pas où tu veux en venir !

— C'est bien naturel aussi, n'est-ce pas, qu'il ait eu hâte de ressortir du couvent, où il ne savait même pas avec qui il avait couché, bien naturel qu'il se soit senti tout heureux de revoir la nuit, la lune, le jardin, le jardinier avec son géranium écarlate, le jeune garçon avec son duvet enfantin, ses boucles noires et ses yeux en amandes, le gondolier dont il dut pour la seconde fois fermer la bouche avec la main...

— La nuit devait être si belle, et l'intérieur du couvent si froid !

— Non, Porporino. Chaque fois que Casanova se vante de ses succès féminins, il se débarrasse de son récit en hâte, comme s'il expédiait une besogne courante, dépourvue d'un véritable intérêt. Les hommes qu'il rencontre, en revanche, il nous les fait voir, il s'échauffe en les décrivant, ils ont laissé dans son souvenir une impression autrement forte.

— Bon, admettons que tu dises vrai. Cela ne m'explique pas que tu aies pu le supposer... amoureux de toi !

— Il m'adore.

— Permets-moi d'en douter.

— Je te dirais même plus. Il n'aime que nous, les castrats. Nous lui inspirons une tendresse toute particulière.

— Mais tu te contredis ! Que sommes-nous pour un homme tel que lui ? Ni garçons, ni filles ! Nous ne sommes rien ! Rien ! m'écriai-je, sur un ton qui parut à Feliciano de la plus invraisemblable naïveté. Ni garçons, ni filles !

Il plissa les yeux, comme pour réprimer une intense envie de rire. Puis, haussant les épaules :

— Que veux-tu, dit-il, je lui ai plu, à Casanova. Fille, ou garçon, ou rien du tout, je lui plais, ça, j'en mettrais ma main au feu.

Il ajouta, de l'air le plus désinvolte :

— Seulement, lui, il ne me plaît pas, ce n'est pas mon genre.

— Et s'il t'avait plu ? demandai-je, sans pouvoir m'empêcher de regarder Feliciano avec un étonnement horrifié.

— Ah ça ! Mais d'où tombes-tu ? Je suis bien décidé à ne laisser perdre aucune des occasions que ma bonne étoile me procure ! On me veut garçon ? Je suis garçon. On me veut fille ? Me voilà fille. Qui d'autre peut se vanter sur terre d'avoir des privilèges semblables à ceux dont nous jouissons ? Qui donc possède comme nous une vie double, des possibilités doubles ? Et nous n'en profiterions pas ? Ni d'un sexe, ni de l'autre, c'est-à-dire des deux sexes à la fois. N'est-ce pas merveilleux ? Deux fois plus d'aventures, deux fois plus de plaisirs. Le monde entier à nous ! Et avec cela, la possibilité de se défiler honorablement pour échapper aux avances des fâcheux. « Monsieur, je vois bien que vous feignez de me prendre pour une fille, afin d'assouvir avec moi le plus abominable des goûts », et tout le reste de mon petit discours à Casanova. Ou encore, si c'est une femme qui t'embête : « Mais Madame, vous ne savez donc pas que mon destin misérable me prive à jamais des transports dont vous avez la cruauté de me faire miroiter les douceurs ? » Tu prends l'air désespéré, et pendant ce temps tu songes à la charmante X ou Z qui t'a serré l'autre nuit avec passion dans ses bras. Non, mais quelle mine tu fais, mon pauvre Porporino ! Il y a longtemps que je me dis que tu n'es pas très normal, toi. Ma parole ! Qu'est-ce que tu as ? Le Salerno t'a coupé les canaux, d'accord. Mais tu restes capable de bander, non ? Tu aurais un succès fou si tu voulais. Moi, je me félicite tous les jours de pouvoir changer de nature selon ce qu'on désire que je sois. C'est fantastique d'entrer dans un salon, de voir tous les yeux qui se fixent sur toi, de sentir tous les cœurs qui battent dans la poitrine de ces hommes et de ces femmes. Tu te dis que chacun de ces gens qui te regardent est peut-être en train de se demander s'il réussira à se faufiler dans ton lit ou à t'attirer dans le sien. Tu les tiens tous, tu les gouvernes tous, ils sont à tes pieds, ils sont à toi, tu les possèdes, chacun des sexes croit que tu préfères l'autre, et toi tu n'en préfères aucun, pour rester leur maître.

« Qui donc peut-il être ? Que cache-t-il au fond de lui-même ? Quelle est sa véritable nature ? » De fond, tu n'en as pas. De vérité unique, non plus. Eternellement disponible, tu es tout, puisque tu n'es rien !

Un début manqué

L'idée ne me vint pas tout de suite que Feliciano avait pu se vanter. J'étais bouleversé par ce qu'il venait de me dire. Je me mis à marcher au hasard dans les rues. Moi, depuis que j'étais au collège, j'avais grandi dans l'idée que nous formions une race à part, une race maudite, née pour souffrir, née pour l'ombre et la honte. Exclus des plaisirs qui remplissent les trois quarts de la vie des humains, mutilés non seulement dans nos corps mais dans nos affections, debout devant le spectacle du monde comme les enfants pauvres contre la vitrine des jouets, notre seule justification consiste dans le sentiment de notre différence. Le garçon laitier siffle sous le balcon de la jolie couturière ? Si je me représente leur bonheur dont je suis volé à jamais, je commence par me jeter par terre dans les tourments du plus violent désespoir. Mais quoi ? Ce garçon laitier ressemble à un autre garçon laitier, à un autre garçon, la force qui le pousse est la même qui agite tous les jeunes gens de son âge, la nature trivialement despotique exerce au même moment son empire implacable en dix mille, en cent mille autres points de l'univers, cent mille autres fenêtres s'entrebâillent sur cent mille autres balcons. Je suis le seul qui reste prostré sur le sol. Le seul. Le seul. A force de me répéter qu'ils courent tous après le même but, et que moi seul je demeure à l'écart, désigné pour une tâche si rare qu'elle me transforme en élu, quelle est cette fierté nouvelle qui peu à peu m'exalte? Couché de tout mon long dans le noir, je connais quelque chose qu'ils ne connaîtront jamais, l'abîme noir et nu de la désolation, je touche le fond, je sais que je ne suis rien, je n'attends rien, j'éprouve donc une sorte de joie parfaite, je suis en deçà ou au-delà des consolations, je ne peux pas espérer, comme eux ils espèrent, plus de chance, plus de succès, plus de bonheur. Plus ou moins que quoi ? J'arrive du premier coup à la limite extrême de mes possibilités, je suis au bout de moi-même, mon avenir, comme un mur compact et aveugle, se tient tout droit devant moi. Mon expérience du malheur est absolue, leur expérience du bonheur sera toujours relative. Je leur suis donc infiniment supérieur, de toute la distance qui sépare ceux qui cherchent à atteindre de celui qui renonce à posséder. Quel est l'enfant qui, la nuit, allongé dans son lit au fond de la chambre obscure, n'a souhaité retenir cet instant de jouissance ineffable, quand les ténèbres, abolissant les degrés entre les choses, le plongent d'un coup dans l'éternité ?

Mais il faut que nous tous, les castrats, nous nous tenions les coudes pour étendre comme un voile de grandeur et de beauté notre infamie sur la face de la terre. Si l'un seul d'entre nous trahit, s'il se lance lui aussi à la poursuite du même but que les autres, s'il entre dans la compétition, si la nature doit le compter pour un de ses fils, alors toute la race est dépossédée de sa gloire. Misérables ! Nous voilà retombés au rang de ceux qui espèrent, qui comparent, et qu'on jugera d'après les résultats. Feliciano réussit mieux, Porporino réussit moins bien. Il m'a dit que j'aurais du succès si je voulais ! Mais comment ne voit-il pas qu'en misant sur la possibilité de succès, nous nous privons de notre unique justification, l'orgueil d'appartenir à la race mystérieuse des exclus ? Que nous restera-t-il de notre suprématie de déchus, si nous essayons d'être heureux ? Si nous nous mettons à cesser d'être à part, c'est pour le coup qu'on nous trouvera diminués ! Le plus et le moins seront notre lot détestable. Feliciano, tu avais trahi !

Je ne sais combien de temps je ruminai ainsi dans ma tête les regrets amers et les serments farouches. Je saurais bien, moi, rester entièrement mort au monde ! Pour commencer, je pris les ruelles les plus obscures et les passages que le soleil n'éclaire jamais. Il n'y a pas de plante si chétive qui ne pousse en rampant ses racines vers la lumière ; pas d'animal si infime qui n'aspire à sa part de bonheur ; pas d'humain si disgracié par la nature qui n'emprunte à la nature la loi de sa croissance. Tout ce qui est vivant dans l'univers tend d'un commun effort à l'épanouissement. C'est à nous seuls, les castrats, de racheter la vulgarité de cet élan vers la réussite par l'intransigeance de notre refus. Passez votre chemin, séducteurs, flatteurs, batteurs d'estrades, bonimenteurs, marchands d'orviétan, je ne suis pas un grain que vous pourrez faire lever, mon but est si différent du vôtre que je perdrais ma peine à vous expliquer où mon penchant m'attire.

Avez-vous entendu parler de Prométhée ? Les dieux régnaient dans l'Olympe et par l'exemple de leurs amours indiquaient aux mortels le devoir à suivre : aimez-vous, soyez heureux, prospérez, tout est permis, sauf de vous croire interdite une seule de vos tendances ! Minos court après toutes les nymphes, Séléné baise sur ses yeux fermés Endymion endormi, Cronos épouse sa sœur Rhéa, Zeus enlève Ganymède, Poséidon se métamorphose en cheval pour s'accoupler à Déméter, Dionysos s'amuse avec les chèvres et les béliers, Narcisse se fait l'amour à lui-même. Obéissez à vos goûts, ne prenez pour règle que les exigences de votre développement ! Bravo à la galanterie, bravo au priapisme, bravo à l'inceste, à la pédérastie, à la bestialité, à la masturbation ! Prométhée secoua la tête et dit : votre programme, ô dieux, me répugne. Il leur vola le feu. Le feu, le feu destructeur, la flamme corrosive, le démon qui embrase dans la grange la moisson à peine récoltée, le fléau et la ruine de l'immense poussée naturelle de toutes les choses vers leur accomplissement. Voilà ce qu'il vola aux dieux pour en faire cadeau aux humains. Mais les humains se débrouillèrent pour apprivoiser le feu lui-même et pour le plier à leurs visées mesquines. Ils s'en servirent pour cuire le pain, pour chauffer les maisons, pour fondre les métaux, pour alimenter des manufactures, pour améliorer de cent façons leur ordinaire, pour ajouter aux avantages qu'ils tiraient de la nature les bénéfices qu'ils obtinrent de l'industrie. Prométhée les contempla, avili. Mais au moins, s'écria-t-il en redressant la tête, ceci vous ne me l'ôterez pas ! Il s'adressait à la fois aux hommes et aux dieux et leur désignait à la place de son foie le trou noir que le vautour y creusait chaque jour plus profond, depuis que, pour le punir de son forfait, Zeus l'avait enchaîné contre un pic du Caucase. Aimez, soyez heureux, réalisez-vous, prospérez, si telle est la médiocrité de vos ambitions, vous n'empêcherez pas qu'il y ait quelque part au-dessus de vos têtes, perdu dans le chaos granitique des montagnes, un homme condamné à n'aimer personne, à n'être aimé de personne, à souffrir nuit et jour fouaillé par le bec implacable, mais qui vous domine tous tant que vous êtes, autant que les cimes neigeuses brillant d'un éternel éclat dominent vos plates vallées, vos fourmillantes villes, l'agitation fébrile et infime de vos vies à la recherche de leur épanouissement.

J'avais mon vautour : quelle douleur de voir que Feliciano ne restait pas fidèle au sien !

La nuit suivante, je fis ce rêve étrange. Comme le héros de l'opéra dont le jeune Mozart nous avait raconté l'intrigue, je me trouvais, au coucher du soleil, sur la plage d'une île. A une encablure de la rive, secoué par la tempête qui soulevait des gerbes d'écume autour des récifs, un grand navire sombrait en mugissant dans les flots. Sur le pont, un homme dans la force de l'âge, qui portait une couronne et un sceptre de roi, se tenait adossé contre le mât de misaine. Avec sa perruque grise nouée sur la nuque par un simple cordon, son nez pointu, ses yeux chafouins dont l'expression inquiète jurait avec la majesté des attributs royaux, il ressemblait à s'y méprendre à Leopold Mozart. Mais lorsque j'eus mieux observé, je m'aperçus qu'il avait le crâne chauve, comme celui de mon père, une rangée drue de cheveux noirs plantés derrière la tête, et, comme mon père encore, la silhouette trapue et rustique d'un paysan. Cloué sur place, moins par l'étonnement que par la crainte superstitieuse de hâter le naufrage si je volais au secours de l'unique survivant, je regardai mon père s'enfoncer lentement dans les flots. Puis, quand il eut disparu avec les restes du navire, je me retournai, et je le vis, debout sur un gros rocher, le bras tendu en avant, dans l'attitude d'un orateur qui va commencer sa harangue. Il portait toujours le sceptre et la couronne, mais la couronne, était-elle donc de fer au lieu d'or? semblait toute rouillée par un long séjour dans l'eau, et le manteau de pourpre qui flottait sur ses épaules partait en lambeaux dans le vent.

J'inclinai la tête humblement, comme si je m'étais rendu coupable d'une grande faute dont j'ignorais d'ailleurs l'objet. Mon père entama alors son discours. Ce qu'il me dit fut parfaitement conforme à ce qu'il pensait de moi quand j'habitais avec lui à San Donato. Mais les termes qu'il employa et le tour noble et pompeux de ses phrases auraient été déplacés partout ailleurs que dans la bouche d'un monarque. Comment dire ? C'était bien mon père qui me parlait, mais comme si, au lieu d'un pauvre laboureur de Calabre, un coup de baguette magique l'avait transformé en roi. Un roi d'opéra, puisqu'il me sembla reconnaître presque mot à mot la mise en garde solennelle dont le jeune Idamante avait été gratifié. « Vincenzo, commença-t-il (mon père ne savait donc pas, apparemment, que j'avais changé de nom), il dépendrait de toi que tu fasses la richesse et le bonheur de tes parents, ou que, rangés dans le troupeau, entourés de leurs enfants miséreux, ils n'aient jamais droit à l'aisance ni à la considération de leurs voisins. Il dépendrait encore de toi que tu atteignes la fortune et la gloire ou que, raillé de tous, méprisé, tu meures obscur et indigent. Qu'ai-je fait pour avoir un tel fils ? s'écria-t-il tout à coup en se tournant vers le prince de Sansevero qui avait surgi à son tour sur un rocher. Excellence, votre générosité est bien mal tombée. Vous avez devant vous un mauvais sujet, un incapable. S'il demeure avec nous, j'aurais la plus grande peine du monde à lui apprendre à manier les outils. Mais je suis certain qu'il décevra aussi votre attente, si vous avez la bonté de l'emmener avec vous et de lui accorder votre protection. Regardez-le, il m'aurait laissé mourir dans ce naufrage sans me tendre une corde, bien aise que je me fusse noyé pour de bon. »

Tout en parlant, il pointait sur moi un doigt menaçant, mais au lieu de songer à me défendre, j'avais hâte que sa prophétie trouvât un moyen ou un autre de se réaliser. « O mon père, réussis-je seulement à dire, je m'appelle maintenant Porporino. » Mon unique crainte était que le verdict lancé contre moi pût rester sans effet ; et je tremblais d'angoisse, à l'idée que ces mots si cruels mais pour moi d'une douceur si étrange ne fussent pas suivis d'une peine proportionnée à la faute.

Je n'eus pas à attendre longtemps. Le décor changea, c'était soir d'ouverture au San Carlo. Je débutais dans le premier rôle, l'imprésario m'avait promis un grand succès. Toutes ces lumières, tous ces bijoux dans les loges ! Un frémissement parcourt la salle quand j'apparais sur la scène, je m'avance, je me campe devant le maestro, je prends mon souffle, j'ouvre la bouche mais, ô stupeur, ma voix s'étrangle dans ma gorge, je n'arrive à émettre aucun son. « Recommencez, ce n'est rien », me crie le maestro. « Ressaisis-toi », me chuchote la première actrice. Il est vrai que ce genre d'accident arrive quelquefois aux novices. Je ferme les yeux pour me concentrer, j'appelle à moi tout mon courage. Ce n'est pas le moment de flancher, n'est-ce pas ? Tu ne vas pas décevoir tes camarades ? Pense à tes lointains parents : comme ils seraient fiers de voir jusqu'où est parvenu leur fils ! Le maestro me fait un signe ; j'incline la tête ; il attaque de nouveau ; j'ouvre la bouche. Quoi ? Que se passe-t-il ? C'est comme si toutes les fibres de ma volonté étaient devenues molles, et qu'une force impérieuse eût renfoncé dans ma gorge le son prêt à jaillir. En même temps j'éprouve un scandaleux sentiment de bien-être, comme un homme qui a lutté pied à pied contre une bête féroce et qui, se laissant tomber vaincu à la renverse, abandonne son corps pantelant à la cupidité du fauve.

Le public s'est tu ; un profond silence enveloppe le théâtre. Que pensent-ils de moi ? Où fuir ? Où me cacher ? Je n'arrive pas à bouger le petit doigt. J'attends, soumis à l'imminent désastre. Quelle est cette joie inconnue qui m'inonde ? Ah ! enfin ! Un murmure, qui se change en rumeur, qui enfle, qui éclate en tonnerre. Ce ne sont pas les applaudissements espérés, c'est tellement mieux ! Une paix merveilleuse infuse son baume dans mes veines ! La salle croule sous un énorme ricanement qui est la voix de mon père mille fois répétée par l'écho.

A ce moment je me réveillai tout en sueur. Feliciano, debout sur le seuil de ma chambre, me criait de me dépêcher si je voulais apercevoir son père. Abasourdi encore par mon rêve, je balbutiai : « Quoi ? Que dis-tu ? Quel père ? » Mais il avait déjà filé. Je le suivis en grognant dans sa chambre. Il était penché à la fenêtre, sautillant sur place et donnant tous les signes de la plus vive excitation. « Viens vite ! » me cria-t-il sans se retourner. M'étant penché à mon tour, je vis un homme qui traversait la cour en direction de la sortie.

— C'est mon père ! me dit Feliciano, quand l'inconnu eut disparu sous le porche.

— Tu m'as réveillé pour ça ! répondis-je, de fort mauvaise humeur.

— Mais écoute-moi donc ! Il se présente ce matin de bonne heure au parloir, comme si on était à la campagne. Bon, je me lève, je descends, je vois un homme craintif et tremblant qui me tend une feuille de papier.

« — Il y a écrit là que je suis ton père, me dit-il. Tiens, tu n'as qu'à lire.

« — Peut-être, répliquai-je froidement, en lui rendant le papier.

« — Comme tu es bien habillé ! fait-il.

« — Le duc ne me laisse manquer de rien, dis-je.

« — Je suis ton père, répète-t-il.

« A ma stupéfaction, il tend alors sa main vers moi, comme un mendiant qui demande l'aumône. Je recule d'un pas.

« — Je suis ton père, dit-il pour la troisième fois.

« — Fort honoré, dis-je.

« — Tu es devenu riche, dit-il.

« — Un jour peut-être je serai vraiment riche, dis-je.

« — Ce jour-là, fait-il, je reviendrai te voir. Maintenant que nous avons fait connaissance. En attendant...

« — Souffrez que je vous souhaite le bonjour, dis-je au bonhomme, croyant que l'entretien était clos.

« — Moi je suis resté pauvre, dit-il.

« — Que Dieu vous aide, dis-je.

« Il me regarde d'un air sournois et reprend :

« — Je me suis souvenu que j'avais un fils.

« — La peste soit du fâcheux, dis-je tout bas.

« — Qu'est-ce que tu dis ? fait-il.

« — Que je suis prêt à vous servir.

« — Donne-moi de l'argent, dit-il.

« — Pardon, monsieur ?

« — Si autrefois je ne m'étais pas préoccupé de ton avenir, tu serais resté pauvre comme moi.

« — A chacun son lot, dis-je.

« — J'ai pris les mesures qu'il fallait pour t'assurer une belle carrière.

« — Le duc vous a versé alors une belle somme, dis-je.

« — Ingrat ! réplique-t-il. Je m'adresse à ton cœur aujourd'hui. Tu retrouves ton père après des années de séparation, tu es devenu riche, tu le vois pauvre comme tu l'as quitté, et il faut te supplier encore de lui donner de l'argent en échange de ce qu'il a fait pour toi.

« — Bien, dis-je, attendez-moi.

« Je remontai dans ma chambre. Devines-tu, Porporino, le tour que j'avais résolu de lui jouer ?

J'aurais pu me creuser la cervelle, longtemps et pour rien. Ce que me raconta Feliciano me remplit d'une sorte d'effroi émerveillé. Je fus stupéfait d'apprendre avec quelle désinvolture, avec quelle froideur il s'était débarrassé de son père. Plus tard, j'ai repensé souvent à cet épisode pour m'expliquer la différence de nos destins, l'inégal résultat de nos efforts. Comme je l'enviais ! Comme j'aurais voulu, moi aussi, m'enfuir des ruines de Troie de la ville écroulée de mon enfance, net, léger, sans le fardeau d'une ombre plus lourde à soutenir que l'univers pour les épaules d'Atlas ! Mais il était écrit que, semblable à Enée traversant les flammes avec son géniteur sur le dos, je porterais mon Anchise toute ma vie, menaçant, invisible, écrasant, roi de mon existence comme il venait de l'être de mon rêve, monarque insatiable nourri de ma dévotion silencieuse.

— Eh bien ? demanda Feliciano au bout d'un moment, tu n'as pas deviné ?

Je secouai la tête.

— Je redescendis au parloir, tenant un petit objet dans mon poing fermé.

« — Je suis prêt à vous obéir, dis-je.

« — A la bonne heure, mon fils.

« — Donc vous êtes venu me trouver en raison du service que vous m'avez rendu autrefois ?

« — En effet.

« — Vous ne comptez pas repartir avant d'avoir reçu le juste salaire de votre affection ?

« — Comme tu dis.

« — Vous ne comprendriez pas que la reconnaissance du fils ne soit pas proportionnée au dévouement du père ?

« — Tu parles d'or.

« — Enfin, vous vous attendez à être payé de la monnaie de votre pièce ?

« — Exactement.

« — D'accord, exactement. Prenez donc ceci, s'il vous plaît, fis-je en plaçant dans sa main le petit objet que j'avais rapporté de ma chambre.

« — Une bourse ! s'exclama-t-il tout joyeux.

« — Ouvrez-la, je vous prie.

« — Mais elle est vide ! s'écria-t-il.

« — Elle est en tout point égale, répondis-je, au merveilleux bienfait dont votre sollicitude paternelle daigna me gratifier jadis. Vous voyez, monsieur, nous sommes quittes.

« Sur ce je l'ai planté dans le parloir, muet de stupeur, de rage, complètement imbécile avec ma bourse vide dans sa main. Et je suis remonté en courant pour te faire voir si après un pareil coup on réussit à marcher droit devant soi. Pour un coup, c'est un coup, non ? Mais quel bonhomme, aussi !

Le secret des perruques grises

Le prince de Sansevero avait perdu sa mère à un an, son père à quinze ans. Etudes à Rome, chez les Jésuites du Collège Clémentin. Quand il rentra à Naples, il trouva les Jésuites expulsés du royaume, sur ordre du premier ministre de Sa Majesté. Dégoût de l'écolier pour la grammaire. Les Jésuites le rétrogradèrent d'une classe. Il se vengea en organisant pour les élèves de deux classes au-dessus de la sienne des cours de géographie, d'héraldique et de pyrotechnie. Vengeance ? Lorsque j'aurai fini d'exposer les faits saillants de la vie du prince, je crois que le motif de cet exploit vous apparaîtra mieux. Rapprochez, par exemple, ces bonds d'une classe à l'autre, au mépris de la hiérarchie scolaire, de ce que j'ai dit plus haut, touchant les perruques de ses domestiques, achetées à Paris comme la sienne, au même prix que la sienne, de la même forme et de la même couleur que sa perruque.

Ses premières inventions furent utiles : la typographie capable d'imprimer à la fois plusieurs couleurs, le papier à cartouches, l'imperméable, la pompe hydraulique. Utiles, oui, mais par quel hasard qui le chagrina ? Dès qu'il s'aperçut qu'elles pouvaient servir, elles cessèrent de l'intéresser. Il se débarrassa de sa typographie, en la donnant au Roi. « J'ai produit du papier qui ne brûle pas, est-ce ma faute si on l'utilise dans l'artillerie ? De l'étoffe qui prend l'eau sans se mouiller : ils en ont fait des capotes pour aller à la chasse ! »

Il garda un penchant singulier pour le mélange des couleurs. Il mit au point la peinture sur verre, la peinture sur marbre, reprit aux Romains le secret du cinabre, le secret de la laque aux Chinois. Avec des morceaux de verre de l'aspect le plus commun, il fabriquait d'admirables lapis-lazuli, si ressemblants aux vrais que même le bijoutier de la Cour ne voyait pas la différence. Inversement, il se plaisait à ôter leur couleur aux saphirs et aux rubis, en sorte que le bleu et le rouge le plus étincelants viraient au pâle entre ses mains, et que des pierres d'un prix inestimable sortaient de son atelier déchus de leur valeur marchande.

Ces passe-temps, pour quel but ? Il s'amusait à confondre les gens sur ce qu'ils croyaient le mieux savoir, par goût de railler, mais aussi pour voir si quelque chose de nouveau, d'inattendu, de bizarre, de magnifique, mais quoi ? ne jaillirait pas de leur cerveau perturbé dans ses habitudes. Beaucoup d'amateurs d'art demandaient à visiter son palais. Il possédait deux Caracciolo, trois Ribera, trois Stanzione, vingt ou trente Mattia Preti, son peintre préféré, le peintre des pestes de Naples, avec ces entassements de corps sous de longues galeries sombres, cette lumière blafarde sur les chairs décomposées, ce désordre froid de la grande peinture napolitaine (il détestait les Giordano et les Solimena), cette nuit délétère qui souffle par la bouche des mourants. Le prince accompagnait ses visiteurs, ils s'écriaient : Comme c'est beau ! Comme c'est beau !, il les écoutait poliment, puis, toujours avec la même courtoisie, il les priait de se rendre en face, dans l'église San Domenico Maggiore. Là, leur disait-il, dans la première chapelle à gauche de l'autel, vous verrez un grand, un vraiment grand tableau, mes toiles ne sont rien à côté, mes peintres ne comptent pas en comparaison, c'est leur maître à tous qui a fait ce tableau, le Caravage, vous en avez entendu parler, n'est-ce pas ?

Il ajoutait tout bas :

— Vous savez, celui qui est mort assassiné sur une plage de Calabre.

L'amateur, l'homme spirituel et cultivé qui se délecte aux beaux-arts, contemplait le tableau : un Christ, une Flagellation du Christ dans un clair-obscur tumultueux. Même s'il n'aimait pas trop cette manière rude et populaire, il se disait, avec une satisfaction empreinte sur chacun des traits de son visage : Certes, il aurait manqué quelque chose à mon voyage si j'avais raté ce chef-d'œuvre de la peinture napolitaine, qui prend dix fois plus de valeur d'être vu avec le seigneur le plus éclairé, le plus original de Naples, dans cette église où je n'aurais pas songé à entrer.

Le prince attendait ce moment pour toucher son hôte à l'épaule et le tourner délicatement vers le mur opposé de la chapelle. La réplique exacte du tableau du Caravage faisait face à l'original. La réplique ? Mais si c'était le premier la réplique ? Lequel était la copie de l'autre ? Une foule de questions mortifiantes pour son amour-propre se pressaient à l'esprit du voyageur. N'avait-il pas imprudemment loué une simple reproduction sans valeur ? Il interrogeait le prince. Celui-ci levait les sourcils d'un air dubitatif.

— Voyez-vous, mon cher, j'aimais tellement ce tableau que j'en ai fait prendre la copie par un peintre de ma connaissance. Mais quel malheur ! Pas plus de trois jours après qu'il eut terminé son travail, et quand les deux toiles se trouvaient encore dans son atelier, il eut une rixe avec des inconnus. On lui creva les yeux, les deux. Depuis, comment distinguer à coup sûr la copie du modèle ?

L'amateur, à qui ces mots, murmurés dans la pénombre de l'église déserte, remettaient brusquement en mémoire une sinistre légende, sentait un frisson passer dans son dos. Il se glissait en hâte vers la sortie et poussait à l'air libre un soupir de soulagement.

Le poète allemand Goethe, en visite à Naples, avait suprêmement agacé don Raimondo, par ses idées si nobles sur l'homme, la place de l'homme dans l'univers, le rôle des beaux-arts dans la poursuite de la sagesse, etc. Devant le tableau du Caravage, dont la rudesse plébéienne et les couleurs contrastées lui déplurent, il s'en tira par une phrase sur la toute-puissance du génie. « Le créateur impose sa propre vérité au monde », déclara-t-il sentencieusement. « Mais si le tableau est un faux ? », lui chuchota le prince à l'oreille, en lui montrant l'autre tableau, sur l'autre mur de la chapelle. En homme supérieur, l'Allemand ne se laissa pas émouvoir par l'histoire des yeux crevés. Il développa d'autres idées, qu'il tenait en réserve également, à en juger par la sérénité de son débit. Qu'était-ce que le vrai ? Qu'était-ce que le faux ? etc. En fait, il fut ulcéré du tour que lui avait joué le prince. Lisez le récit de son voyage en Italie. Il raconte en détail sa visite au palais Filangieri, il passe complètement sous silence le palais Sansevero.

Don Raimondo inventa un procédé pour rendre le marbre aussi mou que du beurre. Il réussit à obtenir de la cire sans le secours naturel des abeilles. Il faisait bouillir dans de l'eau diverses variétés d'herbes et de fleurs. On voyait apparaître à la surface une sorte de graisse qui, à force d'être cuite et recuite, fournissait une matière de la même consistance, de la même couleur et revêtue des mêmes propriétés que la cire vierge. Après le succès de telles expériences, comment décider où finit le règne végétal, où commence le règne animal ? Ciel ! Voilà que je me mets à parler comme le grand Goethe ! Le prince ne concluait jamais, lui. Les « grandes questions » lui inspiraient une sainte horreur. L'eau de mer, que Dieu a faite salée et amère, il travaillait en secret à l'adoucir. J'aurais presque envie de dire que c'était par esprit de farce et par gaieté, si quelque chose de grave et de sombre ne donnait une marque singulière au moindre de ses gestes. Quand il me confia le projet du carrosse, je ne doutai plus que s'il parvenait un jour à le faire aboutir, toutes les idées que nous avons apprises sur la place des choses et la distribution des rôles dans la nature ne dussent subir un radical bouleversement. Mais voilà : il était clair que ce projet n'aboutirait jamais, et comme le prince ne faisait pas mystère de cette entreprise, on pouvait se demander si son acharnement à poursuivre un but impossible ne lui servait pas plutôt de moyen pour attirer sur l'ensemble de ses recherches la raillerie et la dérision publiques.

Il m'emmenait dans le cloître d'un des plus grands couvents de Naples, où nul n'avait le droit d'entrer sans un permis exceptionnel délivré par le Père supérieur. L'église des Gerolomini possédait aussi son enclos planté d'arbres et de statues, mais celui-ci l'emportait sur tous les cloîtres napolitains par la variété des essences, la taille des eucalyptus, le fouillis des volubilis, la mélancolie des yeuses, un énorme jardin, oui, ombreux, secret, proliférant, exubérant, qui avait l'air abandonné, avec des statues mutilées enfouies sous les torsades du lierre, et des fontaines d'eaux mortes, à jamais silencieuses sous les lotus blancs.

Une décoration de majolique revêtait le petit mur de soutien des colonnes, ainsi que les quelques bancs disposés en quinconce sous le bois d'orangers. Des scènes de chasse, de pêche, de vie à la ferme, traitées dans le même esprit populaire que les opéras bouffes du répertoire napolitain ; et puis des sujets mythologiques, comme dans l'opéra seria, ou fantastiques, comme cette série de chars attelés de bêtes extraordinaires, de paons à griffes, de lions aux yeux humains, si tristes, ces yeux, qu'ils me plongeaient dans le même sentiment de désolation que saint Jean devant le léopard à sept têtes décrit dans l'Apocalypse.

Don Raimondo, me secouant alors par la manche, attirait mon attention sur un autre char, pourvu de roues à pales et tiré sur la mer par des chevaux à queues de dauphins. Faire voyager une voiture sur l'eau, c'était devenu son idée fixe. Il assemblait, au beau milieu de la cour de son palais, après les avoir soumises à de longues macérations dans certains liquides de sa fantaisie, les diverses pièces nécessaires à la construction d'un carrosse insubmersible ; et de même il cultivait, dans un de ses jardins suspendus, une sorte d'avoine propre à maintenir l'attelage sur la crête des vagues. Que venait-il chercher dans ce cloître ? La preuve qu'il n'était pas si fou que cela, d'après ce char nautique peint sur les carreaux de faïence ? Je me demande si les longues heures que nous passions là ne lui apportaient pas quelque chose de plus vague, de plus indéfinissable et de plus important : une atmosphère, un encouragement à rêver en dehors des contraintes ordinaires. Il ne restait pas longtemps assis sur le banc à côté de moi. Il se mettait à errer sous l'ombre impalpable des orangers, des citronniers, puis il sortait du bois, il s'enfonçait dans le labyrinthe des tamaris, des lauriers-roses, un peu voûté, avec sa perruque achetée à Paris mais qui avait l'air sur sa tête si peu d'une chose à la mode, sa redingote flottante, coupée dans un patron suranné, ses chaussures à tige d'un modèle caduc.

Il marchait de long en large dans le désordre luxuriant des plantes. Lorsque, vers la vasque d'une fontaine, il penchait son drôle de visage mou, ce ne pouvait être, assurément, dans le souci mesquin d'examiner sa figure, à la surface du bassin recouvert par les nénuphars. Il contemplait l'imperceptible balancement des feuilles pourrissantes, hypnotisé par cette frange de matière végétale en train de se défaire dans le bain aquatique.

Un tel lieu n'existe qu'à Naples, mais peut-on dire qu'il existe ? Naples, ville de pierres et de pavés, sans arbres et sans jardins publics, dédale de ruelles étouffantes, avec ces jardins immenses où personne ne va, ceinturés de murailles, clôturés, barricadés contre l'œil visiteur, surabondants de verdure inutile, Naples existe-t-elle, ou n'est-ce qu'une chimère née dans la tête d'un cinglé ? Don Raimondo, si vieux par votre habit, si jeune par vos idées, en retard et en avance d'un siècle, promeneur innocent, expérimentateur satanique, rêveur passionné rongé par l'ironie, que faisais-je dans ce cloître avec vous ?

Il avait toujours refusé de se marier. Il tenait à jour une liste des partis qui auraient été de son rang.

Vous voulez que je prenne femme ? Regardez entre qui j'aurais à choisir. Donna Margarita d'Avalos d'Aragona, la duchesse Carafa di Bovino, donna Violante di Sangro marquise de Cerchiara, la princesse de Bisignano della Rovere, la duchesse de Nocera, donna Lucrezia di

Cardine princesse de Squillace, la princesse d'Avellino, donna Isabella Gesualdo comtesse de la Saponara, donna Beatrice di Giovara comtesse de la Rocca, donna Giovanna del Tufo comtesse de Marcone, donna Cornelia Carafa duchesse de Traietto, donna Camilla d'Afflitto. Croiser le sang d'une de ces dames avec celui de don Raimondo di Sangro, prince de Sansevero, duc de Torremaggiore, marquis de Castelnuovo, prince de San Donato ? Pour quoi faire ?

Chose étrange, les musiciens dont il s'entourait étaient tous d'origine populaire. Nous, les petits castrats, par définition si on peut dire. Un jour qu'il se promenait à Pozzuoli, il avait entendu chanter un jeune pêcheur assis sur le môle. Il le fit monter dans son carrosse et le plaça au Conservatoire. Ce jeune pêcheur qui aurait passé toute sa vie à réparer des filets sans la clairvoyance du prince était devenu Antonio Sacchini, premier compositeur du San Carlo, notre maestro pour le contrepoint. Cimarosa toucha don Raimondo par le récit de son enfance. Il était né dans un *basso* d'Aversa, d'un père maçon et d'une mère blanchisseuse. Son père, qui travaillait sur le chantier du nouveau Palais Royal de Capodimonte, se tua en tombant d'un échafaudage. Mimmo, à sept ans, fut confié à l'Assistance publique, avant d'être admis aux Pauvres de Jésus-Christ.

— Excellence, avec tout le respect que je vous dois, disait-il au prince, laissez-moi vous expliquer pourquoi les écrivains ne sont pas lus en Italie et pourquoi, nous autres pauvres musiciens, nous remplissons les théâtres. Pour être écrivain, il faut sortir de la classe riche. La littérature italienne est parfaitement ennuyeuse, il n'y a pas un seul de nos classiques qu'un Italien qui n'a pas eu de précepteur puisse lire à livre ouvert. Les Pauvres de Jésus-Christ permettent à un fils de pêcheur, à un fils de maçon, de devenir musicien. Pergolèse, notre maître à tous, était le fils d'un arpenteur, le petit-fils d'un cordonnier. Pas étonnant que les musiciens italiens trouvent le langage susceptible d'être compris par les arpenteurs, par les cordonniers, par les pêcheurs, par les maçons, par les blanchisseuses.

Le baron de Roccazzurra, scandalisé d'entendre parler de la sorte un homme du peuple à un prince, ne savait plus quelle figure prendre en voyant l'extrême plaisir manifesté par don Raimondo. Moi, j'étais épaté par la désinvolture de mon ami, quand il mentionnait ses parents. Son père mort, pourtant, sa mère qui l'avait abandonné à l'Assistance...

Pergolèse, nous le vénérions : à vingt-deux ans, écrire la *Serva padrona*, le premier opéra sans rois, sans héros, sans Grecs ni Romains ! Mais on ne prononçait pas son nom sans trembler. Quel destin misérable ! Cimarosa avait beau dire, les nobles, les riches s'étaient arrangés pour le punir, et comment, d'avoir osé sortir du rang que lui avait assigné sa naissance. Maria Spinelli, la fille du prince de Cariati, oui, amoureux l'un de l'autre, surpris dans la chapelle du palais. Sommée par ses frères de se choisir un époux noble dans les trois jours ou de périr par leur épée, elle leur répondit au bout de trois jours qu'ayant choisi l'époux le plus noble de tous, Dieu, elle voulait se faire nonne au couvent de Santa Chiara. Un an plus tard, elle était morte de chagrin. La cérémonie funèbre eut lieu dans la grande église du monastère. Pergolèse avait écrit la messe, il la dirigea lui-même, debout devant le catafalque noir. Miné par la douleur, il mourut peu après. Il s'était retiré à Pozzuoli, dans une maison qui donnait sur le port. Le murmure de la mer étouffa son dernier soupir. Il avait vingt-six ans.

Oui ? Non ? Entrera-t-il dans ma chambre derrière moi ? Une autre fois aura-t-elle lieu ? Si je laissais ma porte ouverte ? Mais de quoi aurais-je l'air ? Je ne vais quand même pas lui donner l'impression que je l'attends ? Mais si c'était lui qui attendait de moi un geste, un signal ? Qu'est-ce qui serait le plus bête de ma part : de feindre l'indifférence, au risque que je le déçoive, ou de montrer que j'ai une envie folle qu'il revienne sur mon lit, au risque qu'il me méprise ?

Comme ma vie avait changé en quelques semaines ! Moi qui étais si heureux autrefois, quand Feliciano me rejoignait dans le couloir et m'embrassait sur la joue. Feliciano était resté le même, exactement. Il me rejoignait dans le couloir et m'embrassait sur la joue. Ni plus ni moins que pendant les cinq années précédentes. On aurait dit que ce qui s'était passé l'autre nuit n'avait jamais eu lieu. Je n'avais pas rêvé, pourtant. Je le sentais encore, ce contact de ses lèvres sur les miennes. Et maintenant ? Etait-ce à moi de prendre l'initiative ? Au fond, j'avais reçu passivement ce baiser, il ne savait même pas si j'en avais eu du plaisir. D'ailleurs, en avais-je eu, du plaisir ? Ce n'est pas comme ça qu'il faudrait parler d'une telle chose. L'idée de plaisir était à cent lieues de ce que je pus ressentir quand il posa sa bouche sur la mienne. Il m'aurait caressé le visage, ou serait simplement resté contre moi, étendu sur mon lit, ç'aurait été pareil. Une parcelle de cet être énigmatique et merveilleux qui s'appelait Feliciano m'avait appartenu. Tu m'avais appartenu, Feliciano, pour une seconde peut-être, mais tu m'avais appartenu, tu étais entré en moi par quelque chose qui n'appartiendrait à nul autre.

Maintenant, je recommençais à venir chez toi, je faisais partie de tes visites, de ton public. Comme avant. Prétendre que je souffrais de te partager avec tous ces gens, de ne pas t'avoir pour moi seul, non, ce n'eût pas été vrai. J'étais heureux dans ta chambre, je te regardais marcher de long en large ou chercher dans ton armoire, mais quoi ? tu ne trouvais jamais rien, ou te pencher à la fenêtre et appeler un camarade dans la cour, comme si, déjà, il n'y en avait pas assez autour de toi, assis sur ton lit ou par terre ou debout quand toutes les places étaient prises. Peut-être c'est ça, l'amour : se tenir dans un coin, ouvrir ou fermer les yeux, dans un coin de la même chambre, sans penser à autre chose qu'au plaisir de se trouver là, à deux pas de la personne qui vaque à ses affaires et veut bien qu'on la regarde vivre. En tout cas, il n'y a pas d'autre amour heureux que celui-là. Mais se dire chaque minute : ce baiser donné l'autre nuit, l'aurai-je à nouveau ce soir ? On ne peut plus être calme. On ne peut plus s'isoler au milieu du vacarme et rêver dans la foule en pensant au secret qui nous lie. Ce baiser ? Pour qu'il me serve de preuve, il m'en faudrait un autre, il m'en faudrait dix autres, dix soirs de suite, toi et moi tous les soirs dans ma chambre. Un baiser isolé, ce n'est rien. C'est bien pire que rien, s'il m'a mis dans l'idée que quelque chose de toi m'a appartenu, s'il m'a installé dans l'attente d'un second baiser, d'un nouveau baiser chaque soir.

Donner un baiser, c'est donner le droit aux baisers, à mille baisers. Tout le monde sait cela. Je ne fermais plus ma porte. Il n'avait qu'à entrer s'il voulait. Il n'entrait pas. Il n'entra jamais plus, dans ma chambre où je ne recevais personne, il le savait bien. C'est moi qui retournais dans la sienne. Mon Dieu, les amants qui se sont échangé une fois les marques de leur faveur connaissent-ils un tourment semblable ? Sont-ils toujours à se demander : aurai-je une nouvelle preuve aujourd'hui ? Voudra-t-elle bien une autre fois ? Que faire pour l'y inviter ? Que ne pas faire ? Il semble qu'on accepterait avec joie le sacrifice de sa vie pour obtenir cette seconde fois. L'attente de la deuxième preuve détruit le miracle de la première. Je regrettais cette époque où je ne comptais sur rien, où je n'attendais rien, où je ne supposais même pas qu'il pût se passer quelque chose. Est-ce que je la regrettais vraiment ? Ce baiser, je l'avais reçu, non ? Comment croyait-il que j'allais réagir ? On n'allait tout de même pas s'installer dans une amitié tranquille, un bon vieux sentiment indolore ? Voulait-il me mettre à l'épreuve ? Nous étions deux maintenant, toi et moi, Feliciano, toi plus moi, un secret fait de nous deux. Ou bien avais-je rêvé ? Etait-ce un fantôme qui avait pénétré dans ma chambre et soufflé ma bougie ?

Quand le prince eut admis qu'il ne resterait bientôt plus rien de mes boucles et que mes cheveux auraient la couleur châtain, un autre sujet de préoccupation commença à l'agiter.

— Pourvu, disait-il de moi à son inséparable Roccazzurra, qu'en grandissant sa voix demeure dans le registre haut et ne lui joue pas le tour de virer au contralto.

— Un contralto a plus de prix qu'un soprano, répondit le baron. Comme grand contralto, qui donc pourrais-tu me citer en dehors de Senesino ? On dit même : un soprano, un sopraniste, pour désigner le chanteur opéré. Un castrat contralto est une rareté qui se fait payer très cher.

— Oui, mais tu sais mes idées là-dessus. Les chanteurs qui m'intéressent sont ceux dont le registre est le plus indépendant possible des limites imposées par leur sexe. Par exemple, les voix masculines que j'aime sont les voix de ténors. Plus une voix d'homme est haute, plus elle témoigne en faveur de l'existence de cet état intermédiaire, comment l'appeler ? enfin de cet état qui fait le but de mes recherches. Un autre indice probant, c'est que de telles voix se font de plus en plus rares. Tu trouves tant que tu veux des basses, le directeur du San Carlo a beaucoup de mal à recruter des ténors. Il envoie maintenant prospecter parmi les paysans, dans les régions méridionales du royaume. On peut craindre, hélas, que les voix de ténors ne disparaissent peu à peu, au fur et à mesure que l'humanité progressera vers une différenciation plus marquée des sexes.

— De même que les voix graves de femmes, fit remarquer don Giuseppe Salerno, qui assistait ce jour-là à l'entretien. Un contralto féminin est très difficile à trouver aujourd'hui.

— Quand nous avons été interrompus, l'autre semaine, que vouliez-vous donc me dire de si intéressant au sujet des femmes ? demanda don Raimondo à son médecin.

— Oh ! n'exagérons pas, Excellence. Je me suis livré à de petites observations sur les femmes atteintes par la ménopause. Tout le monde aurait pu les faire à ma place. Qui n'a pas remarqué l'étrange virilisation des femmes autour de la cinquantaine ? L'hypertrichose – ou développement des poils sur des parties jusqu'alors restées lisses, telles que le torse et les membres – accompagnée de la tendance contraire à la calvitie ; l'envahissement de certaines régions respectées pendant la jeunesse, comme les épaules, le cou, la figure, par une couche de graisse sous-cutanée – ce qui donne cet aspect si particulier, dit de matrone, à la morphologie climatérique ; la chute de la voix dans un registre plus grave ; l'évolution du caractère lui-même – mais je ne vais pas nommer celles de nos dames qui se sont mises tout à coup à déployer une intense activité sociale en dehors de leur foyer : voilà, entre autres, les signes qui me permettent d'établir que la femme, au moment de son déclin, se rapproche, par plus d'un côté, de la constitution masculine.

— Curieux, curieux, ce que vous me dites là, fit le prince, qui avait pris des notes. Et que pouvez-vous conclure de ces observations ?

— Notre discipline, Excellence, nous force à être prudents. Il y a deux opinions possibles. Ou bien quelque chose de nouveau fait son apparition chez la femme, ou bien elle récupère, si je puis m'exprimer ainsi, une partie d'elle-même qui avait été oblitérée pendant son épanouissement.

— Voulez-vous dire, don Giuseppe, que les signes de virilisation que vous avez observés ne sont pas dus à une évolution de sa morphologie, mais plutôt à une régression vers un stade abandonné au sortir de l'adolescence, sous la poussée de la maturité ?

— Excellence, je vous laisse le soin de mettre en système mes modestes hypothèses. En me plaçant du point de vue strictement médical, j'ose vous suggérer qu'il n'est pas impossible que l'activité ovarienne étouffe pendant un certain nombre d'années des composantes viriloïdes innées chez toute femme. Ou encore, disons, avec toute la timidité voulue, que la morphologie naturellement ambivalente de la femme mais développée seulement dans un sens collatéral, la maternité, fait avec la ménopause une dernière tentative pour retrouver sa plénitude, son être double et mystérieux.

— Leur voix tombe dans un registre plus grave, reprit le prince, rêveur. Comment se fait-il qu'une voix de contralto féminin m'émeuve tellement plus qu'une voix de soprano féminin ? Et comment se fait-il qu'une voix masculine de ténor me touche, me bouleverse, alors que les basses m'ennuient ?

— Sans doute parce que, de même que vous aimez chez les femmes ce qui en elles appartient à l'homme, de même vous aimez chez les hommes ce qui en eux appartient à la femme.

Le prince paraissait absorbé dans une profonde rêverie.

— Oui, oui, murmura-t-il, mais ce qu'il y a de curieux, c'est que la virilité de la femme apparaît à son déclin, tandis que la féminité de l'homme se manifeste au début de sa vie, et disparaît ensuite pour toujours.

Il soupira.

— Pour toujours. Vos observations sur les femmes, don Giuseppe, corroborent en quelque sorte, bien qu'en les retournant, celles que nous avons eu l'occasion de faire sur mes valets.

Ils me révélèrent, ce jour-là, un des secrets du palais. Don Raimondo choisissait ses domestiques parmi de très jeunes gens des classes les plus pauvres de Naples. A vos loupes, à vos pinces, docteur Salerno ! Vite, votre diagnostic ! Adiposité localisée dans la région rétro-mammaire, dans la région hypogastrique, autour du bassin et dans la partie haute des cuisses, selon la disposition qui est celle du sexe féminin ; satination de la peau ; pilosité concentrée à l'aine avec paresse générale des autres glandes sébacées ; acrocyanose des mains avec prédisposition aux engelures ; semi-enfouissement du pénis dans une accumulation de graisse suspubienne ; cryptorchidie relative des testicules :

c'était le tableau clinique établi par don Giuseppe d'après l'étude de centaines de jeunes garçons enlevés à leur famille à l'âge de douze, treize ans.

— Il n'y a rien dans tout cela que de très normal, disait le médecin. Sans le génie sombre et bizarre de Votre Excellence, je n'aurais jamais cru qu'on pût trouver là matière à réflexion. Chaque être porte en lui un double de l'autre sexe, Hippocrate l'avait déjà remarqué.

Le génie sombre et bizarre du prince consistait en ceci. Ses petits domestiques ne restaient pas longtemps entre la femme et l'homme. Ils prenaient peu à peu leurs formes, leurs poils, leur maigreur, leur aspect virils. Quand cette transformation était faite, à peine avaient-ils tué en eux leur jumeau féminin, don Raimondo, déçu, les éloignait de son service personnel. Avec une cruauté insigne – le premier trait vraiment cruel que je découvris chez mon protecteur – il les coiffait de cette perruque grise qui leur donnait l'air de vieux. Il les alignait, d'un salon à l'autre, il les figeait dans cette attitude hiératique, pour les punir d'être devenus de leur sexe. Cette double haie de laquais immobiles entre lesquels je marchais pour me rendre dans le cabinet du prince, c'étaient donc des adolescents, ou presque, coupables seulement d'avoir dérangé, par le choix de leur morphologie, les aspirations, mais à quoi ? de leur maître. Ils n'appartenaient plus à la catégorie des jeunes, à cause de cette perruque qui m'avait tant frappé. Fiers et d'une belle prestance, que rehaussait l'éclat du flambeau tenu entre les yeux, ils n'appartenaient à aucune catégorie d'âge distincte.

Mais de moi, que voulait donc le prince ? Qu'attendait-il ? Parce que j'avais perdu mes boucles et viré au châtain, est-ce qu'il allait me revêtir moi aussi d'une livrée et me planter, un flambeau à la main, entre ses domestiques ? Je tressaillais chaque fois qu'il m'adressait la parole.

— Porporino, me disait-il, j'espère bien que ta voix restera dans le registre le plus haut possible. Un chanteur mâle qui possède une voix de soprano, quoi de plus merveilleux pour l'imagination ?

— En attendant, fit le baron, qui brûlait de placer son mot, il a fallu que pour satisfaire ton caprice je parcoure les Calabres et visite une infinité de villages reculés. Pouah ! Entrer dans toutes ces maisons de paysans pour exhorter des pères de famille sales à nous abandonner leur fils !

— C'est ce que disait le prince, reprit don Giuseppe. A mesure que l'humanité progressera vers une différenciation plus marquée des sexes, on trouvera plus facilement des voix de basses que des voix de ténors, plus facilement des voix de ténors chez les paysans que dans le tiers état. Il n'est même pas sûr qu'une petite opération comme celle que j'ai pratiquée sur ce garçon nous garantira des voix de soprani masculins. C'est pourquoi, mon cher baron, qui veut des voix hautes d'hommes doit les chercher là où l'évolution de l'humanité est le plus en retard, non pas dans la population des villes mais dans celle des campagnes, non pas dans les familles ayant acquis une certaine aisance mais dans les classes les plus indigentes et les plus arriérées. Tous nos grands chanteurs, à commencer par Farinelli et Caffarelli, viennent de la partie basse du royaume, Farinelli d'Andria dans les Pouilles, Caffarelli d'un village près de Bari. Malgré le désagrément que vous déplorez, dites-vous bien que le recrutement des jeunes sopranistes se fera de plus en plus en frappant à la porte des cabanes. L'urbanisation du royaume tuera l'art du chant, c'est bien simple, de même que l'enrichissement des sujets de Sa Majesté, grâce aux réformes monétaires et commerciales préconisées par notre petit abbé Galiani. D'ailleurs tout se tient. Vous remarquerez que Galiani, depuis son séjour à Paris, où il a trop fréquenté Voltaire, croit spirituel de railler et de mépriser l'opéra.

— S'il ne s'agissait que de l'art du chant ! murmura don Raimondo, de plus en plus songeur.

La discussion dura longtemps. De tous les propos qu'ils échangèrent, auxquels je ne compris pas la moitié, je retins surtout que je risquais une fois de plus de déplaire à mon protecteur. Le sort des valets à perruque me hantait jusque dans mes cauchemars. Un jour je n'y tins plus. Me trouvant seul avec don Raimondo, je ne pus m'empêcher de lui dire :

— Excellence, j'ai peur de vous avoir déçu. Vous feriez une bien meilleure affaire en misant sur Feliciano. Vous parlez toujours de vos recherches. Si j'ai compris, je vous sers pour certaines expériences. Mais j'ai cessé d'être blond et mes cheveux ne bouclent plus. Feliciano a gardé toutes ses boucles, il est resté blond, il est donc probable qu'il est beaucoup moins guetté également par le malheur de virer un jour au contralto. Prenez Feliciano sous votre protection.

— Qu'est-ce qui t'arrive ? me dit le prince en m'attirant contre lui. Là, calme-toi. Pourquoi t'occupes-tu tellement de Feliciano ? Tu sais, ton ami m'est très sympathique, mais pour ce qui est de mes recherches, non, il ne m'intéresse pas. C'est une étoile, lui, continua-t-il, il m'intéresserait si j'étudiais, dans le caractère humain, ce qui le prédispose au succès. Les Anciens distinguaient, parmi les tempéraments, le Mélancolique, le Flegmatique, le Colérique et le Sanguin. Ils n'avaient pas prévu le Stellaire. C'est toi qu'il me faut, Porporino.

Même avec tes peurs, à cause de tes peurs justement. Feliciano, comprends-tu ? j'ai l'impression qu'il n'a jamais été un enfant. Il est né étoile, d'un seul coup.

Il répéta : « étoile », d'un ton si convaincu que je ne doutai pas qu'il avait parlé pour de bon, indépendamment de l'envie de me consoler, de me rassurer.

Ma voix resta dans le registre des soprani, mais à dix-huit ans, vingt ans, ayant atteint la taille adulte, bien découplé, dans le type longiligne, on m'aurait à peine distingué d'un jeune homme quelconque, aux pommettes roses, doux de manières, facile à troubler. Je continuais à me demander pour quelles raisons je prenais place parmi les nombreux objets des études savantes et profondes de don Raimondo. Il adorait la musique mais sans fanatisme, ni plus ni moins que ses innombrables chats, et prêtait souvent sa loge du San Carlo à des amis plus passionnés d'opéra. Je pourrais compter les fois où il me pria de chanter pour lui seul. Le timbre de ma voix peut-être, mais non mon talent vocal, faisait que ma présence lui était agréable ou utile.

A mesure que je sortais de l'enfance et qu'il me voyait prendre ma charpente, ma taille, mon aspect définitifs, don Raimondo laissait parfois son regard s'arrêter sur une partie ou une autre de mon corps. Je tremblais à l'idée d'être devenu trop différent de celui qu'il avait contemplé dans ses rêves. Je mis beaucoup de temps à comprendre qu'il ne m'en voulait pas de m'être ainsi transformé. Il était seulement triste de constater que moi aussi, malgré l'acte de chirurgie qui aurait dû me préserver de cette métamorphose, moi aussi j'émergeais de la confusion morphologique de l'enfance, je me coulais dans des formes déterminées, j'acquérais, sinon tous les caractères, du moins la plupart des caractères propres à mon sexe.

D'ailleurs, il n'en voulait pas non plus à ses valets. Il souffrait, à leur place, pour l'échec de son rêve. Une énorme mélancolie le clouait des heures durant à sa table de travail, dans ce laboratoire dont il laissait exprès la porte ouverte, stupéfait, penaud, nostalgique, inconsolable. En quelques mois à peine le jeune garçon ramassé dans les rues de Naples avait renié son double féminin ! Don Raimondo n'en revenait pas de penser que l'espèce humaine se développe en s'appauvrissant. Il plaçait un flambeau dans la main de ses domestiques, pour estomper leur carrure trop robuste dans le tremblement de la flamme. La flamme, matière impalpable, insaisissable, matière immatérielle. Il avait même réussi à la transformer en quelque chose d'éternel qui la soustrayait au temps, par l'invention de cette lampe faite pour brûler sans matériau, sans combustion, sans commencement, sans fin.

Une passion

Feliciano, tout l'amusait, il n'avait aucune prévention contre les manières d'être les plus opposées à la sienne, rien ne piquait sa curiosité comme les différences entre les caractères. Pendant plusieurs jours, il s'aperçut fort bien qu'un homme qu'il avait à peine rencontré une fois dans les salons du prince de Sansevero se trouvait sur son passage, quand il sortait du Conservatoire ou quand il revenait place des Gerolomini. Il avait reconnu cet homme à la couleur bleue de ses yeux et à la fixité inusitée de son regard.

— Il y a un inconnu qui m'admire, me dit-il. Veux-tu voir l'expression de la surprise attendrie dans des yeux pourtant assez fiers ?

— Comment sais-tu que c'est toi qu'il admire ? lui demandai-je. Tu n'es pas le seul à traverser la place.

La chose ne faisait pour lui aucun doute. Il repérait d'instinct les hommages qui lui étaient adressés, il les accueillait comme un tribut qui lui était dû. Il me dit en souriant : Ta question m'enchante, et m'embrassa. Vanité ? Si je l'avais traité de vaniteux, il eût été capable de me laisser tomber comme trop bête. Je compris ce danger en un clin d'œil. Je me tus,

D'ailleurs, il avait raison : il n'était pas vaniteux. Il faudrait trouver la nuance.

Quand nous sortions, j'étais chargé de regarder l'inconnu en train de le regarder. Il se tenait debout, dans une immobilité absolue, à un coin ou à un autre de la place, le plus souvent appuyé contre la borne à l'angle de la rue des Tribunali, indifférent à la foule des piétons. Les piétons s'écartaient respectueusement devant lui. Il ne bougeait pas d'une ligne en nous apercevant, sa figure conservait son masque impénétrable. Il nous regardait venir de ses yeux grands ouverts, glace ou feu selon ce qu'on supposait.

Feliciano passait très droit, les paupières baissées. Je devais lui faire ensuite mon rapport. Combien de temps avait-il regardé ? Avait-il commencé dès que lui, Feliciano, s'était montré à sa vue ? Avais-je remarqué la couleur extraordinaire de ses yeux ? Jamais il ne me demanda de lui décrire l'aspect de cet homme, son habit, ni de lire un peu dans son cœur. Le cœur de cet homme, Feliciano s'en moquait. Plutôt, il n'y pensait pas, il ne se posait pas le problème. Quelles pouvaient être les intentions de l'inconnu ? Quel but poursuivait-il ? J'agitais mille suppositions dans ma tête, mais il ne vint pas une seule fois à l'esprit de Feliciano de m'interroger sur ce que je pensais de cette histoire. Il voulait seulement s'assurer qu'on l'avait attendu, qu'on l'avait regardé d'un bout à l'autre de la place. Son passage faisait sensation pour quelqu'un, le reste lui était bien égal. Une paire d'yeux bleus, comme on n'en voit pas à Naples, étaient fixés sur lui, il les sentait le suivre dans l'ombre des ruelles et monter le long de la façade du Conservatoire à la recherche de la chambre où il couchait.

Cette dévotion silencieuse parut augmenter la vitalité,

la gaieté de mon ami. Il allongeait le pas, de ses grandes foulées élastiques. Il courait presque en passant devant le coin où l'autre était posté.

— Pourquoi ne lui rends-tu jamais son regard ? demandai-je. Tu pourrais tourner une fois la tête dans sa direction.

— Et puis quoi ? Tu sais parfaitement, Porporino, qu'on ne commande pas à l'innocence. Dois-je, pour te complaire, monter chez la boulangère du quatrième qui me fait les yeux doux ?

Il disait vrai. Lui reprocher d'être cruel ou l'encourager à tenir compte des sentiments qu'il inspirait, n'aurait pas eu le sens commun. Feliciano ne faisait que glisser sur la terre. Aux autres d'être contents de se trouver sur son chemin. Tant mieux pour nous si un peu de son éclat rendait moins ternes nos vies.

De deux jours on n'aperçut l'inconnu. Tu ne l'as pas vu ? me disait Feliciano. Non ? Tu as bien regardé ? Tu es sûr qu'il ne se cache nulle part ?

Il avait l'air contrarié. Le deuxième jour, il eut ce mot merveilleux :

— Tu ne trouves pas qu'il exagère ?

Ni insolence ni forfanterie. Il se plaignait, d'une voix douce, comme un enfant. On privait la rue du petit surcroît frissonnant d'existence auquel cette figure mystérieuse avait habitué le quartier. C'était comme si un nuage avait obscurci le ciel de Naples. Le troisième jour, il décida que ça ne valait plus la peine de sortir. Il resta couché sur son lit.

Puis il me pria de demander au palais Sansevero qui ce pouvait bien être.

— Tu veux dire le comte Manuele Carafa ? me dit le prince, d'après ma description. Comme Manuele semble étrange depuis quelque temps ! Pourvu qu'il ne finisse pas comme son père, qui s'est laissé mourir de chagrin parce qu'une cantatrice le trompait. Le duc Carafa de Maddaloni. Tu l'as connu, je crois ?

— N'était-il pas l'autre mois à l'académie de la comtesse Kaunitz ?

— Il est mort depuis.

— Il est mort ! m'exclamai-je. Il avait l'air si malade, si vieux, mais tout de même...

— Malade de chagrin. Malade à en mourir. Il n'a pas su, il n'a pas voulu se venger. Sa maîtresse l'avait quitté pour un chanteur.

— Il est mort ! repris-je dans un murmure.

— C'était l'homme le plus brillant de Naples. Le comte son fils a beaucoup d'esprit. Garde ceci pour toi, il compose en secret des pièces pour le clavecin, mais il ne les montre pas. Connues, je suis sûr qu'elles le rendraient célèbre. Ainsi il a en ce moment des affaires dans les parages du Conservatoire ?

J'étais tout fier de rapporter ces nouvelles, mais Feliciano m'avait devancé. Je l'aperçus, aux aguets devant le porche. Il mit sa main sur ma bouche, impatienté. Puis il s'élança. En deux bonds il fut auprès du comte Carafa, qui venait de tourner le coin de l'église. A ma stupéfaction, le comte prit Feliciano par le bras. Ils s'enfoncèrent dans la première rue.

— Tu sais que c'est un type formidable, me dit-il deux jours après. (Pendant ce temps, je l'avais évité, un peu jaloux.) Devine quel âge il a. Mais devine donc !

— Trente ans, dis-je, en desserrant à peine les lèvres.

— Quarante-deux ans, Porporino ! On ne le croirait jamais, n'est-ce pas ? Et il m'aime, tu sais, il m'aime vraiment, pas comme tous ces imbéciles qui m'aiment pour mes boucles blondes et mes yeux en amandes. Lui, c'est pour ma voix qu'il m'aime, c'est pour ce que j'en ferai, pour mon art. Il m'apprend des tas de choses très utiles. Je ne perds pas mon temps avec lui. Il a réponse à toutes mes questions.

— Il t'a entendu chanter ? demandai-je, non sans me réjouir de cette petite malice.

— Imbécile ! Toi et ta stupide logique ! Il voit à travers moi, te dis-je, il voit mon avenir, il sait à quoi je suis appelé !

Feliciano était si gai qu'il me parut risqué de continuer à lui en vouloir. Il serait allé raconter son bonheur à un autre. Adieu, alors, notre amitié.

— Figure-toi, reprit-il, qu'il m'a demandé le plus sérieusement du monde de me surveiller un peu, côté gâteaux. Mais des gâteaux, il m'en paye autant que je veux !

— Vous êtes allés à *notre* pâtisserie ? m'écriai-je, malgré moi.

Il vit du reproche dans mes yeux. Je crus qu'il me tournerait le dos en haussant les épaules. Au contraire, il me sourit avec une bonté exquise, puis m'affirma que le comte Carafa m'avait remarqué et souhaitait me voir un jour avec eux dans la pâtisserie.

— Mais oui, mon cher, on a dit de toi des choses gentilles ce matin.

Cette invitation du comte, il venait de l'inventer, j'en suis sûr. De petites attentions comme ça, voilà pourquoi j'ai raffolé de Feliciano.

Assis à une table devant le journal qu'il feignait de lire, le comte nous attendait dans la pâtisserie. Je fus frappé de son air malheureux. Il avait beaucoup changé en quinze jours. Où était cette force sombre et altière, où donc cette confiance en soi qu'il montrait avant d'avoir parlé à Feliciano, quand il n'avait peut-être même pas l'espoir de le connaître, et qu'il se contentait de le suivre des yeux, d'un bout à l'autre de la place, appuyé dans une pose dédaigneuse contre la borne qui fait le coin de la rue des Tribunali ?

Ils se voyaient maintenant chaque jour, sinon deux fois par jour.

Feliciano s'arrêta à l'entrée, près du comptoir derrière lequel la jeune caissière essayait de faire manger quelques grains à un canari déplumé. Toutes ensemble, quand une seule aurait suffi, les vendeuses étaient accourues. Il examina les plateaux de friandises, avant de se décider pour une variété de petits-fours dont la couleur l'amusa. Puis il salua gaiement le comte, sans remarquer l'air de profonde détresse avec lequel on attendait qu'il voulût bien s'asseoir. Il tourna sa chaise de côté, passa en revue la demi-douzaine de clients attablés dans le fond de la boutique. Elégant et solitaire, le monsieur habituel était là, devant son baba, dont il fouillait le ventre mou, pour en prélever, avec cette componction digne d'un prêtre romain, les petits morceaux de cédrat, d'angélique, de bergamote confite, délicates entrailles parfumées.

Ce jour-là, Feliciano fut insupportable. Il faisait des grimaces en direction du monsieur, qui étaient répétées vingt fois dans les miroirs.

— Pas brillante, votre salle ! lança-t-il à toute volée à la demoiselle qui lui apportait la pile de petits-fours sur une assiette en forme de coquille. Vous direz à votre patronne que je ne la félicite pas !

— Monsieur Feliciano ! Pas si fort, s'il vous plaît !

Il semblait aux anges. Il riait aux éclats en mordant à belles dents la pâte crémeuse des gâteaux. Les vendeuses circulaient entre les tables, pour avoir le prétexte de se rapprocher de la nôtre. Le comte restait silencieux et figé, osant à peine lever les yeux sur Feliciano.

« Comment voulez-vous que j'aie l'air plus gai ? semblait-il dire. Lorsque, tout à fait inconnu de lui, j'épiais avec ravissement son passage, n'étais-je pas mille fois moins à plaindre qu'à présent ? Le voici, nous sommes assis à la même table, je n'y ai gagné que la certitude qu'il se soucie de moi comme d'une guigne. »

Feliciano fit appeler la caissière. Il entama avec elle une conversation fort sérieuse sur son oiseau malade. Les demoiselles donnèrent leur avis. Le comte ne disait toujours rien, mais s'efforçait de sourire. C'est vrai qu'il paraissait dix ans de moins que son âge, avec son visage aigu, ses yeux inquiets, son abondante chevelure noire, ses mains longues et fines qui déchiraient doucement le journal, ses jeunes dents de loup. Je le trouvais beau, dans son genre. Plus beau que Feliciano, même.

Il s'était fait apporter une bouteille de vin du Vésuve, dont il avait déjà bu deux verres. Feliciano, qui ne buvait que de l'orangeade, empoigna la bouteille et en vida le contenu dans la terre du pot d'un oranger qui ornait la boutique. Ce geste fut si rapide, si naturel, si drôlement exécuté que les vendeuses restèrent bouche bée, puis partirent ensemble à rire. Feliciano, agacé, les renvoya.

— Je vous ai interdit de boire, dit-il au comte, d'un air d'autorité.

Le comte saisit cette occasion pour forcer Feliciano à le regarder dans les yeux.

— Que je boive ou que je ne boive pas, je me demande ce que ça peut te faire, dit-il en se penchant par-dessus la table.

— Le vin ne vous réussit pas. Vous m'aviez promis de ne plus boire.

— Tu m'avais promis, répliqua le comte, que nous

parlerions aujourd'hui de ce passage de Scarlatti que tu es en train d'étudier.

— Mais vous ne m'avez rien dit depuis que je suis là ! N'est-ce pas, Porporino, qu'il n'a pas ouvert la bouche ?

— Comment veux-tu parler au milieu de ce va-et-vient, dans ce vacarme...

— C'est trop fort ! s'écria Feliciano. Je suis fidèle, j'arrive au rendez-vous, nous sommes assis l'un devant l'autre dans la pâtisserie, je suis prêt à rester deux heures avec vous, mais vous ne me dites rien, en plus vous vous mettez à boire, vous me faites de la peine en vous faisant du mal. Vous n'êtes pas gentil aujourd'hui. Je vais cesser de vous aimer si vous continuez à me tourmenter.

Le visage du comte fut inondé de bonheur. Il frappa dans ses mains et commanda une orangeade. On se mit à parler de Scarlatti. Feliciano écoutait le comte avec une attention profonde. Je remarquai avec étonnement que celui-ci ne regardait pas Feliciano en parlant, c'est à moi qu'il s'adressait. Son débit était rapide, aisé, un peu trop rapide peut-être, comme s'il avait craint de s'arrêter, une fois le fil interrompu. Il sortit de sa poche une tabatière en or, qu'il posa devant lui sur la table. Il se mit à la tripoter. Feliciano, en souriant, lui prit la tabatière des mains. Comme une pompéienne hérissée de petits bouts d'angélique, elle était incrustée d'émeraudes qui eurent l'air de le fasciner.

— Vous deux, on vous en donnera de bien plus belles, dit alors le comte, soulagé par cette diversion.

Depuis un moment, il craignait de devenir ennuyeux. Pour la première fois, il osa tourner les yeux vers Feliciano.

— Quand vous serez invités en Russie, faites comme

Caffarelli, qui prit la route la plus longue mais la plus semée de tabatières. Il se rendit d'abord par bateau à Livourne. Le grand-duc de Toscane lui avait dépêché un ambassadeur pour l'inviter à chanter à Florence. Le grand-duc lui remit en personne une tabatière en or, rehaussée de nombreux brillants. De là il gagna Parme, où il reçut des mains de la duchesse Marie Amélie, qui aimait beaucoup la musique, sa deuxième tabatière, celle-ci avec un gros saphir. A Vienne, l'Empereur donna pour lui de grandes fêtes, les tabatières commencèrent à pleuvoir de tous les côtés. A Varsovie, le roi Stanislas de Pologne lui en remit une en jaspe, ornée d'un diamant d'une grosseur peu ordinaire. Les plus magnifiques tabatières, cependant, lui furent offertes à Pietrobourg.

« Celle que tu tiens entre tes mains a toute une histoire. Ne vous rendez jamais en France, mes amis ! On n'a pas dans ce pays la considération nécessaire pour votre art. La Dauphine de France réussit à attirer Caffarelli à Paris. Le plus mauvais souvenir de sa carrière, m'a-t-il dit bien des fois. Il donna plusieurs concerts à la Cour, avec un succès chaque fois énorme. "Le charme et l'amour qui font le caractère de cette voix angélique répandent sur les sens et sur le cœur un enchantement dont les êtres les moins sensibles à la musique auraient de la peine à se garantir." C'est Diderot, un des rares Français à s'y connaître en opéra, qui écrivit ces lignes, après avoir assisté dans la chapelle du Louvre à cet événement peu commun : toute la Cour recueillie dans le plus profond silence, pour ne pas perdre une note de la messe.

« Louis XV chargea un de ses chambellans de porter au chanteur quelque objet en cadeau. Le gentilhomme crut suffisant de lui envoyer par son secrétaire, de la part du Roi, la tabatière qui est là.

— La tabatière du Roi ! s'exclama Feliciano, qui se pencha vers l'objet précieux, le retourna, le caressa entre ses mains, les yeux brillants d'admiration, de déférence et de convoitise.

— Oh ! tu sais, dit négligemment le comte, les émeraudes en sont fort communes. Caffarelli les jugea du premier coup d'œil. « Eh quoi ? s'écria-t-il, le Roi de France me fait remettre à moi cette boîte ? Regardez dans mon armoire, monsieur : voici trente tabatières dont la moindre vaut dix fois plus que celle que vous m'offrez. » Il ajouta, en restituant la tabatière : « Je pourrais l'accepter, si au moins elle était ornée du portrait du Roi. » « Monsieur, répondit froidement le secrétaire, le Roi de France ne fait cadeau de son portrait qu'aux seuls ambassadeurs. »

— J'adore votre histoire, dit Feliciano en riant. Caffarelli a dû être quand même bien embêté.

— Tu ne le connais pas. Il répliqua au secrétaire : « Que le Roi de France, alors, demande aux ambassadeurs de chanter. Tous les ambassadeurs du monde réussiront-ils jamais à égaler un seul Caffarelli ? »

— Cette phrase-ci est de trop, interrompit brutalement Feliciano. La prochaine fois que vous raconterez votre anecdote, dites simplement : « Que le Roi de France, alors, demande aux ambassadeurs de chanter. » Le reste fait lourd.

Le comte, démoralisé, remua les lèvres sans parvenir à émettre un son. Il avait blêmi. J'étais furieux contre Feliciano. Pourquoi cette méchanceté gratuite ? Le comte eut assez d'empire pour terminer son récit. Il l'expédia en hâte, le cœur n'y était plus.

— Le Roi, à qui on rapporta l'incident, rit de bonne grâce. Mais la Dauphine se piqua. Elle convoqua le chanteur, le complimenta sur son talent, puis lui remit un passeport à son nom en disant : « Il est signé du Roi. C'est pour vous un grand honneur. Mais il faut vous hâter d'en faire usage, car il n'est valable que pour trois jours. »

Sur ces mots, le comte s'arrêta brusquement. Il secoua la tête comme pour dire : « Je vous assomme, n'est-ce pas ? Quel imbécile je suis ! » Je me demandai comment tout cela finirait. Feliciano posa alors une question imprévue.

— Caffarelli dut donc déguerpir ? Ce délai de trois jours était l'équivalent d'une expulsion ? Je vous ai bien compris, don Manuele ?

Le comte redressa la tête, surpris et flatté de l'intérêt que Feliciano voulait bien, malgré tout, accorder à sa petite histoire, ému aussi de s'entendre appeler don Manuele. Feliciano ne s'adressait jamais à lui par son nom. C'était la première fois qu'il lui donnait cette marque d'amitié. Le comte n'osa pas manifester trop ouvertement son bonheur. Il se contenta d'un sourire timide, qui à moi me serra le cœur.

Feliciano l'interrogea longuement sur le prochain spectacle du San Carlo. Mis à nouveau en confiance, don Manuele retrouva peu à peu son aplomb. Il se montra brillant, volubile, il nous fit rire.

— Tu as vu ? me demanda Feliciano dans la rue. Il sait des quantités de choses et il aurait beaucoup à m'apprendre. Il pourrait m'être très utile. Il a une théorie sur le port de voix qui m'intéresse énormément. Mais si tu n'avais pas été là, crois-tu qu'il m'aurait dit le quart de ce que tu as entendu ? Il reste muet devant moi, il me regarde, puis il m'en veut quand je fais venir des gens autour de moi pour leur parler. Je ne peux tout de même pas rester en face de lui sans qu'il me dise un mot, à me laisser dévisager comme ça ! Il est si gentil, j'ai l'impression qu'il souffre, je n'y suis pour rien. Penses-tu que j'y sois pour quelque chose ? C'est la première fois que je ne rends pas quelqu'un plus gai en le voyant. Ma parole, je commence à être préoccupé. Dois-je le voir moins souvent ? Dois-je cesser de le voir ?

— Puisque tu le trouves si gentil, répliquai-je, pourquoi l'as-tu rabroué tout à l'heure ? Tu y as été un peu fort, non ? Tu n'as pas vu sa tête ?

Fixant le pavé d'un œil froid, Feliciano me répondit :

— Il m'avait permis d'admirer cette tabatière, sans me prévenir que les émeraudes en étaient *fort communes*. C'est une faute que je n'aurais pardonnée à personne d'autre. Quand je suis arrivé à Naples, autrefois, je posais mes couverts comme un paysan, le manche du couteau sur la table et la lame sur le bord de l'assiette. Le majordome du duc m'enseigna les bonnes manières. Les couverts croisés dans le fond de l'assiette, tant qu'on mange, le dos de la fourchette en l'air. Puis, quand on a fini, les deux couverts rangés parallèlement, toujours dans le fond de l'assiette, mais la fourchette retournée sur le dos. Je fis mon profit de la leçon. Mais j'ai obligé le duc, ensuite, à renvoyer ce majordome.

« Rassure-toi, continua-t-il d'une voix soudain radoucie. J'aime beaucoup le comte. Il me donne des conseils épatants lorsqu'il réussit à parler.

C'est un fait que Feliciano, depuis qu'il fréquentait don Manuele, avait pas mal changé. Il restait moins tard au lit, traînait moins longtemps dans les couloirs avant de se mettre au travail, parlait moins souvent des bonbons qu'il avait envie d'acheter et plus souvent des exercices qu'il avait à finir. Je l'entendis vocaliser dans sa chambre pendant une heure de suite. Il emprunta à la bibliothèque l'édition complète des œuvres de Métastase. Il accepta aussi de faire le *maestrino* pour les élèves plus jeunes, lui qui s'était toujours refusé à un effort sans être vu d'un public, sans se représenter les choses flatteuses qu'on colporterait en ville sur son compte. Il donna une heure par jour de son temps aux enfants, et, pour la première fois de sa vie, se plut dans une occupation sur laquelle il n'y avait pas moyen d'attirer l'attention du monde. Don Manuele fut le seul à être tenu au courant.

Ils étaient convenus de ce qui suit. Le comte avait en vain demandé à Feliciano la permission de monter de temps à autre dans sa chambre. Vous êtes fou ? De quoi aurais-je l'air ? Tout le monde vous verrait entrer chez moi. Feliciano promit d'attacher au barreau de sa fenêtre un mouchoir chaque fois qu'il aurait une heure ou deux dans l'après-midi à la disposition du comte. Le comte, à ce signal, devait se rendre à la pâtisserie vers les cinq heures, s'asseoir devant une table, et attendre. Comme la chambre de Feliciano, contiguë à la mienne, donnait sur la cour, le comte était forcé de franchir le porche, d'entrer dans la cour et de faire les cent pas sous la galerie à colonnes qui fermait le périmètre de l'autre côté de nos chambres. Manuele Carafa était suffisamment connu des mélomanes de Naples pour que son assiduité ne fût pas jugée trop bizarre dans un lieu où l'on pouvait croiser à tout moment l'élite des professeurs. Feliciano ne manqua jamais à un des rendez-vous qu'il avait fixés. Mais le comte put attendre en vain que le mouchoir fût noué sous ses yeux au barreau de la fenêtre. Le mouchoir était déjà attaché quand le comte pénétrait dans la cour, ou Feliciano ne mettait pas le signal.

Il n'ouvrit jamais la fenêtre pour s'assurer qu'on avait vu le signal.

— Il y a une heure qu'il est là, dis-je un jour à Feliciano. Il a parfaitement vu le mouchoir. Cela ne te coûterait rien de te montrer à la fenêtre.

Feliciano se mit en colère.

— Tu es complètement fou. Je ne vais pas ruiner ma réputation parce que l'envie est venue à un homme de quarante-deux ans de prendre du plaisir en me regardant. Sa propre réputation, il ferait bien d'y penser aussi. Un comte Carafa des ducs Maddaloni devrait réfléchir à deux fois avant de s'abaisser devant un gamin.

Feliciano me surprenait, une fois de plus. Je ne me serais pas attendu à entendre dans sa bouche le mot de réputation. Je le croyais à cent coudées au-dessus de l'opinion du voisin. Il était enflammé de colère. J'ai compris depuis qu'il ne voulait pas traîner au début de sa carrière le fardeau d'une affaire trop sérieuse. Chacun sa moralité. Les règles de celle que suivait instinctivement Feliciano lui interdisaient de s'engager avec l'homme qui ne serait peut-être pas le plus utile pour son avenir. Il se tracassait également, sans hypocrisie, pour l'avenir du comte. De loin le plus lucide des deux, il voyait très bien où les entraînerait une passion à laquelle il fut peut-être beaucoup plus près de céder que sa désinvolture apparente ne faisait croire.

Il ne craignait pas le voisin, il fuyait la lourdeur, l'encombrement des passions.

C'est moi qui surveillais, par la fenêtre de ma chambre, les déambulations de Manuele Carafa sous les arcades. Parfois il s'avançait jusqu'au milieu de la cour, puis s'adossait au palmier. Quand il m'eut aperçu, je ne pus faire autrement que d'ouvrir ma fenêtre, le saluer. Il répondit à mon salut. La seconde fois, il tourna légèrement la tête vers la fenêtre de Feliciano, en levant les sourcils. De plusieurs mouvements de tête de haut en bas, je lui fis savoir que mon ami était dans sa chambre. Le comte prit l'habitude de se rendre sous le palmier en pénétrant dans la cour. Il regardait ma fenêtre, j'ouvrais, je baissais lentement le menton, il se retirait sous la galerie. Je le voyais entrer en conversation animée avec Antonio Sacchini ou Giuseppe Aprile ou quelque autre des professeurs ou même des élèves avancés qui empruntaient ce passage entre deux leçons. Sans doute leur exposait-il sa théorie sur le port de voix, cette théorie sur laquelle il trouvait si peu à dire chaque fois qu'il en parlait seul à seul avec Feliciano, à qui elle était destinée.

La réforme, imaginée par le comte, approuvée par les autorités du Conservatoire, prit effet quelques mois plus tard. Feliciano fut un des premiers à tirer profit du nouvel enseignement. Les discussions d'où sortit cette réforme avaient lieu à dix toises de sa chambre. Dire que, pour monter dans cette chambre, le comte eût planté là amis, discussions, projets, la musique entière ! Il se serait assis en face de Feliciano. L'impossibilité de le quitter un instant des yeux, la peur de ne pas savoir l'intéresser, l'angoisse du moment où il devrait se lever et sortir de la chambre, ces raisons et d'autres eussent paralysé dans sa gorge les phrases préparées pour plaire.

On aurait continué à enseigner le chant d'après les vieilles méthodes insuffisantes pour l'épanouissement de la voix de Feliciano.

Le comte avait la force de caractère de ne pas regarder plus d'une fois vers la fenêtre dans chacun des deux sens où il parcourait la galerie. Comme il développait ses idées avec feu, tout le monde pensa que le progrès de l'école de chant napolitaine faisait l'unique souci de ce dilettante. Plus tard, le comte m'avoua qu'il n'avait jamais été si heureux de sa vie que pendant ces allées et venues sous les arcades, quand il perdait du temps avec une personne qui lui était complètement égale. Ne craignant pas de dire des choses qui nuiraient aux intérêts de sa passion, il retrouvait son éloquence. On faisait cercle autour de lui, il brillait. Il ne voyait pas Feliciano, mais Feliciano était enfermé dans sa chambre : ou bien il étudiait d'après les conseils donnés dans la pâtisserie, ou bien il se cachait exprès. Les deux suppositions tournaient à l'avantage du comte, avec qui, bon gré mal gré, Feliciano avait maintenant des secrets. La vue du mouchoir qui pendait au barreau mettait le comble au bonheur de Manuele Carafa. Ce mouchoir lui faisait venir aussi des sueurs froides, dès qu'il songeait à la prochaine séance de gâteaux, à la nécessité de distraire à tout prix Feliciano du plaisir de causer avec les vendeuses.

Le duc de Stigliano, qui exerçait sur mon ami les droits habituels des protecteurs sur leur castrat, ne donnait pas d'ombrage au comte. Le grand-père du duc ayant pris Pergolèse comme maître de sa chapelle, les Stigliano, de père en fils, se devaient de choisir avec soin le jeune homme qu'ils entretenaient.

— Pourquoi ne passerais-tu pas au service du comte Manuele Carafa ? demandai-je à Feliciano. Il brûle de t'en faire la proposition.

— Jamais ! Je n'ai pas envie d'étouffer sous le regard d'un homme qui a deux fois mon âge et qui ne se décide pas à être vieux. Si tu crois que je supporte gaiement d'avoir à fermer ma fenêtre chaque fois qu'il vient rôder dans la cour. J'ai besoin d'air, moi, je suis instable, ce n'est pas en essayant de me fixer qu'on m'aura. Le duc me demande de monter chez lui rien qu'une fois par semaine. Il se moque pas mal de moi, si tu veux savoir. Voilà pourquoi j'y tiens. Le comte Manuele Carafa manque étonnamment de finesse, pour ne pas comprendre une chose aussi simple.

Ai-je été à la hauteur de mon rôle ? Feliciano aurait lâché sans hésiter le duc, dont il savait par cœur toutes les anecdotes et qui ne l'amusait plus. J'eus mainte occasion de parler en tête-à-tête au comte, qui se livra à moi complètement.

Je le surpris un jour, au palais Sansevero, en train d'examiner dans une glace la base de ses favoris. Entre le pouce et l'index, il écartait les poils. Il en choisit un qu'il arracha d'un coup sec. Il m'aperçut dans le miroir. Ni lui ni moi ne songeâmes à nous éviter. Au contraire, il me tendit le poil qu'il venait d'arracher. C'était un cheveu blanc.

— Porporino, tu as bon cœur, me dit-il. Tu n'iras pas raconter à Feliciano ce que tu as vu ici par hasard ? Et puis, si, peut-être que tu ferais mieux de le lui dire. Tout serait peut-être fini comme ça, je lui apparaîtrais enfin pour ce que je suis vraiment : un fou qui cherche ses cheveux blancs pour continuer à avoir l'air jeune... Je le dégoûterais, hein, Porporino ? Il ne voudrait plus jamais avoir affaire à moi ?

Le comte me saisit le bras avec violence.

— Il ne voudrait plus me voir ? Mais est-ce qu'on peut couper quelque chose qui ne fait que naître et qui commence à peine à se développer ? Tu crois que je le dégoûterais vraiment ? Tu crois qu'il me prendrait pour un vieux ? Mais l'âge, qu'est-ce que ça fait, Porporino ? Dis-lui qu'il ne me remplacerait pas si facilement. Il a besoin d'un homme plus âgé près de lui. C'est d'un homme plus âgé qu'il a besoin. Vous, entre camarades, je suis sûr que vous ne vous apportez rien. Qu'est-ce que vous vous apportez, je te le demande un peu. Tu me regardes drôlement, Porporino. Tu es en train de te dire : l'homme plus âgé dont il me parle n'a pas besoin d'avoir les cheveux noirs pour apporter à un jeune garçon ce que ce jeune garçon attend de cet homme plus âgé. Le comte Manuele Carafa est fou, Porporino. Tu pourras dire plus tard que le jour où tu as vu le comte Manuele Carafa donner la chasse devant le miroir à son premier cheveu blanc, tu as vu un fou en train de sombrer dans sa folie.

— Don Manuele, réussis-je enfin à dire, ne vous tourmentez pas comme cela. Feliciano vous aime beaucoup. Vous l'intéressez. Vous l'amusez.

Je me mordis les lèvres. C'étaient justement les mots à éviter. Le comte commençait à me faire peur. S'il se vengeait sur moi, ensuite, de m'avoir pris à témoin de son égarement ? J'étais trop jeune pour savoir qu'un homme épris à sa façon conçoit une gratitude éternelle pour le confident, quel qu'il soit, qui lui fait la charité de l'écouter.

— Je l'intéresse ! Je l'amuse ! s'écria-t-il en secouant mon bras de plus belle. Et sans doute lui aussi il croit qu'il m'amuse et qu'en somme aucun de nous deux n'a de quoi se plaindre pour ces moments si *agréables* que nous passons ensemble !

« Mais comment, poursuivit-il à mi-voix, comme s'il se parlait à lui-même, comment puis-je m'attacher à un être qui me comprend si peu ? Il songe à l'*agrément* de nos rencontres, quand il s'agit de ma vie et de la sienne !

Le comte reprit à voix forte :

— Ah ! je reconnais bien là cette disposition sinistre et sombre qui a fait le malheur de mon père et qui fera ma perte ! Tout ou rien !

— Ecoutez, dis-je soudain avec autorité. Il faut que je vous apprenne quelque chose.

Le comte, interloqué, desserra un peu son étreinte, sans lâcher mon bras.

— Feliciano n'a jamais donné à personne le quart du temps qu'il vous consacre. Il vous voit tous les jours. Est-ce vrai, oui ou non ? Il y a des gens qu'il ne voit plus parce qu'il n'a plus le temps de les voir à cause de vous.

J'avais parlé avec une certaine véhémence, car une idée amère venait de me traverser l'esprit. S'il voyait le comte, à peine connu de lui, tous les jours, Feliciano aurait dû, pour me traiter sans injustice, entrer dans ma chambre tous les soirs et poser un baiser sur mes lèvres.

— Je sais, je sais, répondit-il avec un soupir. Enfin, presque tous les jours. Ecoute-moi bien, Porporino. Si l'événement que je crains doit arriver, si la fatalité décide que les choses se terminent ainsi, je tiens absolument à ce qu'on sache que tout a eu lieu par ma faute. Feliciano est complètement innocent dans cette histoire, complètement innocent. Personne n'aura le droit de chercher à le rendre responsable. Tu m'entends bien, Porporino ? Il y a longtemps que je voulais te parler pour te dire ça. Tu me jures qu'en cas de malheur tu rapporteras fidèlement les mots que tu viens d'entendre ? Feliciano est complètement innocent, tout arrive par ma faute, tout arrivera par ma faute, si mon destin en décide ainsi. Je ne connais personne de plus loyal que Feliciano. Il n'a jamais essayé de me tromper. Il ne m'a jamais donné d'espoirs exagérés. Il est si bon qu'il n'a pas voulu non plus me donner du désespoir. Rappelle-toi bien tout ce que je te dis en ce moment. Regarde, je suis calme, je suis calme. On cherchera à l'accuser. On prétendra qu'il s'est servi de moi, qu'il m'a exploité. J'affirme solennellement que c'est faux. Il m'a dès le début prévenu que j'avais tort de le voir si souvent. Mais dis-moi, ajouta le comte en recommençant à s'agiter, est-ce que j'aurais supporté, Porporino, de ne pas le voir tous les jours ? Depuis deux mois que nous nous connaissons, est-ce qu'il ne m'a pas sauvé, jour après jour, la vie ?

— Il vous aime beaucoup, don Manuele. Laissez-lui le temps de s'habituer à vous. Rien ne vous sépare. Il n'a nullement l'intention de cesser de vous voir.

— Je devrais être heureux, n'est-ce pas ? Pourquoi ne suis-je pas l'homme le plus heureux du monde ? Qui accorde deux heures de chacun de ses après-midi à un inconnu auquel rien de particulier ne l'attache ? Qui se force à supporter pendant deux heures de chacun de ses après-midi le visage anxieux de cet inconnu ? Qui est assez généreux pour accepter de bonne grâce qu'on perde l'esprit pour lui et qu'on l'aime avec l'intensité cosmique et inutile d'un orage d'août ? Le comte Manuele Carafa n'a plus sa tête ! Il n'était pas si bête, pourtant, dira-t-on. Il n'était pas si mal non plus de sa personne. Et voilà ! Tu pourras faire mettre sur mon épitaphe, quand toute cette folie aura pris fin, la maxime suivante, qui prouvera à quel point j'avais perdu la raison : « N'entre jamais dans une pâtisserie et ne cherche pas à manger un seul gâteau avec quelqu'un qui n'est pas prêt à te sacrifier chaque minute de sa vie. »

Sur ces mots il lâcha mon bras et se mit à marcher de long en large. J'étais moi-même terriblement énervé par cette scène. Le prince sait rester bien plus mystérieux, me disais-je. Feliciano m'a-t-il donné la moitié de ce qu'il donne au comte ? Presque au bord des larmes, je criai :

— Feliciano me charge de vous dire qu'il adorerait pouvoir vous aimer... Cela dépend uniquement de vous... Si vous continuez comme ça, il sera forcé d'accepter les invitations aux après-midi de Sarah Goudar.

— Sarah Goudar ? Le comte se retourna comme si un serpent l'avait piqué. Sarah Goudar ? Petit misérable ! s'exclama-t-il en fonçant sur moi d'un air si furieux que, pris de peur, effrayé qu'il ne se livrât pour de bon à quelque acte de démence, je me réfugiai près de la porte. On entendait, dans la pièce voisine, la voix des domestiques.

— Tu mens ! s'écria-t-il, au comble de l'exaspération. Il n'a pas dit qu'il irait aux après-midi de Sarah Goudar ! Qu'est-ce que Sarah Goudar pourrait lui apporter ? Une aventurière, voilà ce qu'elle est ! Les gens qui se respectent ne vont pas chez elle ! Elle serait trop contente d'attirer Feliciano. Elle n'a jamais réussi à avoir quelqu'un de la bonne société. J'empêcherai que Feliciano aille chez elle. Il compromettrait sa carrière. Dis-lui qu'il compromettra sa carrière s'il se met à fréquenter cette... marchande de bière !

— Don Manuele, dis-je froidement, adossé contre la porte, avouez que si Sarah Goudar ne recevait pas précisément à l'heure à laquelle vous avez l'habitude de rencontrer Feliciano dans la pâtisserie, vous ne la traiteriez pas de marchande de bière.

Etonné par mon calme soudain, le comte laissa tomber le menton sur sa poitrine.

— Revenez à vous, don Manuele. Si Feliciano a décidé d'aller aux après-midi de Sarah Goudar, c'est parce qu'il sait qu'un comte Carafa des ducs Maddaloni ne se risque pas dans le salon d'une dame de ce genre. Mais s'il vous fuit, c'est bon signe. Vous voyez bien qu'il n'agit que par rapport à vous, parce qu'il vous aime et que vous lui faites peur. Vous n'êtes pas à la bonne distance. Cessez de l'assiéger comme ça, vous le verrez revenir en courant à vous.

La bonne distance, j'étais content de ma formule. « Il n'est pas à la bonne distance, c'est tout. » Mais le comte avait-il seulement entendu ? Il releva lentement la tête. En quelques secondes une ombre livide avait recouvert son visage.

— Il a décidé, dis-tu ? articula-t-il avec peine, d'une voix éteinte. Ainsi, l'autre jour, quand il n'a pas mis le mouchoir, c'est qu'il était déjà là-bas ? Moi qui l'ai attendu pendant quatre heures chez Startuffo ! Je croyais qu'il avait du travail, qu'il était en train d'étudier dans sa chambre.

— Et vous étiez heureux de penser qu'il était enfermé, n'est-ce pas ? Eh bien, non, non, non ! Feliciano déteste rester plus d'une demi-heure entre quatre murs. Comprenez ça, à la fin ! Aimez-le comme il est ! Ne le forcez pas, pour vous faire plaisir, à se cloîtrer dans sa chambre et à vous haïr. Ne lui faites pas de scènes, à la pâtisserie, parce qu'il parle avec les vendeuses. O mon Dieu, don Manuele, je suis encore un enfant et je vous fais la leçon ! Je vais m'en aller. Je ne voudrais pas perdre votre amitié.

— Reste, Porporino. Ne me laisse pas seul. Reste, reste, balbutia-t-il.

Il me fixa de ses yeux implorants.

— A qui veux-tu que je parle de Feliciano sinon à toi ? Excuse-moi pour tout à l'heure. Dis-moi seulement une chose : est-ce que, oui ou non, Feliciano a du plaisir à me voir ?

— Vous ne le voyez donc pas ? Vous ne voyez donc rien ? Feliciano n'irait tout simplement pas à vos rendez-vous s'il n'avait pas envie d'y aller. C'est un caractère incapable de complaisance.

— Oui, fit-il tristement. Peut-être qu'il m'aime en effet, comme tu me le dis. La différence entre nous, c'est que lui, quand il entre chez Startuffo, il me fait comprendre que c'est parce qu'il n'a pas d'autre distraction qui l'attire plus à ce moment-là, rien d'autre à faire qui lui plaise davantage. Moi, dès qu'il m'aperçoit, je lui fais comprendre que ma vie est suspendue aux deux heures qui vont suivre. Il voit que je sacrifierais toutes mes autres occupations pour passer avec lui ces deux heures. Il voit que j'ai craint affreusement qu'il ne puisse pas venir. De mon côté, je vois qu'il n'avait rien de mieux à faire cet après-midi que de manger avec moi des gâteaux. Il m'aime peut-être autant que je l'aime, autant qu'il peut aimer quelqu'un. Mais, de cette différence entre nous, peut naître une tragédie.

— Eh bien, eus-je envie de lui crier, prenez de la graine sur lui, soyez plus désinvolte ! Quittez votre mine sombre, la vie est assez sérieuse comme cela !

Je sentis dans mon dos qu'on appuyait sur le bec-de-cane. Don Raimondo entra.

De quoi avions-nous l'air, moi rencogné dans l'embrasure de la porte, le comte immobile au milieu de la pièce, les épaules affaissées, le regard absent. Il oublia que le cheveu blanc était resté entre son pouce et son index. Le spectacle enchanta don Raimondo, qui devina tout du premier coup d'œil.

— Tu engraisses, mon cher ! fit le prince, en pinçant familièrement la joue du comte. On voit stationner ta voiture devant Startuffo plus souvent qu'il ne convient. Oh ! le gros gourmand, à son âge, il n'a pas honte !

Don Manuele, qui aurait voulu paraître maigre et

ravagé, se tira de côté avec dépit. Mais, en homme d'esprit qu'il était, quand la pensée de Feliciano ne l'obnubilait pas, il se ressaisit instantanément.

— Raimondo, dit-il, en mettant avec aplomb son cheveu blanc sous le nez du prince, j'étais venu avec l'intention d'éprouver tes capacités. Toi qui as inventé la lampe perpétuelle, toi qui cherches par quel moyen faire marcher une voiture sur les flots, je m'étonne que tu acceptes que le temps ait raison de la figure humaine et transforme des cheveux noirs en cheveux blancs. Y a-t-il une limite plus insupportable à la toute-puissance de ton ingéniosité ? La nature te pose un défi, elle attend que tu le relèves. Trouve un procédé qui empêche les cheveux de blanchir, et la postérité dira : le prince de Sansevero a aboli la différence entre les âges, il nous a délivrés de la pire de nos servitudes, nous sommes devenus des dieux grâce à lui.

— Pas mal, pas mal, dit le prince, en faisant entendre un petit sifflement.

J'étais émerveillé de la promptitude avec laquelle le comte avait recouvré ses esprits. Surpris dans une position ridicule, il venait en un tournemain de reconquérir l'avantage sur le prince. Pas pour longtemps. Don Raimondo montra ce jour-là qu'il était vraiment le plus fort.

— Ma parole, tu commences à me comprendre, dit-il en s'inclinant d'une légère révérence. Seulement – je vis poindre de nouveau sur ses lèvres le sourire infernal – tu oublies quelque chose. Ma lampe perpétuelle ne brûle rien, ne brûle pour rien. La voiture que je lancerai sur les flots sera vide.

Le comte pâlit.

— Qu'est-ce à dire, murmura-t-il.

— Tu te rappelles quand j'ai trouvé le secret de ma

lampe perpétuelle ? J'avais fait éclairer a giorno toutes les pièces de mon palais. Toutes sortes de lampes brûlaient partout. Je suis descendu moi-même dans les caves afin de m'assurer qu'aucun recoin ne restait dans l'ombre. Je suis monté dans les greniers pour faire de la lumière sous les toits. Auprès de chaque bougie, de chaque candélabre, de chaque lampe à huile j'ai posté un valet, avec ordre de renouveler l'huile dans les lampes et de remplacer au fur et à mesure dans les torchères la bougie qui était consumée. D'autres domestiques couraient sans arrêt du haut en bas de la maison et de salle en salle en portant des flambeaux. C'était magnifique, n'est-ce pas, Porporino ? Je savais que je n'aurais pas pu aboutir à ma découverte avant d'être convaincu que je n'avais aucune utilité pratique à en retirer, ni pour moi ni pour l'éclairage de mon palais. Quand la flamme de ma lampe perpétuelle a jailli, c'est à peine si je pus en distinguer la lumière au milieu de l'illumination générale. Ma lampe est perpétuelle mais elle ne sert pas à éclairer. J'ai soin de la faire brûler, dans un de mes salons, encadrée de vingt candélabres allumés nuit et jour. Oh ! quelle volupté j'éprouve à contempler sa lueur blanche, presque invisible parmi les flammes tellement plus vives qui dansent à la pointe des petites colonnes de cire !

Don Raimondo nous avait oubliés, perdu dans son rêve intérieur. J'adorais le prince quand il se mettait à divaguer ainsi.

— Je me dis que j'ai usé des centaines d'heures de mon temps et sacrifié des milliers de doublons de ma fortune pour atteindre ce résultat, insignifiant et sublime, d'une lampe qui n'a d'autre utilité que de paraître un peu plus pâle au milieu des bougies ordinaires. Son éternité, elle la porte en elle-même, comme un secret dissimulé au monde. Croyez-vous que je goûterais le quart du ravissement qu'elle me donne, si je pouvais supposer qu'elle contribuera un jour au progrès de l'éclairage public dans les rues de Naples, à la dispersion des voleurs, à la tranquillité des citoyens ? Croyez-vous que je ne me maudirais pas si je savais qu'elle brille au poing de l'amoureux et dissipe les ténèbres de sa course nocturne vers le moment qui décidera de son bonheur ?

« Ma lampe ne serait pas maîtresse absolue de la nuit si elle facilitait à tel ou à tel – il regarda don Manuele dans les yeux – la possession d'un objet nécessaire au repos de son cœur.

« Il ne faut jamais me demander de venir à bout d'un obstacle pour ouvrir le chemin vers un but.

« La nature a tracé des voies définies et mis partout des bornes, pour permettre aux hommes d'observer une ligne de conduite.

« Moi, je supprime les limites, pour le seul plaisir de rêver.

TROISIÈME PARTIE

Naples

Castrapolis

Nous n'avons pas fait cent pas via dei Tribunali, qu'une vieille femme, totalement inconnue de moi, vêtue d'une longue robe noire et la tête recouverte d'un châle noir, se précipite à ma rencontre. Elle s'agenouille devant moi, me prend les mains entre les siennes, se met à les couvrir de baisers : j'essaye en vain de me dégager. Elle n'embrasse pas le dessus des mains, mais cherche, avec une précipitation à la fois fébrile et précautionneuse, les parties charnues dans le creux de mes paumes, les petits bourrelets de chair qui se trouvent à la naissance du pouce, sous l'attache des doigts.

Elle les plante de baisers précis, bruyants, avec la même ardeur puérile que j'ai vue aux dévotes en train d'enfiler sur les tiges de fer une rangée de cierges devant une image sainte.

Son visage, pour le peu que je réussis à en apercevoir quand elle décolle ses lèvres de mes mains, me semble fatigué, usé par les années, les soucis, ou quoi encore ? me dis-je, en comparant ce que je la vois faire avec moi à l'empressement des matrones de San Donato chaque fois qu'elles couraient derrière don Sallusto pour essayer de toucher son oreille.

Antonio Perocades, qui est venu me chercher ce matin au parloir, porte un très joli habit bleu. Il a su que j'étais originaire de San Donato.

Rêves

Via dei Tribunali, piazza San Pietro a Maiella, l'église San Pietro, avec sa fraîcheur soudaine et les fresques de Mattia Preti qui luisent dans la pénombre comme de l'eau glacée. Le peintre a fixé sur les murs le souvenir des grandes pestes de Naples. Perocades m'arrache à la contemplation de ces rangées de cadavres couchés sous la lune verte entre des portiques majestueux. Il me pousse via Toledo, dans la foule.

— A Paris ou à Londres, me dit-il, tandis que nous nous frayons tant bien que mal un passage à travers la cohue, les gens avancent, vont quelque part. Ils ont un but. A Naples ils se répandent dans la rue uniquement parce qu'ils ont horreur d'être enfermés entre quatre murs. De là vient le malheur de cette ville, qui aurait tout pour être un grand centre d'affaires, une capitale du commerce et de l'industrie, et qui végète, qui s'attarde. C'est trop facile d'accuser les pestes. La peste, nous la portons en nous. Nous ne savons pas grandir. Que veux-tu, on n'apprend même pas aux écoliers à rester assis devant une table. Regarde les palais : eux-mêmes n'ont pas réussi à devenir adultes.

J'adore ces palais napolitains, la façade qui s'effrite ou qui n'a jamais été finie, les balcons qui pendent dans le vide devant de fausses fenêtres, la cour aux pavés disjoints rongés par la mousse, les familles qui campent dans les caves et dans les entrepôts du rez-de-chaussée, les énormes lits aux boules de cuivre qu'on aperçoit par les soupiraux, le carrosse arrêté au milieu des détritus, l'escalier gigantesque qui mène à l'étage noble.

Quelle mélancolie dans cet immense édifice, la misère en bas, mais en haut, ce n'est pas gai plus souvent, cette suite de salons glacés, magnifiques, qu'on ouvre deux fois l'an, au bout desquels, dans une petite pièce où fonctionne l'unique poêle, se tient la famille du duc, du prince. Deux siècles d'oisiveté et de faste ont dilapidé leur fortune. Ce qui en reste passe à l'achat de porcelaines, au renouvellement des habits de Cour, à l'entretien du carrosse et au loyer de la loge du San Carlo. Ils se contentent d'un seul repas quotidien, apporté par un domestique aux galons râpés, un plat de macaronis qu'ils avalent en silence, au milieu de l'après-midi. Les lourds rideaux de brocart sont tirés devant les fenêtres. Les fils de vieil or brillent, emmêlés à la soie. On garde les rideaux tirés pour se donner l'illusion du luxe, bien qu'on mange dans l'obscurité, pour économiser sur la lampe.

Naples, splendide et décrépite – décrépite ou pas encore tout à fait terminée ? Combien me touchent ces belles demeures, auxquelles il manque toujours quelque chose, un bout, un ornement dans la façade, peut-être est-il tombé, ce balcon a pu s'effondrer, personne n'aura pensé à le reconstruire, peut-être aussi n'a-t-on jamais eu le temps de le mettre en place, ou l'argent a-t-il fait défaut. Il est impossible de dire si ce désordre, cette incurie, cet air de défaite est dû à la vieillesse, à l'abandon, ou si le projet initial était trop vaste, trop ambitieux, trop fou.

Perocades, froid et précis, critique : ces escaliers de mégalomanes ne servent à rien, les pierres employées à leur construction auraient pu servir à édifier des maisons pour les familles qui sont logées dans les caves, des écoles pour instruire les enfants qui jouent dans les ordures. Pourquoi élever des habitations de six étages qu'on n'arrive jamais à finir, qui interceptent le soleil, l'air ?

Des femmes chantent à ces fenêtres, je resterais bien à écouter leurs voix merveilleuses, mais Perocades hausse les épaules : le peuple napolitain, dès qu'on l'aura éveillé aux lumières qui se propagent dans le reste de l'Europe, en aura assez des chansons, comme il en aura assez des plaisanteries et des farces qui le distraient honteusement de sa misère. Il voudra s'exprimer en œuvres civiques, en écoles, en hôpitaux, en logements salubres, en coopératives laitières, en service de la voirie, en manufactures, en progrès social et humain.

Je ne dis rien, nous arrivons sous les fenêtres du prince de San Nicandro, un des douze ou quinze dont le patrimoine se chiffre encore par millions. La foule qui a remonté via Toledo fait demi-tour devant son palais. On regarde, on se montre du doigt le blason peint en pourpre dans le cartouche de marbre, au-dessus du portail dont la corniche se détache par petits bouts. Mais qu'admirent-ils au juste ? Cette façade meurtrie dont le revêtement s'écaille ? Ces arcades de côté qui ont dû être bouchées avec du ciment, des planches, pour empêcher l'effondrement de cette aile ? Ou bien l'argent du prince, sa fortune réputée colossale ? Mais peut-être, ô Perocades, pourriez-vous saisir ici un trait essentiel de Naples, si vous renonciez pour un moment à croire que tout le monde partage obligatoirement votre foi dans le progrès, votre amour des choses qui réussissent. Le prince de San Nicandro est richissime, oui, mais il choisit volontairement, par défi, par folie, ou par quoi encore qu'il faudrait chercher à comprendre ? de vivre dans ce palais déchu. Les pauvres gens de

Naples croupissent dans des *bassi* insalubres, mais ils prennent ce palais pour but de leur promenade, car l'idée qu'ils se font de la beauté est inséparable de cet air d'abandon, l'idée qu'ils se font de la richesse inséparable de cette touche miteuse. Prospère ou démuni, Crésus ou Job, quel est le Napolitain qui pourrait se reconnaître dans un édifice complètement abouti ? Leurs rêves, ils les bornent à ce mélange de grandeur chimérique et de réalité pitoyable, vénérant San Nicandro parce que, malgré toute sa fortune, il reste solidaire de l'obscure défaite infligée à leur ville.

L'épée coupante, le feu démembrant

Via Toledo : elle coupe en deux la ville, de haut en bas, comme une épée. C'est le vice-roi Pietro de Toledo qui la fit percer, en 1536, dans les premiers temps de la domination espagnole, qui dura jusqu'à la fin du XVIIe siècle.

Oui, on peut rattacher à cette période, non seulement la coupure physique de la ville en deux moitiés distinctes, mais la séparation de la société, jusque-là fondue dans des rapports affectueux de clientèle, en classes rigidement hiérarchisées. Les vice-rois, qui avaient besoin de se faire sur place des alliés dévoués à la politique de Madrid, multiplièrent les titres de noblesse. Ils encouragèrent les nouveaux blasonnés à se croire supérieurs au reste de la population, par l'étiquette méticuleuse qui fut introduite à la Cour, la pompe fastueuse qui présida aux cérémonies, la morgue vantarde qui fut permise aux propriétaires d'un carrosse.

Les Espagnols, en quittant Naples, avaient créé 119 princes, 156 ducs, 173 marquis. Sur 500 000 habitants, la ville comptait à leur départ plus de 2 000 personnes de qualité, petite ou grande.

On n'avait pas, avant l'arrivée des vice-rois, de mots pour rendre les formes superlatives de politesse qui se répandirent en même temps que la dépense et l'ostentation. Le *don*, le *Signore*, le *Signoria*, le *Lei*, copié sur le *Usted*, l'*Eccellenza*, le *Reverenza*, le *Magnificenza* furent importés d'Espagne. Ainsi que certains termes du vocabulaire usuel, introduits pour exprimer le nouvel aspect des mœurs : *sfarzo* (faste), *complimenti* (façons cérémonieuses), *sussiego* (mépris hautain).

Puis, à l'autre extrémité de la hiérarchie sociale, la langue castillane fournit au dialecte napolitain les trois mots qui désignent les trois types les plus caractéristiques de la plèbe : le *lazzaro* ou *lazzarone* (le gueux, digne du lazaret), le *guappo* (le voyou, un tantinet bravache), le *camorrista* (le malfaiteur, organisé en bande).

Dans l'église Santa Maria la Nuova, voici le tombeau de Pedro Navarro, soldat originaire de Navarre, qui introduisit à Naples l'art de miner une forteresse pour la prendre. Il se rendit célèbre en faisant sauter le Castel dell'Uovo. Les défenseurs, sidérés par cette machination prodigieuse, virent jaillir dans les airs les bastions de l'îlot avec les rochers écumeux, tout se mettre à trembler, à se fendre et à s'émietter sous la fureur des flammes, et maint de leurs compagnons périr dans l'explosion de leurs membres qui furent éparpillés sur la mer.

Didon et Polichinelle

Comme il court mal ! Qu'est-ce qui lui arrive, à Domenico Cimarosa ? Je me rends compte, en le voyant se précipiter sur nous hors d'haleine, qu'il a beaucoup grossi. Il agite les bras dans notre direction. Les bras retombent. Il n'a pas assez de souffle pour les bras et pour les jambes en même temps. Le cœur capitonné par les crèmes de Startuffo. Rit-il? Pleure-t-il? Pleurer, lui? qui m'a dit l'autre jour n'avoir pleuré que deux fois dans sa vie : la première fois lors d'une partie de campagne, quand, par inadvertance, le dindon du pique-nique était tombé dans la rivière ; la seconde fois le soir où son petit opéra bouffe, *le Cartésien fanatique*, fut sifflé au théâtre des Fiorentini.

— Vite, mes bons amis, cachez-moi, nous dit-il entre deux hoquets.

Il se glisse dans notre dos et se dissimule tant bien que mal derrière nous, à la stupéfaction de Perocades qui m'interroge du regard. Je hausse les épaules, lorsque nous apercevons, à trente pas de nous, une femme qui écarte énergiquement la foule et s'avance à grands pas en gesticulant. Je la reconnais aussitôt : c'est la première chanteuse, Angela De Amicis. Elle fonce droit sur nous, essayant de nous écarter pour empoigner Mimmo.

— Scélérat ! s'écrie-t-elle.

— Angela... Je vais t'expliquer... Protégez-moi... Empêchez-la de m'attraper..., bredouille-t-il, plus mort que vif, mais avec un rien d'insolence dans la voix.

Je ne doute pas qu'elle soit dans son droit. Il aura certainement joué quelque mauvais tour à celle dont il se disait il y a trois semaines amoureux pour la vie. N'empêche, elle crie trop fort, et puis, elle me plante les ongles dans l'épaule. Jusqu'au sang. Quelle véhémence ! Quelle furie ! « Scélérat ! » « Lâche ! » Il tremble dans mon dos comme une feuille. Mais quand il lui parle, on dirait qu'il se moque d'elle. Il n'est pas fou, non, de la pousser comme ça à bout ?

— Angela, je t'ai préparé un cadeau... laisse-moi le temps...

Faiblesse des femmes ! A ce mot de « cadeau », tout l'espoir reflue dans son cœur. Son visage se détend, elle porte la main à sa poitrine et souffle profondément comme si elle allait s'affaisser. Pour un peu elle me tomberait dans les bras.

— Devine ce que j'ai de plus précieux...

— De plus précieux ? Mimmo, mon chéri...

Qu'est-ce qu'il va sortir, j'en frémis. Elle, je l'aimais presque mieux furibonde que lorsqu'elle se met à fondre comme ça, la bouche molle.

— Tu sais... la seringue que j'ai inventée pour farcir les macaronis...

Il exagère, il est complètement dérangé. Elle redresse la tête, on a l'impression que les yeux vont lui sortir des orbites. Elle essaye de l'attraper en me contournant. Il se réfugie de l'autre côté, près de Perocades. Mon Dieu, il pourrait lui dire un mot d'apaisement, maintenant qu'il s'est bien moqué d'elle. Elle lance sur lui un torrent d'imprécations, sur un ton un peu trop soutenu pour cette scène qui tourne au grotesque. Tout en s'accrochant au bras de Perocades et en sautillant sur place pour être prêt à fuir à droite ou à gauche selon la manœuvre qu'il lui verra faire, il a encore le culot de chantonner :

— L'aiguille est en or, le corps est en cristal...

— Une dernière fois, je te somme d'approcher si tu n'es pas le dernier des lâches...

— Ta ra ta ta...

— Tu m'avais juré de partir avec moi pour Venise. C'est ainsi, vil menteur, que tu gardes ta foi ?

— Angela ! (Quel diable le pousse à dire ces mots ?) Angela, tu n'es pas sur la scène du San Carlo dans ton rôle de Didon...

— Ah ! tu m'outrages ! Tu te crois bien fort ! Eh bien je lui arracherai les yeux, à ta petite boulangère ! Tu te trompes, va ! Non pas Didon, plutôt Médée ! Je la tuerai, je la tuerai ! Poussez-vous, à la fin, laissez-moi l'attraper, vous êtes tous des lâches !

Quelle énergie ! Elle me tire si brusquement par la manche que je dois me ressaisir comme je peux pour ne pas tomber. Mimmo tourne le dos et détale à toutes jambes vers une ruelle qui fait le coin. La De Amicis, relevant sa traîne, s'élance à sa poursuite. C'est vrai qu'elle garde la dignité et parle dans le pathos noble d'une héroïne d'opéra seria. Elle ne se rend pas compte, la pauvre, que Cimarosa appartient à un autre répertoire, qu'il est dans le ton d'un personnage bouffe. En vain Didon se déchaîne contre Polichinelle.

— C'est toujours un peu comme ça, malheureusement, dit Perocades.

— Un peu comme quoi, don Antonio ?

— A égalité d'âge, d'esprit, de condition, tu trouveras plus de femmes qui se conduisent en femmes que d'hommes qui se conduisent en hommes.

— Don Raimondo vous écouterait avec intérêt.

— Oh ! don Raimondo... Il dirait que chacun se conforme toujours de trop près aux caractères de son sexe.

— Vous êtes d'un avis différent, n'est-ce pas ?

— Une civilisation n'avance que s'il y a un minimum d'accord sur les rôles dévolus aux uns et aux autres. Ton ami se conduit en enfant.

— Vous avez l'air de prendre le parti d'Angela ! m'exclamé-je. En quoi sa conduite est-elle plus à louer que celle de Mimmo ?

La sonnerie d'un clairon l'empêche de répondre. Nous hâtons le pas pour ne pas manquer le spectacle. Didon aura-t-elle réussi à remettre le grappin sur Polichinelle ? Quelle drôle de pensée j'ai soudain. Mon

Dieu, si la vie des couples doit être une continuelle persécution du plaisant par le tragique...

A quoi servent les statues

Foro Carolino, la place du Roi Charles. Le clairon annonce un manipule de soldats. La foule fait cercle autour de la statue du Roi, en face des vingt-six colonnes du nouveau portique. Le peuple aimait le Roi Charles, qui fit construire le théâtre San Carlo et l'Hôtel des Pauvres. Avant de repartir pour Madrid, il ordonna à son architecte Vanvitelli d'élever ce portique en forme d'hémicycle, pour embellir la place qui porterait son nom. On dit à Naples que les vingt-six statues qui surmontent les vingt-six colonnes figurent les vingt-six vertus de ce monarque éclairé. On dit aussi qu'il a fait exprès de les laisser en si grand nombre derrière lui, pour occuper son fils et mettre au moins un sujet de réflexion un peu grave dans la tête frivole du nouveau Roi, qui serait bien en peine de citer autant de vertus, et qui d'ailleurs ne sait compter que jusqu'à dix.

Des mains inconnues ont jeté pendant la nuit un voile de gaze noire sur le chapeau du Roi Charles. Le long nez paraît encore plus long, les yeux tristes encore plus tristes, sous le voile qui tombe jusqu'aux épaules.

Entre les pattes du cheval, un écriteau anonyme dénonce les crimes du Gouvernement. Un peu partout, dans Naples, aujourd'hui, des écriteaux semblables, posés au coin des rues ou accrochés aux saillies des maisons, s'en prennent à la cruauté des ministres et à la complaisance du Sénat. Sarcasmes, insultes, menaces, sonnets parodiques, la satire tourne sa langue impuissante dans la bouche du peuple en colère.

On a pendu hier soir piazza del Mercato trois jeunes

boulangers parce qu'ils refusaient d'acquitter le nouveau droit sur la farine décrété par le ministre des grains. Le peuple qui ne peut protester autrement accroche des pancartes au coin des rues et fait prendre le deuil au Roi qui l'a quitté.

Sur l'écriteau déposé entre les pattes du cheval, une main a tracé en lettres rouges : « Il y a des hommes si cruels que la Providence a été obligée de les nommer ministres pour les soustraire à la justice populaire. »

Ceux qui savent lire répètent à haute voix cette phrase qui passe de bouche en bouche. Mais la plus douce consolation n'est-elle pas de voir le souverain en larmes avec son peuple, inclinant sa tête triste sous l'étoffe funèbre ? Les soldats chargent la foule. Le capitaine enlève le voile à la pointe de son fusil.

Les gens prennent la fuite mais un peu plus loin, à bonne distance des soldats qui montent la garde autour du socle, ils se retournent, sortant de leurs poches des figues dont ils commencent à bombarder la statue. Que le Roi, si on ne lui permet pas de pleurer avec son peuple l'injustice qui sévit dans le royaume, partage au moins l'ignominie dans laquelle sont tombés ses sujets. Ils barbouillent de jus de figues la figure de la majesté, pour se venger d'être si faibles devant la tyrannie de leur Gouvernement, si lâches devant la négligence de leur Sénat.

Voilà comme ils montrent à ce prince l'amour qu'ils lui gardent. Faute de pouvoir s'élever jusqu'à lui, ils l'abaissent jusqu'à eux. Son effigie souillée le rendra solidaire de leur abjection.

Pendant qu'on pendait les trois jeunes boulangers, les rédacteurs de la « Gazette civique napolitaine » faisaient imprimer en gros caractères cette nouvelle importante. « Le célèbre poète abbé Parini est venu s'unir à la

Parthénopéenne Sirène, étant arrivé hier soir à l'auberge de Moriconi dans la rue des Cloches, en compagnie du baron Frios, riche et cultivé négociant de Vienne. »

Perocades me dit (pourquoi avec cette dureté ? ne sait-il pas que je suis du côté des trois jeunes pendus ?) :

— Si la politique n'était pas défendue aux esprits, la volupté s'emparerait moins complètement des cœurs. Autant l'intérêt des mœurs et le bien public ont à souffrir de cette situation, autant elle profite au développement de la musique. Déjà sous Néron, Sénèque déplorait que les écoles fussent trop vides à Naples, et les théâtres trop pleins.

Prestige et infamie

Le temps qu'il m'explique le bonheur de vivre dans un pays où la presse est libre, nous avons descendu via Toledo. Voici, en bas à droite, le vicolo Carminiello, où habite Caffarelli. Entrons, pour regarder l'inscription que le soprano le plus illustre du siècle avec Farinelli vient de faire graver au fronton de sa demeure. Il a plus de soixante ans, il vit à la retraite dans ce palais.

Deux hauts piliers qui soutiennent un balcon à volutes flanquent l'énorme portail. Sous le balcon, au-dessus de la voûte d'entrée, un médaillon contient ces mots :

AMPHYON THEBAS
EGO DOMUM

— Quelle insolence ! s'écrie Perocades. Se comparer à Amphyon, rien de moins. Même avec une belle voix...

— Amphyon ? dis-je, fouillant en vain dans mes souvenirs mythologiques.

— Amphyon et son frère Zéthos devaient construire

la ville de Thèbes. Zéthos faisait des reproches à Amphyon. « Tu aimes trop ta lyre, même s'il est vrai qu'Hermès te l'a donnée. Elle t'empêche de t'occuper de choses plus utiles. » Pourtant, lorsqu'ils devinrent maçons, les pierres d'Amphyon se déplaçaient toutes seules aux accents de sa lyre, et se mettaient d'elles-mêmes en place, tandis que Zéthos, travaillant à la force de son bras, était très en retard sur son frère. Amphyon est l'ancêtre mythique des Loges, le Maçon par excellence, tu parles si je connais son histoire !

— Et Caffarelli, donc...

— Ose écrire sur sa porte : de même qu'Amphyon a traîné derrière lui par l'art de sa lyre les pierres destinées aux murs de Thèbes, de même moi, par l'art de mon chant, je me suis construit cette maison.

— Il gagnait tant d'argent, dis-je, qu'il pouvait refuser une tabatière donnée par le Roi de France Louis XV, sous prétexte que, au lieu de diamants, elle n'était ornée que de petites émeraudes.

A ce moment une troupe de gamins arrive en courant du bout de la ruelle. Ils traînent une grande pancarte. L'un d'eux brandit une perche. Ils s'arrêtent devant le palais de Caffarelli. Avec la perche ils accrochent à une saillie du balcon la ficelle qui tient la pancarte.

A côté de l'inscription gravée dans la pierre :

AMPHYON THEBAS
EGO DOMUM

toute la ville va s'esclaffer en lisant :

ILLE CUM
TU SINE

Lui (Amphyon), avec. Toi (Caffarelli), sans.

Un cas embarrassant

Du vicolo Carminiello nous descendons à pic vers via Chiaia, qui étire en contrebas son tracé sinueux, à l'emplacement où les Romains avaient creusé un canal pour recueillir les eaux des deux collines qui surplombent à droite et à gauche l'actuelle rue. Engoncée entre les hautes maisons de Pizzofalcone et des Mortelle, enjambée par le pont Monterey (du nom du vice-roi espagnol), fourmillante de laquais, de cochers qui vont et viennent entre les palais de via Toledo et de Monte di Dio, sous les lazzi des marins en bordée qui s'enfoncent dans les couloirs signalés par une lanterne rose, via Chiaia, sombre, étroite, populeuse, turbulente, nous conduit au pied de la rampe qui monte vers le palais Cellamare.

Il y a quelques années encore, avant l'ouverture des jardins de Chiaia le long de la mer, le palais Cellamare était la construction la plus occidentale de Naples, il marquait la limite de la ville sur la route de Cumes et de Pouzzoles, et d'ailleurs, ce qui frappe au premier abord quand on regarde d'en bas la façade en briques roses posée sur un socle épais de gros blocs de piperne brun, c'est l'aspect militaire, comme si cette demeure qui compte parmi les plus fastueuses de Naples n'avait été bâtie que pour servir d'avant-poste contre les pirates, à la fois tour de guet d'où on les apercevait au loin, et forteresse pour repousser leurs assauts.

Mais dès qu'on a passé l'arc de triomphe gonflé comme un paon sur la grille qui donne accès à la rampe, à mesure qu'on s'élève le long de cette pente douce, sur ces dalles polies douces de mousse, quand on débouche dans cette cour suspendue légèrement inclinée, il semble que tout devienne mou sous le pied, tendre pour l'œil : on s'avance dans du vieux rose fané, quelques pigeons sont seuls à faire l'exercice. Les pierres, on dirait qu'elles se mettent à fondre dans la bouche comme un gâteau rose de chez Startuffo.

Irons-nous voir, dans les jardins intérieurs étagés en terrasses, les fameuses cultures d'ananas ?

Le prince de Francavilla, qui a loué le palais à ses propriétaires, les Caracciolo princes de Cellamare, paye un loyer annuel de mille six cents ducats. Sa collection de bijoux est estimée à quarante cinq mille ducats, son argenterie à quarante mille ducats, à quarante mille également l'ensemble de ses meubles, de ses porcelaines et de ses tapisseries. Seuls les princes de Sansevero et de San Nicandro peuvent prétendre à être aussi riches que lui. Le Roi l'a nommé gentilhomme de sa chambre, puis grand Majordome, pour finir grand Camérier, un des sept offices du Royaume. Il possède la meilleure écurie de Naples. Ses chevaux valent vingt-cinq mille ducats. Le chef de ses palefreniers porte le titre de Grand Cocher et Maître d'Ecurie de S. E. le prince de Francavilla.

Le fils du prince, don Lelio, est mort à trente ans. On avait annulé son mariage pour une faute recueillie de la bouche de l'épouse par les juges réunis à huis clos. Il s'habillait en cocher, dissipait sa fortune avec les domestiques de son père, et se promenait à pied dans les quartiers du port.

Voici le nain du prince. « Pschitt ! » Debout sous un des huit porches de la façade, il nous fait signe de le suivre vers les ananas. Il a vingt-sept ans, trois pieds et trois pouces de haut, une paire de bottes rouges que lui a confectionnées Domenico di Lorenzo, premier cordonnier de la ville. Selon Perocades, qui est un familier du palais, il n'est pas aussi singulier, ni d'une forme aussi naturelle et aussi svelte, que le comte Borowlascki, polonais, qu'il a vu à Paris et qui n'avait que vingt-huit pouces. Le nain du roi Stanislas, appelé Bébé, avait trois pieds. Quant aux facultés de l'âme, celui du prince tient à peu près le milieu entre les deux autres, dont le premier avait beaucoup d'esprit et de talent, et le second était presque imbécile.

Les ananas, le nain sont parmi les moindres folies du prince. Il entretient un moine dont la spécialité consiste à se jeter à l'eau dans le petit bain loué avec le palais au bord de la mer. Là, sous les yeux des invités, le moine surnage comme une planche de sapin, sans avoir besoin de faire aucun mouvement pour se maintenir à flot. Il peut écarter les jambes, les refermer, se mettre sur le ventre, sur le dos, en boule, il flotte toujours. Les académies de Naples, de Londres et de Paris se sont intéressées à son cas. Pour les uns, il flotte en raison de son tissu plus adipeux et plus celluleux que celui des autres hommes, pour les autres à cause de la graisse qui enrobe son estomac. On a mis en avant l'ampleur exceptionnelle de ses poumons, hypothèse qui séduisit particulièrement les frères Montgolfier de Paris. On a soutenu aussi que les genoux du moine, étant plus petits et proportionnellement plus légers que le reste de son corps, faisaient office de flotteurs, de même que des bouchons pour un filet traîné derrière une barque.

Va pour les ananas, me dit Perocades, ils contribuent au progrès de l'horticulture, va même pour le moine dont la propriété fait avancer la science. Je n'ai rien contre un homme qui donne du travail à vingt-cinq jardiniers, à cinquante palefreniers, à douze secrétaires, à trente valets de chambre, à soixante femmes de charge, à vingt-cinq pages, qui sauve un nain du désespoir, le seul péché, qui commande annuellement pour cinq cents ducats de vitres destinées à la réparation de ses serres. Les fêtes que le prince organise sans regarder à la dépense, en renouvelant chaque fois la décoration du palais, profitent aux manufactures de porcelaine, aux ateliers de filature, aux orfèvres, aux chasseurs, aux bottiers, aux tailleurs, aux pyrotechniciens, aux marchands de bougies, aux perruquiers, au commerce alimentaire, aux ouvriers du cuir et de la soie, aux fabricants de macaronis. Je lui passerais même ses goûts épicuriens : le panthéon des francs-maçons accueillerait volontiers Epicure.

Mais viens, repartons, je ne voudrais pas me retrouver comme l'autre jour dans l'obligation d'assister à un spectacle comme celui qu'il donna à ses hôtes anglais. Après l'immersion du moine, il fit plonger à la fois ses vingt-cinq pages, jeunes gens de quinze à dix-sept ans, plus sveltes et plus jolis les uns que les autres. Et ces bruns Adonis, émergeant presque simultanément des ondes, vinrent nager tout nus sous nos yeux, avec mille évolutions où ils développèrent leurs forces et leurs grâces. Il fallut tout le sang-froid et l'humour des Anglais pour leur faire remercier aimablement le prince. La duchesse de Kingston déclara qu'elle avait été enchantée de rafraîchir ses yeux avec un tableau aussi charmant. Elle le pria seulement, au nom de ses compagnons, de leur donner une autre fois le même spectacle, en substituant quelques Hébés à tous ces Ganymèdes.

Le Roi Charles avait pensé retenir à Madrid le prince de Francavilla, mais il crut devoir le renvoyer à Naples, de crainte qu'il n'initiât dans ses goûts le prince des Asturies, et ne corrompît la jeunesse de la Cour.

Perocades a beau dire, ça le dérange, il me semble, qu'un homme qui procure du travail à tant de corps de métier différents, et dote Naples, l'Italie, des premières cultures en serres, soit le même qui prenne son amusement avec des pages nus.

Discours sans tact d'un franc-maçon à un castrat sur les chiens

Mon petit, l'humanité se constitue en histoire, je veux dire qu'elle se met en marche vers un but, dès l'instant où le jeune enfant, ayant observé la différence entre ses parents, est forcé de se choisir semblable à celui auquel il voit son corps ressembler. Impossible de rester plus longtemps une petite chose pâteuse qui contient l'univers. Il va découvrir, chaque jour plus impérativement, qu'il y a des hommes et des femmes et aucun moyen de devenir les deux à la fois.

Mais le chemin qui lui reste à parcourir, jusqu'à son épanouissement complet, en homme ou en femme, présente bien des détours. Les progrès de la science biologique accomplis en ce siècle permettent d'établir que pendant les années de l'enfance qui s'achève et de la puberté, le désir sexuel s'oriente indifféremment vers l'un ou l'autre sexe, sans qu'il y ait là de symptôme anormal qui doive alarmer le censeur. Il suffit d'en appeler à nos propres souvenirs pour que chacun de nous reconnaisse que les premiers pas de son instinct furent des pas vacillants. Les sentiments érotiques dirigés vers des personnes du même sexe jouent, dans la vie de l'écolier, un rôle aussi important que ceux dirigés vers le sexe contraire. Les deux objets, masculin et féminin, exercent la même attraction, aussi longtemps que les corps du petit garçon et de la petite fille se ressemblent entre eux. Cette attirance, égale et simultanée, vers les deux sexes, s'observe aussi bien dans l'enfance de l'homme que dans celle des peuples ; elle correspond à l'état primitif, comme viennent de le prouver, à quelques mois d'intervalle mais sans se connaître l'un l'autre, James Cook d'après les études qu'il a faites sur les indigènes de la Nouvelle-Zélande, Bougainville dans son livre de mémoires sur les sauvages du Pacifique.

Dans les sociétés civilisées, ce n'est qu'ensuite, sous l'action d'autres influences, que cette indétermination du jeune âge se convertit en sexualité normale ou se dégrade en perversion ; et autant il est juste de condamner sévèrement la pédérastie adulte, comme en Italie, où elle est passible de longues peines de prison, pour qui n'a pas la chance d'être né Francavilla, ou comme en Angleterre et en Allemagne, qui la punissent de mort, autant le savant impartial doit recommander l'indulgence pour cette faute lorsqu'elle est commise dans la prime adolescence.

Après cette première étape, il en reste deux autres à franchir avant d'arriver au but ultime, qui est l'amour monogamique permanent. D'abord, le sexe similaire perd son pouvoir d'attraction, qui se transfère exclusivement aux individus du sexe contraire. C'est l'époque où le garçon soupire après n'importe quelle fille et rougit dès qu'il doit lui parler. Bientôt, s'il se développe en harmonie avec les lois de la nature, l'impulsion se spécifie davantage et se concentre sur un type particulier d'individus de ce sexe. Par exemple, seules les femmes blondes attireront le jeune homme ; puis, seules les femmes blondes et bouclées ; et ainsi de suite, de trait original en trait original. A mesure qu'il saura mieux dans quel groupe il aura le plus de chances de rencontrer la personne qui lui correspond totalement, il éprouvera moins d'attirance pour celles qui n'en font pas partie. Le sexe féminin en général ne l'intéresse plus, et ne provoque plus en lui qu'une émotion passagère, sauf en cas de besoin, de faim sexuelle urgente et d'impossibilité de la satisfaire dans le groupe préféré. Enfin, même les personnes de ce groupe commencent à l'impatienter ; son instinct, son besoin deviennent de plus en plus exclusifs ; une seule personne pourra désormais lui plaire : la femme absolument distincte et unique, dont la rencontre marque l'aboutissement de cette quête et la victoire lumineuse de l'esprit sur les ténèbres où se débattait l'embryon. C'est l'étape n° 4 et dernière.

Tu auras du mal à me suivre si ton expérience se borne à ce que tu vois qui se passe chez nous. Les Napolitains restent fixés aux étapes intermédiaires de la grande aventure humaine ; ceux qui donnent la chasse aux blondes étrangères arrivent à l'étape n° 3 ; la plupart, cependant, s'en tiennent à l'étape n° 2, purement générique, et qui apparente leur vie amoureuse à celle des animaux. Le mâle en rut, quand il flaire dans l'air la femelle, ne regarde pas qui elle est : elle est femelle, *basta*. La vue, qui discerne, est le plus noble des cinq sens. L'odorat en est le plus vil, comme le prouve le fait qu'il s'est atrophié chez l'homme depuis que celui-ci, cessant de marcher à quatre pattes, s'est dressé sur ses deux pieds. Lucrèce disait déjà que ceux qui cherchent leur chemin par le nez sans lever la tête sont plus semblables à des bêtes qu'à des créatures pétries de limon divin. Y a-t-il beaucoup de nos concitoyens dont les mœurs dépassent cette phase de l'évolution, que nous pourrions appeler le degré cynique, tant par son essence animale (cynique de *kunos*, chien en grec) que par son aspect moral ? Et encore, j'ai peur d'être injuste pour les chiens. La confusion, organique et psychologique, est le propre des amibes et des planctons.

Or, quelle condamnation est prévue par nos lois ? Quelle réprobation peut-on attendre de l'opinion publique ? Si tu m'as bien compris, je ne condamne pas la pédérastie au nom d'un préjugé indigne de notre siècle. Je la condamne parce que l'homme qui s'y adonne s'attarde dans une phase primitive de son développement, au mépris du devoir que lui assigne sa qualité de mammifère biologiquement et intellectuellement supérieur. Si l'humanité veut s'élever vers son accomplissement et se montrer à la hauteur des espérances que Dieu a reposées en elle, que chacun, arrachant de sa chair les vestiges du sexe contraire, prenne conscience du rôle qui lui est fixé. Les peines devraient être moins lourdes pour celui qui a fait un pas en avant, qui est passé de l'étape n° 1 à l'étape n° 2. Mais enfin, que l'homme aussi éloigné de la perfection humaine que le Napolitain indifférent à l'objet de son choix, sache qu'il devra un jour rendre compte de sa poltronnerie devant le tribunal des lumières.

Tu as entendu l'autre soir l'abbé Galiani. Un homme est d'autant plus admiré à Naples qu'il collectionne plus de femmes, qu'il ressemble plus à un chien.

Marie-Caroline, notre Reine, se rendit populaire en proposant à sa première dame d'honneur, la duchesse de Montefiascone, le jeu suivant. Elles s'habillèrent en femmes du port, se couvrirent le visage d'un voile, et, s'étant postées au coin de via Toledo, se mirent à aguicher les passants. Il faisait nuit, nul ne les aurait reconnues, vêtues en simples courtisanes. C'était à qui des deux réussirait la meilleure marque. L'histoire ne dit pas qui gagna le pari, mais un grand de la Cour, dans la chambre où elle l'avait fait monter, identifia la duchesse. Loin de nuire aux intérêts du trône, cette aventure, dûment colportée, consolida la monarchie.

Père et fils

Un long cortège traverse le largo de Santa Maria a Cappella et commence la montée de Pizzofalcone. Six chevaux caparaçonnés de noir tirent le carrosse funèbre qui transporte le corps du duc de Maddaloni, depuis les catacombes de Santa Caterina où il s'est desséché dans la terre volcanique, jusqu'au palais Maddaloni à Monte di Dio où il recevra la sépulture définitive dans la crypte de la chapelle familiale.

Les confrères de la Piété de Dieu, en robe mauve et cagoule verte, suivent deux par deux le convoi, précédés du prieur qui tient dans sa main droite un bâton d'ébène à pommeau d'ivoire. Ensuite, don Manuele Carafa, le fils unique du duc, marche nu-tête, vêtu d'un simple habit noir. Le comte, devenu duc par la mort de son père, est d'une pâleur extrême. Les carrosses qui suivent transportent les membres de la famille. De temps à autre on se penche par une portière, une voix invite don Manuele à monter en carrosse avant le raidillon de Pizzofalcone. Don Manuele ne bouge pas la tête : a-t-il même entendu ? Il se contente de passer la main sur le collier d'argent qui orne son habit noir.

C'est incroyable comme il ressemble à la dernière image que je garde de son père. Indifférent à ce qui l'entoure, il est entièrement absorbé par la pensée qui le tourmente, comme le vieux duc dans l'antichambre de la comtesse Kaunitz, le jour où il avait attendu la sortie du dernier invité pour se décider à partir.

Une mèche de cheveux blancs pendait sur la joue creuse de l'amant délaissé de Caterina Gabrielli. Les cheveux de don Manuele sont restés noirs, peut-être même a-t-il rajeuni depuis qu'il est devenu chef de la maison. Mais une mèche pend sur sa joue, ce n'était jamais le cas. Sait-il seulement où il est, ce qu'il fait, où il va, pourquoi il a mis son habit de deuil, pourquoi il marche dans ce cortège ? Il regarde furtivement sa montre : n'est-ce pas l'heure où Sarah Goudar reçoit ? Il se demande si Feliciano n'est pas en train, juste en ce moment, de se faire annoncer. Il se torture à l'idée que Feliciano et Sarah, peut-être...

Le reste de la parenté s'est laissé retomber sur les coussins des voitures.

Derrière les carrosses, les domestiques suivent à pied. Derrière les domestiques, les mendiants de San Gennaro agitent au-dessus de leurs têtes les gonfalons noirs qui flottent au bout des lances. Autour des mendiants de San Gennaro, une foule d'enfants et de femmes tourbillonnent sans arrêt. Chacun tient dans son poing un petit sac où il a mis les ordures de la cuisine. Ils s'inclinent devant les mendiants et demandent à grands cris leur bénédiction.

Les lanciers de la mort, comme on les appelle. Révérés, vénérés tant qu'ils servent d'escorte au cercueil, contre les trois carlins que leur paye la confraternité chargée de la sépulture. Mais en réalité des loqueteux, des infirmes. Certains boitent ; ou il leur manque un bras. Des pustules leur couvrent le visage ; une humeur suinte du coin de leurs paupières. Une fois qu'on les aura dûment honorés en tant que lanciers de la mort, on pourra les conspuer en tant que déchets de la vie.

Le rite est immuable : la mort doit être d'abord glorifiée puis honnie. L'armée du sombre Pluton s'avance en rangs dérisoires. Quant le cortège sera arrivé devant le palais Maddaloni, quand les carrosses auront disparu sous la voûte, les ordures emportées dans les sacs commenceront à pleuvoir sur la tête des mendiants. Les gonfalonniers de la mort, changés en ignobles corbeaux du Tartare, s'enfuiront à la débandade, poursuivis par les trognons de choux, par les épluchures de carottes, par les moqueries des enfants, par les imprécations des femmes, par la vitalité tumultueuse du peuple de Naples s'arrachant à la peur de la mort qui l'oppresse.

Mais pour don Manuele, ce ne sera pas si facile. Je tremble à la pensée que, resté seul dans le caveau de famille, il voie se dresser devant lui le fantôme de la majesté paternelle. *Quand on est un Maddaloni et qu'on s'est mis dans le cas d'être trahi par ce qu'on aime, il ne faut pas s'abaisser par de vaines supplications. Honte à l'amant repoussé qui garde l'espoir dans son cœur. Moi je me suis laissé mourir de chagrin, quand j'ai compris que tout était fini, qu'elle ne reviendrait pas. Une passion impossible ne déshonore pas celui qu'elle tue.* Voilà ce que le fils entendra de la bouche auguste du père, dans le silence et la solennité du tombeau. Il croira que c'est à lui que cet avertissement hautain et ces mots à double sens s'adressent. Il baissera la tête et murmurera quelques paroles d'apaisement, suppliant les mânes irrités du mort de ne pas le maudire s'il continue à vivre, s'il continue à espérer.

Un couple

Mais oui, ce sont eux, inutile de feindre de ne pas les voir, Angelo Goudar, l'aventurier français, et la belle Sarah, sa femme, qui fut remarquée par Casanova à

Dunkerque dans une taverne où elle servait la bière. Casanova la céda à Goudar.

Dois-je saluer celle qui a dit publiquement l'autre soir, en sortant du théâtre où Pacchiarotti avait chanté : « Je ne sais si c'est parce que je suis femme, mais je n'aime point les eunuques » ? Quand même, je suis soulagé de savoir qu'elle n'a pas ouvert son salon aujourd'hui, que Feliciano n'est pas en train de se donner de la gaieté sur le Pausilippe, pendant que don Manuele Carafa descend derrière son père au fond du caveau des Maddaloni.

Comme elle est belle ! Un sourire de triomphe flotte au coin de ses lèvres. Elle marche vite, bien que ce soit l'heure de la promenade. Ils laissent loin derrière eux tous les autres. Quelle affaire encore les entraîne ? Vers quel but se pressent-ils ? Tout Naples connaît leur histoire, ils intriguent tout Naples.

Angelo Goudar commença par emmener sa femme à Paris, dans l'espoir qu'elle remplacerait la Dubarry dans la faveur de Louis XV. Le Roi les fit expulser des frontières par une lettre de cachet. Ils arrivèrent à Londres. Le chevalier d'Eon, qui les y rencontra, écrivit à M. de Beaumarchais qu'une espèce d'écrivain public, travaillant plutôt *pro fame* que *pro fama*, s'était réfugié dans la capitale anglaise après quelques démêlés un peu louches avec M. de Sartines. « Il fait de la littérature affamée et met sa plume émaciée par le jeûne au service de la première pitance qui vient aumôner son estomac vide et le relever de sa quotidienne abstinence. »

En arrivant à Naples, quelques années plus tard, Angelo Goudar s'était demandé s'il devait cacher ou produire cette lettre, dont il gardait sur lui la copie. Il la fit circuler. Faut-il plus le blâmer pour son impudence, ou plus admirer un tel homme pour la perspicacité avec laquelle il comprit tout de suite le caractère des Napolitains ? Ils furent enchantés d'accueillir un étranger qui savait d'aussi bonne grâce faire rire à ses dépens.

De Londres, le couple gagna Vienne. M. de Scalenburg leur envoya des commissaires pour savoir si cette jolie femme était l'épouse de Goudar. Il leur affirma que oui. Les commissaires demandèrent des preuves. Goudar leur répondit qu'ils les auraient sans tarder, s'ils se donnaient la peine de sortir un moment. Ils obéirent, deux minutes après il les appela. Ils entrèrent et virent Goudar sur le ventre de Sarah, faisant la bête à deux dos. Voici ma preuve, s'écria l'heureux champion, je n'en ai pas d'autre. Il eut ordre de quitter Vienne sur-le-champ. Il se réfugia à Venise, où il fit apprendre le chant à Sarah, avant de paraître avec elle à Naples, il y a de cela deux ans. L'anecdote de la bête à deux dos avait fait le tour de la ville. Elle leur rapporta autant de popularité que partout ailleurs elle leur eût coûté d'opprobre.

On les voyait à l'opéra, dans les maisons de jeux, au café Gambrinus, au corso, mais la noblesse ne fréquentait pas la maison d'une ancienne serveuse de bière, eût-elle une jolie voix, une plus jolie taille, le mari de l'esprit pour quatre et le couple aucun scrupule pour arriver à ses fins.

Le mois qui suivit leur arrivée à Naples, la nouvelle promenade de Chiaia, agrémentée d'un jardin le long de la mer et de deux casinos pour les rafraîchissements, avait été ouverte au public. C'était la première fois que la ville s'étendait au-delà du palais Cellamare en direction de Cumes et de Pouzzoles, franchissant les antiques limites établies par les vice-rois, du temps de la domination castillane. La plage, jusque-là déserte, empestée de marécages, défendue par quelques fortins contre les incursions turques encore fréquentes pendant le siècle dernier, se couvrit d'une quintuple rangée de tilleuls et de vignes accrochées à leurs branches.

Le soir de l'inauguration, les dames défilèrent en carrosse sur le boulevard dallé qui longe le rivage. Les seigneurs, ayant pris place à bord de felouques, les escortèrent par mer jusqu'au bout de la promenade. Des musiciens, qui suivaient en barques, égayèrent par des sérénades la mélancolie du crépuscule. Le retour se fit à pied, sous le jus des grappes trop mûr qui coula sur les robes.

Sarah Goudar, refoulée avec les gens du peuple derrière la dernière rangée d'arbres, ne perdit son temps ni à se sentir blessée dans son amour-propre, ni à contempler le spectacle magnifique de la baie, ni à respirer le parfum des tamaris et des oléandres. Elle vit aussitôt le parti qu'on pouvait tirer des collines qui s'élèvent au bout de la promenade. Le Pausilippe avait l'air d'une bute escarpée, pierreuse et inhospitalière. Il suffirait d'en arracher les broussailles et de les remplacer par des pins, d'éparpiller de jolies maisons sous les ombrages, pour mettre à la mode un lieu de villégiature.

Elle acheta la colline, défricha, reboisa, construisit une route, dissémina face à la mer, dans les plis du rocher, des villas à colonnes et à toit plat. Elle peignit leurs façades en orange, en vert, en noir, couleurs en harmonie avec le tapis d'aiguilles du sous-bois et l'écorce rougeâtre des grands pins agités dans le vent, mais aussi avec le goût pompéien alors à son apogée.

C'était l'époque où les seigneurs napolitains se faisaient conduire en carrosse à Pompéi, à Herculanum, pour acheter un morceau de statue, une amphore, une lampe d'albâtre volés par les paysans dans les champs de fouilles. La redécouverte de l'Antiquité inclinait tous les arts vers des formes sévères. Les architectes Vanvitelli, père et fils, construisaient le Palais Royal de Caserta, la colonnade du Foro Carolino, le cloître inférieur de San Marcellino, la façade du palais Calabritto, le palais Casacalenda, en réprimant l'exubérance du baroque romain sous l'austérité des lignes néo-classiques. L'érudit Winckelmann, le peintre Tischbein ami de Goethe, le paysagiste Hackert, la portraitiste Angelica Kauffmann, peintre officiel de la Cour, ainsi que les autres savants et artistes allemands attirés à Naples par Marie-Caroline fille de Marie-Thérèse, jetaient sur l'ardeur vésuvienne l'eau froide des glaciers alpins. Et la belle lady Hamilton, femme de l'ambassadeur d'Angleterre, faisait l'admiration de ses invités en imitant les bas-reliefs retrouvés sur les sarcophages. Vêtue d'une longue tunique grecque, les cheveux dénoués, elle prenait tour à tour la pose d'Omphale, de Vénus, d'Aspasie, de Médée, d'Andromaque, à l'aide de deux châles de soie qu'elle drapait de vingt manières, tantôt odalisque soumise, tantôt furie déchaînée, tantôt courtisane arrogante, tantôt veuve élégiaque, renversée sur un divan, ou debout, ou à genoux contre une colonne qu'elle entourait de ses cheveux, comme une pleureuse d'Euripide. Don Raimondo me dit qu'elle était tout à fait merveilleuse en Apollon du Belvédère.

Sarah Goudar ne commit pas la faute de rivaliser avec lady Hamilton. Elle vendit les maisons du Pausilippe, garda pour elle celle qui n'était ni la plus grande ni la plus riche, se fixa trois mois pour attendre que la noblesse lui fît l'honneur de fréquenter ses après-midi, puis, à l'expiration de ce délai, comme la société ne se décidait pas à venir, elle transforma le salon de réception en salon de jeux.

Angelo Goudar publia en français un petit livre intitulé : *l'Histoire des Grecs ou de ceux qui corrigent la fortune au jeu*. On ne sait quel sentiment le poussa à dévoiler lui-même les moyens de tricher. Probablement le désir d'attirer la clientèle en la rassurant sur l'honnêteté de son entreprise. Mais pourquoi mêler dans cette affaire la Grèce, sinon par une manière d'insolence envers ces aristocrates toqués de modes antiques et boudant la maison des Goudar ?

« On trouvera dans mon livre un détail général de toutes les filouteries des joueurs qui corrigent la fortune ; il sera suivi d'un dictionnaire contenant tous les termes de l'art de filouter, avec des planches où seront gravés toutes les machines, les outils, les ustensiles et les ingrédients, qui composent la boutique d'un Grec. »

La plaisanterie était excellente. Ou Goudar entendait prouver sa vertu par l'étalage de ses connaissances en filouterie, ou bien il se déclarait lui aussi Grec à sa façon. Et comment lui en vouloir de professer sa foi dans la nation de Périclès et de Démosthène ? Le génie athénien s'exhibait par son côté trivial dans les tables de pharaon et de biribi d'un couple de déclassés, aussi naturellement, aussi légitimement qu'il se faisait admirer sous son aspect noble dans les attitudes sculpturales et les abandons calculés d'une lady.

Le lotissement du Pausilippe, le dépit des édiles à qui une femme avait soufflé cette occasion de s'enrichir, l'opuscule des Goudar, les récits qu'on lui faisait des après-midi fréquentés par une foule d'étrangers et d'aventuriers, amusèrent beaucoup le Roi. Il avait regardé dans le bout de sa lorgnette la belle Sarah qui trônait dans une loge du San Carlo. Ce n'était un secret pour personne qu'Angelo Goudar, n'ayant pas réussi à mettre sa femme à la place de la Dubarry, espérait lui procurer à Naples les faveurs de Ferdinand. Ferdinand, beaucoup moins strict sur l'étiquette que ses courtisans, se serait volontiers rendu dans la maison du Pausilippe. Ne se plaisait-il pas dans la compagnie de ses marmitons et de ses palefreniers ? Un homme qui vendait le poisson sur la place du marché ne trouvait pas de sujet de dégoût dans une femme qui avait servi de la bière.

Socrate en échec

Dans la baie, quelques barques de pêche, immobiles sur l'eau miroitante. Les hommes ont l'air assoupi. Un grand chapeau de paille rabattu sur les yeux, ils laissent flotter derrière eux le bouchon. La plupart des barques sont à sec sur la plage. Un homme jeune, très brun sous ses haillons, sommeille à demi nu près d'un filet déchiré.

— Mes compliments, Vos Excellences, dit-il en se soulevant sur le coude.

— Qu'est-ce que tu fais là ? lui demande Perocades.

— Je me repose, Excellence.

— Tu ne vois pas que ton filet est déchiré ?

— Justement.

— Justement quoi ? Si ton filet était réparé, tu pourrais aller à la pêche.

— Bon. Et puis ?

— Tu ramènerais des poissons.

— Je vous écoute, Excellence.

— Tes poissons, tu les vendrais.

— D'accord.

— Avec l'argent, tu pourrais t'acheter un filet neuf, plus solide, plus grand, avec lequel tu ramènerais plus de poissons, qui te rapporteraient plus d'argent.

— J'y ai pensé, Excellence.

— Songe aussi qu'avec l'argent gagné au moyen du nouveau filet, tu pourrais t'acheter une barque plus robuste, et t'avancer dans la haute mer où il y a des bancs de poissons.

— Les bancs de poissons me font bien envie !

— Tu deviendrais presque riche.

— Presque riche !

— Tu pourrais t'acheter un nouvel habit.

— Et puis ?

— Te faire bâtir une vraie maison. Je parie que tu dors sous ta barque.

— Et puis ?

— Amener dans cette maison une femme, qui te donnerait des enfants. Est-ce que la femme et les enfants ne te font pas bien envie également ?

— Et puis ? Qu'est-ce que je pourrais faire encore ?

— Envoyer sur ta barque des employés, que tu paierais avec le surplus de la vente, et toi, rester à la maison.

— Qu'est-ce que j'y ferais, à la maison ?

— Mais tu te reposerais, tu l'aurais bien mérité.

— C'est à quoi j'ai pensé aussi, Excellence.

— Tu vois, mets-toi au travail sans tarder.

— Non.

— Non ?

— Excellence, dois-je vraiment me donner tant de mal pour un résultat que j'ai déjà atteint ?

— Déjà atteint ? Tu rêves ! Ton filet n'est même pas en état ! Dis-moi un peu ce que tu es en train de faire, là, à te prélasser ? Où sont ta maison, ta femme, tes enfants ?

— Ce que je suis en train de faire ? Vous m'avez dit que pour ma peine j'aurais le droit de me reposer. Eh bien ! je me repose, dit le jeune homme en se laissant retomber sur le sable. C'est bien plus agréable sans l'avoir mérité.

Poissons

Le dédaigneux duc de Cattolica, à un bal de Cour, demandait pourquoi le prince de San Nicandro, riche comme il était, prenait la peine de danser lui-même.

Je pensais que don Antonio allait s'en prendre à la paresse, à l'incurie napolitaine, mais il me dit, à peine nous fûmes-nous éloignés :

— Tu as vu ce qu'il y avait dans son panier, à côté de lui ?

— Je n'ai rien remarqué.

— Des bouts de bois, de petites planches, des esquilles.

— A quoi cela peut-il bien lui servir ?

— Cet homme qui t'a paru un fainéant et qui s'amuse à le faire croire avait en réalité passé une partie de la nuit à ramasser dans son panier ces morceaux de bois. Voilà tout Naples !

— Je ne comprends pas, dis-je.

— Il est allé ce matin de bonne heure dans les quartiers de l'arsenal, recueillir les copeaux tombés du rabot des calfats. Puis il a marché le long de la plage, en se baissant continuellement pour récolter les bouts de planches rejetés par la mer. Il s'est dirigé ainsi jusqu'à l'endroit où nous l'avons trouvé, épuisé par ce travail qui est extrêmement pénible, presque entièrement inutile, qui lui aura coûté beaucoup plus d'efforts que s'il avait réparé son filet et lui rapportera beaucoup moins d'argent que s'il était parti pour la pêche.

— Que va-t-il faire de ces morceaux de bois ?

— Tout à l'heure, il remontera en ville et proposera sa marchandise aux vendeurs ambulants, qui achètent ce petit bois pour entretenir les braises sous le chaudron des calmars.

— Vous avez l'air fâché, don Antonio, que ces mollusques puissent bouillir sur le feu procuré par le travail de cet homme.

— Le travail ! Mais ce n'est pas un travail, justement, c'est une peine physique, oui, une énergie gaspillée, un effort improductif, ce n'est pas un travail ! Pour qu'on puisse parler de travail, il faut qu'il y ait d'une part une énergie qui produise, c'est l'homme, d'autre part un accroissement de la valeur en circulation sur le marché, c'est le produit. Tu trouveras rarement à Naples quelqu'un qui ne soit pas en train de s'occuper à quelque chose ; nul peuple n'est plus industrieux ; mais, avec toutes leurs dispositions, ils n'arrivent à rien produire qui marque une augmentation de la richesse publique.

Nous remontons, à travers les petites rues du port, vers le largo del Castello. Partout une intense activité : des gamins chargent sur des ânes des tiges d'artichauts, des trognons de choux ramassés dans les ordures ; d'autres courent derrière les dames d'un certain ton pour épousseter le bas de leur traîne ; des vendeurs de friture remuent dans l'huile bouillante de petits morceaux roses d'aubergines. On a tendu en travers des rues des guirlandes de papier et de fleurs ; les marchands, derrière les étalages, mettent la dernière main à la décoration. Les citrons jaunes voisinent avec les tomates écarlates ; les poulets d'Inde pendent par les pieds à l'auvent, un large ruban rouge noué autour de la queue. Les saucisses, les andouilles, les boudins s'arrondissent en couronnes autour des poivrons cramoisis. Des touffes de mimosa égayent la pile blême des fromages. Les femmes touchent, palpent, retournent sous leurs doigts cette profusion bigarrée de victuailles. Trop cher ! Tout est trop cher pour elles. Elles crient à pleins poumons en direction du vendeur. Le vendeur cherche à les assourdir sous ses hurlements. Puis, quand chacun s'est bien égosillé, on commence à marchander, jusqu'à ce qu'on se mette d'accord sur un prix. Tout le monde est content, chacun croit avoir roulé l'autre.

Mais pourquoi ce silence, là-bas ? Pourquoi cet attroupement ? Elles font cercle autour d'un thon, contemplent sans un mot la masse de chair sanglante dont plusieurs tranches ont été découpées, aucune vendue. Des centaines de mouches enfoncent leurs petites mandibules dans la viande, malgré les efforts de deux jeunes garçons, dont l'un agite un carré d'étoffe fixé au bout d'un bâton, l'autre asperge le poisson avec l'eau qu'il prend dans ses paumes d'un seau posé par terre.

Le thon est couché sur un tréteau, d'où dégoutte un mélange d'eau saumâtre et de sang. Le père, un homme grand et fort qui porte noué à la taille un tablier sanglant, regarde sans rien dire la bête qui fume au soleil, les mouches, les femmes rangées en silence devant le poisson. Les garçons donnent de plus en plus mollement la chasse aux insectes. Tout le monde semble résigné : le marchand à ne rien vendre aujourd'hui, les femmes à attendre quelques jours, le temps que les mouches, le soleil et le travail interne de la décomposition rendent cette nourriture précieuse assez vile pour être cédée à bas prix.

Elles reviendront demain, fascinées par le progrès très lent de cette dégradation, se demandant si la chair sera encore comestible quand la marchandise aura été suffisamment dépréciée.

Je resterais bien avec elles, à contempler par leurs yeux l'image de notre commune impuissance, mais Perocades m'entraîne de vive force derrière lui.

— Comment veux-tu, me dit-il, qu'on organise un marché au poisson un peu stable, qu'on assure aux prix une certaine fixité, si les pêcheurs, au lieu d'aller à la pêche, se mettent à ramasser les brindilles sur la plage ? Une société ne peut se construire et se développer que si chacun des membres qui la composent reste à la place que lui assigne sa fonction. Le pêcheur dans sa barque, le boucher à son étal, le maréchal-ferrant dans sa forge ! Mais si tout le monde fait tous les métiers, impossible de plus rien prévoir, les cours tirent à hue et à dia. Le progrès économique exige de chaque citoyen la conscience individuelle de son rôle dans la collectivité, le sens de ses responsabilités, le sens de ses limites.

« En France, le pêcheur, si tu l'interroges, te répondra : je *suis* pêcheur. Le Napolitain te dira, lui : je *fais* le pêcheur. Tu saisis la nuance ? Il reste à distance de ce qu'il fait. Il fait ceci un jour, il fera cela un autre jour. Résultat : le rouget qui vaut un demi-carlin aujourd'hui montera à l'once demain. Dans ces conditions, comment la ménagère peut-elle établir son budget ? Elle admire dans sa gloire le thon qu'elle consomme pourri.

« La France a produit Voltaire, parce que, entre Voltaire qui fonde sa philosophie morale sur la conscience individuelle, le pêcheur qui débarque chaque matin à Boulogne sa quantité à peu près égale de sardines et la ménagère française qui met deux fois par semaine des sardines sur la table du souper, il y a une connivence profonde, l'accord de tous les esprits, du plus élevé au plus simple, sur le principe d'identité. Je suis ce que je suis, les choses sont ce qu'elles sont. Tels effets suivent telles causes. La nation entière en profite. Les philosophes de Naples s'appellent Campanella, Vico. Des utopistes, des rêveurs...

Je le laisse parler, je suis resté avec les mouches,

agrippé à ce thon qu'elles fouillent de leurs petites pattes. Quelle agonie pour ce seigneur des mers ! Le plus impressionnant était l'absence de cris, le cercle médusé des femmes, la solidarité avec cette chair avilie, la peur qu'inspire un reste de majesté, l'attente anxieuse des premiers signes de décomposition qui libéreraient l'enchantement.

Viandes

A mesure qu'on se rapproche du largo del Castello, les expositions de viandes succèdent aux étalages de poissons. Des quartiers de bœufs, des moutons entiers, des cochons ornent de façon magnifique le tréteau des bouchers. Ici, il semble que les marchandises exhibées ne soient même pas proposées à la vente, si j'en juge par la profusion de papier d'argent, de papier doré, de rubans et de toutes sortes d'autres motifs de décoration qui emmaillotent les bêtes comme des momies égyptiennes.

Les bouchers se croisent les bras, regardant d'un œil fier la foule des badauds qui admirent en silence, mais d'un air étrangement satisfait eux aussi, ces amoncellements de pitances interdites.

Je note que beaucoup d'hommes maintenant flânent au milieu de la cohue. Les viandes sont l'objet d'une intense cupidité stimulée par une longue privation. Mais, soit que la conviction absolue qu'elles ne paraîtront jamais sur leurs tables les détourne de l'envie impuissante, soit pour une autre raison que j'ignore, aucun signe de découragement, aucune ombre de détresse, comme sur le visage des femmes qui faisaient le guet devant le thon, n'assombrit leur contemplation passionnée.

La foule s'écarte un moment pour laisser passer un

gendarme qui remonte à cheval la rue. Derrière le cheval, un soldat à pied, qui tient d'une main une trompette et de l'autre une grande ardoise couverte de chiffres, invite les passants à se réjouir avec lui du prodige qu'il va leur remettre en mémoire. Il énumère alors en déclamant d'une voix monotone les centaines de bœufs et de veaux et les milliers d'agneaux et de cochons et la quantité encore plus fabuleuse d'oies, de coqs, de canards, de dindons et même de pigeons qui ont été immolés l'année dernière à pareille époque, sur l'ordre du Roi, pour le divertissement de son peuple. Tout le monde écoute, les yeux brillants de plaisir. Psalmodiée comme le récit d'une bataille entre paladins, cette litanie rappelle à chacun la part qu'il a prise personnellement au sac des victuailles, et stimule son appétit dans l'imminence du prochain banquet.

Au milieu du largo del Castello, une troupe de charpentiers et de menuisiers s'affaire autour d'une gigantesque construction faite de poutres et de planches. La fête qui aura lieu ici, sous les yeux de la Cour qui regardera depuis les balcons du Château, marque le point culminant des réjouissances annuelles. Bougainville, me dit Perocades, n'aurait pas dédaigné d'ajouter à ses mémoires un chapitre sur cette cérémonie, qui constitue la revanche légitime du peuple sur trois cent soixante-quatre jours de disette, mais aussi un rite extraordinaire de sang, de cruauté et d'humiliation.

Le gouvernement achète aux bouchers toutes les viandes qui s'entassent depuis quelques jours sur leurs étalages. Il fait venir de la campagne d'autres troupeaux à ses frais. Les quartiers de bœufs, de veaux, les moutons entiers et les porcs sont attachés aux poutres et aux planches de la charpente dressée au milieu du largo. Les oiseaux de basse-cour, les pigeons pendent le long des mâts, jusqu'au sommet de la construction qui a une hauteur de plus de trente pieds. Des soldats en armes veillent autour de l'édifice, appelé cocagne. Lorsque la Cour s'est mise aux balcons du Château, et que le canon a tonné du haut du fort Saint-Elme, la foule, se précipitant entre les soldats, donne l'assaut aux viandes. Les bouchers comme les autres.

Les cocagnes représentent toujours un sujet historique ou mythologique. Perocades se souvient que celle de l'an dernier, particulièrement forcenée et horrible, figurait *L'Age d'or*. Tous les animaux, même les bœufs, étaient attachés vivants à l'échafaudage. Chose étrange, des guirlandes de festons et de branches grimpaient entre les poutres avec un art merveilleux. Les *lazzaroni* eux-mêmes procèdent à la décoration. Cette fois-là, ils avaient hissé au sommet de la charpente une énorme effigie de Saturne. Le dieu de l'abondance agricole présida du haut de sa majesté légendaire aux crimes de la populace déchaînée.

Quand le coup de canon de Saint-Elme, longuement attendu par la foule, eut retenti de colline en colline, les soldats se replièrent en hâte vers le Château, craignant d'être égorgés en même temps que les bœufs, les moutons, les porcs. Armés de couteaux, de poignards, parfois de ciseaux ou de simples poinçons, suivis de leurs femmes vociférantes, les hommes s'étaient rués sur la cocagne. En un tour de main ils avaient pourfendu, écartelé, dépecé le bétail, plus excités par la vue du sang qu'émus par les cris, par les râles des animaux au supplice. Ils jettent les morceaux à leurs femmes, qui les entassent dans des hottes, mais parfois ils mordent tout de suite à belles dents et dévorent un bout de chair crue.

La Cour, avec une grande partie de la noblesse napolitaine, avait assisté au massacre. Mais l'odeur écœurante du sang, les ruisseaux qui avaient coulé jusque sous les balcons, l'horrible mugissement des bœufs saignés vivants avaient révolté la jeune Reine autrichienne. Elle exigea qu'on mît un frein à la barbarie de cette coutume. Le Roi décida que les bœufs et les veaux seraient tués d'abord par les bouchers, selon toutes les règles de l'art, et liés seulement par quartiers à l'échafaudage.

Que représentera la cocagne en construction sous nos yeux ? Une montagne de la Thrace au sommet de laquelle apparaîtra, découpé dans une immense planche de carton peinte en rouge et en or, le dieu de la musique, Orphée. Il tiendra sa lyre et sera supposé charmer par la douceur de ses chants, comme s'ils bondissaient librement de rocher en rocher ou volaient de branche en branche, les animaux suspendus au-dessous de lui. Don Antonio me confirme que les *lazzaroni* ont choisi tout seuls ce sujet, de même que, l'autre fois, c'est eux qui avaient eu l'idée d'appeler la bénédiction de Saturne sur leurs bacchanales. Ils vont comme tout le monde à l'opéra et gardent imprimée dans leur fantaisie l'image de scènes gracieuses.

Les bœufs et les veaux seront morts et déjà découpés. Mais les moutons, les agneaux, les chèvres, les porcs seront offerts tout vivants au fanatisme populaire. On entendra les cris de ces misérables victimes égorgées ; on verra les hommes enfoncer le fer dans leurs chairs pantelantes ; les femmes se lécher les doigts au-dessus des hottes pleines. Les oies, les coqs, les canards, les pigeons, attachés par des ficelles aux étages supérieurs de la charpente, s'agiteront furieusement dans leurs liens. Les jeunes gens, les hommes encore agiles, les petits garçons enhardis par les hurlements de leurs mères escaladeront les poutres et grimperont aux mâts à la conquête du butin. Pour s'épargner la peine de défaire les ficelles, on arrachera le corps à l'aile qui restera pendante le long du mât, fracassée. Il sera difficile d'éviter, dans toute cette presse et ce déchaînement, que quelque partie de l'échafaudage ne s'écroule, entraînant dans sa ruine la chute des plus audacieux, ou des moins adroits. Bienheureux si en arrivant au sol contusionnés et blessés, ils ne sont pas piétinés en outre, suffoqués et broyés dans la mêlée sanglante. Il ne faudra pas s'étonner non plus si un *lazzarone*, au lieu de frapper à coups sourds dans le ventre d'un porc, rendu soudain frénétique et ivre par l'odeur, par les cris, par l'abomination de ce qu'il est en train de faire, par le soleil qui l'aveugle, par les applaudissements et les vivats de la Cour, retire sa lame fumante et la plante, toute chaude du sang de la bête, dans le cœur de son voisin.

Misérable Orphée, spectateur impuissant de cette tuerie ! A quoi auront servi tes chants, si au lieu d'ensorceler par leur grâce des troupeaux bucoliques, ta lyre n'aide même pas à adoucir l'agonie de ce bétail supplicié ? Puissent-ils au moins ne pas tourner vers toi leurs yeux mourants, ne pas avoir le chagrin de se dire que la musique aussi est une imposture, si l'amant d'Eurydice, qui faisait pleurer jusqu'aux rochers, cautionne l'horreur d'une telle boucherie.

La défaite de la raison

Perocades fit soudain un bond en arrière et enfonça précipitamment sa main dans sa poche. J'avais aperçu comme lui don Nicolà Valletta, professeur de droit à l'Université, qui s'avançait en boitant dans notre direction, mais je n'aurais jamais cru que la légende attachée à ce personnage pût trouver du crédit auprès de mon compagnon.

— Don Antonio, lui dis-je, à peine eûmes-nous dépassé le Valletta, vous n'allez pas me faire croire que vous aussi...

— Tais-toi, malheureux, tiens, ouvre ta main plutôt, me dit-il, en plaçant dans ma paume un fragment de corne de buffle, une gousse d'ail et un trousseau de clefs qu'il venait de retirer de sa poche.

— Oh ! vous savez, répondis-je, nous autres castrats, nous ne craignons pas d'être dépossédés de quelque chose de plus important que ce qu'on nous a déjà pris.

— Chut ! N'ajoute pas la forfanterie à l'impiété. Es-tu sûr au moins qu'il ne t'a pas regardé à la gorge ?

Sur ces mots, il me fit un clin d'œil malicieux qui me rassura.

— A la gorge, don Antonio ?

— Pour te voler ta voix, Porporino. Ni à la poitrine ?

— A la poitrine ?

— Pour te ravir ton souffle. Ni aux pieds ?

— Aux pieds ? Ne me faites pas rire, don Antonio !

— Aux pieds, pour te faire trébucher la première fois que tu paraîtras en scène.

— Don Antonio !

— Tu ne connais pas leur puissance, continua Perocades, qui me sembla réprimer une forte envie de rire, bien que son visage montrât tous les signes de la frayeur. Sais-tu comment on a découvert que le personnage que nous venons de croiser – ne le nomme jamais, surtout ! – exerçait un pouvoir formidable ?

— Ma foi non, répondis-je, vaguement intrigué à mon tour.

— Invité au bal du prince de Butera, il s'arrête devant un superbe vase en porcelaine de Chine, demande au maître de maison où il l'a acheté. Le prince soulève le vase, qui lui échappe des mains et se brise en mille miettes sur le parquet. On apporte des rafraîchissements, *il* étend la main vers le plateau : à l'instant le domestique fait un faux pas et tombe de son long. Le prince remarque alors que ses invités s'esquivent plus ou moins poliment en direction du jardin. Comme si de rien n'était, il reste dans le salon à discuter avec son hôte. Puis il l'invite à passer dans le jardin, où un magnifique repas a été dressé. Ils n'y ont pas plutôt paru que le ciel, jusqu'à présent serein, se couvre de nuages et déverse un torrent sur la compagnie. On rentre en hâte : le lustre du salon s'effondre. Tout le monde en profita pour prendre congé. Le prince, qui était resté crânement avec *lui* toute la soirée, se réveilla le lendemain avec la fièvre. Trois jours plus tard, il était mort. Huit jours après, les notaires découvraient un passif énorme dans ses affaires. Ils mirent aux enchères le palais. Les Butera durent s'exiler en province.

— Don Antonio, m'écriai-je, vous ne croyez pas dans ces sottises !

— J'y crois et je n'y crois pas, répondit Perocades, qui avait perdu de son assurance et fixait le sol d'un drôle d'air. Vois-tu, mon petit, nous avons appris du mouvement encyclopédique français ainsi que de l'idéologie franc-maçonne le grand thème de la rationalité de l'univers et du pouvoir transformateur de l'œuvre humaine éclairée par la lumière de la raison. Néanmoins, comment nous le dissimuler ? tout va de travers à Naples, avec une régularité et une obstination qui infligent à cette confiance un démenti permanent. L'adversité errante qui flotte sur la ville et s'amuse à bafouer systématiquement les efforts des hommes de bonne volonté se concentre dans l'œil torve du *jettatore*. Nous avons besoin du *jettatore*, comprends-tu ? Nous avons besoin de mettre un nom sur cette force occulte et maligne qui ruine chaque jour nos espoirs. Pour répondre à ta question, non, je ne crois pas, en tant que lecteur de Bacon et de Voltaire, au pouvoir du mauvais œil. Je me suis même engagé, en tant que disciple de James Anderson et de Jean-Théophile Désaguliers, à combattre une superstition indigne des temps modernes. Mais en tant que Napolitain, en tant que citoyen d'une ville où la misère s'accroît et où l'économie périclite malgré les immenses possibilités naturelles, j'ai besoin de croire qu'un reste de sorcellerie exerce sa mystérieuse influence.

Nous fîmes quelques pas sans rien dire.

— Du reste, reprit-il, observe ceci. Il est bien connu que l'œil manifeste un pouvoir magique puisque, de tout temps, lorsqu'un homme en rencontre un autre, ils se mesurent du regard et cherchent à prendre possession l'un de l'autre par le feu qui émane de leur pupille. De là les passions, de là les haines, les envies, les asservissements réciproques. Quiconque admire une chose, disait déjà Campanella, lève les sourcils et veut ouvrir les yeux assez grands pour qu'y entre la chose admirée afin de la connaître et d'en jouir. Chez les peuples heureux cette force attractive qui réside dans l'œil est tout entière positive et dédiée à l'amour. Chez nous, elle s'adonne avec un entêtement malin à la destruction.

Nous fûmes distraits par les gémissements d'une jeune femme qui serrait contre sa poitrine un bébé rachitique. Perocades détourna la vue.

— Que devons-nous dire aux mères quand leur sein tarit, quand la mort la plus cruelle emporte leur nourrisson desséché ? Qui aurait le courage de leur soutenir qu'il ne saurait en être autrement dans une ville où le lait maternel est le seul aliment du nouveau-né, où font défaut les coopératives laitières, où l'hygiène est si déplorable que toute autre nourriture achetée au marché serait un poison pour leur créature, où les hôpitaux fonctionnent dans des conditions si désastreuses que l'enfant n'aurait pas moins de chances d'y mourir que dans la chaleur familière de la maisonnée ? Et qui serait assez inhumain pour leur expliquer en outre que l'assèchement de leur lait provient du nombre excessif de leurs maternités, et que cette imprévoyance dépend à son tour de l'oisiveté de leur mari, et de la misère, chronique, accablante et sans espoir, de leur foyer ? Tu vois bien que dans ce cas le langage de la raison leur ferait perdre le peu qui leur en reste, après qu'elles ont vu mourir l'un après l'autre leurs bébés. Il vaut bien mieux leur parler le langage de la folie et ne pas les empêcher de croire qu'elles ont rencontré dans la rue un ténébreux *jettatore*, un misérable, un sorcier, jaloux de leur bonheur et de leur épanouissement maternel, qui a fixé de son regard le bout de leur sein pour leur voler le lait.

« Contre le mauvais œil, elles se protègent comme elles peuvent. Elles remplissent leurs poches de gousses d'ail et de clefs. Chez elles, elles accrochent au berceau une paire de ciseaux, dans l'espoir que le maléfice oculaire, s'il osait s'approcher de l'enfant, reculerait sous la peur d'être coupé en deux. Contre leur sein, sous leur châle, elles placent un journal : le temps qu'il emploiera à déchiffrer les caractères et l'effort qui lui en coûtera le dégoûteront, pensent-elles, de leur poitrine. Touchant raisonnement ! Tu comprends, ces femmes ne savent qu'épeler à grand peine ou elles ne savent pas lire du tout, et elles font confiance dans ce stratagème. Quoi qu'il en soit, tous ces rites protecteurs les occupent, soutiennent leur énergie. A quoi les avancerait-on en leur faisant un tableau objectif de la situation napolitaine, qu'il faudrait leur présenter comme elle est, c'est-à-dire absolument calamiteuse, sans remède, sans issue? Naples tue leurs enfants qu'elle les oblige à mettre au monde.

— Mais vous aussi, dis-je, vos poches sont pleines de talismans!

— Je pourrai m'en passer, reprit-il d'un air sombre, le jour où je verrai que les forces de la raison cessent d'être tenues en échec dans le royaume de Naples. Le jour où on m'expliquera pourquoi Hannibal, au lieu d'entrer victorieusement dans Rome, laissa son armée s'affaiblir dans les délices de Capoue, à dix lieues de Cumes, préparant lui-même sa défaite. Le jour où je comprendrai pourquoi Naples, la ville la plus ensoleillée d'Europe, compte le plus de rues où le soleil ne pénètre jamais, sombres, humides et pernicieuses. Le jour où la mer la plus poissonneuse d'Europe fera la richesse des pêcheurs, que je vois au contraire s'échiner pour un maigre butin qui nourrit à peine leur famille. Le jour où la monarchie qui devrait être une des plus puissantes du globe cessera d'être un simple enjeu entre la France, l'Autriche, l'Angleterre et l'Espagne, dans des négociations où elle n'est même pas consultée. Les 500 000 habitants de Naples en font la troisième ville du monde, après Londres et Paris, avant Vienne et Madrid. Eh bien! il semble que nous ne comptions pas plus que si nous étions une poignée de villageois.

— Tous ces déboires, don Antonio, vous ne les mettez quand même pas sur le compte du malheureux *jettatore*, un pauvre homme la plupart du temps, que tout le monde évite, qui n'est invité nulle part...

— Et qui traîne la patte, dit Perocades en riant. Car il est toujours boiteux, ou pied bot, et de toute façon fort laid, comme si ce personnage qui inspire une telle crainte aux gens devait en même temps leur paraître grotesque. Ils en rient, parce que le Napolitain a besoin de rire de ce qui lui fait peur. Une fois qu'il en a ri, il peut recommencer à en avoir peur, sans qu'on puisse se moquer de lui en disant qu'il est dupe d'une imagination superstitieuse.

— Mais alors, fis-je, pourquoi y croire ? Ce Voltaire que vous avez toujours à la bouche, est-ce qu'il y croit, lui ?

— Tu as mis le doigt sur la plaie, me dit-il, en redevenant soudain grave. Nous ne pourrons jamais être, à Naples, de vrais disciples de Voltaire. Nous ne pourrons jamais, comme Voltaire, choisir d'une manière tranchée en faveur du rationalisme contre les pièges de la superstition et les impostures de la sorcellerie. Il y aura toujours en nous, même en ceux d'entre nous qui pratiquent les Encyclopédistes et qui font partie des Loges, une zone d'ombre, de frayeur, qui s'appelle jettature, mais qui aurait pu prendre une autre forme et s'appeler d'un autre nom. Est-ce tout à fait notre faute ? Voltaire s'est appuyé sur une France riche, prospère, en plein développement économique, une France où la confiance dans la raison donnait chaque jour des fruits tangibles. Un siècle avant lui, déjà, Francis Bacon en Angleterre et Descartes en France pouvaient poser sans équivoque l'alternative entre magie et raison et la résoudre victorieusement, parce que, dès cette époque, la France et l'Angleterre étaient gouvernées par une bourgeoisie du commerce et de l'industrie. Cette classe active, vigoureuse, entreprenante, travaillait dans le cadre d'un Etat national en pleine expansion. Mais à

Naples ? A Naples les richesses sont concentrées dans les mains de quelques grandes familles qui les dilapident sans en créer de nouvelles ; la noblesse se croirait déchue si elle se mettait à travailler ; le peuple est trop misérable pour penser au lendemain. Tout stagne, tout périclite. La philosophie des lumières se heurte à l'évidence d'un marasme chronique. Tant que le royaume n'aura pas une bourgeoisie marchande et industrielle qui prenne en main les affaires et assume les responsabilités d'une classe dirigeante véritable, la meilleure volonté du monde ne pourra ici qu'enregistrer la défaite de la raison.

Perocades s'arrêta brusquement. Il semblait abattu et las.

— Quel aveu ! reprit-il à voix basse. Un franc-maçon réduit à tripoter une gousse d'ail dans le fond de sa poche, ni plus ni moins qu'une vieille femme ignorante. La philosophie mise en déroute, les lumières continuellement humiliées. Aucun de nous, Porporino, n'avouera qu'il prend au sérieux le pouvoir du *jettatore*. Toi et moi, nous avons plaisanté, c'est entendu. Nous sommes des esprits forts. Nous sommes des Napolitains. Tu vois ce que je veux dire ? ajouta-t-il en me regardant avec un sourire ironique.

— Don Antonio...

— Si on te demande, reprit-il devant mon air interrogateur, ce que tu penses du mauvais œil, réponds comme cette femme à qui son mari essayait d'administrer un clystère en pleine nuit. « Tu sais bien qu'elle doit exister, la jettature, lui dit-elle, toi qui prétends ne pas trouver le trou. » Je ris du docteur Valletta, mais je touche ma corne quand je le croise dans la rue. Le rire satisfait les exigences de la logique, la corne adoucit les frayeurs de la superstition.

Il s'arrêta sur un soupir. J'avais compris maintenant. Les esprits forts de Naples incarnaient sous les traits du *jettatore* leur propre impuissance devant le désastre permanent de l'économie napolitaine.

Les fils de la Sirène

— Mais Naples, dis-je pour le ramener à des idées plus gaies, c'est aussi la musique, le chant, comme nous le rappelle cette jolie statue de marbre.

Au bout de via Medina, avant de remonter par les petites rues vers San Domenico Maggiore, il faut contourner une fontaine qui a pour ornement la Sirène Parthénope. La Sirène Parthénope est l'emblème de la ville.

Que n'ai-je gardé cette réflexion pour moi ! Je savais comme tout le monde la légende de la fondation de Naples. Giuseppe Aprile nous avait emmenés un jour à Positano : les trois rochers qu'on voit devant la plage, à quelque distance dans la mer, étaient pour les Anciens les trois îles des Sirènes, ces créatures surnaturelles au corps de femme et à la queue de poisson, d'une beauté merveilleuse, capables d'envoûter par la magie de leurs voix les marins qui descendaient vers la Grèce et de les perdre sur les récifs de la côte. On nous enseignait au Conservatoire que la vocation musicale de Naples et particulièrement la disposition pour le théâtre d'opéra remontaient à cette époque, attestée par Homère, où Parthénope et ses deux sœurs nageaient dans l'eau bleue de la baie.

La séduction par le chant : j'aurais pu continuer à me dire que Parthénope, la plus antique et la première des cantatrices, n'eût pas dédaigné de se reconnaître dans ses lointains enfants. Toutes proportions gardées, est-ce que nous n'étions pas, nous autres, les sirènes des temps modernes ? Est-ce que nous n'attirions pas les voyageurs de toute l'Europe par la perfection de nos vocalises ? Est-ce que nous ne leur faisions pas perdre la tête par l'agilité mélodieuse de nos airs ? Et n'était-elle pas bien nommée parthénopéenne, la cité qui avait donné au monde Scarlatti et Hasse, Porpora et Jommelli, Leo et Durante, Traetta et Vinci, Piccinni et Sacchini, Pergolèse et Paisiello, Cimarosa, et Farinelli, et Caffarelli, Pacchiarotti et Tenducci, et Rauzzini, et bientôt Feliciano ?

On nous avait caché, me dit Perocades, la moitié de la légende. Les trois Sirènes chantaient divinement, c'est vrai, mais elles avaient péri de la mort la plus amère, comme les dernières des créatures humaines. Et la ville de Naples avait commencé à s'élever non pas du temps de leur gloire, quand elles ensorcelaient par la douceur de leurs chants les équipages subjugués des navires, mais après la honte et l'humiliation qui brisèrent leur carrière et leur vie.

Ulysse dont le vaisseau croisait au large de leurs îles était resté insensible à leurs voix. Du haut de leurs rochers elles se jetèrent dans la mer et se laissèrent noyer misérablement plutôt que de survivre à un tel affront. Les flots emportèrent leurs dépouilles. Leucosia, celle dont le nom signifie : « aux bras blancs », échoua sur la plage de Paestum, au pied des trois temples doriques d'où les dieux regardèrent sans pitié son corps avili. Ligeia, « la mélodieuse », dériva plus au sud, jusqu'au littoral de Calabre, où les pêcheurs lui dédièrent une colonne et gravèrent son profil sur leurs monnaies. Quant à Parthénope, « celle qui est restée vierge », les vagues déposèrent son cadavre à l'endroit de la côte où devaient se construire par la suite les premières maisons de Naples, bien moins en hommage à l'excellence de son art que par commisération pour la cruauté de son destin.

Le chant, la séduction par le chant faisaient donc bien partie de l'aventure collective appelée Naples. Mais aussi l'échec, l'échec par le chant, le suicide et la mort à cause de l'insuffisance du chant.

Quel symbole ! Pourquoi, d'ailleurs, avoir choisi Parthénope comme emblème ? On aime bien dans le Royaume, c'est vrai, se mettre sous la protection de quelqu'un qui a dû payer cher la gloire dont l'entoure la postérité. Palerme vénère sainte Agathe, qui porte devant elle sur un plat ses deux seins tranchés par le bourreau. Syracuse adore sainte Lucie, dont les yeux arrachés des orbites furent jetés dans les ronces au fond d'une latomie. Une bienheureuse qui n'ait pas subi, çà ou là, quelque mutilation, aucun habitant du Sud ne la voudrait pour patronne. Mais enfin, Agathe et Lucie étaient montées droit au ciel, elles trônaient dans la rose des élus : le fantôme désolé de Parthénope s'agitait sans espoir dans l'enfer des suicidés.

Il n'y avait peut-être pas un Napolitain, aujourd'hui, qui ne se sentît, d'une façon ou d'une autre, le fils de la Sirène. Marqué à jamais par cette alliance mystérieuse entre les dons les plus rares et l'effort toujours infructueux. S'il était écrit que nous devions lier notre sort au développement de la musique, pourquoi n'avoir pas invoqué, pour nous pousser à bon port, Apollon, Euterpe, Amphion ou Orphée ? Pourquoi nous être fixés sur celle qui fut une victime plus qu'une reine du chant ? Parthénope ! à qui l'art des sons rapporta moins de bonheur que de chagrin, moins de gloire que d'opprobre et de dérision.

Le funèbre enchantement qu'elle nous infusa dans les

veines à l'aube de notre histoire courait encore dans notre sang. Dès l'origine nous étions voués au fiasco. Un fiasco mélodieux peut-être. Mais un fiasco.

Achille à Scyros

Achille à Scyros fut choisi pour le gala de printemps du San Carlo. Le maestro Tommaso Traetta en avait écrit la musique. C'était la trentième fois exactement qu'on mettait en musique le célèbre drame en vers de Pietro Métastase.

Pietro Métastase était parti pour Vienne depuis plus de quarante ans. Devenu le poète officiel de Marie-Thérèse, maintenant vieux et couvert d'honneurs, il ne se consolait pas d'avoir quitté Naples, « ma petite chambre d'enfant où le doux flot marin suavement berçait mes rêves », comme il en fit la confidence au prince de Francavilla, dans une lettre imprimée par la « Gazette civique napolitaine ». Métastase parle dans ses lettres le même langage que ses héros d'opéra. Il se dépeignit au prince comme un homme « à qui les cailloux mêmes de Naples sont plus présents qu'à Thémistocle en exil ne l'étaient ceux d'Athènes ; qui sous les froids borées conserve jalousement après tant d'années la possession de votre cher idiome ; et pour qui nuls moments ne sont plus doux que ceux où il peut en user avec quelque voyageur venu des parthénopéens rivages ».

L'illustre Pacchiarotti, alors au faîte de sa gloire, chanterait le rôle d'Achille. Le héros grec, dans ce drame, apparaît sous des vêtements féminins. Sa mère, Thétis, l'a caché dans l'île de Scyros, parmi les filles du roi Lycomède, pour l'empêcher de partir avec les guerriers de l'expédition troyenne. Tout Naples se posait la question : comment Pacchiarotti, qui n'accepte d'entrer en scène qu'à cheval, coiffé d'un immense panache et précédé d'une fanfare de trompettes, admettra-t-il de se montrer dans la tenue d'une jeune vierge, avec une simple harpe et quelques modestes parures, au lieu des trophées militaires ?

Feliciano, qui adorait les bijoux, vit tout le parti qu'on pouvait tirer de ce rôle. On l'avait engagé pour faire ses débuts au San Carlo ce même soir. Comme second dessus, faveur déjà énorme pour un élève qui n'avait jamais chanté en public, et qui était encore pensionnaire du Conservatoire. Il se mit en tête d'obtenir le rôle principal. Une idée vraiment folle. Il se rendit chez le Capitaine de Justice, qui a sa loge près du Roi, d'où il surveille le bon ordre de la salle. Le Capitaine lui répondit qu'il n'était pas la personne compétente. Feliciano reçut la même réponse du prince de San Nicandro, ancien précepteur de Ferdinand, qui a sa loge de l'autre côté de la loge royale, et du prince de Francavilla, grand Camérier du Royaume, à qui il est permis d'entrer dans la loge du souverain. Il demanda au duc de Stigliano d'intervenir directement auprès de Sa Majesté.

Le duc l'interrogea pour savoir s'il avait sollicité le concours des deux hommes les mieux placés pour l'appuyer, c'est-à-dire le gouverneur des Pauvres de Jésus-Christ et Giuseppe Aprile, son maestro du chant. Feliciano regarda le duc avec un sourire. Il déclara que le rôle du second dessus, le rôle d'Ulysse, lui plaisait finalement davantage. Je compris alors qu'il n'avait jamais compté plus que ça sur le rôle d'Achille. Il avait seulement saisi l'opportunité d'entrer en relations personnelles avec le Capitaine de Justice et deux princes bien en cour. Peut-être même caressait-il l'espoir d'être reçu en audience par le Roi. Du moment qu'il devait passer par la voie commune, se soumettre à l'avis de deux personnages d'une aussi mince importance qu'un gouverneur de collège et un maestro du chant, il abandonna son projet. Moi, à sa place, je serais mort de honte, d'avoir laissé paraître cette ambition puérile. Feliciano ne vit que l'avantage d'être connu maintenant de trois familiers du Roi.

Le duc de Stigliano était bien vieux, bien malade. Il demanderait un de ces jours à Charon, pour le dire comme Métastase, de le transporter dans sa barque de l'autre côté du Styx.

Etait-ce Feliciano, était-ce moi qui avais changé? Depuis longtemps je n'espérais plus de baisers. J'avais mis une croix sur la possibilité de recevoir des baisers. Je n'attendais plus Feliciano dans ma chambre. Il s'apprêtait à devenir pour de bon une étoile, et moi, ma place n'était plus avec lui. Il me traitait avec gentillesse, presque affectueusement. Avec négligence aussi. Comme une bête. Comme si j'eusse été son chat, son chien. Chose étrange, j'étais heureux ainsi. Avec les baisers, j'étais entré dans un monde qui n'était pas fait pour moi. Un monde de rivalités et de luttes. J'en voyais chaque jour des victimes, et, même sans victimes, il y avait toujours dans les couples un des deux qui devait arracher à l'autre un consentement donné par fatigue, par pitié, par lâcheté. Pourquoi continuer à me torturer en entendant le garçon laitier siffler sous le balcon de la couturière ? Qu'adviendrait-il de leur amour ? Une petite histoire de désirs, de malentendus, de satiété et de trahisons.

Des dizaines de milliers d'hommes à Naples, des millions d'hommes sur la terre croyaient vivre une grande aventure en se fixant pour but de soutirer des baisers, des caresses à une femme dont ils seraient fatigués au bout de quelques mois. Etait-ce donc un si affreux malheur que ça, d'être empêché de les imiter ? Qui se trouvait en fin de compte plus à plaindre, eux à qui les nécessités de leur sexe imposaient cette recherche illusoire, ou moi, miraculeusement dispensé d'une telle obligation ?

« Cet épouvantable cliché, qui force les hommes à se croire obligés de tomber amoureux d'une femme », comme disait don Raimondo. Parlait-il ainsi pour me consoler ? Mais non, il vivait sans femme, dans une solitude sexuelle absolue, lui que rien ne destinait à choisir l'abstinence. « Conformisme des humains », disait-il encore. « Jamais on n'a vu personne se tourmenter parce qu'il n'est pas plus intelligent, ou qu'il manque d'un talent particulier. Au contraire, l'homme le plus intelligent, ou le plus doué pour un art, l'homme qui possède le bien le plus rare se torture s'il dort seul, s'il ne se dépense pas dans l'expérience la plus commune. »

Il me semblait que j'étais arrivé au-delà. Au-delà de quoi ? Je planais. C'était presque de la béatitude certains jours. Je m'étais retiré de la lutte. Feliciano m'amusait, il ne me faisait plus souffrir. Cimarosa m'amusait. Je n'enviais plus les autres pour une vie qui avait cessé de me paraître mystérieuse et que je trouvais seulement pleine de tracas, de petitesses, de criailleries et de misères. Les étudiants que je vois se promener le long du Neckar comprendraient ce que je veux dire ! Avec quelle simplicité les filles offrent des fleurs aux garçons, avec quelle gentillesse les garçons leur rendent les fleurs en poèmes !

On m'avait proposé le rôle du troisième dessus, le rôle du roi Lycomède. Je refusai, préférant chanter dans les chœurs, prendre part aux processions ou célébrer les offices à l'église. Feliciano me félicita d'avoir décliné une offre offensante pour mon amour-propre. Deuxième soprano, d'accord. Mais troisième, fi donc ! Il se trompait complètement. J'avais refusé parce que je ne me voyais pas, mais pas du tout, en train de sortir des coulisses pour chanter un air sous les yeux d'une salle comble. Là encore, si je puis m'exprimer ainsi, je m'étais retiré de la lutte. Je me souvenais de mon rêve, lorsque, incapable d'émettre un seul son de ma gorge contractée, j'avais entendu le San Carlo crouler sous un énorme ricanement qui était la voix de mon père mille fois répétée par l'écho. Et, comme alors dans mon rêve le sentiment d'une paix ineffable avait chassé la honte et le désespoir de mon cœur, de même, aujourd'hui, je ne demandais rien d'autre à la vie que la permission de me tenir à l'écart.

Roi Ferdinand devait honorer de sa présence le nouvel *Achille à Scyros* du maestro Tommaso Traetta. Feliciano dit à Giuseppe Aprile qu'il se réjouissait de faire ses débuts devant la Cour. Giuseppe Aprile lui demanda d'une voix douce s'il connaissait tous les inconvénients d'un gala. Les chanteurs et le maître de chapelle regardaient cette circonstance comme une catastrophe. Il y avait ce soir-là dans la salle mille deux cents bougies allumées, dont la fumée aveuglait et prenait les chanteurs à la gorge. Puis, la Cour ne pouvant attendre, il fallait jouer la symphonie à rideau levé, ce qui nuisait infiniment au chœur d'introduction. Il était défendu au public d'applaudir avant que le Roi n'eût applaudi, et le Roi n'applaudissait jamais. Il était défendu au public de réclamer un bis avant que le Roi ne l'eût réclamé, et le Roi, qui s'ennuyait à l'opéra seria, eût cherché plutôt le moyen de raccourcir le spectacle.

— Je vous déteste, dit Feliciano à Giuseppe Aprile.

Rien n'a paru jamais à mes yeux de si magnifique que la salle du San Carlo lorsque, à la suite de don Raimondo, j'entre dans la loge du prince. Les six étages de loges sont constellés de petites flammes plantées dans des candélabres en or. Le fond des loges étant tapissé de glaces, les mille deux cents bougies se trouvent multipliées par deux. Don Raimondo a invité le baron de Roccazzurra, le docteur Salerno, don Manuele, trois autres gentilshommes et quatre dames de la plus haute société. Don Manuele continue à porter le deuil de son père.

On apporte une table qu'on dresse au milieu de la loge, et la moitié des invités prend place pour le jeu.

Don Manuele insiste pour occuper le fauteuil qui tourne le dos à la scène. Avec ses habits de deuil, il ne veut pas, dit-il, être reconnu de la salle. On commence à jouer. Les mains de don Manuele tremblent en tenant les cartes. Il regarde fixement le fond de la loge. Je me mets derrière son dos pour suivre son regard. Je m'aperçois que le décor (le rideau est déjà levé) se reflète en entier dans les carreaux de miroir qui recouvrent les portes au fond de la loge. Don Manuele pourra voir le spectacle aussi bien que s'il était tourné vers la scène. Assis à contre-jour et faisant semblant d'être absorbé par le jeu, on apercevra moins sa pâleur, le tremblement de ses lèvres quand Feliciano chantera.

En bas, au parterre, une foule d'avocats et d'abbés, debout, gesticulent en attendant la Cour. Ils brandissent des feuilles de papier et tapent sur les planches avec la pointe de leur bâton. Ce sont les vrais connaisseurs en musique, ou du moins, à force de crier leur opinion au beau milieu d'un air et d'interrompre les chanteurs par des éloges ou par des sarcasmes également bruyants et grossiers, ils arrivent à se faire passer pour les arbitres du goût. Les feuilles qu'ils agitent devant eux contiennent des sonnets tout prêts, des épigrammes à l'intention du *maestro*, qui dirige son œuvre assis au clavecin, de la *prima donna* ou du *primo uomo*. Il leur est interdit de manifester tout haut en présence de la Cour, mais le Capitaine de Justice ne peut pas les empêcher de faire voler dans la salle les feuilles de papier.

Dix rangs de fauteuils occupent le devant du parterre. Plusieurs de ces fauteuils sont encore vides, malgré la presse intense des avocats et des abbés. On les loue à l'année, comme les loges. Le siège se rabat et il y a une serrure pour le maintenir bloqué. J'aperçois un homme qui, ayant pris place dans un de ces fauteuils, sort de sa poche un poinçon et un marteau puis enfonce celui-là avec celui-ci dans le dossier placé devant lui. Quand il a terminé, il accroche son chapeau à cette sorte de patère.

Angela De Amicis chantera le rôle de Deïdamie. *Achille à Scyros* est le seul poème de Métastase où il ne se trouve qu'un rôle féminin. La *prima donna* est aussi l'unique. Cette entorse à l'usage remonte au premier des trente *Achille*, à celui qui fut joué, le soir du 4 novembre 1737, pour l'inauguration du théâtre. On avait engagé pour cette occasion solennelle deux chanteuses d'une égale réputation, Vittoria Tesi et Anna Peruzzi. La version initiale du poème faisait place, selon la coutume, à deux personnages féminins, la femme et la fille, Deïdamie, du roi Lycomède.

Vittoria Tesi, qui aurait dû être la reine, ayant reçu son rôle, en compta les notes et les mots. Elle s'aperçut que leur nombre était inférieur à celui de l'autre *virtuosa*. Elle voulut obliger le poète et le maître de chapelle à égaliser les deux rôles quant aux notes et aux mots. Puis elle prétendit ne rien céder non plus à sa rivale dans la longueur de la queue de sa robe, dans le fard, dans les mouches, dans les trilles, dans les fioritures, dans les cadences. Le Capitaine de Justice, épouvanté du scandale qui paraissait inévitable, pria Métastase de supprimer le personnage de la reine. Vittoria Tesi se vit offrir en échange le rôle d'Achille. Les deux rôles d'Achille et de Deïdamie furent soigneusement égalisés quant aux notes et aux mots.

Une autre difficulté surgit alors. Caffarelli, engagé pour chanter le rôle d'Achille, déclara que s'il devait se contenter de celui d'Ulysse, on n'avait qu'à s'adresser à un dessus de moindre importance que lui. Métastase, avec la souplesse d'un courtisan et le cynisme d'un fils de la Sirène, ajusta le rôle d'Ulysse aux exigences du *virtuoso*.

Le second dessus, rétrogradé du rôle d'Ulysse à celui de Lycomède, prétendit à son tour qu'il ne chanterait pas si on ne lui donnait pas au moins un air de caractère et deux airs de bravoure.

A présent, avec Pacchiarotti en Achille, une seule femme restait contre trois castrats (Achille, Ulysse,

Lycomède), un ténor (le prince Théagène, soupirant officiel de Deïdamie) et deux basses.

Les frères Bibiena se sont surpassés pour le décor. La scène représente une place délimitée par un hémicycle de colonnes dont les deux bras s'avancent à droite et à gauche jusqu'au bord du plateau. Un escalier de marbre blanc, comme les colonnes, coupant en son milieu le portique, mène au parvis d'un temple dont le fronton richement orné de statues en bronze doré repose sur des colonnes torses. Les abaques, les chapiteaux et les plinthes, taillés dans le basalte du Vésuve, mêlent un beau rouge sombre à l'éclat du Carrare. La chose la plus merveilleuse à voir est la suite de plans aménagés en trompe-l'œil, de chaque côté de l'escalier, derrière les bras du portique. A gauche, un bois de jeunes tamaris, dont les plantes paraissent véritables, puis la citadelle de Scyros, précise comme une forteresse du grand Frédéric, irréelle comme une Jérusalem céleste, bleue, rouge, rose, hérissée de gonfalons qui claquent sous l'effet d'un vent soufflé derrière les coulisses par quelque stratagème pneumatique. A droite, la plage de l'île et le port, adossé à une montagne d'où ruissellent sans interruption les eaux d'un torrent argenté.

Sur la plage, des blocs de porphyre de la forme et de la taille d'un œuf d'autruche gisent dans le sable, renversés ou debout comme de simples galets.

Don Raimondo me fait remarquer un homme de belle prestance, magnifiquement habillé, qui vient d'entrer dans le bois de tamaris et s'abrite comme il peut derrière les fleurs roses d'un arbuste. Je reconnais le duc de Cattolica. Il tient dans ses bras un petit chien frisé et enrubanné. C'est le protecteur de la chanteuse. Il a toutes les peines du monde, me dit don Raimondo, à faire admettre à la *virtuosa* de laisser dans sa chambre d'hôtel ses deux chats, son rossignol, son singe et ses deux perroquets. Le singe, en particulier, donne de plus graves soucis au duc et plus de fil à retordre que Cimarosa lui-même.

Le duc n'est pas plutôt apparu que, de l'autre côté du plateau, s'avance une femme petite, grosse, coiffée d'un chapeau à plumes, qui dépose avec autorité entre les galets de la plage une chaufferette. La mère de la chanteuse. Elle s'assied sur un pliant qu'un jeune garçon a installé contre une colonne du portique, et commence à sortir d'un grand sac apporté avec le pliant tout un bazar d'objets hétéroclites qu'elle dispose par terre autour d'elle, comme une marchande à la toilette. Des mouchoirs blancs, des foulards, des mules, des fioles, la bouteille des gargarismes, des aiguilles, des mouches, du fard, des gants, de la poudre de Chypre, un miroir, enfin un livre, le répertoire de toutes les roulades possibles et imaginables, avec les modes d'emploi selon la saison, le climat, la température de la salle, la fraîcheur ou l'irritation de la gorge, etc.

Les œufs de porphyre et le livre des roulades, dans ce décor académique transformé par la vieille à plumes en coin de marché populaire, causent un plaisir infini à don Raimondo.

Les chœurs prirent place sur la scène, un petit homme en noir se faufila dans la fosse d'orchestre. C'était Tommaso Traetta. Il s'assit au clavecin, fit un signe de la tête. Les musiciens se mirent à jouer. Le Roi entra dans sa loge, suivi d'une vingtaine de gentilshommes et de dames. Au même moment on vit s'ouvrir les portes du temple. Des mystagogues en blanc, des bacchantes en robe rouge descendirent l'escalier en procession. Puis, au sommet des marches, apparurent Achille et Deïdamie. Pacchiarotti, castrat du genre hyperadipeux, porte une robe à panier, des escarpins dorés, il s'est fait une coiffure à la grecque tenue par un bandeau sur lequel brillent des pierres multicolores. Le page qui le suit pas à pas agite au-dessus de sa tête un bouquet de plumes hautes de trois pieds, le fameux panache sans lequel le chanteur refuse d'entrer en scène.

Le duo d'amour de Deïdamie et d'Achille manqua de faire pleurer les dames qui avaient interrompu leur jeu pour écouter l'illustre couple. Quel autre sopraniste pourrait exécuter des vocalises de cette perfection, orner la fin de ses cadences d'un battement aussi pur ?

Pacchiarotti remonta majestueusement l'escalier et rentra dans le temple, salué par une fanfare de trompettes que le maître de chapelle avait dû ajouter en hâte à sa partition, une heure avant le commencement du spectacle. Et Angela De Amicis, pendant ce temps ? Assise sur le pliant que sa mère lui avait cédé, elle prenait une gorgée à la bouteille des gargarismes. Cette gorgée fut recrachée sans façon contre le noble pied d'une colonne. On vit le duc de Cattolica se faufiler d'un côté à l'autre de la scène le long du portique, tendre à la chanteuse le petit chien qu'elle embrassa sur le museau. Puis, par le même chemin, courbé en deux, avec le chien entre les bras, il regagna le bois de tamaris où il reprit sa faction.

Le jeu recommença dans les loges. C'était au tour de Néarque, une basse, le tuteur d'Achille. Il devait exposer la situation, au cours d'un interminable récitatif, que tout le monde avait entendu vingt fois. Puis il chanterait son air, qu'on appelait en riant « l'air du sorbet », parce que les propriétaires ou les locataires des loges faisaient apporter alors des glaces et des rafraîchissements pour leurs invités. Chaque loge est pourvue d'un rideau qui peut la fermer du côté de la salle. Les dames demandaient souvent que l'on mît ce rideau, afin que le bruit qui montait de la scène ne nuisît pas à la conversation. Le Roi ne songea nullement à faire tirer le sien. Il observait à sa lorgnette la belle Sarah Goudar, qui avait choisi une loge de côté pour être sous le regard du souverain. On la voyait, à demi pâmée dans son fauteuil, abandonnant sur le velours rouge de l'appui ses mains plus blanches que la neige.

Tout le théâtre frémit quand éclata la sonnerie de trompes annonçant Ulysse. Le roi d'Ithaque, averti qu'Achille se cache sous des habits de femme à Scyros, vient dans l'intention de récupérer le héros indispensable au succès de l'expédition troyenne. Feliciano, bien que parfaitement inconnu du public, avait réussi à faire de ses débuts l'événement de la saison. Dans les loges, au parterre, dans les couloirs, on ne parlait que du nouveau dessus. Les abbés avaient préparé des sonnets, pour et contre Feliciano. Je craignais que pour supplanter Pacchiarotti il n'apparût dans quelque accoutrement ridicule. La salle put à peine retenir un cri d'admiration. Il s'avançait entre les galets de porphyre, jeune, beau, habillé tout en blanc, de satin blanc moulé sur le corps, un soleil de velours pourpre brodé au milieu de la poitrine. Ses cheveux longs tombaient en boucles naturelles sur son cou nu.

Il eut la suprême habileté de s'arrêter derrière une colonne du portique et de chanter son premier air, là, à demi caché, en sorte que les spectateurs, tout occupés à deviner les grâces qu'ils ne pouvaient détailler à loisir, fussent empêchés de prêter l'oreille aux faiblesses de son trille.

Quand il eut fini de chanter, il s'avança vers le milieu de la scène, salua en direction des loges, puis, d'un pas nonchalant qui mettait admirablement en valeur la souplesse juvénile de ses membres, il gagna le coin des tamaris, prit des mains du duc sans lui en demander la permission le petit chien qu'il apporta à la *prima donna* toujours assise sur son pliant. Il lui mit le chien sur les genoux et resta debout à côté d'elle, appuyé négligemment à une colonne. Elle caressait la bête en souriant au jeune homme. Tout le monde comprit la sottise de Pacchiarotti, qui avait préféré rentrer en fanfare dans le temple plutôt que de partager le plateau avec sa rivale.

Don Manuele s'était jusqu'à présent efforcé de regarder le spectacle seulement dans les miroirs. Il se retourna, juste au moment où Feliciano envoyait une œillade à Sarah Goudar.

Arcade, le confident d'Ulysse, une basse, entreprit d'exposer comment l'amour pour Deïdamie et l'appel de la gloire se partagent le cœur d'Achille. Le héros continuerait-il à se cacher lâchement sous ses habits de femme pour rester auprès de la jeune princesse ? Ou bien, persuadé par Ulysse, rejoindrait-il l'armée grecque sous les murs de Troie ?

— Le problème n'est pas là, Métastase n'a rien compris à son sujet, me dit don Raimondo.

Nous étions bien les seuls, je pense, à écouter le récitatif d'Arcade. Don Raimondo pour une raison qu'il nous révéla un peu plus tard dans la soirée, moi parce que je n'arrivais pas à détacher les yeux du coin de la scène où Feliciano, qui se savait observé par don Manuele, tournait ostensiblement la tête vers Sarah. Le jeu avait repris dans toutes les loges, d'autant plus qu'au monologue d'Arcade devait succéder un duo entre le troisième dessus et le ténor, acteurs de trop peu d'importance pour être écoutés par d'autres que par l'imprésario du théâtre, par leurs protecteurs, et par quelques échotiers de la « Gazette » à l'affût de la mode de demain. Le roi Lycomède, qui prend Achille pour une fille, explique au prince Théagène qu'il souhaite lui donner Deïdamie en mariage.

Lord Hamilton se fit annoncer dans la loge par un majordome de l'ambassade anglaise. Il entra en agitant devant lui les feuillets d'une lettre. Il riait si fort que son visage d'habitude coloré avait pris une teinte rubiconde. Il mit les feuillets sous le nez du prince.

— Excellence, réussit-il à dire, voici un document qui intéressera toute la société mais vous particulièrement. Vous permettez ?

Le jeu s'arrêta à l'instant. Les dames se serrèrent sur le canapé pour faire place à lord Hamilton. On voyait qu'elles se promettaient beaucoup de plaisir de cette lecture.

« *Moi, Charles-Geneviève-Louis-Auguste-André-Timothée, chevalier d'Eon, envoyé extraordinaire de Sa Majesté Louis XV auprès de la Cour de Saint James...* »

Lord Hamilton s'interrompit pour observer l'effet produit par ce nom. Les dames pouffèrent sur le canapé, don Raimondo et le docteur Salerno rapprochèrent leur fauteuil de l'ambassadeur, le baron de Roccazzurra se mit à ricaner. La *terza gamba* du chevalier d'Eon faisait l'objet de plaisanteries qui étaient arrivées jusqu'à Naples. L'abbé Galiani parlait volontiers du chevalier qu'il avait fréquenté à Paris.

— Il est fluet comme une femme, son corps au-dessus des hanches pourrait tenir dans les deux mains, ses joues sont lisses comme celles d'une vierge, mais enfin, de là à soupçonner que sa troisième jambe (l'abbé avait inventé cette image) n'aurait pas plus de consistance que le balai d'une sorcière...

Sous prétexte de défendre le chevalier dont il se disait l'ami, le petit abbé s'était écrié une fois, en présence de Casanova :

— A la vérité, mon cher, la *terza gamba* de Charles-Geneviève n'a pas la force privilégiée ni le jarret athlétique de l'intrépide marcheur que tu es. Mais une place à la suite des champions est encore une belle place.

Le chevalier d'Eon avait écrit sa lettre d'une plume ferme et amère. Il ne niait pas qu'autrefois, chargé d'une mission secrète à Moscou, il s'était présenté à l'impératrice Elisabeth habillé en femme. La malice se servait maintenant de cet épisode pour le persécuter. Les rumeurs qui couraient sur son compte dans tous les cercles de Londres et jusque dans la rue l'obligeaient à élever une protestation solennelle et à prier les ambassadeurs anglais de l'aider à démentir une légende infamante. Elle se répandait comme une traînée de poudre en Europe, au détriment non seulement de son honneur mais de la réputation chevaleresque dont le peuple britannique se montre si justement fier.

« *J'ai le chagrin d'entendre et de lire, dans les journaux anglais, tous les rapports extraordinaires qui viennent de Paris, de Naples, de Vienne et même de Saint-Pétersbourg, sur l'incertitude de mon sexe, et qui se confirment dans un pays d'enthousiastes comme le vôtre, à tel point que l'on a ouvert publiquement à la cour et à la Cité des polices d'assurances sur une matière aussi indécente, pour des sommes considérables. On joue sur moi à la hausse ou à la baisse, je suis coté comme une rente, négocié comme un report, pris au comptant ou à crédit comme un marché à terme. Je suis devenu une affaire de bourse ou d'agiot pour cent mille livres sterling. M. de Beaumarchais se livre à des spéculations insultantes pour moi et injurieuses pour votre nation. Il répète à qui veut l'entendre qu'en prenant bien ses mesures et en opérant sur une vaste échelle, il y a moyen d'exécuter, sur les guinées britanniques, une de ces rafles pareilles à celles que les avides insulaires ont tant de fois pratiquées sur nos navires.*

« J'ai été longtemps sans rien dire. Mon silence ne faisant qu'augmenter les soupçons et les assurances, j'ai à la fin été, samedi dernier, à la bourse et aux différents cafés voisins, où l'on fait les assurances et les agiotages de toutes les couleurs : et là, en uniforme, avec ma canne, je me suis fait demander pardon par le banquier Bird, qui le premier a levé une assurance aussi impertinente. J'ai défié le plus incrédule, ou le plus brave, ou le plus insolent de toute l'assemblée, qui allait à plusieurs mille personnes, de combattre contre moi avec telle arme qu'il voudrait choisir. Tout le monde m'a fait de grandes politesses, et dans l'étonnement pas un seul de ces adversaires mâles de cette grande ville n'a osé ni parier contre ma canne, ni combattre contre moi, quoi que je sois resté depuis midi jusqu'à deux heures à leur assemblée, pour leur donner tout le temps de se déterminer entre eux. J'ai fini par leur laisser publiquement mon adresse, en cas qu'ils se ravisassent.

« Force m'est d'ajouter. Monsieur, que le 7 de ce mois, avant-hier, j'ai cassé ma canne sur le dos de deux de vos compatriotes insolents à mon égard. Depuis mon expédition à la Cité et celle-ci, personne ni à la ville ni à la cour n'ose plus faire de paris publics sur l'incertitude de mon sexe que j'ai imprimé d'une façon très mâle sur la face de mes deux impertinents. »

Les dames, excitées à la folie par cette histoire, proposèrent de remplacer le jeu de biribi, décidément ennuyeux, par une loterie sur le sexe du chevalier. Le baron de Roccazzurra s'offrit pour tenir la banque et chacun des membres de la petite société déposa son pari, sauf don Raimondo qui prit à part le docteur pour lui dire quelques mots à l'oreille.

La duchesse de Villamarino, joignant les mains devant lord Hamilton, s'écria qu'elle plaignait sincèrement les Anglais. S'ils ne pouvaient plus s'amuser à faire des assurances sur une matière aussi piquante, sans courir le risque de cette canne redoutable...

— La *quarta gamba* du chevalier !

Le mot eut un succès inouï. Il fit le tour du théâtre et tout Naples s'en amusa le soir même.

Lord Hamilton, enchanté de l'effet produit sur les dames par la lettre, leur dit que la nature créait des prodiges encore plus extraordinaires que la figure équivoque du chevalier. Il redoubla leur gaieté en leur racontant l'histoire vraie du castrat Tenducci, telle qu'il la tenait de la bouche de l'intéressé lui-même.

— Je me trouvais un jour à Covent Garden, où l'illustre chanteur me surprit beaucoup en me présentant sa femme légitime, dont il avait deux enfants. Il se moquait de ceux qui prétendaient qu'en sa qualité d'eunuque il ne pouvait pas engendrer son semblable. Il était né *triorchis*, et comme on ne lui en avait stérilisé autrefois que deux, celle qui lui était restée suffisait pour la reproduction. La nature l'avait fait monstre pour le conserver homme.

On riait encore, lorsqu'un murmure dans la salle avertit la petite société. Tout le monde se tourna vers la scène, pour suivre la rencontre d'Achille et d'Ulysse, un des moments les plus attendus de la soirée.

La scène représente maintenant le palais des filles de Lycomède. Le décor est resté intact, sauf qu'on a placé au milieu du plateau quelques fauteuils en X et devant les colonnes une douzaine de statues représentant les travaux d'Hercule. La *prima donna* continue à se donner des airs sur son pliant ; sa mère agite devant elle un grand éventail ; le petit chien dort pelotonné sur ses genoux.

Pacchiarotti, qui a changé de robe, descend l'escalier du temple en se pavanant lourdement. Son page balance au-dessus de sa tête un bouquet de plumes cramoisies. Ulysse, qui a reconnu Achille, s'avance à sa rencontre. Il feint de le prendre pour une des filles du roi Lycomède. Une pluie de petits papiers carrés imprimés tombe alors sur la salle : quelque épigramme lâchée de l'amphithéâtre. Un de ces papiers se pose sur le rebord de la loge. Le prince s'en saisit. C'est un passage de la dernière satire du poète abbé Parini contre les castrats. Il les traite de « chapons », de « gros œufs », d'« éléphants sonores ». Les abbés du parterre attrapent au vol les bouts de papier et se les passent avec des rires. Le Capitaine de Justice secoue une cloche pour les faire taire.

Ulysse s'incline devant la personne à plumes et commence à la complimenter sur la beauté des statues qui ornent le palais de son père. Feliciano, le coin de ses belles lèvres malicieusement retroussé, réussit admirablement dans ce passage à double sens où chaque mot contient un piège.

— N'est-ce pas ici Hercule en train d'abattre l'Hydre ? Ah ! comme le courage guerrier se lit sur son visage ! Quelle vigueur intrépide ! Comme on comprend que toute la jeunesse grecque brûle d'imiter de tels exploits !

— Hélas ! soupire Achille.

— Le voici maintenant qui soulève Antée du sol pour

le terrasser. L'artiste s'est surpassé lui-même ! Un tel exemple est contagieux, princesse. Oui, je voudrais être Alcide. O généreux, ô magnanime héros ! Ton nom vivra pendant mille et mille siècles.

— O dieux ! répond Achille en aparté, ce n'est pas de moi qu'on dira la même chose !

— Agite les plumes, idiot ! ajoute-t-il en se retournant brusquement vers son page. Tu ne comprends donc pas que je dois avoir l'air de frémir d'impatience, de bouillir ?

— Mais que vois-je ici, princesse ? La terreur de l'Erymanthe habillée d'une jupe de femme et mollement étendue aux pieds d'Omphale ! Ah ! l'artiste s'est égaré. Il n'aurait pas dû avilir son ciseau en perpétuant cette forfaiture. Hercule fait pitié ici. Il n'est plus lui-même.

— C'est vrai, c'est vrai, ô honte, ô désespoir ! murmure Achille, qui a de plus en plus de mal à se maîtriser.

Le page secoue frénétiquement les plumes. Néarque se précipite pour ramener son élève à la prudence. Ordres supérieurs de Thétis ! Arcade, à l'autre bout du plateau, se félicite avec Ulysse du succès de son stratagème : Achille ne pourra guère résister plus longtemps. Mais l'arrivée de Lycomède, qui vient proposer au roi d'Ithaque des hommes et des navires pour l'expédition de Troie, fait échouer pour cette fois la ruse.

— Cette scène était grotesque ! s'écria le duc de San Demetrio. Mon cher prince, je sais que vous défendez les castrats. Mais enfin, qu'on leur donne au moins des rôles en rapport avec leur apparence, avec le timbre de leur voix. Je vous demande quel rapport l'œil de lord Hamilton peut trouver entre la noble fierté d'Achille, et tout ce qu'il sait de la valeur militaire de ce héros, et d'autre part le visage fardé, la gesticulation, la contenance efféminée de ce malheureux ?

Chacun voulut donner son avis. Certaines dames estimaient que la beauté de la voix sauvait l'invraisemblance de la situation. A la suite du duc de San Demetrio, Grand Maître de la Loge de l'Egalité, plusieurs voix s'élevèrent pour dire que le timbre si particulier des castrats ne pouvant inspirer que langueur et mollesse, il faudrait à l'avenir, si on ne les supprimait pas, les confiner de nouveau dans les rôles de femmes pour lesquels on les avait créés.

— Et vous, Excellence, vous ne dites rien ?

— Mon Dieu, répondit don Raimondo, le spectacle que nous venons de voir sert et dessert à la fois ce que j'aurais eu à vous dire.

— Comment cela ?

— Métastase a raté son poème.

— Métastase !

— Pourquoi, à votre avis, Achille tarde-t-il tant avant de se découvrir à Ulysse ? Pourquoi ne saute-t-il pas sur cette occasion pour se débarrasser des vêtements féminins que sa mère lui a imposés ? Vous ne trouvez pas qu'il hésite bien longtemps avant de reprendre sa vraie nature ?

— C'est bien simple, répondit la duchesse de Villamarino. Entre-temps il est tombé amoureux de Deïdamie. S'il part avec Ulysse, il perd Deïdamie.

— Exactement. Métastase a fait du combat entre l'amour et le devoir le nœud dramatique de son poème.

— Et vous prétendez qu'il s'est trompé, qu'il a raté son poème pour cela ?

— Il n'aurait pas dû faire croire qu'Achille cherche à retarder le moment de reprendre ses habits d'homme seulement parce qu'il aime Deïdamie.

— Vous parlez aussi clairement qu'un oracle, Excellence.

— Ecoutez. Vous souvenez-vous de ce que le petit Mozart nous dit le soir de l'académie chez la comtesse Kaunitz ? Il s'étonnait d'avoir entendu des castrats chanter Alexandre, César, Artaxerxès. Quoi ? disait-il. Toujours des rôles de rois, d'empereurs, de capitaines, de guerriers ? Pourquoi recourt-on à ce type de chanteurs, et à eux seulement, chaque fois qu'il s'agit de personnifier les qualités les plus étrangères au tempérament féminin, la force, le courage, le désir de la gloire ? Pourquoi choisit-on ce qu'il y a de moins masculin dans la voix pour exprimer ce qu'il y a de plus masculin dans le caractère ?

— Je me souviens en effet des questions qu'il nous posait, cet enfant, dit le duc de San Demetrio. Aucun de nous alors ne trouva de réponse.

— Il nous laissa rêveurs, dit la duchesse.

— A côté d'Alexandre, de César et d'Artaxerxès, reprit don Raimondo, ajoutons Achille et Hercule sur la liste des grands pourvoyeurs d'opéras. Achille qui est toujours un castrat, de même qu'Hercule, mentionné tout à l'heure par Métastase. Qu'aurait dit Mozart s'il avait su qu'Achille, le bouillant Achille homérique, la personnification de l'ardeur belliqueuse, Hercule, le dieu du muscle, l'incarnation même de la virilité, étaient chantés eux aussi par des dessus ?

— Quelle absurdité, en effet.

— En vérité, mon cher duc, il n'y a pas de quoi tellement s'étonner. L'épisode du travestissement d'Achille n'est pas une invention de notre époque. Il fait partie du fonds légendaire de la mythologie grecque. Pourquoi les Grecs eurent-ils besoin d'imaginer que Thétis avait déguisé son fils sous des vêtements féminins ? Pourquoi eurent-ils besoin de se représenter ce champion de la guerre bafoué et humilié dans son principe mâle ? Si on pouvait répondre à ces questions, je crois qu'on s'avancerait d'un grand pas vers la solution du mystère. Homère ne fait aucune place à Deïdamie dans la légende d'Achille à Scyros, et, naturellement, nous ne soupçonnerons pas les Grecs d'avoir prévu vingt-cinq siècles à l'avance l'institution des castrats. Donc, il faut examiner les choses d'un autre côté. Pourquoi Achille et Hercule furent-ils métamorphosés en femmes ? Pourquoi les Grecs se plurent-ils à suspecter leur virilité ? Pourquoi firent-ils revêtir au vainqueur de Cerbère la tunique à fleurs d'Omphale ? Pourquoi l'obliger à filer aux pieds de cette reine, tandis que, ceinte de la peau du lion, elle le frappait de sa sandale pour le stimuler au travail ?

— Mon cher prince, si les Géants révoltés contre Zeus entassèrent Pélion sur Ossa, vous empilez, vous, les devinettes sur les énigmes !

— Heureusement pour nous que la sensation provoquée par la découverte de Pompéi et d'Herculanum a développé un peu partout le goût des recherches archéologiques. On s'est souvenu que le jeune Dionysos fut élevé par le roi Athamas d'Orchomène dans le quartier des femmes sous des habits de fille. En relisant avec plus d'attention Plutarque, on a pris connaissance de certains rites étranges qui étaient en honneur dans l'Antiquité. En Argos, la mariée se mettait une fausse barbe pour la nuit des noces. A Cos, c'était le mari qui se mettait des vêtements féminins pour recevoir sa femme. Un autre auteur, Oppien, décrit le jeune époux qui s'avance vers la chambre nuptiale paré de vêtements blancs, couronné de fleurs de pourpre et parfumé de myrrhe. Plusieurs légendes grecques nous parlent de cérémonies collectives tout à fait curieuses. Les garçons nubiles commençaient par revêtir des robes de femmes. Ils les enlevaient ensuite pour reprendre les habits de leur sexe. Les filles procédaient à la cérémonie inverse. Le trait commun à tous ces épisodes de travestissement, c'est qu'ils avaient lieu soit à la fin de l'adolescence, soit à la veille du mariage.

— Et votre avis là-dessus, Excellence ?

— Tout porte à croire qu'il s'agissait de rites de passage, au cours desquels le candidat à une étape nouvelle de son développement affirmait sa fidélité à l'étape antérieure. Celui qui s'apprêtait à devenir un homme, à passer au rang de *vir*, ne renonçait pas pour autant à l'autre moitié de lui-même. Les savants qui interprètent ces rites se sont mis, bien entendu, à se disputer. Pour les uns, ce déguisement avait pour but de dépouiller le garçon de toute essence féminine, avant de l'agréger définitivement à la vie d'adulte. Je pense, moi, que c'est Winckelmann qui a raison. Il estime que ce travestissement avait une valeur positive : chacun des deux sexes recevait quelque chose des pouvoirs de l'autre, avant de s'orienter dans sa voie spécifique. Le garçon, au moment de devenir un homme, s'incorporait sa part de nature féminine ; la fille, sur le point de se transformer en femme, sa part de nature mâle. Dites-moi, en fut-il autrement pour Achille ?

— Achille ! ah oui ! il serait temps d'y revenir !

— Vous savez comme moi ce qui va se passer au second acte. Encouragé par Néarque, le héros cette fois ne laisse pas échapper l'occasion. Ulysse, parmi les cadeaux qu'il étend par terre devant les filles de Lycomède, a glissé une épée. Achille, à cette vue, jette sa harpe et s'empare du glaive. Les symboles parlent ici avec assez de clarté, non ? La harpe et le glaive se disputaient le cœur d'Achille, comme les deux sexes qui cohabitent chez n'importe quel être humain.

— Il semble me rappeler, dit le baron de Roccazzurra, qu'Ulysse, un peu plus loin, compare le nouvel Achille, redevenu un homme, qu'il le compare à... un serpent !

— Ulysse félicite le héros : c'est ainsi, dit-il, que, revigoré sous les rayons du soleil, le serpent jaillit de ses vieilles dépouilles. Tu voudrais bien, mon cher baron, que je fasse rougir les dames par des précisions indécentes sur l'image du serpent, n'est-ce pas ? Qu'elles remarquent seulement que cette mue, comme pour les rites de travestissement notés par Plutarque et Oppien, eut lieu pour Achille à une époque précise de sa vie : la fin de l'adolescence. Les coutumes de la société, les besoins de la guerre, la réputation de sa famille et toutes les contraintes de l'âge adulte l'obligeaient alors à choisir. Mais comment faire ce choix sans se mutiler ? Comment opter pour le principe masculin de sa nature, tout en restant solidaire de la moitié opposée ? Un seul moyen : s'habiller en femme, se vivre en femme, juste avant d'être envoyé sous les murs de Troie.

— Regardez notre pauvre Deïdamie ! s'exclama la duchesse de Villamarino. On dirait qu'elle a compris, mon cher prince, que vous venez de la détrôner de la place où elle croyait régner.

— Ma foi, rien de plus vrai. Avec vos idées sur les deux sexes qui se livrent combat à l'intérieur du même homme, vous l'avez proprement délogée du cœur d'Achille !

— En effet, ajouta la princesse de Serracapriola. Elle a l'air furieux. Ma parole, elle ne va pas rester assise longtemps sur son pliant. Elle jette des regards furibonds sur ce pauvre duc qui n'ose plus traverser la scène. S'il m'avait laissé prendre mon singe ! Avec mon singe, j'aurais produit un autre effet ! Au lieu de rester là en plan comme une idiote, sans que personne me regarde.

Pas possible ! Comme en réponse à la princesse, la *prima donna* se leva soudain. Elle chassa d'un coup de pied le petit chien, qui s'enfuit en jappant dans les coulisses. Puis, ayant ramassé le bas de sa robe, elle sortit, la tête haute, pendant que sa mère courait derrière elle, avec l'éventail, le livre des roulades, le pot de fard et la bouteille des gargarismes.

— Mon cher, dit le duc de San Demetrio, quand chacun eut repris plus ou moins son sérieux, il semble que vous établissiez un rapport entre ces cérémonies collectives chez les anciens Grecs et l'usage de faire chanter certains rôles par des castrats.

— En effet, dit le prince.

— Mais qu'y a-t-il de commun entre la société athénienne et Naples ? Je vous le demande un peu. A vous entendre, Achille n'aurait pas revendiqué sa féminité comme il le fit à Scyros, s'il n'avait pressenti que la guerre allait accentuer l'opposition des sexes, en cantonnant d'une part les femmes dans les gynécées, en développant d'autre part chez les hommes leurs qualités strictement militaires. Mais les castrats, don Raimondo apparurent à Naples au dix-septième siècle, une fois que les Espagnols s'étaient solidement installés. L'essor des castrats et leur épanouissement coïncident avec une ère de paix sans précédent dans le Royaume.

— Eh ! eh ! les Espagnols ! Vous avez prononcé un nom qui donne peut-être la clef de l'énigme. Mais vraiment, je ne voudrais pas ennuyer plus longtemps les dames.

— Non, non, expliquez-vous, assez de mystères comme cela, dit la duchesse de Villamarino.

— Le rêve d'une humanité indivise, promise à une jeunesse et à une beauté éternelle, prend toujours plus de force aux époques où on sait qu'il n'est plus possible d'y croire. Achille revêtit des habits féminins à la veille d'une guerre qui allait obliger les hommes à se conduire exclusivement en guerriers. Et si les jeunes Grecs, au quatrième siècle encore, selon Plutarque et Oppien, se déguisaient en filles, j'ai toutes les raisons de penser que c'était pour répondre à Platon. Le philosophe officiel d'Athènes ne venait-il pas de raconter dans *le Banquet* le mythe de l'origine du monde ? La surface du globe était couverte au début par des êtres hybrides, parfaitement androgynes ; ils formaient, chacun pour soi, un tout harmonieux ; une brusque catastrophe les arracha à cette félicité circulaire ; ils furent coupés en deux moitiés. C'est ainsi que les hommes et les femmes se trouvèrent séparés, c'est ainsi que l'humanité commença. Le récit platonicien des péripéties dramatiques qui aboutirent à la division des sexes et à la nécessité de cette division fut précisément ce qui incita les jeunes à se raccrocher le plus longtemps possible à ces rites de travestissement. Ne devaient-ils pas réaffirmer avec force la dualité originelle de leur nature ?

— Peut-être, dit le duc. Mais les Napolitains ne subissaient aucune contrainte et vivaient paisiblement lorsqu'ils inventèrent les castrats. Ils les inventèrent pour leur plaisir, par oisiveté, par caprice, par dépravation.

— Le rêve d'une humanité indivise ! s'écria la duchesse en riant. Non, mon cher prince, c'est trop drôle de vous écouter, quand on vient de voir le gros Pacchiarotti se pavaner comme un éléphant !

Don Raimondo s'apprêtait à répondre, pour préciser sans doute ce qu'il avait à dire au sujet des Espagnols, lorsque le Roi, sans attendre la fin du premier acte, se leva et sortit de sa loge. La société l'imita aussitôt pour rejoindre le souverain autour des tables de jeu dans le foyer.

Le macaroni du Roi

Cimarosa, caché dans l'embrasure d'une fenêtre, mit un doigt sur ses lèvres. Depuis quinze jours il faisait le mystérieux. Son intermède comique, *Livietta et Tracollo*, devait être joué ce soir, entre les deux actes d'*Achille*. Je le rejoignis, m'efforçant de le rassurer. S'il craignait de la part d'Angela un nouvel esclandre public, il pouvait sortir en toute tranquillité de sa cachette. La chanteuse, éclipsée par Feliciano, était sûrement en train d'avoir sa crise de nerfs, entre sa mère qui lui versait des sels et le duc de Cattolica qui cherchait à se faire pardonner le singe resté à la maison.

— Il s'agit bien de ça ! me dit-il.

— Qu'y a-t-il d'autre, alors ?

— Il y a que je n'ai pas eu tout à fait assez de temps pour composer ma musique.

— Qu'est-ce que tu me racontes ? Les chanteurs ont fait hier la répétition générale ! Rien ne manquait, ils avaient l'air contents.

— Ils ne savent pas, fit-il avec un soupir.

— Ils ne savent pas quoi ?

— Que le premier air de Livietta est copié d'un vieil intermède de Hasse, *la Paysanne*, le premier air de

Tracollo de la *Bohémienne* de Rinaldo da Capua, que le duo vient de *la Marquise déconfite...*

— Aï aï aï ! Pergolèse, c'est ennuyeux.

— J'ai pris à Vinci le second air de Livietta, puis Paisiello, avec son *Idole chinoise...*

— Paisiello aussi !

— Paisiello aussi.

— Tu as de la chance que la Cour assiste au spectacle.

— Autrement je serais fichu. Les abbés interrompraient à tout bout de champ le spectacle en criant : Bravo Hasse ! Bravo Rinaldo da Capua ! Comme tu as du talent ce soir, Pergolèse ! Tu t'es surpassé, Paisiello !

— Le Roi étant présent, tu n'as rien à craindre de tel.

— Oui, mais les petits papiers vont pleuvoir de l'amphithéâtre, et tout le monde lira dessus : Bravo Pergolèse ! Bravo Paisiello ! De quoi aurai-je l'air, assis à mon clavecin ?

— Allons, tu verras que le Roi se fera apporter son macaroni. C'est son heure. On fera moins attention à la musique.

— Mon dernier opéra, *le Cartésien fanatique*, bien mieux écrit, était tombé à plat, tu te rappelles ?

— Evidemment, avec un tel sujet ! Comment veux-tu qu'on s'intéresse à un personnage qui cherche à prouver qu'un chat n'est qu'une horloge ?

— Tu sais, je me marie après-demain.

— Tu te maries ! m'exclamai-je.

— Avec la cuisinière de chez Startuffo. Elle confectionne des petits pâtés à la viande que je ne te dis que ça.

— Et... Angela le sait ?

— Tu es fou, non ? Je me marie pour avoir la paix, un lit chaud et des petits pâtés à la viande.

Il fallut pour décider le Roi à quitter les tables de jeu annoncer au souverain que son macaroni allait être jeté dans l'eau bouillante.

Dès les premières mesures, la musique rapide et nerveuse de Cimarosa mit la salle dans les dispositions les plus gaies : on était à cent lieues du style compassé de l'*Achille*. Quelle simplicité ! Quel naturel ! Voici Livietta, une jeune fille de la campagne, déguisée en paysan : elle veut se venger de Tracollo, un mauvais sujet. Il se cache sous des habits de femme pour voler. Livietta, le cou et les bras chargés de bijoux faux, s'allonge dans l'herbe et feint de dormir. Tracollo, une basse, travesti en Polonaise enceinte, s'avance en demandant l'aumône. Au moment où il étend la main vers les bijoux de Livietta, celle-ci se lève d'un bond, appelle à l'aide, il est pris. Balbutiements, supplications de Tracollo, d'autant plus comiques que le gosier d'où sortent ces hoquets émet des notes plus basses, plus graves. Tu n'auras pas le cœur, dit-il à Livietta, de voir celui qui t'aime gigoter au bout d'une potence comme un poulet qu'on étrangle. Mais si, mais si, répond-elle. J'aurai un plaisir énorme à te voir gigoter au bout d'une potence comme un poulet qu'on étrangle.

Pendant que les acteurs se changeaient pour la seconde partie, on apporta au Roi une grande bassine d'argent qui fut posée sur l'appui de la loge. Sa Majesté ôta elle-même le couvercle et remua le macaroni fumant avec une fourchette en or surmontée de la couronne en vermeil.

Sarah Goudar n'était plus dans sa loge. Je vis d'après la figure de don Manuele qu'il était au supplice : il la croyait sans doute occupée avec Feliciano, quelque part derrière les coulisses ou dans l'appartement des *virtuosi*. Il sortit dans le couloir. Je le suivis, il ne pouvait pas rester seul. A peine fûmes-nous dehors que nous vîmes s'avancer vers nous, à pas de loup comme des gens qui craignent d'être entendus, Feliciano et Sarah. Ils réprimaient manifestement une forte envie de rire. Don Manuele me saisit par le bras. Feliciano, dans son costume blanc d'Ulysse, passa devant nous sans nous regarder. Puis, une toise plus loin, il toucha Sarah à l'épaule et lui murmura quelque chose à l'oreille. Elle s'arrêta, tira de son corsage un billet à moitié écrit auquel elle ajouta deux lignes en utilisant le dos de Feliciano comme écritoire. Après quoi, elle replia le billet, le glissa silencieusement entre les doigts de Feliciano, adressa au jeune homme un sourire complice et repartit à pas légers vers sa loge.

Feliciano, resté seul, se mit à sourire lui aussi en palpant du bout des doigts le billet. Il sentait très bien que nous l'observions, mais ne tourna pas une seule fois la tête vers nous. Enfin, songeur, il s'éloigna en direction de la loge royale, ou d'une des loges qui s'alignent après la loge royale de l'autre côté du théâtre : dans l'hypothèse, du moins, que Sarah l'eût chargé de porter un message à quelque spectateur. Mais il se pouvait fort bien également, et je m'aperçus que don Manuele s'était fixé dans cette idée pour lui terrible, que le message s'adressât au seul Feliciano : force était de se dire, alors, que le jeune homme faisait exprès le tour du théâtre avant de rentrer dans l'appartement des chanteurs, pour savourer plus à loisir la douceur du prochain rendez-vous fixé par ce billet. J'étais furieux. Il aurait pu, de toute façon, éviter cette torture à don Manuele, même si la lettre était pour lui.

Saisi d'une inspiration subite, je rouvris la porte de notre loge.

— Tenez, dis-je à don Manuele, regardez-la.

Sarah Goudar trônait de nouveau sur le devant de sa loge, les yeux tournés avec insistance vers le Roi. Le Roi, la figure barbouillée de sauce tomate, était occupé par son macaroni. Il puisait à même dans la bassine, roulait le macaroni sur sa fourchette, mais il n'arrivait pas à tout mettre dans sa bouche. Les bouts de pâte pendaient de son menton, il se penchait par-dessus le rebord de sa loge, en apparence pour éviter de salir son jabot de dentelle au point de Messine, en réalité pour amuser le parterre d'abbés et l'amphithéâtre de *lazzaroni*. Il tourna une fois la tête vers Sarah Goudar, mais sans ajuster à son œil la lorgnette ni se manifester par aucun signe plus éloquent que pendant le reste de la soirée. J'avais espéré que le billet était pour le Roi. Je ne savais plus que dire à don Manuele. Il se rongeait les ongles en silence. La seconde partie de l'intermède, heureusement, vint à point le distraire de ses idées sombres.

Voici Tracollo, cette fois travesti en astrologue. Livietta croit le reconnaître, mais il lui explique qu'il n'est plus que l'ombre de Tracollo, l'ombre invengée du pendu en quête d'une bonne âme qui le conduise au royaume d'Achéron. Livietta s'imagine qu'il est devenu fou. Peut-être suis-je allée trop loin ? se demande-t-elle. Pourvu que le pigeon ne m'échappe pas ! Elle s'évanouit, ou feint de s'évanouir, entre ses bras. Elle songe depuis longtemps à l'épouser, mais à condition qu'il lui obéisse au doigt et à l'œil. Tracollo est trop content qu'elle veuille encore de lui. « Toujours comme un mouton auprès de sa brebis bien-aimée, je te suivrai en disant bé...bé...bé...belle je viens à toi. »

L'onomatopée ovine est la seule trouvaille de Cimarosa. Pour le reste, c'est vrai qu'il a pillé à droite et à gauche dans les œuvres de ses prédécesseurs. La présence du Roi l'a sauvé. Les *lazzaroni*, penchés à l'amphithéâtre pour voir le souverain manger son macaroni, les abbés, occupés à lécher sur leur doigt une goutte de la royale sauce tombée de la loge, ont oublié de jeter dans la salle les accusations de plagiat.

Antonio Perocades peut être content. Le jeune compositeur a écrit son petit opéra bouffe dans le goût du jour. On a vu une rue de Naples, au lieu d'un temple grec; une paysanne et un voleur, au lieu de rois, de princesses et de capitaines; on les a entendus chanter dans la langue des pêcheurs, des artisans et des cochers, sans excepter quelques touches de dialecte. Une nouvelle ère commence pour le théâtre. Le peuple est monté sur la scène. On peut prévoir qu'il la tiendra solidement. Presque pas de vocalises, à peine quelques fioritures : le grand art du chant serait ridicule au fond de ces gosiers réalistes. C'est ça le réalisme : n'ouvrir la bouche que pour atteindre un certain but. Comment réussir à épouser cette fraîche paysanne qui a des bijoux? se demande Tracollo. Comment profiter de l'avantage que j'ai pris pour garder la barre du ménage? se demande Livietta. Chacun ne peut compter que sur lui-même dans la lutte pour la vie : l'égalité franc-maçonne, c'est ça. Il y a un homme et une femme qui cherchent à s'assurer la situation la moins mauvaise possible pour des gens sans naissance, sans fortune, sans relations. Chez Métastase, on est reine, princesse, avant d'être femme.

Femme? Deïdamie est-elle une femme? Fille de Lycomède, oui, amante d'Achille, oui, mais femme, être humain doué d'une volonté autonome? Je comprenais le dépit de la De Angelis. A force de s'agiter en vain sur son pliant, elle avait dû se rendre compte, à sa manière, que sans son singe, sans ses perroquets, elle n'intéressait plus. Où sont les femmes chez Métastase ? Si on compare Aristea, fille du roi de Sicion (*Olympiade*), Dircea, femme du roi de Thrace (*Démophoon*), Vitellia, fille de l'empereur Vitellius (*la Clémence de Titus*), Marzia, fille de Caton (*Caton à Utique*), Cléophide, reine des Indes (*Alexandre*), Mandane, sœur d'Artaxerxès (*Artaxerxès*), Cléonice, reine de Syrie (*Demetrius*), et même Didon, et même Sémiramis, aux servantes de Pergolèse, aux paysannes de Hasse, aux bohémiennes de Rinaldo da Capua, aux hôtelières de Paisiello, à la Livietta de Cimarosa, on voit tout de suite ce qui manque aux héroïnes tragiques. Les femmes de l'opéra bouffe n'ont pas besoin de se définir par leur état civil. On se moque bien de savoir de qui elles sont l'épouse ou la fille. Elles sont elles-mêmes, elles se sont faites d'elles seules. De l'insolence, mais d'abord du caractère. Le déclin de l'opéra seria au profit de l'opéra bouffe ne signifie pas seulement la conquête de la scène par le peuple, il s'agit de bien autre chose, me disais-je en songeant aux paroles de don Antonio entendues l'autre jour chez la comtesse Kaunitz. Il avait soutenu que lorsque l'opéra bouffe aurait entièrement supplanté l'opéra seria, il n'y aurait plus de rôle pour les castrats dans le théâtre lyrique. Ce n'était pas un hasard si Pergolèse, Paisiello et les autres réclamaient des chanteurs vrais, des voix entières, au lieu de semi-virs et de demi-voix. Oui, oui, le réalisme, le naturel... L'époque était pleine de ces aspirations. Mais qu'y a-t-il encore ? me demandais-je.

Voyons. Dans *la Servante maîtresse*, une jeune domestique met le grappin sur son maître. Dans *la Paysanne* de Hasse, une fille de la campagne entortille un riche propriétaire. Dans *la Bohémienne* de Rinaldo da Capua, une montreuse d'ours oblige un gros marchand à l'épouser. N'est-ce pas toujours la même chose ? Le détenteur du pouvoir, l'homme fort dont la voix grave (c'est toujours une basse qui tient le rôle) souligne l'autorité, le prestige, se voit berné, tourné en ridicule et humilié. La dérision de l'autorité masculine par la ruse et la coquetterie de la femme fait le sujet unique de tous les opéras bouffes napolitains. Si la fortune croissante de ce genre de spectacles reflète l'évolution des mœurs, alors je commence à comprendre pourquoi l'ère des castrats est finie. Même avec une voix grave, une barbe et tous les attributs de la virilité, l'homme nouveau, l'homme des temps modernes n'est guère plus qu'un hochet entre les mains des femmes. Comme Cimarosa avec sa cuisinière. Le jour où elles auront établi complètement leur domination dans la société, à quoi bon émasculer une seconde fois leurs victimes ? Un siècle où ce sont les femmes qui détiennent le pouvoir n'a plus besoin de castrats.

Je fus tiré de ces réflexions par un certain tumulte qui s'élevait de la loge royale. On entendit la voix de la Reine, fort en colère à ce qu'il paraissait. Le Roi repoussa brusquement son fauteuil et sortit, suivi de toutes les personnes qu'il avait reçues dans sa loge. Sarah Goudar, ainsi que nous le sûmes plus tard, avait fait envoyer par Feliciano au Roi un billet. Feliciano l'avait remis au prince de Francavilla, qui dut attendre une occasion pour le glisser entre les mains du souverain. Ce billet, où Sarah mandait toutes sortes de douces choses, se terminait par deux lignes griffonnées à la hâte.

Ti aspetterò nel medesimo luogo, ed alla stessa ora, coll'impazienza medesima che ha una vacca che desidera l'avvicinamento del toro. (« Je t'attendrai au même endroit, et à la même heure, avec la même impatience qu'une vache qui désire l'approche du taureau. »)

Le Roi se mit à rire si fort en lisant ce message, que la Reine, prise de soupçon, le lui arracha des mains. Elle lui cria, au mépris des convenances, qu'elle saurait bien ordonner à cette vache d'aller se trouver des taureaux en dehors du royaume dont elle était la souveraine.

Don Manuele, sans savoir la cause de tout ce bruit, profita du départ du couple royal pour prier don Raimondo de l'excuser. Il balbutia, plus mort que vif. Si on lui avait dit alors à quoi le dos de Feliciano avait servi, je doute même que la chose l'eût fait rire, tant son esprit me paraissait égaré. Je demandai à mon tour la permission de me retirer. Un messager vint annoncer que le vieux duc de Stigliano était mort. On se mit en quête de Feliciano. Je raccompagnai don Manuele jusqu'à son palais.

C'est au cours de cette promenade qu'il m'exposa le plan d'où auraient pu découler la paix et le bonheur de tous, mais qui précipita au contraire la catastrophe.

Un homme à sa fenêtre

Don Manuele, quelques jours plus tard, demanda à Feliciano s'il ne voulait pas habiter chez lui, maintenant que le vieux duc de Stigliano était mort. Feliciano accepta sans difficulté.

— Vous voyez, dis-je à don Manuele, vous avez tort de croire qu'il ne vous aime pas.

— Il aime mon nouveau titre. Je suis duc par la mort de mon père.

— Vous n'avez pas le droit de penser de telles choses ! m'écriai-je en colère. Comment voulez-vous qu'il ne vous haïsse pas ensuite ?

— Porporino, me dit-il, si tu venais aussi habiter chez moi ? Tu as pratiquement terminé tes études, mon palais est immense, presque vide... Et puis...

Il porta la main à son cœur. Nous en restâmes là.

Pourquoi m'avait-il invité ? Il ne me fallut pas longtemps pour vérifier mes craintes. Le palais Maddaloni était situé à Monte di Dio, en haut d'une ruelle en pente. Quatre ailes disposées en carré, autour d'une cour à portique. Don Manuele donna à Feliciano une chambre qui regardait d'un côté sur la ruelle, de l'autre côté sur la cour. Il fit placer une lampe devant chacune des deux fenêtres. Le domestique qui attendait chaque soir Feliciano en bas sous le porche devait monter avec lui et allumer les deux lampes. La chambre de don Manuele, de l'autre côté de la cour, faisait face à la fenêtre de Feliciano. Le duc m'installa entre leurs chambres, sur le troisième côté du carré.

Ce que le duc redoutait arriva. Feliciano, quand il était au palais, se montrait avec nous d'une gentillesse exquise. Mais le moins qu'on puisse dire, c'est qu'il ne sautait pas sur les occasions. Il se levait tard, sortait sans prévenir. Souvent, il ne reparaissait pas de la journée. Que faisait-il dehors ? La nuit était depuis longtemps tombée, mais la fenêtre de sa chambre, de l'autre côté de la cour, restait plongée dans le noir. Le duc, assis derrière sa fenêtre, guettait le signal. Il me faisait asseoir près de lui. Au début de la soirée, nous causions avec un certain enjouement. La fenêtre en face pouvait s'allumer d'un moment à l'autre. Même si Feliciano négligeait de venir nous dire bonsoir, il serait toujours temps d'aller frapper à sa porte et d'échanger quelques mots avant la nuit. Mais les heures sonnaient l'une après l'autre au clocher de l'église voisine, le domestique n'allumait pas la lampe, don Manuele ne me répondait plus que du bout des lèvres. Le tintement régulier de la cloche restait seul à troubler le silence. Bientôt il serait trop tard. Feliciano, passé une certaine heure, rentrait si fatigué qu'il tombait sur son lit et s'endormait tout habillé.

— Feliciano, lui dit-il un matin dans le couloir, je ne te vois plus.

— Est-ce un reproche que vous me faites, don Manuele ?

— Si nous retournions chez Startuffo un de ces jours ?

— Vous n'y pensez pas ! Je travaille mon prochain rôle. Et puis, se baigner deux fois dans l'eau de la même rivière !

— Tu travailles... même le soir... même la nuit ?

— Don Manuele, si c'est pour me surveiller que vous m'avez installé chez vous, autant que je m'en aille tout de suite.

— Feliciano ! N'es-tu pas heureux ici ?

— Tenez, don Manuele, cette pendulette est de bien mauvais goût. Qu'attendez-vous pour la renvoyer chez l'horloger ?

C'était lassant, ces numéros, mais le duc s'y laissait chaque fois prendre.

— Bientôt, disait Feliciano, on aura honte de s'asseoir dans votre salon. Cette couleur de rideau est passée de mode. Vous vous abandonnez. Vraiment, je ne vous félicite pas.

Ces quelques mots suffisaient à faire le bonheur de don Manuele pour une semaine. Il courait les boutiques, achetait tout ce qu'on pouvait trouver de plus laid, dans l'espoir de se faire rabrouer une autre fois. Mais Feliciano traversait le salon sans rien remarquer. Il avait complètement oublié que huit jours plus tôt il avait pris à cœur la couleur des rideaux de son hôte.

Le soir, près de la fenêtre, je tenais compagnie au duc du mieux que je pouvais. Je lui racontais les nouvelles. Cimarosa s'était marié avec sa pâtissière. En six semaines il avait déjà doublé d'embonpoint. Il écrivait couché dans son lit son prochain opéra. L'autre jour, figurez-vous, don Manuele, répétition générale au San Carlo. Le premier violon jouait très mal. Mimmo n'osa rien dire. Il venait de reconnaître le barbier qui le rasait chaque matin, l'homme qui promenait sur sa gorge le terrible couteau. La femme de Cimarosa lui brodait des pantoufles. Elle avait inventé une nouvelle recette pour farcir les côtelettes.

J'avais envie de distraire le duc mais ces histoires, je ne sais pourquoi, me laissaient un goût âcre dans la bouche. La lampe s'allumait tout à coup derrière la fenêtre de Feliciano. Je tournais la tête en même temps que don Manuele. Nous regardions en silence le carré de lumière dans la nuit. Je sentais tout ce qu'il y avait eu de faux dans mon bavardage. A notre manière, nous étions heureux maintenant, moi parce que regarder a toujours été mon occupation favorite, lui parce que sa torture venait de prendre fin. Un insecte grattait à l'intérieur de la boiserie dans les ténèbres familières.

Seulement, je n'aurais jamais dû lui permettre, comme il en prit très vite l'habitude, de rôder pendant la journée dans la chambre vide de Feliciano.

Cette chambre n'avait pas l'air habitée. Si le duc avait cru fixer Feliciano en le logeant, sa désillusion fut amère. Quand on prend possession d'une chambre, on déplace au moins un ou deux meubles, on transporte les bibelots d'un endroit à l'autre, on installe ses propres objets. Feliciano ne s'était pas donné la peine d'aménager à son goût la disposition qu'il avait trouvée en entrant. Don Manuele ouvrit l'armoire : les étagères étaient restées vides. L'ancien pensionnaire des Pauvres de Jésus-Christ n'avait pas même dénoué la ficelle du baluchon dans lequel il avait apporté ses affaires. Il aurait pu s'en aller d'un moment à l'autre, disparaître dans Naples, aussi facilement qu'il était arrivé. Le duc essaya de se l'attacher par des cadeaux. Il déposait sur le lit un paquet. Le lendemain, le paquet n'y était plus. Impossible de savoir où il avait fini, s'il avait plu, s'il n'avait pas été jeté avec dégoût, donné secrètement à un autre ou revendu avec profit.

Don Manuele se promenait lentement dans la chambre. Il touchait les meubles, il s'asseyait sur les chaises. Une fois il s'étendit sur le lit. Il se retirait quand le soir commençait à tomber. Que faire pour l'arracher à son obsession ?

— Quittez vos habits noirs.

— Je suis en deuil de mon père.

— Sortez, allez voir vos amis.

— J'ai une mine à faire peur.

— Comme ça, vous ne plairez jamais à Feliciano ! Gai, il vous aimera mille fois mieux !

Il lui arrivait de se révolter aussi.

— La différence d'âge ! Il ne peut rien trouver d'autre contre moi. Est-ce une raison suffisante ? Je sais, il y a vingt ans d'écart entre nous. Et puis ? A quoi est-ce que ça sert d'écouter don Raimondo si on croit encore à des sottises de ce genre ? Toi, Porporino, tu y crois encore ? Tu acceptes l'âge, le sexe, comme des définitions qui signifient quelque chose ?

Le sexe ! Il ne savait plus ce qu'il disait, le pauvre, en m'adressant ces mots. Mais je lui pardonnais. Il me faisait pitié. Avec ses efforts désespérés pour gagner l'amour d'un jeune homme qui aurait pu être son fils, c'est vrai qu'il pouvait se comparer au prince. Le prince, qui arrivait à fabriquer de la cire d'abeille avec des plantes végétales, qui avait trouvé une matière capable de brûler sur elle-même sans prendre sur sa substance, le prince, avec ses rêves de carrosse insubmersible, de chevaux aquatiques, et cette autre chimère dont il allait bientôt dévoiler la sombre et grandiose folie, prenait l'univers, prenait le ciel à partie, comme don Manuele les règles de la bienséance et les préjugés de la société. Mais qui eût songé à le plaisanter, don Raimondo ? Dieu seul sait quel combat gigantesque il avait engagé contre la création, et on pouvait très bien se dire que ce combat, commencé dans les souterrains du palais Sansevero à la lueur fantomatique des éclairs, se poursuivrait après la mort du prince dans un coin surnaturel de l'espace. Le but précis qui occupait l'esprit de don Manuele apparaissait trop visiblement derrière ses déclarations ; il disait que respecter les barrières dues à l'âge était la preuve d'un cerveau borné, sans imagination ni fantaisie. En réalité il pensait : comment arriver jusqu'à Feliciano ? comment faire accepter mes rides ? comment le persuader qu'il n'y a pas d'obstacle entre nous ? L'entêtement de don Manuele à justifier sa conduite m'apparaissait comme une version, rapetissée et pathétique, de la géniale utopie du prince. Il ne luttait pas, lui, contre la tragique finitude de la vie cloisonnée de la naissance à la mort et mutilée par le temps, il cherchait seulement un prétexte pour qu'un homme de quarante-trois ans n'ait pas l'air de faire une chose déplacée en rôdant autour de la chambre, en posant sa joue sur l'oreiller, en épiant de sa fenêtre pendant des nuits entières la fenêtre d'un jeune garçon.

A deux heures du matin, une nuit, Feliciano n'était pas rentré. Don Manuele apporta lui-même une chaise du salon et s'installa dans le couloir, devant sa porte. Il voulut m'envoyer me coucher. J'insistai pour rester avec lui. La sombre résolution qui était peinte sur son visage me faisait peur. Feliciano parut quand l'aube se levait. Le domestique marchait devant, portant un candélabre. Feliciano nous aperçut de loin. Il pivota sur ses talons et fit mine de s'enfuir. Don Manuele en deux bonds le rejoignit. Il n'opposa aucune résistance. Il inclina au contraire la tête comme un enfant battu. Don Manuele le prit par les épaules et le secoua. Il se laissait faire, les yeux clos. Sa tête ballottait à droite et à gauche, ne pouvait-il la tenir d'aplomb ?

— Je ne sais pas ce que tu mériterais ! s'écria don Manuele.

— Commandez, j'obéirai.

Cette docilité inattendue exaspéra le duc.

— D'abord, regarde-moi !

Il lui saisit le menton et voulut le forcer à le regarder en face. Feliciano s'abandonna à la renverse mais n'ouvrit pas les yeux.

— Tu vas m'expliquer où tu as traîné si tard. Chez qui ? A faire quoi ? Réponds ! Mais comprends une chose ! Ton affection, je m'en fiche éperdument ! Pense de moi ce que tu veux. Je m'en fiche !... Mais j'ai besoin de savoir d'où tu viens, où tu as été. De drôles de gens, pour traîner à cette heure !

La réponse arriva dans un souffle.

— Parlez moins fort, je vous en supplie.

Le duc, interloqué, recula d'un pas. La tête de Feliciano retomba contre sa poitrine.

— Don Manuele...

— Oui, quoi ?

— Je vais mourir.

— J'aimerais bien voir ça !

— Vous ne me croyez pas ?

Là-dessus il se laissa tomber par terre comme une masse. Ce fut si rapide, si admirablement exécuté, qu'il se retrouva roulé en boule sur le sol, avant que le duc ait pu faire un geste. Un bras replié, la figure cachée dans ce bras, il resta immobile dans cette position.

— Aide-moi, me dit don Manuele.

Nous le prîmes sous les épaules. Il se laissa porter jusqu'à la chaise. Le duc n'avait pas envie de quitter sa mine fâchée, mais je voyais bien qu'il commençait à mollir.

— Où suis-je ? demanda Feliciano en soulevant lentement les paupières.

Il reconnut le duc, se recula contre le dossier de la chaise, l'air tout effrayé.

— Pourquoi me tourmentez-vous, don Manuele ?

— Feliciano, tu dis n'importe quoi ! Va te coucher maintenant. On reparlera de tout cela demain.

— Il n'y aura pas de demain, dit Feliciano, avec un soupir.

Il parlait si bas que le duc était forcé de se pencher vers sa bouche.

— Tu es fou, non ? Qu'est-ce qui te prend ?

— Vous ne m'aimez pas, don Manuele. Personne ne m'aime. Vous êtes méchant et vous ne m'aimez pas.

— Mais qu'est-ce qui t'arrive ? Tu es complètement fou.

— Je suis vieux. Je suis malade. Je suis fatigué. Je vais mourir. Attendez, s'écria-t-il soudain. Je ne vais quand même pas mourir ici, dans une maison où on ne m'aime pas.

Qu'allait-il inventer encore ? Il se leva, traversa le couloir en titubant, tendit les mains devant lui, heurta la porte de sa chambre, trouva en tâtonnant la poignée, ouvrit, entra, laissant derrière lui la porte ouverte. Don Manuele, cloué sur place dans le couloir, le regardait faire médusé.

Feliciano se heurta aux meubles comme un somnambule et revint vers la porte avec son baluchon. Il s'arrêta un moment sur le seuil, puis tourna dans le couloir et s'éloigna vers l'escalier.

— Où va-t-il ? Qu'est-ce qui lui prend ? Il est fou ! Arrête-le ! me chuchota précipitamment don Manuele.

Je courus après Feliciano. Jouait-il la comédie ? Partait-il pour de bon ? C'est vrai qu'il aurait très bien pu nous quitter en pleine nuit, sa chambre, nous, le palais, Monte di Dio, s'en aller au hasard dans les rues, entrer peut-être dans une maison, s'installer chez une famille inconnue. Et s'il était mort devant nous, sans crier gare ? Comme ça, à nos pieds ? Avec lui on n'était jamais sûr de rien.

Arrivé au bout du couloir, il se retourna. Le duc l'observait sans rien dire.

— Est-ce que vous me suppliez de rester, don Manuele ?

Don Manuele détourna la tête.

— Vous ne serez plus jamais méchant avec moi ?

Il revint lentement vers le duc.

— J'ai meilleur cœur que vous, don Manuele. Je ne veux pas vous faire de mal, moi. Je reste.

Je fus alors témoin de cette chose inouïe : deux larmes qui coulaient sur la joue du duc, et Feliciano qui étendait la main pour les essuyer ! Il m'avait donné son baluchon à porter. A l'autre bout du couloir, Jean-Jacques, le domestique, se tenait au garde-à-vous devant l'œil-de-bœuf, le candélabre entre les yeux.

— Allez maintenant vous reposer, dit Feliciano, avec un aplomb incroyable, au duc décomposé. Veiller si tard ne vous vaut rien. Vous ne faites que des bêtises. Porporino, ajouta-t-il en se tournant vers moi, sois gentil de raccompagner don Manuele. Le duc a besoin de dormir. Jean-Jacques, passez devant avec la lumière.

Cette nuit-là marqua un tournant dans leurs relations. Le duc n'osait plus frapper à la porte de Feliciano pour dire bonsoir, quelques minutes après que le domestique avait allumé la lampe. La lampe était depuis longtemps éteinte, la fenêtre de Feliciano replongée dans le noir, que don Manuele, de sa place habituelle, veillait encore jusqu'à une heure avancée. Combien de fois suis-je resté ainsi à ses côtés, dans l'encoignure de sa fenêtre, me retenant de troubler par un mot ou par un geste l'espèce de bonheur triste qui auréolait son visage? Quels rêves poursuivait-il? Pourquoi n'allait-il pas se coucher? A quoi bon s'obstiner dans cette vigilance silencieuse, puisque Feliciano dormait à poings fermés déjà?

Il prit une nouvelle habitude, qui eut des conséquences autrement funestes. Il se levait, quittait sa chambre avec une bougie allumée et sur la pointe des pieds longeait les murs du palais désert jusqu'à la chambre de Feliciano. La chaise, depuis l'autre nuit, était restée dans le couloir en face de la porte. Il posait sur la chaise la bougie allumée, ouvrait avec précaution, s'avançait aussi doucement qu'il pouvait vers le lit, et là, penché sur le visage du dormeur qu'éclairait de loin la flamme tremblante du corridor, il contemplait Feliciano.

Feliciano pour dormir remontait le drap jusqu'au cou. Le sommeil lui gonflait la lèvre supérieure, qui dépassait sur l'autre comme chez les bébés. Il était couché sur le dos, la tête au milieu de l'oreiller. Sa respiration tranquille soulevait à intervalles réguliers sa poitrine, dont le mince voile de lin modelait trop bien le contour. Je savais que j'aurais dû empêcher don Manuele de rester près du lit et de se tourmenter avec un spectacle qui enflammait son imagination. Mais quand je m'approchais à pas de loup dans son dos, j'étais saisi moi aussi par la beauté de ce visage qu'une vie secrète animait dans le repos. Les longs cils blonds posés sur la peau hâlée, les boucles en désordre, les narines agitées d'une palpitation délicate, tout ce mystère de la jeunesse, de la grâce et de l'abandon paraissait encore plus fragile à la lueur de la bougie.

Une nuit que don Manuele s'était assis au bord du chevet et méditait entre ses poings, le dos tourné à Feliciano, il se sentit toucher à l'épaule. Le duc tressaillit. Feliciano le regardait tranquillement. Puis il se redressa, s'étira et s'adossa au montant du lit. Le drap en retombant le découvrit nu jusqu'à la taille. Il souriait d'un air étrange. Je me demandai s'il était bien réveillé.

— Eh bien ! don Manuele, nous y sommes.

Le duc ne comprit pas.

— Qu'attendez-vous pour vous déshabiller ?

— Feliciano... j'étais venu pour te dire bonsoir... Heu !... si je te dérange...

Il fit mine de se lever, mais Feliciano l'attira à lui.

— Vous étiez venu pour me dire bonsoir ?... Fi donc ! Un homme mûr qui entre sur la pointe des pieds dans la chambre d'un petit garçon endormi... Vous n'avez pas un peu honte, non ?... Vous pensez que c'est bien convenable ?...

Tout en parlant, il défaisait les boutons et ôtait la chemise de don Manuele, qui se trouva nu devant lui.

— Et maintenant... le reste !... Dépêchons-nous... Ah ! don Manuele, on peut dire que vous m'avez fait longtemps attendre, ajouta-t-il d'une voix subitement alanguie.

Le duc, pour gagner du temps, essaya de reprendre sa chemise, mais Feliciano la roula en boule et me l'envoya à travers la chambre. Don Manuele m'aperçut alors.

— Pas comme ça... pas maintenant..., murmura-t-il, d'une voix précipitée.

— Pas comme ça?... pas maintenant?... Ah! mais vous savez que vous me rendez follement gai, don Manuele... Ce sera tout de suite au contraire... Vous en mourez d'envie... N'est-ce pas, Porporino, qu'il en meurt d'envie?

— Feliciano, ça suffit! ne pus-je m'empêcher de dire d'un ton sec.

— Toi, petit, reprit-il en riant, ce n'est pas la peine de faire cette mine! On sait bien que ces choses ne t'intéressent pas... Tu es passé de l'autre côté, toi...

Quelle impudence! après tout ce qui était arrivé entre nous! Je pivotai sur mes talons pour m'en aller.

— Don Manuele, lui, il meurt d'envie que je lui rende ce petit service!... Mais dépêchez-vous donc d'ôter tout ça... Je suis impossible, hein, don Manuele?... Ah! Ah! je m'amuse bien...

Devant la bougie allumée, je me dis : « Evidemment! il va se dire en plus que je leur tiens la chandelle! » Ses éclats de rire me poursuivirent jusqu'au bout du couloir. De la jalousie, inutile de faire croire que je n'en éprouvais pas : mais comme une chose du passé, comme un souvenir, comme un regret de l'époque du Conservatoire où la fièvre, toute la nuit, me retournait sur mon matelas.

D'ailleurs, à voir ce qui advint de don Manuele, j'aurais été définitivement guéri. S'il pensait avoir acquis par ce quart d'heure au lit un droit sur Feliciano, il fut immédiatement et cruellement tiré de son erreur. Feliciano disparut dès le lendemain matin. De plusieurs jours il ne remit pas les pieds au palais. Puis, quand il revint, c'était toujours aux heures les plus inattendues, et pour quelques instants. Gai, charmant du reste, surtout avec don Manuele, ce qui achevait de mettre le duc à la torture. Feliciano ne le fuyait pas : à quoi bon, puisque, dans son esprit, il ne lui avait rien donné ? C'était comme moi, jadis, avec le baiser unique. Je me souvenais. « De l'élégance ! de l'élégance ! », aurais-je voulu crier à don Manuele, chaque fois qu'il posait sur Feliciano des yeux trop ardents. Il osait à peine lui parler, il était redevenu aussi timide qu'au début, lorsque, silencieux et raide au milieu des passants, il attendait près de la borne au coin de la place des Gerolomini. Feliciano virevoltait entre les meubles du salon, comme si cette nuit n'avait pas eu plus d'importance que ça. Le duc se trompait en faisant voir si ouvertement qu'elle avait bouleversé sa vie.

Il devenait fou pour de bon, ma parole. Il n'osait plus, ni attendre derrière la fenêtre de peur que l'aube ne paraisse sans que le domestique soit venu allumer la lampe, ni rôder dans les couloirs pour ne pas avoir l'air d'épier. Enfermé dans sa chambre comme un possédé, il confiait son bonheur à des calculs puérils. Par exemple : tirer le rideau de sa fenêtre pendant un quart d'heure, le temps de se dire que Feliciano était rentré, avait soufflé la lumière et dormait. Ensuite il contemplait, apaisé, de l'autre côté de la cour, le rectangle noir de la fenêtre éteinte.

Bref répit !

— Tu mens ! me disait-il bientôt. (Je n'avais pas ouvert la bouche.) Il n'est pas rentré. Referme !

Deux minutes après, il se relevait brusquement.

— Vite, ouvre, la lampe est peut-être allumée.

Je le suppliais.

— Don Manuele !

Que lui dire ? Que faire ? Il refusait de quitter sa chambre. Si je lui proposais de sortir, de marcher dans la rue, parce que l'air lui ferait du bien, il haussait les épaules, ulcéré. « Du bien à moi ? Est-ce qu'un homme dans mon état a envie de recevoir ce bien ? » Il s'obstina longtemps. J'insistai. Quand il accepta enfin, il ne me vint pas à l'esprit que j'étais en train de le pousser dans un nouveau piège.

Notre première sortie coïncida avec le début des chaleurs. La ruelle de Monte di Dio descendait droit devant le palais. Arrivé en bas, le duc se retourna : de ce côté aussi, la chambre de Feliciano avait une fenêtre. Il faillit remonter. Je le tirai de force derrière moi. Une heure sonna au clocher. La brise de mer passait en frissonnant sur les tas d'épluchures abandonnés devant les maisons.

Nous marchions au hasard. S'il rentrait fourbu au palais, ce serait déjà ça. Au commencement du moins, je ne crois pas qu'il avait de but précis. Marcher, s'éreinter à gravir et à descendre les escaliers sans fin de Naples, les ruelles en pente qui mènent au port. Son idée fixe le poursuivait partout. Il me saisissait par la manche.

— Peut-être est-il rentré ? Peut-être, en ce moment même, assis près de sa fenêtre dont le carré se découpe sur la cour, seul et mélancolique, pense-t-il avec un soupir que le duc de Maddaloni est bien inconstant ?

— Tant mieux, rendez-le jaloux.

— Il serait ravi d'être débarrassé de moi.

— Ne dites pas ça, don Manuele, ne soyez pas injuste envers lui.

— Tu crois qu'il m'aime un peu ?

— Il n'aime pas vous voir souffrir comme ça.

— C'est vrai, il n'a pas de petits défauts.

Il ajouta, en inclinant la tête :

— On ne se détache pas des gens parce qu'ils sont puérils, inconscients, mégalomanes, capricieux, lunatiques. On se détache des gens à cause de leurs petits défauts. L'envie, la rancune. Et l'égoïsme, Porporino ? Dirais-tu que c'est un petit ou un grand défaut ?

— Je dirais, don Manuele, répondis-je à voix basse, que Feliciano n'est même pas égoïste.

— Ah oui ! tu as raison. Peut-être il m'attend. Peut-être il est triste de voir que je suis sorti pendant qu'il m'attend.

Cette idée lui rendant courage, nos promenades s'allongèrent. Don Manuele m'entraîna jusqu'à la place des Gerolomini. La porte du Conservatoire était fermée à cette heure. Le duc voulut s'asseoir sur les marches de l'église. Nous regardions devant nous sans parler, quand un homme déboucha silencieusement sur la place et glissa le long du mur comme une ombre. Don Manuele se leva et s'élança à sa poursuite. L'inconnu se retourna. Un masque lui cachait le visage. Il se mit à courir et s'éclipsa dans une ruelle.

— C'était lui ! me dit don Manuele, hors d'haleine, quand il m'eut rejoint devant l'église.

J'étais resté assis sur les marches.

— Vous n'avez pas pu le reconnaître, dis-je.

— Pourquoi se serait-il mis à courir en me voyant ?

— Don Manuele ! De quoi aviez-vous l'air ? En pleine nuit, comme ça, sur une place déserte !

— Chut ! Ecoute.

Je tendis l'oreille. Aucun bruit.

— Venez, dis-je. Je ne voudrais pas que cet homme ait donné l'alerte à une ronde de police. Et puis, ajoutai-je un peu étourdiment, il n'y a rien à attendre, ici, pour vous.

— Ah ! répliqua-t-il en me secouant par l'épaule, tu sais donc où il est ?

— Je vous jure que non, don Manuele.

Il laissa retomber tristement son menton sur sa poitrine.

— Et... tu ne devines pas ?

Ce jour-là, je n'osai répondre.

— Tu vois cette chambre là-haut ? me dit-il au bout d'un moment.

Il me montrait une fenêtre sous le toit.

— C'est là que le 15 juin 1590 don Carlo Gesualdo, prince de Venosa, surprit sa femme, la princesse Maria d'Avalos, en compagnie de Fabrizio Carafa, duc d'Andria. Le 15 juin 1590.

Il répéta la date plusieurs fois, comme quelqu'un qui pense à tout autre chose.

— Sa femme le trompait, tu comprends.

— Et... que fit le prince ?

— Il tua sa femme et le duc. Il leur enfonça de sa main une épée dans le cœur.

Pourquoi m'avait-il raconté cette histoire ? Je ne comprenais pas très bien. Nous descendions la via dei Tribunali. Quand il apercevait une fenêtre éclairée, le duc s'approchait sur la pointe des pieds. Une silhouette qui coupait la rue devant nous le faisait tressaillir. En longeant le palais Sansevero, il regarda par les soupiraux. Devant Startuffo, il ramassa le papier sale qui avait enveloppé un gâteau et le mit en boule dans sa poche. Si encore il avait agi en automate ! Mais il gardait amèrement conscience au milieu de sa folie.

Chaque soir, quand nous sortions, je craignais qu'il ne fît atteler sa voiture en donnant l'ordre au cocher de le conduire sur le Pausilippe. J'imaginais si bien la scène : la maison des Goudar tapie sous les grands pins odorants ; l'arrivée fracassante du carrosse au galop des deux barbes ; la course des domestiques pour ouvrir la portière ; toutes les têtes levées, s'apprêtant à faire fête au nouveau venu ; le biribi abandonné ; l'entrée silencieuse du duc ; sa mine sombre ; ses yeux inquiets cherchant dans les coins ; la surprise amusée des joueurs ; les mots échangés à voix basse ; les rires à peine étouffés ; Sarah accourant hors d'haleine, le sein à moitié sorti... Comment jurer que dans le fond de son cœur il n'aspirait pas à cette humiliation ? Et peut-être, lorsqu'il hâtait l'allure derrière un passant effrayé qui se mettait à courir, espérait-il attirer l'attention d'une patrouille qui l'arrêterait comme un voleur.

Il prit aussi l'habitude de s'approcher des vagabonds qui dormaient à la belle étoile, roulés dans leurs haillons. Il les retournait pour examiner leur visage. J'avais toujours peur que l'un d'eux, tiré de son léger sommeil par cette main fiévreuse, n'ameutât contre le duc la troupe nocturne des mendiants.

C'est vrai que Feliciano aurait très bien pu, par défi, par caprice, ou par ce dégoût soudain du bien-être qui saisit les grandes âmes, jetant son baluchon sous une porte cochère, se contenter pour dormir du rude pavé des rues. Pendant que nous le cherchions entre les gueux, il était mille fois plus probable, hélas ! qu'il se donnait de la gaieté sur le Pausilippe, autour des tables de pharaon. Je ne sais jusqu'à quand don Manuele se serait empêché de faire atteler ses chevaux, lorsqu'un événement imprévu changea une nouvelle fois ses plans. Nous rentrions vers le palais Maddaloni. En bas de la ruelle, le duc s'arrêta net. Là-haut, la fenêtre était éclairée ! Et même les deux lampes, posées côte à côte sur l'appui, brillaient bien en vue. Au moment où le duc, revenu de son saisissement, partait en courant sur la pente, une ombre se pencha derrière la vitre et souffla une des lampes. Puis la deuxième lumière disparut aussi. Don Manuele fut inconsolable.

— Il m'attendait ! Ces deux lampes, c'était un signal ! un appel ! Je l'ai déçu ! Il a éteint dès qu'il m'a vu ! Jamais je ne me le pardonnerai !

J'eus beau raisonner le duc, il décida de ne plus s'éloigner du palais. De nouveau nous passâmes nos nuits assis derrière sa fenêtre à guetter la fenêtre d'en face. De nouveau le jour se leva sans que le domestique eût allumé la lampe. Don Manuele ne savait même plus pourquoi il restait là. Il n'espérait plus, il dépérissait. S'il m'adressait la parole, c'étaient toujours les mêmes phrases, le même refrain machinal.

— Eteins la lampe ! me disait-il. S'il rentre et voit ma fenêtre allumée, ça l'agacera de se dire que je l'ai attendu.

Au bout d'un instant :

— Rallume ! Mais rallume donc ! Il va croire que je l'ai abandonné pour aller me promener.

J'éteignais. J'allumais. Cela devenait insupportable. Tout aurait mieux valu, pourtant, que de lui permettre cette nouvelle obsession du caveau, la dernière avant la catastrophe.

La chapelle donnait sur la cour. On descendait à la crypte par un escalier à vis aménagé derrière l'autel. Cette crypte était revêtue par terre et sur les murs de dalles de marbre noir. J'avais un peu peur derrière don Manuele. Il levait la lampe sur les niches pour éclairer les tombeaux. De pâles visages nous regardaient d'un air sévère. Pour le dernier duc, le père de don Manuele, le sarcophage était resté nu, sans ornement. Je n'aurais pas osé parler le premier. Que voulait-il ? Au début je me disais qu'il étudiait le moyen de décorer convenablement le tombeau de son père. Don Raimondo occupait alors les meilleurs sculpteurs de Naples à la transformation de la chapelle Sansevero. Comme toutes ses entreprises, le prince entourait celle-ci de mystère. Il n'aurait pas permis aux artistes qui travaillaient pour lui d'accepter une autre commande. J'étais la seule personne qu'il admît sur le chantier. Je m'y rendais, un soir sur deux, au crépuscule. Don Manuele espérait-il que j'arriverais à fléchir don Raimondo ? Mais les jours, ou plutôt les nuits se succédaient, sans que le duc fît la moindre allusion à un projet de ce genre.

A peine le soleil couché, nous descendions dans le caveau. Don Manuele saluait lentement ses ancêtres alignés contre la paroi. Il cherchait peut-être à se ressaisir par la conscience de sa race. Feliciano lui avait bien dit un jour : « Quand on est un Maddaloni, on ne s'abaisse pas comme ça devant un gamin. » Don Manuele posait la lampe dans un coin de la niche à côté du cercueil de son père. Puis il se plaçait sous le cercueil, le dos appuyé au mur, un peu voûté, les bras croisés, la tête penchée. Un quart d'heure s'écoulait ainsi. Quelles pensées le tourmentaient dans ce silence ? Il reprenait soudain la lampe, se précipitait vers l'escalier, remontait en hâte dans la chapelle. Il ne s'arrêtait que dans la cour, à l'endroit d'où il pouvait apercevoir la fenêtre de Feliciano. Nous descendions, nous remontions vingt fois par nuit. Le duc, pour ne pas s'éloigner du palais, ni rester assis dans sa chambre à guetter en vain le signal, préférait croire qu'en passant un quart d'heure dans la crypte, il trouverait en remontant la fenêtre allumée.

Si quelque chose m'alerta, ce fut cette manière de

rentrer les épaules quand il s'adossait au mur sous le cercueil de son père. Je ne compris pas, au commencement, quel rapport il pouvait y avoir entre Feliciano et les questions étranges qu'il me posait.

— Caterina Gabrielli, elle te plaît comme chanteuse ?

— Comme chanteuse, répondis-je en appuyant sur les syllabes, je crois que c'est la plus grande.

— Ah !

Je me demandai si je ne l'avais pas blessé. Il faut croire que sa question n'était qu'une entrée en matière, car il reprit aussitôt :

— Est-ce que je me trompe, ou n'était-elle pas blonde ?

— Don Manuele, je me la rappelle avec des cheveux noirs.

— Tu crois ?

Il me regarda d'un air si bizarre que je me hâtai d'ajouter :

— Oh ! vous savez, comment être sûr de la couleur de ses cheveux ? Elle porte des perruques.

Chaque fois, maintenant, il me parlait de la Gabrielli. C'était toujours la nuit, au même endroit, dans l'obscurité de la crypte, sous le cercueil de son père. Je devais énumérer les rôles qu'elle avait joués, décrire les costumes qu'elle avait portés. Avec quels acteurs chantait-elle de préférence ?

— Gaspare Pacchiarotti, Giuseppe Aprile, Alessandro Tenducci...

— Venanziano Rauzzini, corrigea-t-il d'un ton sec.

— Don Manuele, m'écriai-je, cessez de vous torturer à ce sujet. Vous avez tout fait de ce que vous pouviez faire. Ça été la fatalité.

— La fatalité, n'est-ce pas ?

Un mot, évidemment, plutôt malencontreux.

— Don Manuele, ne trouvez-vous pas qu'on étouffe un peu ici ? Cette obscurité, ces tombeaux...

Il me regarda avec tristesse, comme si j'avais proféré une sottise. Aussi m'empressai-je de dire :

— Oh ! vous savez, j'aime beaucoup cet endroit... Mais je crains qu'il ne vous donne des idées noires...

Sans m'écouter, il me demanda brusquement :

— Tu es sûr qu'elle n'était pas blonde ? Je la vois avec des boucles dorées... Tu te souviens comme elle marchait ?... En trois enjambées elle traversait le plateau.

— Vous confondez avec Feliciano ! m'exclamai-je malgré moi.

— Avec Feliciano ?

Il parut sortir d'un rêve.

— Pourquoi mon père l'a-t-il aimée ? dit-il lentement, si bas que je l'entendis à peine. Il a bien fait de mourir, n'est-ce pas ? Il s'est laissé mourir, non ?

— Vous n'avez pas le droit de dire ça ! protestai-je.

— Si, si. Il s'est laissé mourir.

— Don Manuele !

Il me regarda, comme si une idée venait de lui traverser l'esprit.

— Est-ce que tu te souviens du jour où... Caterina Gabrielli quitta... définitivement mon père ?

— Le soir de l'académie chez la comtesse Kaunitz, on ne parlait pas d'autre chose, répondis-je.

— Ah ! Et avant ?

— Avant ?

— Depuis quand... Enfin, ils se voyaient depuis quand ?

— Le chanteur et elle ?

Sans écouter ma question, il reprit :

— Je me demandais seulement combien de temps

après qu'ils furent partis ensemble j'ai... rencontré Feliciano.

— Quel rapport y a-t-il entre les deux événements ? m'écriai-je étourdiment. Vous vous trouviez un jour par hasard au coin de la place des Gerolomini...

— Mais c'était après le soir de l'académie, n'est-ce pas ?

— Pas longtemps après, don Manuele.

— C'est drôle, je n'y avais jamais pensé.

— Et vous vous dites maintenant que vous auriez dû vous préoccuper uniquement de venger votre père, au lieu de...

Je me repris à temps, me dépêchant d'ajouter :

— Comme fit le prince de Venosa, dont vous me parliez l'autre jour.

Ce fut à son tour de s'exclamer :

— Mais non ! Mon père ne m'aurait jamais demandé de faire tuer les coupables. Il n'était pas du tout dans ces idées-là !

— Alors, dis-je, qu'importe le moment où vous avez rencontré Feliciano ?

— Tu ne peux pas comprendre, répondit-il.

Puis, dans un murmure :

— Il y a tant de façons d'être fidèle à son père... Aurais-je remarqué Feliciano, avant le soir de l'académie ?

Son père, il lui ressemblait chaque jour un peu plus. Il s'identifiait à lui, dans les gestes, dans la raideur, dans les silences. J'en arrivais presque à me sentir soulagé lorsque, se redressant tout à coup et cessant de regarder dans le vague, il s'élançait dans l'escalier et remontait dans la cour. Hélas ! il se mit à remonter moins souvent. Il levait les yeux quelques secondes vers la fenêtre et redescendait aussitôt. On eût dit qu'une force invisible pesait sur ses épaules pour l'obliger à reprendre sa place contre le mur, dans l'ombre portée sur le sol par le sarcophage paternel. A peine, maintenant, s'il semblait se souvenir de Feliciano. Il continuait à m'interroger au sujet de Caterina Gabrielli. Avait-elle des chiens, des perroquets ? Et ainsi de suite, une série de questions de plus en plus saugrenues, dont je n'arrivais pas à voir le véritable motif, et qui me faisaient craindre je ne sais quel funeste dessein.

Orphée

La décision de faire l'ouverture du San Carlo avec l'*Orfeo* du chevalier Gluck raviva la polémique qui couvait dans Naples au sujet des castrats.

Gaetano Guadagni, sopraniste, avait créé dix ans plus tôt à Vienne l'œuvre du chevalier. Pour la version destinée à Paris et chantée en français, Gluck avait réécrit le rôle pour un ténor, les dessus étant proscrits des scènes françaises. Or, quelle version choisirait-on pour Naples ? La ville se sépara en deux camps. Antonio Perocades soutenait en raisonnements péremptoires que le choix d'un ténor pour personnifier le mari d'Eurydice prouverait enfin au monde civilisé que Naples était entrée dans l'époque des lumières, était devenue une ville mûre, une ville adulte.

L'abbé Galiani, en faisant des moulinets avec ses petits bras, criait dans les salons qu'il renierait une fois pour toutes ses compatriotes et se retirerait dans son abbaye d'Amalfi s'ils ne saisissaient pas par les cheveux l'occasion de mettre un homme dans un rôle d'homme. Avait-il assez souffert, à Paris, d'entendre le président de Brosses lui demander pourquoi les Italiens montraient tant de goût pour les chapons ?

Le duc de San Demetrio, le prince de Caramanico, le duc de Serracapriola, grands maîtres des Loges napolitaines, se faisaient fort d'obtenir l'appui de la Reine pour imposer le choix d'un ténor au directeur du théâtre.

Celui-ci voulait engager un castrat, pour contenter les *lazzaroni* de l'amphithéâtre et par crainte des abbés du parterre. Il était soutenu par les gens du métier. Les compositeurs de musique disaient qu'on manquerait d'égards au *maestro*, en ne donnant pas la version originale de son opéra.

Au reste, où trouver un ténor capable de jouer un premier rôle, avec les trilles, les roulades, et la colorature au complet ? Pas à Naples en tout cas, ni probablement dans toute l'Italie, où ce type de voix n'était guère en honneur. Et alors, protestaient les chanteurs, s'il fallait monter sur la scène à côté d'un Français ou d'un Allemand, non merci, ils ne tendraient pas la joue pour recevoir un tel soufflet.

Quant aux dames, elles s'apprêtaient à laisser leurs loges vides, plutôt que d'assister à un spectacle sans dessus. La princesse de Belmonte se flattait de mettre le Roi de leur côté. Elle convia la société dans son palais, priant le prince de Sansevero de se faire leur avocat. Elle eût même invité Sarah Goudar, contre toutes les convenances. Le Roi avait promis de venir. Mais s'il venait accompagné de la souveraine ? Quel scandale affreux !

Je vis pour la première fois la duchesse de Sanfelice. Elle attirait le regard par la blancheur parfaite de son cou semblable à un morceau d'albâtre, mais aussi par la hardiesse de son décolleté, la vivacité de ses gestes et un air de détermination incroyable pour une jeune personne de seize ans.

Les souverains, qu'on attendait pour dix heures, ne parurent point. A une heure de la nuit, don Raimondo céda aux instances de la princesse.

Vraiment, il s'étonnait d'entendre le duc de San Demetrio affirmer que le choix d'un castrat détruisait la vérité dramatique du poème. L'*Orfeo* de Gluck était peut-être le seul cas de toute l'histoire de l'opéra où le choix d'un *musico* pour tenir un rôle d'homme, non seulement n'avait pas nui à la vraisemblance, mais s'était révélé conforme à la nature particulière du personnage, à sa vérité profonde et intime.

Nul parmi l'assemblée, continua don Raimondo, n'ignorait que le chevalier Gluck avait eu l'idée de réformer l'opéra italien en introduisant plus d'humanité, de chaleur, plus d'émotion dans un art conçu jusqu'alors pour le seul plaisir de l'oreille. Tout le monde savait également que l'*Orfeo* créé à Vienne en 1762 avait servi de manifeste au programme du chevalier. Donc, puisque la réforme de Gluck, appliquée pour la première fois dans l'*Orfeo*, constituait une vigoureuse protestation contre l'art pur, contre l'art gratuit, et donc aussi contre l'art des sopranistes, on ne pouvait pas le soupçonner d'avoir choisi le castrat Gaetano Guadagni par complaisance envers la mode, lâcheté devant le public ou peur du fiasco. On devait considérer le choix d'un castrat comme un choix réaliste, comme un choix inspiré par le souci, non de la virtuosité, mais de la vérité. L'abbé Galiani levait les sourcils d'un air moqueur ? Don Antonio retroussait ses lèvres avec un dédain incrédule ? Qu'ils lui fissent la grâce de l'écouter quelques minutes encore.

Dans le personnage d'Orphée on pouvait voir surtout l'homme, l'époux, le veuf, le héros d'une aventure humaine ; mais on pouvait aussi attacher plus d'importance à l'artiste, au poète, au magicien des sons, dont la lyre, bouleversant les lois les mieux établies de la nature, tirait des larmes aux animaux et mettait en marche les arbres de la foret. Gluck, justement, avait réfléchi – puis tranché. S'il avait confié le rôle à un ténor, il eût célébré le champion de la foi conjugale ; souligné sa qualité toute charnelle d'amant, de mari. En préférant un castrat, il montrait que le chanteur et sa mission divine l'intéressaient plus que l'homme et son histoire terrestre. Celui qui faisait pleurer les rochers et bouger les montagnes, celui qu'un pouvoir si exorbitant mettait au-dessus de toutes les limitations imposées aux faibles capacités des humains, comment se l'imaginer plutôt homme ou plutôt femme, plutôt jeune ou plutôt vieux, comment lui attribuer un état civil précis, une identité définie, des caractères physiques ou moraux déterminés ?

— La voix de soprano ne dénature pas Orphée : elle indique qu'il est au-dessus de la nature. *Musico*, musicien : cette fois le jeu de mots répond à une vérité profonde.

Il voyait bien que tout le monde n'était pas convaincu. Quoi ? Si quelqu'un était passé dans la légende comme le symbole même de la rectitude virile, si quelqu'un pouvait servir de modèle aux amants et aux maris, n'était-ce pas Orphée ? Sa nature mâle n'était-elle pas suffisamment établie ? Eh bien ! il doutait, lui, de cette nature mâle, et il doutait que les Anciens en fussent si persuadés que cela. Une des versions qu'ils donnaient de sa mort attestait la nature ambiguë du demi-dieu. Furieuses de se voir repoussées par l'inconsolable époux d'Eurydice, les bacchantes mirent en pièces celui qui méprisait leurs charmes. Il avait renoncé, depuis son veuvage, à tout commerce d'amour avec les femmes. On pouvait évidemment soutenir qu'il voulait rester fidèle au souvenir d'Eurydice. Toutefois, il suffisait de relire Ovide pour justifier une opinion bien différente. Orphée vantait sur sa lyre les grâces de Ganymède et les charmes d'Hyacinthe, et c'était lui qui, en citant leurs exemples, avait propagé en Grèce l'amour des beaux garçons. Tout cela, non pas pour insinuer quelque chose qui n'était nullement dans sa pensée : le spirituel prince de Francavilla, qui prenait son amusement avec des pages nus, aurait commis la dernière impertinence en se réclamant d'Orphée ! Orphée avait aimé Eurydice, et il l'aimait encore, il restait son époux, après leur séparation. Mais quoi ? Etait-ce si difficile à admettre ? Il participait à la fois du masculin et du féminin, ne dépendant ni de l'un ni de l'autre. Personne mieux que Gluck n'avait pénétré l'énigme de cette nature équivoque. Equivoque, c'est-à-dire double, sollicitée dans deux directions qui s'excluaient mutuellement pour le commun des mortels.

— Comprenez-vous maintenant ? Une nature délivrée des limites que définit pour chacun l'appartenance à un seul sexe.

Antonio Perocades répondit en quelques phrases brèves. Le chevalier Gluck ne manquait peut-être pas de prétextes. Mais le chevalier Gluck travaillait à Vienne. A Naples, le choix d'un castrat pour le rôle d'Orphée ne pouvait avoir qu'une seule et unique signification : s'accrocher aux basques du bel canto, en mettant une fois de plus le royaume au ban des nations civilisées.

Le duc de San Demetrio hocha la tête en signe d'assentiment. L'abbé Galiani ne put s'empêcher de claironner que Paris ayant donné l'exemple, la question était tranchée. Le San Carlo resterait-il le seul théâtre d'Europe à monter des spectacles bouffons ?

La princesse de Belmonte protesta contre l'épithète. La jeune duchesse de Sanfelice regardait avec admiration la poitrine encore magnifique de cette femme de quarante ans.

Le baron de Breteuil s'empressa de dire qu'il était arrivé à Naples avec des préjugés, mais que ceux-ci avaient fondu devant la splendeur des voix.

Le duc de San Demetrio fit observer à don Raimondo qu'il avait lui-même cité l'*Orfeo* de Gluck comme une exception : il voulait dire, sans doute, que dans tous les autres opéras il tenait lui aussi pour un anachronisme choquant, une bizarrerie déplacée, l'emploi de ces malheureux ?

Cette question malicieuse fit sourire l'assemblée.

— Non, répondit tranquillement le prince. Si dans tous les opéras le respect de la vérité et le souci du réalisme légitimaient l'emploi d'un castrat comme dans l'*Orfeo* de Gluck, je vous dirais que ce genre de chanteurs, les problèmes qu'on se pose à leur sujet, la séduction qu'ils exercent, tout cela me laisserait assez indifférent. En effet, je m'expliquerais sans peine que le public aille applaudir des acteurs adaptés si merveilleusement à leur rôle. Ce qui m'intrigue, moi, c'est que Naples, l'Italie, l'Europe entière, mais surtout Naples, qui a créé pour eux un conservatoire et s'est fait une spécialité de leur éducation, Naples porte un tel culte à des hommes qui sont un défi à la raison, au goût, à la vraisemblance. Le peuple napolitain n'est pas plus sot qu'un autre. Il n'avait pas attendu la prédication maçonnique, don Antonio, pour se rendre compte que ses héros ne font pas honneur à son bon sens.

— Et alors ? demanda Perocades.

— Alors, il faut croire que les raisons de leur succès résident dans un besoin caché de ceux qui les admirent, plus encore que dans leur talent. Ne trouvez-vous pas étrange qu'on n'ait jamais songé à comprendre ce besoin ?

Les dames rapprochèrent leurs sièges. Les gentilshommes s'arrêtèrent de priser pour écouter avec plus d'attention. Ils s'attendaient à être surpris. Aux premières phrases qu'ils entendirent, ce fut de la stupéfaction.

— Excusez-moi, dit le prince, si je commence par vous poser une question... délicate. Comment concilier l'idée qu'on se fait de l'Italie comme d'un pays où le culte de la virilité et de l'honneur sexuel régit les rapports entre les hommes et les femmes, avec le règne, qui dure depuis plus de deux siècles, de ces demi-virs adulés du peuple et des grands ?

Un murmure confus accueillit ces paroles. Don Raimondo leva la main pour prévenir les objections. Dans l'Antiquité, les femmes n'avaient pas le droit de paraître sur la scène : leurs rôles étaient donc confiés à des hommes. La tragédie antique ayant servi de modèle aux créateurs de l'opéra, ni Jacopo Peri ni Claudio Monteverdi n'avaient eu le choix. Les Papes, d'autre part, défendaient aux femmes de monter sur un théâtre. Et caetera, et caetera. Il avait déjà eu l'honneur de réfuter ces arguments pour satisfaire la curiosité du petit Mozart. En vérité, il fallait reconnaître que l'opéra italien s'était plu, le plus librement du monde, indépendamment de toute contrainte extérieure, à renverser les sexes.

Que don Antonio, au lieu de hausser les épaules, voulût bien examiner, par exemple, *le Couronnement de Poppée*. Monteverdi avait écrit les rôles de Néron et d'Othon pour des voix de castrats sopranos, ceux d'Octavie et de Poppée pour des voix de contraltos féminins : en sorte que les personnages masculins avaient une extension vocale plus ample que les personnages féminins, et paraissaient plus femmes. Ou encore l'*Héliogabale* de Francesco Cavalli, avec des castrats sopranos pour les rôles d'Héliogabale, d'Alexandre et de César, et un ténor pour le rôle de la femme ! Ou encore *le Triomphe de l'honneur* d'Alessandro Scarlatti : c'était un castrat qui chantait le rôle de l'amoureux, tandis que la partie féminine était tenue par un contralto, voix de femme mais plus mâle que celle du sopraniste !

Que conclure de ces exemples et de tant d'autres qu'il aurait pu ajouter ? Depuis deux siècles l'opéra italien servait de scène publique à la représentation de désirs impossibles, de rêveries prohibées. Comment expliquer la longue hégémonie des castrats sans réviser une des idées les plus fausses qui avaient cours sur l'Italie ? En venant applaudir la femme dans l'homme, surtout si cet homme s'appelait Jules César, Alexandre ou Xerxès, que cherchaient donc les spectateurs ? L'obligation hypocrite de sacrifier dans la vie au culte fatigant de l'honneur viril, le théâtre, oui, les en vengeait !

Ce fut au tour de l'abbé Galiani d'interrompre le prince. Il ne laisserait pas calomnier ses compatriotes comme cela ! Les Italiens étaient sans doute en retard dans les sciences, en économie, dans les lois, en politique, dans l'organisation pratique de la vie, ne le déplorait-il pas lui-même assez souvent ? Mais pour être des hommes, dans le sens plein du terme, les autres pouvaient toujours s'aligner ! Quelle était la nation qui pouvait leur disputer la suprématie, sur le chapitre de la galanterie et de la vaillance masculine ? Ovide, déjà, dans l'*Art d'aimer*...

Don Raimondo se tourna avec un sourire vers Antonio Perocades.

— Demandez donc à don Antonio si le goût de séduire toutes les femmes est vraiment une preuve de forte... virilité. L'homme le plus homme, comme il ne manque pas une occasion de nous le dire, se reconnaît à l'exigence qu'il apporte dans la différenciation de l'objet aimé, de même qu'au mystère dans lequel il garde enveloppé son amour. La course fiévreuse après toutes les femmes, la polygamie, de même que la divulgation scandaleuse des succès obtenus, sont le fait de l'adolescence et, chez un homme mûr, d'une indétermination du sexe qui n'est pas précisément... virile... Si c'est don Antonio qui le dit !

— Où voulez-vous en venir ? murmura Perocades.

Comme s'il n'avait pas entendu, don Raimondo se mit à regarder avec insistance le prince de San Nicandro. Le précepteur du Roi, d'habitude endormi dans son fauteuil, s'agitait depuis un moment en tous sens, les yeux fixés sur la grande porte.

— Mais qu'est-ce qui vous tourmente comme cela ? s'enquit don Raimondo, avec une sollicitude amusée où perçait une acerbe raillerie. Le prince de San Nicandro semble terriblement inquiet au sujet de cette porte... Il se demande peut-être où donc le Roi se sera encore égaré ?... Mon Dieu, prince, votre pupille n'a que dix-neuf ans... A la chasse peut-être... Ou à San Leucio... Monsieur l'ambassadeur, Sa Majesté le Roi Ferdinand a créé à vingt lieues de Naples une colonie particulière, quelque chose de tout à fait curieux... Une manufacture de soie, où il fait élever ses bâtards par leurs mères auxquelles il donne pour maris des ouvriers bien payés... La communauté fonctionne à merveille : on y tisse soi-même l'étoffe de ses vêtements, une ferme modèle fournit le lait, la viande et les œufs. Les anguilles pêchées dans le torrent sèchent au-dessus des cheminées pour compléter avec la mozzarelle de buffle et le jambon fumé les provisions d'hiver. Le Roi galope jusqu'à San Leucio chaque fois qu'il en a assez de s'occuper des affaires de l'Etat. En ce moment même, qui sait, Sa Majesté contemple avec ravissement les deux douzaines de berceaux alignés dans la crèche... Il n'a que dix-neuf ans ! Il est jeune, Italien, amoureux... O charmante insouciance qui en fait le plus aimable des rois ! Il aura bien le temps, n'est-ce pas, de ressembler un jour à son père...

Il reprit, au bout d'un moment :

— Vous vous rappelez, Charles, Charles d'Espagne, qui n'avait pas de lit dans sa chambre, tellement il était assidu pour dormir dans celui de sa femme, et qui, maintenant veuf, se promène pieds nus la nuit sur les dalles glacées des couloirs de l'Escurial... Comme il nous convenait peu, mon cher abbé, ce souverain-là... Comme nous le sentions d'un autre pays, d'autres coutumes, d'un autre idéal que les nôtres... Nous n'avons jamais reconnu la monogamie ni l'austérité conjugale comme une condition favorable à l'épanouissement de notre nature. L'exubérance du tempérament italien se plie mal à des formes trop rigides. Les Espagnols voulurent nous imposer la forme... virile... Ils échouèrent !

— A vous entendre, répliqua Galiani, piqué, le vrai héros italien serait... le castrat !

— Hé ! Hé ! Je me demande si l'institution des castrats ne fut pas la réponse qu'inventa le génie italien pour éluder les prescriptions trop sévères du code d'honneur castillan. Il est remarquable que le premier castrat soit apparu après, seulement après l'implantation des Espagnols dans la péninsule, et que le royaume de Naples, où ils restèrent deux siècles et demi, sans compter le règne de Charles, ait acquis pour ainsi dire le monopole du recrutement et de la formation des dessus. Sans cette échappatoire, le brillant chérubin italien aurait fini comme le sombre don Juan, victime tragique de la monogamie et du culte de la puissance virile. L'Italie, et surtout le royaume de Naples, se trouvèrent soumis à un code de l'honneur pour lequel ils n'étaient pas du tout préparés. L'invention des castrats, et en général la diffusion de la mode des travestis sur la scène, furent une trouvaille spécifiquement napolitaine, une ruse de l'instinct populaire, une protestation contre les règles insupportables de la morale castillane. En allant admirer des castrats, ou des femmes qui chantaient des rôles masculins, on prenait le droit, en quelque sorte, de s'attarder dans l'indétermination sexuelle, d'oublier les tâches de la maturité. Comment se rappeler qu'on avait le devoir d'être un homme, si ceux dont on applaudissait l'incomparable voix se trouvaient dispensés de cette obligation ! Un grand capitaine, un roi, un conquérant, César, Alexandre lui-même ! dépouillés de leur puissance virile tout en gardant leur pouvoir de séduction : quelle aubaine pour des gens dont la sensualité subtile, complexe et hésitante s'accommodait fort mal des prescriptions brutales d'un code sans nuances, qui était par surcroît celui des occupants.

L'abbé Galiani, revenu de son dépit causé par la nouvelle que la galanterie italienne n'était pas une preuve de la virilité nationale, fit mine de prendre tout le discours du prince pour une excellente plaisanterie. Il lui demanda s'il ne songeait pas à écrire, dans le goût du *Paradoxe sur le comédien* de Diderot, un *Paradoxe sur le castrat*, qui ne manquerait pas de faire honneur à la littérature parthénopéenne.

— Il sera bientôt trop tard, répondit don Raimondo, sans relever l'insolence. L'hégémonie espagnole a pris fin il y a trois quarts de siècle. L'institution des castrats dure encore, mais pour combien de temps ? Les mœurs se sont tellement adoucies qu'ils ne sont presque plus nécessaires. Déjà, Sa Majesté Ferdinand nous rend le carnaval, que son père, en digne fils de Philippe V, avait supprimé. Les hommes pourront de nouveau se déguiser en femmes et descendre dans la rue sous une identité travestie. Le jour n'est pas loin où les castrats disparaîtront tout à fait. Vous les achèverez, messieurs les maçons, à force de craindre que les champs ne restent en friche par suite de la dépopulation. D'ici peu on ne comprendra plus à quoi ils servaient, et on aura honte de les avoir applaudis. Je vous prédis que dans moins d'un demi-siècle ils seront tombés dans l'oubli. Après l'extinction du dernier, un énorme silence enveloppera leur destin. On écrira la vie des botanistes, des physiciens, de l'inventeur de la pomme de terre, on n'écrira pas la vie des castrats. Les Italiens seront les premiers à effacer de leur mémoire ce grand moment de leur histoire.

— Pourquoi, dit la princesse de Belmonte en me regardant, vous, prince, ne les aideriez-vous pas à l'y fixer ? Un vaste ouvrage, où seraient consignés tous les faits de la vie des castrats, l'explication de leur caractère, les raisons de leur succès, et toutes les réflexions qu'un sujet si extraordinaire pourrait amener à votre esprit... C'est vrai que vous avez déjà beaucoup de travaux en cours !

Don Raimondo secoua la tête.

— Est-ce que je ne compte pas assez d'ennemis comme cela ? Faire une histoire sérieuse des castrats, ce serait établir au grand jour que l'Italie n'est pas une école particulièrement recommandable de... vaillance masculine ! pour le dire comme l'abbé. Beaucoup d'étrangers l'aiment précisément pour ce motif, et pensent qu'avec un caractère plus résolu et des dispositions mieux tranchées, ce pays n'aurait pas le charme unique ni cette facilité pour les arts qui le rendent si fascinant. La vogue internationale des castrats prouve d'ailleurs que, le désir d'échapper à un code d'honneur trop rigide n'est pas une aspiration exclusivement italienne. Partout des hommes éprouvent une grande répugnance à servir l'idéal pur de la virilité, et l'obligation d'être d'un seul sexe est ressentie comme un appauvrissement.

Un profond silence accueillit ces paroles.

— L'ouvrage que je voudrais écrire, princesse, embrasserait le genre humain depuis les origines. Je peindrais d'âge en âge la série des efforts entrepris, des ruses échafaudées, des rites institués pour permettre à chacun de se soustraire tant bien que mal au rôle étroit qui lui est prescrit par les lois de la biologie, les coutumes de la nation, les impératifs familiaux, le rang social, et ainsi de suite. Je commencerais par l'Antiquité et j'arriverais jusqu'à l'époque des castrats napolitains, dernière étape de cette lutte millénaire. Mon premier chapitre serait consacré aux fêtes de travestissement chez les jeunes gens d'Athènes, à ces cérémonies collectives où les garçons d'âge nubile revêtaient des habits féminins avant d'entrer dans la vie d'homme. Nous en parlions l'autre jour, en regardant Achille déguisé en femme au milieu des filles de Lycomède. Le héros grec sut ainsi préserver sa nature féminine au moment où il était sommé de s'en dépouiller pour aller sous les murs de Troie servir les ambitions militaires de son pays. Deux mille ans plus tard une aspiration identique poussa notre peuple à inventer les castrats. Jusqu'à l'arrivée des Espagnols, la séparation rigoureuse entre les sexes n'existait pas, on ignorait l'honneur viril. Les Espagnols, avec leur code intransigeant et leur autorité despotique, apportèrent un bouleversement complet. Les uns à droite ! Les autres à gauche ! En bon ordre ! Marchez ! Que chacun apprenne à remplir les devoirs de son sexe et se garde d'empiéter sur les privilèges de l'autre ! Comme Achille sommé par ses chefs de prendre congé de son adolescence, c'est Naples, c'est l'Italie tout entière qui fut appelée à devenir adulte au début du XVIIe siècle, à se diviser en hommes et en femmes selon une coupure aussi nette, aussi dramatique que celle que Platon a décrite dans *le Banquet*.

J'eus peine à retenir une exclamation. Le prince avait presque employé les mêmes mots que don Sallusto, jadis, sur la petite place de mon village, pour commenter devant le collecteur d'impôts les inscriptions découvertes dans l'église. Cent détails curieux de la vie à San Donato me revinrent en foule à l'esprit. Je revis distinctement le prêtre comme si je me promenais encore avec lui et qu'il entrait devant moi dans une des petites maisons inachevées de la grand-rue – et même, je ne sais pourquoi, je tendis entre mes genoux mon index, comme le jour où Luisilla m'avait demandé de le poser sur le mur derrière l'église, au bout de l'esplanade.

— Mais laissons de côté les Espagnols. La morale castillane ne fait que porter à son point d'exagération militaire la volonté de disjoindre qui préside à tout système d'éducation. Le garçon doit se séparer de la fille qui cohabite avec lui, le jeune homme doit se séparer du bébé qu'il est encore, le riche doit se séparer du pauvre avec lequel il jouait enfant. Le sexe, l'âge et la catégorie sociale enferment chacun dans un rôle qu'il est contraint d'accepter. Nous accumulons en nous les petites trahisons envers l'autre moitié de nous-mêmes pour acquérir en face du monde une identité qui nous pose en nous mutilant. J'espère, princesse, que vous ne m'en voudrez pas de vous dire que, dans l'histoire de l'humanité, ce sont les femmes qui ont toujours été les agents les plus opiniâtres du progrès ainsi entendu. Sans les femmes, les hommes dormiraient encore dans le sommeil du paradis. Comme Adam avant la création d'Eve, ils auraient les deux sexes à la fois, aucun âge précis, aucune carrière à entreprendre, aucun patrimoine à soutenir. Sans les femmes, il n'y aurait pas de civilisation !

— Nous acceptons l'hommage ! dit la princesse en riant.

— Une fois de plus, continua don Raimondo, c'est à Orphée qu'on pense. Orphée qui reste le modèle du héros d'opéra, non seulement parce qu'il apparaît dans les premiers et dans les plus purs chefs-d'œuvre du genre, mais parce que dans sa nature ambiguë se résume le désir d'une époque où la division des sexes n'était pas devenue le fondement de la vie sociale. Entre le demi-dieu qui pouvait sans se contredire mêler aux soupirs déchirants du veuf la louange exaltée des éphèbes, et les bacchantes qui mirent son corps en lambeaux pour le punir de ne pas répondre à leurs avances, se joua comme la répétition générale du drame qui agite encore notre temps. D'un côté le principe musical, la revendication mélodieuse du droit à rester dans l'indétermination originelle ; de l'autre côté le principe réaliste, la prétention féminine de forcer l'homme à se conduire en homme, sous peine de le détruire, par les sarcasmes, par la calomnie, par l'agression rageuse, par n'importe quel moyen d'élimination. Les femmes de Thrace appelèrent duplicité l'aspiration d'Orphée à être double ; de même que la voix des castrats peut prêter à rire, dès que l'adaptation définitive des hommes à leur rôle viril cesse d'être perçue comme un appauvrissement.

L'abbé Galiani redressa la tête comme un coq.

— Oh ! je ne dis pas qu'avec le temps l'institution des castrats ne s'est pas éloignée de sa signification première. La vogue des dessus se maintient pour des motifs plus bas. Une certaine complaisance pour une forme de sensualité trouble, le goût pour les prodiges, pour les monstres, peut très bien avoir remplacé l'aspiration mythique à la plénitude. C'est le sort des choses qui touchent à la vie sexuelle : ou bien elles expriment un besoin mystérieux de totalité et d'union, ou bien elles dégénèrent en plaisanteries. Les plaisanteries ne font d'ailleurs que traduire le soulagement d'une tension, quand les raisons d'admirer et de s'identifier ne sont plus comprises. Nos esprits forts se gaussent des castrats, le président de Brosses les compare à des chapons, le poète national italien Parini les insulte sous le nom d'éléphants mélodieux. Et quant à l'abbé Galiani, lorsqu'il en parle dans ses lettres à Madame d'Epinay, Dieu sait quelles épithètes délicates fleurissent sous sa plume ! En fait, ces messieurs ne croient pas si bien dire. Ils devraient se rappeler que parmi les mythes orphiques de la création du monde, le plus répandu comparait le chaos originel à un œuf gigantesque, où il n'y avait ni ténèbres ni lumières, ni humide ni sec, ni chaud ni froid, ni gauche ni droite, mais toutes choses mélangées, éternellement et sans limites. Cet archétype de la rêverie humaine, il semble bien que seul l'opéra italien ait réussi à le faire revivre et à le réaliser dans les temps modernes : le plus souvent contrefait, bien entendu, humilié, réduit aux proportions misérables d'une exhibition scandaleuse, dans la lumière des quinquets et le clinquant des oripeaux. Tant pis si notre époque a perdu le sens du sacré ! Vous avez vu l'autre soir dans le gros Pacchiarotti, ce colosse rond et bouffi, la dernière incarnation du grand œuf mystique. Chaque castrat porte en lui la figure d'Orphée : demi-homme, mais demi-dieu.

On entendit l'abbé ricaner.

— A la bonne heure, dit-il, ce colosse rond et bouffi, voilà qui me plaît !

— Dites-moi un peu, renchérit Perocades, comment on pourra expliquer la mode des castrats, une fois qu'ils auront disparu selon votre prédiction, autrement que par le goût dépravé d'un peuple aveugle aux nouvelles lumières qui se lèvent partout en Europe... O malheureuse nation, qui applaudit aux preuves de sa décadence, qui étale sa corruption sur les tréteaux publics !

A la surprise générale, don Raimondo ne chercha pas à se défendre.

— Ma prédiction... Soit... Messieurs, vous avez mille fois raison.

— Ah non ! s'écria la princesse de Belmonte, vous n'allez pas lâcher pied comme ça !

Elle tenait un trop bon sujet, la maîtresse de maison !

— Attendez... L'ère des castrats est finie, on peut l'accorder à ces messieurs. Mais l'aspiration qu'ils incarnent, et qu'ils ne peuvent plus, c'est vrai, satisfaire, renaîtra sous une autre forme. Mon dernier chapitre, justement, sera consacré à la prévision de l'avenir... Vous comprenez que toutes mes idées seraient réduites à néant, si le rêve profond que j'attribue à l'humanité était lié à des institutions trop précises, produites forcément par le goût d'une époque et rendues caduques par l'avènement de l'époque suivante. Il faut donc que je voie plus loin, que je me transporte dans cinquante ans, dans cent ans, dans deux siècles, que j'imagine ce qui se passera quand il n'y aura plus ni castrats, ni opéra napolitain, quand les centres de gravité du monde, peut-être, se seront déplacés, et que Naples elle-même, réduite à un petit point de l'univers...

— Eh bien ! Que voyez-vous ? demanda la jeune duchesse de Sanfelice.

— Je vois d'abord, répondit le prince en se tournant vers don Antonio, un développement inouï des manufactures, les métiers produire jour et nuit des tissus, les cheminées envahir le fond des vallées, les villes s'agrandir par l'adjonction de faubourgs, partout le travail, les machines...

— Et une augmentation proportionnelle de la richesse publique ! dit Perocades.

— Exactement, un afflux de nouvelle monnaie, dont la libre circulation confirmera les vues de l'abbé Galiani sur les bienfaits qu'on peut attendre des échanges entre les nations.

— L'humanité, engagée sur la voie du progrès, de la raison et du bonheur pratique, suivra donc un chemin diamétralement opposé à celui où elle s'attardait en supportant les castrats !

— Oui, monsieur l'abbé, dit le prince, s'il est vrai que pour produire toujours plus de richesses les hommes devront se spécialiser toujours plus dans une activité donnée, obéir avec plus de rigueur aux horaires, se grouper par catégories autour des usines qui les emploieront, faire corps de plus en plus étroitement avec la tâche qui leur sera demandée.

— Vous parlez d'or ! s'écria don Antonio.

— Mais je n'ai décrit qu'une partie du tableau ! Les hommes assujettis ainsi à leur métier et compartimentés selon leur qualification se tourneront avec nostalgie vers un monde resté libre de telles lois. La nature, la musique, mais surtout l'enfance. Ils se rappelleront avec émerveillement leur propre enfance et ils regarderont fascinés celle des autres. Nous, nous ne nous intéressons pas aux enfants, ni à celui que chacun de nous a été, ni à ceux que nous voyons autour de nous. Nous estimons l'enfance une période négligeable de la vie : pourquoi en serait-il autrement, puisque nous avons les castrats ? Le dix-neuvième siècle, qui n'aura plus les castrats, découvrira l'enfance. Elle ne sera plus l'antichambre de la vie, elle en sera le paradis. Et plus les lois du profit seront dures, plus haut on remontera dans l'enfance à la recherche de la félicité perdue.

« J'imagine même, peut-être pour le siècle suivant, dit-il après une pause, une époque devenue totalement inhumaine, asservie comme elle sera aux impératifs du rendement. Des villes de plusieurs millions d'habitants, où chacun ne comptera plus que pour la fonction qu'il occupera, comme un denticule au milieu d'un gigantesque engrenage. Alors non seulement on vénérera les enfants, mais la divine ambiguïté de cet âge sera le bien le plus précieux que chacun voudra conserver pour soi. Les jeunes gens, au lieu de se presser comme aujourd'hui pour entrer dans la vie d'adulte, essaieront d'échapper le plus longtemps possible aux consignes de fer de la nouvelle société. Vous pouvez leur ôter l'opéra, vous ne les empêcherez pas d'inventer dix autres moyens. Par exemple, je vois très bien les deux sexes adopter une mode uniforme, pour leurs vêtements, pour leurs ongles ou leurs perruques, pour leur maquillage. Le renforcement de la division du travail créera le besoin contraire de fusion des attributs sexuels. Qui sait si un jour on n'aura pas du mal à distinguer dans la rue les garçons et les filles ?

« Au lieu de castrats-héros chargés par la collectivité d'incarner le rêve d'une humanité indivise, circulairement unie dans la liberté d'être tout à la fois, une sorte de castration diffuse se répandra sur la terre, n'épargnant aucune des couches de la société et propageant un malaise dont je ne puis sans frémir imaginer les conséquences. Voilà, messieurs, les grands bénéfices que vous aurez gagnés quand vous serez venus à bout de l'opéra ! On ne touche pas sans dommages pour les peuples au trésor de leurs mythes..

Le deuxième pigeon

Ici, j'aimerais rappeler à la vie don Raimondo et lui montrer par ma fenêtre, sur les bords du Neckar, un spectacle qui le confirmerait dans la première moitié de sa prophétie. La nature, la musique, les fleurs, les livres de récits ou de poèmes sur l'enfance... Mais l'histoire m'oblige à dire qu'un grand tumulte s'étant levé au bout des appartements, toutes les têtes se tournèrent vers les antichambres, et le prince fut oublié.

Le Premier Majordome parut.

— Sa Majesté le Roi !

Je ne l'avais jamais vu de si près, le Roi. Sa veste à poils gris, dont les poches descendaient aux genoux, exhalait une odeur de forêt, de terre, de feuilles humides. Un long couteau semblable à une baïonnette était passé dans sa ceinture. Des chaussettes moitié peau moitié laine dégringolaient en accordéon sur ses mollets en faisant de gros plis au-dessus des galoches maculées de boue. Il portait un vieux fusil espagnol en bandoulière et, pour tous bijoux, une collection de sifflets en argent qui pendaient par des ficelles aux boutonnières de son gilet de cuir. De grande taille, il marchait légèrement voûté, les genoux fléchis. Ses jambes avaient l'air plus fragiles que le reste du corps, bien nourri et robuste. Sa tête aussi penchait en avant, comme entraînée par le poids du nez. Le fameux *nasone* commençait au front et se gonflait peu à peu en ligne droite jusqu'à la bouche dont la lèvre inférieure, fortement proéminente, pendait avec une moue puérile.

La noblesse s'étant levée pour accueillir le souverain, six chiens de race anglaise, le poil encore fumant de leur course nocturne, sautèrent avec leurs pattes dégoûtantes sur les fauteuils tendus de soie. Des palefreniers, des rabatteurs, tous plus jeunes que leur maître et dans une tenue non moins négligée, envahirent le salon comme si c'était leur écurie.

Le Roi s'arrêta devant la princesse de Belmonte et lui tendit sa main calleuse et sale à baiser.

— Bonne chasse, Majesté ?

— Heu ! Impossible de trouver le gibier, princesse, répondit le souverain avec un rire bruyant. Je venais voir si par hasard il ne s'était pas réfugié ici. Cherche ! Cherche ! dit-il tout à coup en donnant une tape sur le derrière d'un de ses chiens.

Le Roi promena son regard sur l'assemblée. Il avait l'air de s'amuser follement de l'embarras qui courbait devant lui les têtes de ses courtisans. Chacun avait saisi au vol l'allusion cachée dans ces paroles grossières.

— Quelle nuit ! reprit Ferdinand. J'ai galopé jusqu'à Caserta, je suis revenu à Portici. L'air était frais. J'ai tué deux pigeons en route. Tenez ! ajouta-t-il en tirant par les pieds, de la carnassière qui pendait sur son flanc, deux oiseaux déjà raides.

C'étaient deux pigeons domestiques. Il hésita pour savoir où il devait les jeter. Il aperçut alors don Manuele qui se tenait immobile dans un coin.

— Ce cher duc ! s'écria-t-il avec un sourire épanoui,

comme s'il éprouvait une vive surprise assortie d'une grande joie. Comment se fait-il que je ne vous voie plus à la Cour ?

Puis, sur le ton solennel qui eût convenu à la majesté royale si le contraste avec le costume, les manières et cet air de gaminerie effrontée répandu sur toute sa personne n'avait souligné au contraire l'intention de persifler, il déclara en redressant la tête et en gonflant les joues :

— Nous vous pardonnons, monseigneur.

Joignant le geste à la parole, il balança les pigeons dans sa main et les envoya à travers la pièce tomber aux pieds du duc. Don Manuele, qui avait rougi violemment dès les premiers mots du Roi, se baissa pour ramasser les oiseaux. Pendant qu'il était accroupi, le souverain s'approcha. Penché avec une fausse bonhomie, il chuchota à son oreille, assez fort cependant pour être entendu à la ronde.

— De moi à vous, mon cher duc, les pigeons me semblent tout indiqués ! Ah ! ah ! Il faut que je vous raconte quelque chose. J'ai galopé aussi sur le Pausilippe une partie de la nuit. Pourquoi sur le Pausilippe ? Mon cheval, sans doute, éprouve une inclination particulière pour l'odeur des pins qui embaume la colline. Vous devriez venir respirer ça, une nuit. Il se passe des choses bien curieuses, là-bas. Mon cheval a un flair extraordinaire. Ne voilà-t-il pas qu'il me porte tout à coup dans un jardin, sous les fenêtres d'une maison qui ressemblait, mon Dieu, comme deux gouttes d'eau à une autre maison. Ah ! ah ! Je ne distingue aucune lumière, aucun signe de vie. Rien. Tiens, pourtant... ce petit bruit... on dirait des murmures... des rires... Pas plus de deux personnes en tout cas ! Mais je rêve, non ? Qui pourrait donc rire comme ça dans une maison qui n'est même pas éclairée ? C'est la fontaine qui fait ce petit bruit... Mon cheval avait soif et il boit... Et voilà comme on se trompe ! Je parie que cette petite aventure vous aurait rendu triste, mon cher duc. Moi, j'étais d'une gaieté folle, qui sait pourquoi ? Je suis revenu ventre à terre et j'ai tué deux pigeons. Un pigeon, je savais pourquoi. Il le méritait bien, ce niais royal de Ferdinand ! Mais l'autre ? Il y avait donc un deuxième pigeon ? Je galope, je galope, je n'arrive pas à trouver. Vraiment, mon cher duc, vous n'auriez pas une idée ? Ah ! ah ! comme c'est drôle ! En vous voyant, je me suis dit soudain que le deuxième pigeon vous était destiné et que cela vous ferait peut-être plaisir de le recevoir de ma main... Pourquoi pas l'autre par-dessus le marché ? Acceptez-les, mon cher... Consolez-vous du vôtre avec le mien... Excusez-moi si je me suis trompé... Le deuxième pigeon, ah ! ah ! San Nicandro dira encore que je suis un grand étourdi !

Sur ces mots, le Roi tourna les talons et regagna la sortie. Il riait aux éclats, suivi de ses rabatteurs et de ses palefreniers. Je me tenais, comme les autres, plié en deux pour la révérence. Les chiens bondirent sans ménagement sur les robes de satin étalées par terre. Quand nous nous relevâmes, le duc était encore agenouillé près des pigeons. Je l'aidai à se mettre debout, lui pris rapidement les oiseaux et l'entraînai à l'écart. Après un tel outrage, je n'osais pas le regarder en face. Son bras tremblait convulsivement dans ma main. Je réussis à le pousser dans l'embrasure d'une fenêtre. Déjà, dans notre dos, les conversations reprenaient.

— Sa Majesté ne semble pas plus affectée que cela, fit observer le prince de Caramanico.

— Le Roi aime à s'amuser de tout, même de ce qui ne tourne pas à son avantage.

— Il faudrait être fou, lança étourdiment une voix, pour perdre la tête dès qu'on est amoureux.

La princesse de Belmonte mit un doigt sur sa bouche, en indiquant le coin où je me tenais avec don Manuele.

— La Reine n'aura plus besoin de demander le bannissement, dit le duc de Serracapriola.

— Je ne sais pas si le bannissement ne serait pas préférable, dit pensivement la princesse.

— Pourquoi ? demanda la duchesse de Sanfelice.

La princesse jeta un coup d'œil dans notre direction et, prenant la duchesse par le bras, lui chuchota quelque chose à l'oreille. La duchesse ne put retenir un cri.

— Mais c'est le Roi maintenant qui va exiger qu'elle quitte le royaume ! s'exclama-t-elle.

— Il faudrait que notre souverain ait bien changé de caractère ! dit la princesse.

— N'a-t-elle pas changé, elle ? objecta le prince de Caramanico. Qui aurait cru qu'après ce qu'elle avait dit publiquement de Pacchiarotti, vous vous rappelez : « Je n'aime point les... eunuques ! », c'est sur l'un d'eux que serait tombé son choix ?

— Oh ! mais ils ne se ressemblent pas, pas du tout ! s'écria naïvement la petite duchesse.

Don Manuele, tremblant comme une feuille contre moi, ne perdait pas un mot. Je m'en voulais de ne pas lui avoir fait comprendre plus tôt avec assez de force à quel point son malheur était public. Mais peut-être aussi, me disais-je, le scandale de ce soir l'obligera à décider quelque chose. D'ailleurs, il me sembla qu'il tremblait autant de rage que de honte, à la sombre énergie avec laquelle il serrait ses poings.

— Quand même, reprit le duc de San Demetrio, le Roi n'aurait pas ri si fort s'il n'avait eu à cacher son dépit.

— Bah ! intervint don Raimondo, personne ne le forçait à venir ici nous raconter sa mésaventure.

— Rien ne l'oblige non plus, enchaîna l'abbé Galiani, à montrer partout le billet où on parle de son goût pour les vaches, en le traitant de taureau.

Un rire général accueillit cette remarque. Don Antonio leva les yeux au ciel avec un soupir. Cette habitude de se dénigrer joyeusement et de dépenser en railleries sur soi-même l'énergie qui aurait pu être utilisée pour un but, je savais qu'il la déplorait chez les Napolitains, à plus forte raison chez leur roi, y voyant une cause de leurs déboires historiques et du retard persistant de la nation.

— C'est vous, mon cher abbé, qui nous racontiez l'autre jour avec quel plaisir il se fit berner à Portici, dit la princesse de Belmonte.

— Il n'y a que les rois qui peuvent se permettre ce genre de divertissement, dit le duc de Serracapriola, toujours un peu sentencieux.

— Il n'y a qu'un roi napolitain à qui le succès de ses rivaux n'ôte pas une once de sa gaieté, ajouta le duc de San Demetrio.

— Une de perdue, dix de retrouvées, fit une voix.

— Bien dit ! s'écria l'abbé. Vous connaissez sans doute l'aventure des premières fiançailles de Ferdinand ?

Le prince de San Nicandro, qui était retombé depuis le départ du souverain dans sa torpeur habituelle, se souleva de son siège et fit un geste pour arrêter l'abbé. Aussitôt ceux qui bavardaient entre eux se turent et le cercle se resserra autour de l'orateur. La mine contrariée du prince garantissait le piquant de l'anecdote.

— Vous savez, commença Galiani, que Sa Majesté devait d'abord épouser la cinquième archiduchesse d'Autriche, Marie-Joséphine. Trente-quatre berlines, neuf carrosses, quatre fourgons à bagages et quatorze litières s'apprêtaient à quitter Vienne et à descendre l'Italie en grande pompe. La date du départ était fixée au 16 octobre. Naples vivait dans la liesse. Des cocagnes regorgeant de victuailles se dressaient à tous les carrefours. Le Roi, amoureux par chaque pore comme on l'est à quinze ans, baisait en public le portrait de sa fiancée que l'ambassadeur de Marie-Thérèse lui avait remis dans un médaillon entouré de diamants. Une semaine avant le départ, l'Impératrice descendit avec ses filles dans la crypte de l'église des Capucins, pour prier sur la tombe de son mari et des membres de la famille impériale qui avaient succombé récemment à l'épidémie de variole. Le corps d'une des princesses se trouvait encore exposé, dans le cercueil découvert. Marie-Joséphine remonta avec des frissons. Les taches fatales se répandirent sur son corps avec une rapidité foudroyante. Le 15 octobre elle était morte, emportée par la maladie.

« Ce même jour, avant que la nouvelle en fût parvenue à Naples, le Vésuve entra en éruption. Des flammes rouges jaillirent toute la nuit du cratère. Lord Hamilton se souviendra qu'il fut assez bon pour m'accompagner malgré le péril à la recherche de certaines pierres dont je voulais enrichir ma collection. Le fleuve incandescent de lave n'était plus qu'à un mille et demi des portes de la ville, lorsque la foule mit le feu au carrosse de l'archevêque, Son Eminence ayant refusé d'exposer les reliques de San Gennaro. Le Roi et la famille royale, qui se trouvaient dans leur résidence de Portici où ils donnaient une grande partie de chasse en l'honneur de l'ambassadeur d'Autriche, avaient dû s'enfuir en toute hâte et regagner Naples, la pluie de cendres menaçant d'engloutir le palais. Le Roi, au désespoir d'abandonner les canards qu'il avait fait lâcher dans les marais de Portici, se consola avec la pensée des sangliers qu'il chasserait le lendemain dans les bois de Caserta. Entre-temps, pour se distraire, il ordonna à l'archevêque d'ouvrir la Cathédrale et de faire sortir en procession les reliques de San Gennaro. L'éruption s'arrêta comme par enchantement. Après avoir vitupéré le saint parce qu'il avait permis au volcan de les plonger ainsi dans la terreur, les cinquante mille personnes qui suivaient les reliques se jetèrent à plat ventre en chantant ses louanges à cause du miracle qu'il venait d'opérer.

« Sur ces entrefaites, un messager de Vienne apporta l'horrible nouvelle. Les leçons du prince de San Nicandro n'avaient pas été complètement inutiles, puisque son jeune pupille, sans trop se faire prier, avec un affreux soupir seulement, annula aussi la chasse de Caserta. Ce sacrifice lui coûtait gros. Il se demanda quelle récompense pourrait l'en dédommager. Les gentilshommes de sa chambre avaient pris le deuil. Il les renvoya, et fit venir de la cuisine la troupe remuante des marmitons. On commença par le billard, puis on joua à saute-mouton. Le Roi, d'un air grave, proposa de célébrer les funérailles de la pauvre archiduchesse.

« Il compara la figurine peinte dans le médaillon de diamants à chacun des visages de ces petits drôles, et choisit celui dont les traits ressemblaient le plus aux linéaments de la défunte. On le coucha sur un drap blanc, une table basse servant de cercueil. Un des polissons se mit à siffler une marche funèbre, et la procession s'achemina dans les couloirs du palais. Le Roi, qui marchait en tête, pleurait à chaudes larmes, et derrière lui les marmitons se mouchaient bruyamment pour être à la hauteur du chagrin royal. Quand le cortège arriva devant les cuisines, Ferdinand leva le nez vers une odeur qui venait de chatouiller ses narines. Une grande bassine de chocolat liquide mijotait sur le feu pour le goûter. Comme si sa conscience le chargeait d'un remords, il s'empara d'une cuiller et versa dévotement sur les mains et sur le visage de la morte des gouttes de chocolat qui imitaient à la perfection les pustules de la variole.

« Cet hommage étant rendu à la mémoire de l'archiduchesse, ils se remplirent avec la louche de grandes tasses de chocolat fumant, dans lequel ils trempèrent des pompéiennes. Quatre mois plus tard, Ferdinand épousait Marie-Caroline.

Tout ou rien

N'avais-je point avec don Manuele de quoi me tourmenter suffisamment ? Le prince de Sansevero commença à me donner lui aussi des inquiétudes. Il vieillissait, ou quoi ? De petits détails indignes de retenir son esprit se mirent à le tracasser. Après la soirée de la princesse de Belmonte, il me demanda quel effet son habit à basques grises avait produit au milieu des toilettes brillantes de la noblesse.

— Il y a des années que vous portez le même, don Raimondo, et je vous assure, quand vous leur parlez, personne n'a envie d'y faire attention.

— Mais non, tu ne me comprends pas, j'aimerais que mon costume soit remarqué par les gens.

Sans oser lui dire que ce qu'il y avait de mieux pour lui, avec sa touche un peu vieillotte, c'était de passer inaperçu, je pris pour une humeur sénile cet accès de coquetterie (erreur qui m'apparut plus tard). J'étais d'autant plus surpris que le prince se trouvait alors occupé à transformer de fond en comble la chapelle de son palais. Cette œuvre, une des rares qu'il ait menées à bout, peut-être l'unique qui restera devant la postérité, attesterait à elle seule la profondeur de son génie.

Cette chapelle, une simple nef rectangulaire aux parois nues, abritait depuis trois cents ans les tombeaux de la famille. Le prince décida de l'orner d'une fresque au plafond, d'une guirlande de stucs peints sur le pourtour de la corniche ; puis, aux artistes les plus réputés de Naples, il commanda les monuments de ses ancêtres. Le premier, un Cecco di Sangro, fut sculpté au-dessus de la porte d'entrée, en train de passer une jambe pour sortir de son cercueil, sous l'œil perçant d'un griffon aux ailes déployées. Revêtu d'une cuirasse, il portait sur la tête un heaume à plumes, et une courte épée à la main. Les autres suivaient, à droite et à gauche le long des murs, des Sangro et des Sansevero, chacun dans le costume de son temps. A mesure qu'on remontait vers le fond de la chapelle, on passait de la fraise et des culottes bouffantes au feutre large et aux bottes à revers, puis à la perruque bouclée des aïeux plus récents, si bien que les siècles se donnaient la main dans la mort et que les époques disparates fraternisaient dans la paix du sépulcre.

Don Raimondo imprégna d'un onguent polychrome le marbre destiné aux statues et prépara lui-même les couleurs pour les peintres qui décoraient le plafond.

Il restait deux places vides de chaque côté de l'autel et, au milieu de la nef, une case oblongue découpée dans le pavé.

Alors, ayant fait venir Francesco Queirolo de Gênes et Antonio Corradini de Venise, il leur adjoignit le Napolitain Giuseppe Sammartino, en sorte que les trois sculpteurs les plus célèbres de la péninsule travaillèrent en même temps sous sa direction.

La chapelle ne faisait pas partie du palais lui-même : elle était située de l'autre côté de la petite rue qui le borde sur son côté gauche. Le prince fit construire un pont suspendu pour relier le premier étage du palais à la galerie d'orgue de la chapelle. Les trois sculpteurs passaient de leurs appartements sur le chantier sans avoir à descendre dans la rue. Le premier qui essaya d'ouvrir la porte de la chapelle pour faire quelques pas dehors la trouva fermée à clef. Il jugea que le prince usait là d'une sage précaution, qui mettait le chantier à l'abri des curieux. Il rentra dans le palais par le pont. Une porte séparait du grand escalier l'aile réservée aux sculpteurs. Cette porte aussi était fermée à clef. Il secoua la poignée, frappa, réclama à grands cris qu'on lui ouvre. Un domestique parut et, s'inclinant très bas, l'invita du geste à le suivre. Il le reconduisit dans la chapelle. A dater de ce jour, chacun des trois sculpteurs fut escorté d'un domestique, qui l'emmenait le matin par le pont, se tenait debout à côté de lui jusqu'au soir, le raccompagnait ensuite dans son appartement et dormait la nuit dans sa chambre. Ils essayèrent en vain d'obtenir des explications : aucun ne desserra les lèvres.

Le prince les avait prélevés sur les jeunes gens qu'il accoutrait de manière si étrange pour monter la garde dans ses salons ; je reconnus les perruques grises ; dans leur poing immobile brûlait le flambeau de vermeil ; et de même qu'ils restaient sans bouger au garde-à-vous pendant que le prince travaillait dans son cabinet, de même, ici, ils eurent ordre de ne pas se départir un instant de leur rigidité silencieuse.

Don Raimondo passait une partie de la nuit sur le chantier. Il accueillait ses hôtes à la première heure et, sans leur laisser le temps de placer un mot, leur donnait des directives détaillées pour la poursuite de leur travail. Soit par timidité devant son prestige, soit que l'enthousiasme du prince pour une œuvre qui s'annonçait sans pareille leur inspirât à leur tour l'orgueil et le dévouement et les sacrifices nécessaires à une grande entreprise, ils écoutaient en silence ses observations. J'étais la seule personne qu'il admettait avec lui dans la chapelle. Il me sembla au début qu'ils se concertaient pour m'adresser leur requête, mais ensuite, jugeant sans doute que j'étais trop insignifiant pour attendre de moi du secours, ils renoncèrent à chercher de l'aide et parurent se plier de bonne grâce à la volonté de leur tyran. Néanmoins, je les voyais quelquefois déposer leur ciseau dans la poussière, s'essuyer les mains d'un air soucieux et tourner les uns vers les autres des regards apeurés.

Je me demande s'ils ne se souvenaient pas de la sinistre légende au sujet du tableau dans l'église ; et peut-être, tandis qu'ils rivalisaient pour contenter l'impatience du prince et pour accroître leur propre renom en Italie, songeaient-ils avec épouvante qu'une fois les statues achevées, don Raimondo, jaloux de conserver pour lui seul le secret de leur fabrication, les récompenserait de leur labeur en leur faisant crever les yeux.

Un matin, il me montra une lettre qu'il venait de recevoir de M. l'abbé Nollet, de l'Académie des sciences à Paris, en réponse à sa longue missive sur la découverte de la lampe perpétuelle.

— C'est décidé, me dit-il, je commande un nouvel habit !

Devenait-il fou, lui aussi ? M. l'abbé Nollet le félicitait pour la contribution qu'il avait apportée au problème de la combustion des matières. « Votre découverte n'appartient pas au XVIIIe siècle, avec vous nous sommes entrés dans le XIXe siècle. » Il ouvrait la voie à la science nouvelle, son œuvre ne serait pas moins utile au progrès des nations que celle de Newton, de Volta ou de Lavoisier (ça, je savais que ce compliment l'indisposait toujours), il était un homme de l'avenir, le phare de la pyrotechnie, le gonfalon de la luminologie, etc. Je crus que ces éloges hyperboliques assaisonnés de ces fades métaphores excitaient la gaieté sarcastique du prince. Quelle ne fut pas ma surprise de comprendre que la qualification d'« homme de l'avenir », au lieu de flatter son orgueil de savant, l'exaspérait comme une injure. C'était le passage de la lettre de l'abbé Nollet qui l'avait mis hors de lui.

— Moi, un homme de l'avenir, un homme du XIXe siècle ! Attends un peu, je vais lui répondre par l'entremise de mon tailleur.

Quelques jours après, il se présenta dans son nouveau costume. Sa culotte grise était serrée au genou par un de ces gros nœuds de rubans dont l'usage était passé depuis cinquante ans. Sa redingote flottait autour de ses reins, alors qu'on la portait maintenant ajustée. Au lieu du tricorne dont la mode s'était partout répandue, il arborait un chapeau de feutre à larges rabats. Enfin, avec ses souliers à bouts carrés et à hauts talons, il n'aurait pas déparé la cour de Louis XIV.

Je restai stupide devant un tel affublement. Remarquant mon air consterné, il se déclara enchanté, surtout de son bottier. Puis, baissant la voix d'une façon mystérieuse qui augmenta mon trouble, il me confia que la lampe perpétuelle, le carrosse insubmersible et l'étoffe imperméable, ses trois principales découvertes, étaient des entreprises de conservation de la matière. D'ailleurs, en politique, me dit-il, il était conservateur. Les innovations l'agaçaient.

— Mais chut ! S'ils savaient ça ils me retireraient leur respect, ajouta-t-il avec un rire aigu. Ah ! ah ! Qu'est-ce que tu penses de ces nœuds de rubans pour un phare de la pyrotechnie ? Pourront-ils désormais assigner une date à mon œuvre et décréter à quel siècle j'appartiens ? Niaise engeance de savants – et voilà pour le gonfalon de la luminologie ! conclut-il en plantant dans le feutre de son chapeau une gigantesque plume de mousquetaire.

Des trois sculpteurs, Giuseppe Sammartino avait le plus avancé son travail. La statue à laquelle il mettait la dernière main était destinée à remplir la case vide au milieu de la chapelle. C'était un Christ mort, couché sur le dos, la tête posée sur un double coussin à glands, un bras étendu le long du corps, l'autre ramené sur le ventre. Les veines, les muscles, les tendons, les ongles ressortaient avec un réalisme méticuleux, selon les indications du prince. L'habileté de l'artiste n'aurait pas semblé si extraordinaire, et ces détails anatomiques n'auraient pas produit une impression si macabre, sans le voile de marbre qui couvrait le corps de la tête aux pieds, transparent comme une gaze. Le nez, le menton, les côtes, les os des mains et des pieds saillaient sous les plis qui en accusaient la maigreur. L'ombre descendait dans la cavité des orbites, dans le trou des narines, avec une épaisseur affreuse.

Je me demandais quel dessein avait eu don Raimondo en faisant voiler l'image de Notre Seigneur. En tout cas, si c'était pour estomper l'horreur qu'inspire l'immobilité décharnée d'un cadavre, le sculpteur avait manqué son but.

Le prince me dit qu'il mettrait sa lampe perpétuelle à brûler devant cette dépouille.

— Même M. l'abbé Nollet, m'écriai-je, comprendra que l'amélioration de l'éclairage public n'entre pas dans vos préoccupations !

Nous regardions en silence la statue. Malgré moi,

j'allongeai une main et tentai de soulever un coin du voile, trompé par la merveilleuse illusion. Don Raimondo saisit ma main et la tira en arrière violemment.

— Tu écoutes un peu trop don Antonio Perocades, toi ! me dit-il sur un ton de colère.

Je balbutiai je ne sais plus quelle excuse.

— Pourquoi donc crois-tu que j'ai fait couvrir le Christ ?

— J'allais vous le demander, don Raimondo.

— Le Christ, que penses-tu qu'il ait apporté sur la terre ? reprit-il, sans perdre son air sombre.

— Mais... la charité, l'amour...

— Et puis...

— N'a-t-il pas dit : « Aimez-vous les uns les autres » ?

— Mais c'est qui : les uns ? C'est qui : les autres ?

— Don Raimondo...

— Par ces mots, comprends-tu qu'il instituait précisément la séparation entre les hommes ? Entre les uns et les autres ? Entre toi et moi ? Le Christ a d'abord dit : Soyez vous-même ! Toi, Paul, sois Paul ! Et toi, Pierre, sois Pierre ! Il est venu sur la terre pour apprendre à chacun qu'il était un homme particulier, pourvu d'une âme particulière dont il avait la responsabilité. Il est venu diviser ce qui autrefois était uni et séparer ce qui faisait un tout. Nous sommes chrétiens, Porporino, parce que tu es toi et parce que je suis moi. Sans le christianisme, qui sait si nous n'aurions pas pu être l'un et l'autre à la fois, et l'un dans l'autre, et nous deux dans toutes les choses qui nous entourent, et toutes les choses et tous les êtres avec nous dans l'unité primordiale !

J'échangeai un coup d'œil avec Sammartino, qui écoutait, impassible, à distance respectueuse.

— Le Christ a apporté aux hommes le principe d'identité qui est devenu le pivot de leur civilisation. Tu es celui-là et pas un autre ! Dieu t'a choisi pour que tu t'accomplisses en toi-même ! Les vrais prêtres de la religion chrétienne, aujourd'hui, ce sont les francs-maçons, qui croient la nier ! Je suis content que dans la même ville et dans la même époque où Antonio Perocades cherche à étouffer chacun sous la conscience de ses propres responsabilités, l'évangile du Christ subisse une première défaite sous la voûte de la chapelle des Sansevero ! Le voile, Porporino, le voile ! Je ne reconnais pas le principe d'identité ! J'ai voilé le Christ ! Il n'est plus tout à fait le même sous le voile ! Il n'est plus tout à fait lui-même ! Regarde ! Il s'efface sous nos yeux ! Il disparaît !

Ce n'était pas vrai. Le voile couvrait le corps d'une gaze si transparente qu'au lieu de cacher une partie des chairs nues ou d'atténuer au moins les traces de l'agonie, il faisait ressortir avec une précision terrible les effets du supplice sur la croix. Je regardai avec effroi le prince. Cette férocité inconsciente était pire qu'une action réfléchie. Tout en ordonnant à Sammartino de voiler le simulacre du Christ, par aversion de la pensée rationnelle et par vengeance contre les francs-maçons, il avait guidé la main du sculpteur dans le modelage minutieux des détails les plus cruels.

Ainsi, quand il descendait dans la chapelle, sa bougie vacillante à la main, dans le recueillement et le silence de la grande paix nocturne, il croyait peut-être se réjouir à l'idée qu'il avait vaincu philosophiquement son ennemi ; tout son plaisir, pourtant, venait de ce qu'il pouvait rassasier sa vue des outrages qu'on lui avait infligés et des plaies qui étaient restées dans sa chair.

— Porporino !

Je tressaillis.

— Ce n'est pas ton vrai nom, n'est-ce pas ?

— Vous le savez bien, don Raimondo.

— Tu t'appelais comment, à San Donato ?

— Vincenzo. Vincenzo Del Prato.

— Ah ! oui, je me souviens.

C'était curieux d'entendre le prince, à mesure qu'il vieillissait, m'interroger de plus en plus souvent sur tel ou tel aspect de la vie à San Donato. Cet homme qui marchait d'un air dédaigneux à la tête de la procession, au point d'oublier de regarder si son escarpin à boucle d'argent ne se posait pas dans l'ordure, comment imaginer que les petits événements de notre village pouvaient mériter une part même infime de son attention ?

— Je voudrais que tu me dises aujourd'hui pourquoi tu as changé de nom. Qu'est-ce que c'est, ce nom de Porporino ?

Je me rappelai ce jour lointain où le prince s'était mis en colère parce que j'avais répondu de travers à sa question. Il m'avait demandé pourquoi Carlo Broschi et Gaetano Majorano s'étaient fait appeler l'un Farinelli et l'autre Caffarelli. J'avais répondu, je m'en souvenais encore, qu'ils n'avaient pas voulu se montrer ingrats envers leurs protecteurs. Le prince s'était emporté, pour des raisons qui m'avaient paru bien obscures. Maintenant, le sens de sa question m'apparaissait plus clairement. Néanmoins je me tus, par peur de l'irriter davantage.

— Dis-moi, tu étais plus content de t'appeler Vincenzo Del Prato ou tu te plais mieux sous le nom de Porporino ?

Pressentant un piège, je haussai vaguement les épaules.

— Tu as les deux identités à la fois, comprends-tu ? En étant moins que Vincenzo tu es plus que Vincenzo ! Le voile, Porporino, le voile ! L'état civil, encore une invention de chrétiens ! Le pseudonyme, c'est le voile ! Oh ! j'adore votre race !

Alors, par un de ces retournements d'humeur qui le rendaient tout à coup plus humain, il me demanda d'une voix affectueuse, en me regardant dans les yeux :

— Au fait, comment est-ce que tu t'en tires, de ta... condition ? Tu es heureux, Porporino ?

— Je vous suis profondément reconnaissant pour tout ! m'écriai-je.

— Ce n'est pas cela que je voulais dire. Te sens-tu pleinement satisfait dans ta vie ? As-tu parfois l'impression qu'il te manque quelque chose ?

— Il est vrai, répondis-je, que je ne deviendrai jamais un grand chanteur. Mais vous savez, don Raimondo, je ne suis pas comme Feliciano ! Les rôles modestes ne me font pas peur !

— Oui, oui, fit le prince, d'un air soucieux.

Il marcha jusqu'au fond de la chapelle, examina les stucs colorés qui ornaient le plafond au-dessus de l'autel puis, revenant d'un pas décidé, se planta devant moi et me dit :

— Je ne voudrais pas, Porporino, que tu gardes pour toi tes sujets de préoccupation.

— Je vous assure que je vous dirais la vérité.

— Tu n'as pas de famille, personne à qui te confier...

— Vous m'avez servi de père ! m'exclamai-je.

Je voulus lui baiser la main, mais il fit un pas en arrière et me regarda froidement.

— Tu es un petit castrat, dit-il.

— Dieu en a décidé ainsi.

— Est-ce que tu penses souvent à ça ?

— Que je suis un castrat ?

— Que tu n'es pas tout à fait comme les autres.

— Don Raimondo, si je n'y pensais pas moi-même, les gens se chargeraient de m'y faire penser ! Il n'est pas question d'autre chose, dans les salons ! On nous attaque, on nous défend. Personne ne se gêne devant moi.

— Parce que tu es trop modeste, Porporino. C'est cela qui me préoccupe.

— Soyez tranquille, don Raimondo.

— Tu ne vas pas me dire que tu n'as jamais souffert en te comparant aux jeunes gens de ton âge ?

— Au début, si. Maintenant...

— Au début ?

— Eh bien ! il m'est arrivé de pleurer, la nuit, devant la fenêtre de ma chambre. Le palmier qui se balançait dans la cour avait l'air si mélancolique !

— Tu pleurais !

— J'entendais les appels des garçons dans la rue, les fenêtres qui grinçaient, les murmures qui descendaient des balcons. J'avais quinze ans.

— Essaye de te rappeler encore.

Surpris, je levai les yeux vers le prince. Pourquoi s'amusait-il à me tourmenter avec les souvenirs de cette époque, maintenant que j'avais trouvé l'apaisement ?

— Nous avions beaucoup de travail, don Raimondo. Il ne me restait pas tellement de temps pour me demander si j'étais heureux.

— Mais tu pleurais la nuit.

— Pas toutes les nuits ! une fois ou deux, peut-être.

— Tu as quel âge, à présent ?

— Vingt et un ans.

— Tu me sembles bien résigné pour un garçon de vingt et un ans.

— Comment voudriez-vous que je sois ?

— Je me reproche, Porporino, de t'avoir laissé seul si longtemps.

— Vous n'avez aucun reproche à vous faire !

Le prince me saisit tout à coup par le bras et me secoua violemment. Une lueur rouge enflamma sa pupille.

— Tu m'as bien dit que je t'avais servi de père ?

— Mais oui, répondis-je, effrayé.

— Un fils n'a pas le droit de cacher à son père les choses dont il souffre en secret.

— Quelles choses, don Raimondo ?

— Je t'ordonne de me le dire, quelles choses !

Il me serra encore une fois puis me lâcha, si brusquement que je tombai à la renverse, sur un bloc de marbre déposé dans un coin. A l'autre bout de la chapelle, les sculpteurs, nous observant de loin, se concertaient à voix basse.

Le prince, après m'avoir tenu de haut en bas sous ses yeux enflammés, sembla revenir à lui. Il s'assit à côté de moi sur la pierre. Sans me regarder, il me demanda d'une voix radoucie :

— As-tu pensé que tu ne pourrais jamais te marier, par exemple ?

— Excusez-moi, mais vous posez de drôles de questions !

— Et... tu ne le regrettes pas ?

— De ne pas pouvoir me marier ?

— Oui.

— Vous savez, l'exemple de Cimarosa avec sa pâtissière me suffit !

— Le mariage, reprit don Raimondo, voilà la véritable mutilation.

— A propos, dit-il, quelles nouvelles de don Manuele ?

— Toujours la même chose, fis-je, en écartant les bras.

— Le sexe. Tu vois ce que c'est, le sexe.

Puis, après une nouvelle pause :

— Tu n'as vraiment pas de quoi te tourmenter !

— Mais je ne me tourmente pas, don Raimondo !

Je le regardai de côté. La bougie que tenait à deux pas de nous une main immobile projetait sur le mur l'ombre immense de son nez.

— Si. Tu es trop résigné. Tu ressembles trop à quelqu'un qui s'est dit : « Ma vie est fichue ! » Ta vie n'est pas fichue, Porporino. Ta vie est la plus belle qui puisse être. A ta place, je serais fier ! Ce sont les autres qui sont mutilés. Tous les autres. Prends la vie humaine. Où est-elle plus riche, plus mystérieuse, plus remplie de possibilités que dans la caverne du ventre maternel, avant même d'avoir commencé ? L'embryon ne se nourrit pas par la bouche, il ne respire pas par les poumons : c'est lui tout entier qui se nourrit et respire par toute la surface de son corps dépourvu d'organes distincts. Son sexe n'est pas encore déterminé. Aucune partie de son être n'est séparée de l'ensemble pour être consacrée à une fonction particulière, puisque chaque partie remplit toutes les fonctions à la fois. Il réalise en lui la totalité sans fissure. Pour naître, il doit renoncer à être cette unité merveilleuse : il doit se séparer en bras, en jambes, en bouche, en tube digestif. La naissance est la première mutilation. Le bébé se souvient longtemps de son séjour prénatal. Il dort le plus possible, roulé dans les ténèbres heureuses qui remplissaient l'univers avant l'incompréhensible séparation du jour et de la nuit. Il confond ses membres, suce indifféremment tout ce qui tombe à sa portée, ne fait pas de distinction entre lui et les autres. Il se prend pour le monde, il *est*, encore, le monde. Mais de tous côtés on le presse de grandir, c'est-à-dire de se distinguer. On habille les filles en filles, les garçons en garçons. On leur apprend que la journée se divise en tâches séparées et précises : jouer, manger, dormir, et que toutes les heures ne conviennent pas également à toutes les occupations. A sept ans on leur dit : tu es entré dans l'âge de raison ! Ce qui signifie : cesse de sucer ton pouce ! Le pouce est fait pour autre chose ! Tout, désormais, est fait pour autre chose. L'enfant apprend à mettre de l'ordre dans les fonctions de son corps, à les employer chacune pour le but que l'usage lui assigne. Puis vient l'école : on s'attaque maintenant à sa pensée. Tu as assez joué ! Si tu croyais que le monde est fait pour ton plaisir, il est temps que tu apprennes la vérité. Tu as envie de cogner contre cette pierre ? Eh bien ! cogne, tu verras tes mains après. Le monde est réel, mon petit. Le monde existe, tu dois t'y adapter. Par-dessus tout fais attention au feu ! L'enfant qui contemplait fasciné les belles flammes commence à regarder avec peur les étincelles qui pourraient le brûler. Fini le droit de rêver ! Mais rassure-toi, le feu est aussi utile, si tu sais t'y prendre ! Il cuira tes aliments, future ménagère. C'est ainsi que tout devient affreusement, désespérément réel. A quinze ans on dit au garçon : quel fier petit homme c'est déjà ! Il en donnera du fil à retordre aux filles ! A dix-huit ans il faut se préoccuper du métier. A vingt ans du mariage. Choisir, choisir. Eliminer. De mutilation en mutilation, l'homme arrive à la mort... Qu'est-ce que ta petite mutilation physique, Porporino, à côté de cette immense castration spirituelle et morale ?

Il mettait autant d'énergie à me tenir cet étrange discours que son ancêtre Cecco di Sangro à escalader son cercueil. Dieu sait pourquoi cette comparaison me traversa l'esprit. Mes yeux erraient çà et là sur les monuments de la chapelle, et le coup de marteau qui retentit à l'autre bout de la nef se confondit avec le roulement d'une charrette qui descendait la rue. Don Raimondo regardait fixement le dallage.

— O misérable société des humains ! s'exclama-t-il tout à coup. Chacun de vous mesure sa réussite au petit lopin de terre qu'il arrive à se découper. Mais toi, Porporino ! Toi tu n'es d'aucun sexe, c'est-à-dire que tu réunis les deux sexes à la fois. Toi, tu n'accéderas jamais à un rang social défini, c'est-à-dire que ta place sera partout à la fois sur la terre. Toi, tu n'atteindras jamais à la maturité, c'est-à-dire que le temps de ta vie humaine ne sera pas disjoint du temps infini de l'univers, qui ne connaît ni âge, ni degré, ni évolution, ni épanouissement ! Enfant ou vieillard, homme ou femme, qui es-tu ? Toi, tu n'es nulle part, tu n'es personne, tu n'es rien, c'est-à-dire que tu es tout ! Sais-tu, ajouta le prince en se penchant à mon oreille, qu'entre toi et moi il y a moins de distance qu'on pourrait croire ? Mes recherches visent toutes à recréer l'unité première du cosmos, en abolissant les distinctions que la fausse science des hommes essaye de mettre entre les choses. Je ne m'intéresse qu'aux origines ! A nous deux, si tu voulais, nous pourrions retrouver le paradis. Oui, le paradis ! Au bout de mon souterrain, le prince de Sansevero et le petit Pauvre de Jésus-Christ s'envoleraient directement pour le ciel !

J'aurais donné n'importe quoi pour ne pas sentir dans mon cou l'haleine brûlante du prince ni être forcé de répondre à ces propositions extravagantes. Ou bien il se moquait de moi ou bien, lorsqu'il aurait recouvré ses esprits, il ne me pardonnerait pas cette exaltation insensée. Hélas ! j'étais loin de me douter que ces fantasmagories démentes prenaient corps peu à peu dans son imagination, et qu'il s'apprêtait pour de bon à les mettre en œuvre avec une méticulosité scientifique.

Quant aux éloges enthousiastes dont il avait assorti les démonstrations de sa tendresse, ni les uns ni les autres ne me rassuraient plus que cela. Il suffisait de me rappeler sa cruelle insistance à me faire dire que je pleurais dans ma chambre parce que je me sentais un castrat.

Par bonheur, il passait beaucoup de temps à surveiller le progrès des deux dernières statues. Antonio Corradini travaillait à une statue de femme. Placée à gauche contre le pilier le plus rapproché de l'autel, c'était, me dit le prince, une allégorie de la Pudeur. Un voile (encore un voile !) recouvrait entièrement son corps nu, sauf les pieds. La tête tournée de côté, elle s'appuyait lourdement sur une jambe, attitude qui mettait en valeur la rondeur de ses hanches et la plénitude de son bassin. Elle tenait dans sa main droite, qui pendait le long de son flanc, le bout d'une guirlande de roses accrochée par l'autre extrémité à son bras gauche levé. Sa main gauche soutenait une grande dalle de marbre érigée obliquement contre le pilier et qui montait jusqu'à sa taille. Le prince fit briser un coin de cette dalle et graver au milieu une longue inscription nécrologique. Il dédiait la statue à la mémoire de sa mère, donna Cecilia Caietani dell'Aquila d'Aragona, morte à vingt-cinq ans.

Une sorte étrange de filet, comme une araignée de pêcheur, en grosse corde et à larges mailles carrées, enveloppait la statue de Francesco Queirolo dressée contre le pilier droit. Un homme se débattait au milieu du filet, aidé par un petit garçon qui en avait écarté un coin, de manière à découvrir la poitrine, le visage et un bras levé au-dessus de la tête. L'homme regardait fixement le petit garçon, qui portait un bandeau autour de ses cheveux bouclés, et des ailes dans son dos, comme un ange. Don Raimondo m'expliqua que son père, fou de chagrin après la mort de sa femme, avait couru le monde en d'inquiètes aventures, jusqu'au jour où, frappé par la grâce ou revenu de ses illusions mondaines, il s'était retiré dans un monastère, le confiant, lui, aux Jésuites du Collège Clémentin à Rome. Le prince, pour cette raison, voulait faire de la statue une allégorie du Désenchantement. Je regardai incrédule don Raimondo. Jamais il n'eût commandé une œuvre à la gloire du repentir chrétien. Il me sembla qu'il me cachait quelque chose, ou qu'il ne jugeait pas le moment venu de me la révéler.

D'ailleurs, c'était l'autre statue qui le passionnait, la grande figure de femme, la Pudeur. Au moins, me disais-je, les gens qui l'accusent de pactiser dans son souterrain avec les démons de l'alchimie, ne pourront pas lui reprocher de manquer à la piété filiale.

Il avait apporté au sculpteur pour lui servir de modèle une gravure dans un cadre d'ébène. Donna Cecilia, debout, s'appuyait, avec la grâce exquise d'une danseuse antique, sur une colonne de Pompéi : mince, élancée, elle tenait encore à l'adolescence par je ne sais quoi d'indécis dans les courbes à peine dessinées de son corps. Le sculpteur, à mon avis, avait fait les jambes un peu fortes et le bassin trop ample. J'étais sûr qu'il s'attirerait un jour ou l'autre une réprimande de don Raimondo, avec l'ordre de recommencer cette partie. Pour le moment, le prince veillait à l'exécution des roses, dont la guirlande posée sur le ventre s'arrondissait en molle ondulation. Les roses, le voile, symboles de la pureté et de la modestie de donna Cecilia, de même que le morceau cassé de la dalle funéraire était une allusion élégiaque à la brièveté de son destin.

La jeune poitrine perçait à peine sous le voile. Je retrouvais don Raimondo parfaitement cohérent avec lui-même, dans cet effort d'idéaliser sa mère en la tirant vers la vierge, vers l'androgyne.

Tout à coup, alors qu'il était en train d'effleurer de ses doigts les pétales de roses merveilleusement ciselés, il demanda à Corradini s'il était content du bassin.

— Excellence, répondit le sculpteur, je sais depuis longtemps qu'il faut le reprendre. J'ai eu tort de faire appuyer donna Cecilia sur une jambe. Le ventre, en portant d'un côté, a l'air de peser...

Le prince l'interrompit brutalement.

— Imbécile ! Tu n'y comprends rien. Regarde !

Il plongea ses mains dans le baquet de terre glaise et modela avec une rapidité incroyable un ventre gonflé, tendu, énorme, puis, montrant son œuvre au sculpteur, il lui dit, dans un éclat de rire :

— Vas-y !

— Mais certainement, Excellence, répondit le sculpteur.

Il croyait que le prince, pour le convaincre de son erreur, l'avait exagérée à dessein. Il reprit son ciseau, mais au bout de quelques minutes don Raimondo revint à la charge.

— Pas comme ça, te dis-je ! Tu fais un bassin de jeune fille, et c'est ma mère, ajouta-t-il en appuyant sur les mots. Ma mère, ma mère !

Antonio Corradini, décontenancé, leva les yeux vers le prince. Pouce par pouce, don Raimondo lui indiqua ce qu'il devait faire. Ils élargirent les hanches, donnèrent plus d'ampleur au bassin, renforcèrent les cuisses, tendirent le voile sur le ventre, creusèrent l'entrejambes : au bout de quelques jours la korê virginale était devenue une matrone plantureuse. Plus d'une fois le prince s'empara lui-même du ciseau et frappa dans le marbre. Je n'y comprenais rien, d'autant plus qu'il s'arrêtait de temps à autre pour exhaler une longue plainte inarticulée. La guirlande de roses, maintenant, s'étirait comme une bête obscène dans cette abondance de chair abdominale.

Ensuite, il s'attaqua aux seins.

— Sors-les ! ordonna-t-il au sculpteur.

Corradini, cette fois, s'acquitta aisément de cette tâche.

— Encore, encore ! le pressait don Raimondo, les yeux injectés de sang.

Il ressemblait à un homme qui tient enfin sa vengeance. Le voile qui tombait d'abord avec grâce sur le corps qu'il dissimulait chastement, en moulait à présent les rondeurs avec une ostentation impudique. Ce n'était plus la donna Cecilia de la gravure, c'était une génitrice puissamment maternelle, aux fortes entrailles et aux mamelles regorgeant de lait.

— Tu te rends compte ! me cria presque le prince, dans un état d'excitation où je ne l'avais jamais vu. Quel tour pendable elle m'a joué, donna Cecilia ! Je suis né de la chair de cette femme !

Il s'interrompit pour tirer de son gosier un de ces longs râles bizarres, tandis que le sculpteur, épouvanté, s'accroupissait dans un coin pour ranger ses outils.

— Elle m'a dupé ! Elle m'a floué ! Elle m'a limité à jamais dans l'ordre des créatures de chair, nées de la chair ! Il faut supprimer les parents ! Tu crois, continua-t-il en me saisissant par le col et en me poussant vers l'autre statue, celle du père, que j'ai tiré une vengeance suffisante ? J'ai représenté le fils en train de soulever le voile de la majesté paternelle. Oh ! ce n'est pas suffisant ! Il aurait dû arracher complètement le filet et regarder son père nu, de haut en bas, et rassasier sa vue du spectacle ignoble des parties qui l'ont engendré. Qu'y a-t-il de plus affreux, de plus avilissant, de plus désespérant que de penser que nous sommes prisonniers des lois naturelles de la procréation ? Mais celle-là, poursuivit-il en me ramenant devant la statue de sa mère, je ne l'ai pas ratée au moins ! Je lui ferai payer dans les siècles des siècles le crime de m'avoir enfanté. Dire que je lui dois l'existence ! Est-ce que les vents qui soufflent en errant sur la terre sont nés entre les jambes d'une femme ? Est-ce que les vagues qui s'allongent en chantant sur la plage ont sucé aux tétons d'une mère ? Pourquoi ne pouvons-nous pas être nous-mêmes notre propre origine ? Pourquoi, pour exister, devons-nous être asservis aux règles étroites d'un processus biologique ? Quel scandale intolérable que la naissance ! Dis, tu crois que j'arriverai à le supprimer ? Mais cette chair de nourrice épanouie, je l'ai bien fustigée, non ? Je n'aurai donc pas vécu pour rien... Pauvres roses... Elles ne méritaient peut-être pas ce traitement...

Contre le scandale de la naissance, il s'avouait impuissant. Mais le scandale de la mort, qui réduit notre passage sur la terre à un morceau infime de l'éternité, il crut, par une suprême folie de son cerveau dérangé, qu'il en viendrait à bout.

Un soir, comme j'arrivais au palais à l'heure habituelle, il me saisit par la main et me chuchota en hâte qu'il fallait sauter sur l'occasion, la fièvre ayant tué à l'instant deux de ses serviteurs. Je détournai les yeux, en proie à un soupçon horrible. Les cadavres, au fond du souterrain, reposaient sur un simple tréteau. Un homme et une femme, dont la bouche était restée béante et les yeux grands ouverts au milieu de la pénombre. La mort ne devait pas remonter à plus de quelques minutes. Instinctivement, j'allongeai la main pour leur fermer les paupières.

— Surtout pas, dit le prince. Prends ces cuvettes, vite. Il n'y a pas de temps à perdre.

Armé d'un petit couteau pointu, il pratiqua lestement une entaille à la veine du poignet, une autre à l'artère de la cuisse. Le sang se mit à jaillir en gros bouillons noirs. Je surveillais les cuvettes ; à mesure qu'elles étaient pleines, j'en vidais le contenu dans un seau. Pendant ce temps, don Raimondo était allé prendre un bocal sur une étagère. Il en retira avec une cuiller en ivoire un peu d'une substance qui avait la couleur de l'argent, mais qui tremblait comme un liquide. Il en mit quelques gouttes sur sa main : elles se formèrent en boules qui roulaient comme des perles. Quand les corps furent vidés de leur sang, le prince remplit une seringue avec la substance du bocal. Il me donna cette seringue à tenir. Décrochant alors du plafond un coutelas de boucher, il le planta dans la poitrine du cadavre, fendit la cage thoracique, écarta les côtes, plongea ses mains dans les chairs encore chaudes et dégagea le cœur, le tout avec une dextérité qui m'aurait semblé merveilleuse si je n'avais eu la gorge nouée de dégoût et d'horreur. J'avais l'impression que les yeux des deux morts cherchaient avec insistance mon regard.

Don Raimondo palpa l'organe sur toutes ses faces, n'ayant garde de rompre les ligaments élastiques qui l'attachaient aux côtes, ni les veines ou artères qui transmettent l'impulsion au reste de l'appareil sanguin. Puis il me reprit la seringue. Il enfonça l'aiguille dans le gras du ventricule. Le liquide argenté descendit dans le cœur. Quand il en eut fini avec le second mort, le prince nettoya le coutelas des quelques gouttes de sang qui l'avaient taché, suspendit l'instrument au plafond, plongea ses mains dans le seau. La masse gélatineuse du sang tremblait comme de la confiture d'airelles. Enfin, très lentement, en récitant à voix basse une formule, il passa ses deux mains écartées sur le flanc des cadavres, en sorte que dix sillons noirs leur restèrent imprimés sur la peau.

Je l'aidai ensuite à placer les corps à l'intérieur d'une niche creusée dans les parois du souterrain.

— Dans trois jours, me dit-il, ils seront revenus à la vie.

Trois jours passèrent. Je n'osais parler à personne de ce que j'avais vu. Don Manuele me dit encore deux fois, comme si ç'avait été une incantation magique dont les paroles étaient moins importantes que le son, que don Carlo Gesualdo, prince de Venosa, ayant surpris sa femme, Maria d'Avalos, en compagnie de Fabrizio Carafa, leur avait enfoncé de sa main une épée dans le cœur.

Le soir du troisième jour, je courus au palais.

Nous ouvrîmes la niche.

— Regarde ! Regarde comme leurs yeux brillent ! chuchota don Raimondo d'une voix précipitée.

Nous commençâmes à les tirer doucement hors de la niche.

Aucune odeur. Soit que la terre volcanique eût absorbé les chairs en trois jours, soit qu'elles se fussent volatilisées sous l'effet de la substance injectée par le prince, les cadavres étaient parfaitement nets. Il n'en restait que le squelette, et l'appareil circulatoire, ô prodige ! – les veines, les artères, chaque veinule, chaque artériole, chaque petit capillaire, le tout intact, durci et comme métallisé. Non seulement les bras, les jambes, la tête, le cou, le tronc se tenaient tout seuls, pour ainsi dire, raidis dans l'armature de leurs vaisseaux, mais les organes intérieurs, cœur, poumons, estomac, reins, foie, intestins – et jusqu'au fœtus recroquevillé dans le ventre de la morte – tout avait gardé sa forme exacte dessinée par l'entrelacs des canaux. Un réseau fin comme une toile d'araignée conservait leur volume et leurs méandres aux circonvolutions du cerveau. J'étais cloué sur place ; la fantaisie d'un horloger macabre n'aurait pas pu produire des automates plus ressemblants ; il semblait qu'une seule goutte d'un liquide chaud introduite dans cette machinerie de tubulures aurait progressivement réanimé le corps entier, comme dans ces expériences chimiques où la flamme du brûleur déclenche dans les conduits de l'alambic la course précipitée de l'alcool.

— Donne-moi ton bras, me dit soudain don Raimondo.

J'étais si abasourdi que je lui tendis mon bras. Je ressentis une vive douleur. Le prince venait d'enfoncer dans la veine l'aiguille de sa seringue. Il prit de mon sang – avais-je donc deviné sa pensée ? et l'injecta dans le cœur du cadavre.

— Il va bouger ! Il bouge !

C'était un reflet de sa lanterne qui passait sur l'œil béant du mort. L'œil au complet, sclérotique, cornée, iris, pupille, avec tout son éclat.

Jour après jour, nuit après nuit, le prince renouvela sa tentative. Il lui fallait du sang frais de castrat. Je trouvais, en arrivant, un morceau de viande rouge qu'il retirait du feu à peine cuite, et me forçait à manger toute saignante. Les cadavres me faisaient toujours peur, avec leur air de poupées maléfiques endormies sous les charmes d'un embaumeur délirant ; la bouche était restée ouverte ; et les entrailles, ayant pris la couleur de l'argent, resplendissaient dans les ténèbres à la lueur de nos bougies.

Bien après qu'il se fut convaincu que cette expérience avait échoué, et même quand il eut commencé à préparer la suivante, don Raimondo avançait à pas de loup dans le souterrain, s'attendant à voir les yeux qui le regardaient fixement rouler dans leurs orbites, les morts se dresser sur leur siège, leur cœur se mettre à battre et du sang rouge à couler dans leurs veines.

Dieu ou bœuf

« Poison ou pistolet ? » murmura-t-il. « Quelle importance ? » Il haussa les épaules. « La grande décision, ne l'ai-je pas déjà prise ? » Il regarda autour de lui. « Le reste ne compte pas... Pourtant, je dois bien choisir. » Il appuya contre sa tempe le canon de son pistolet, tressaillit au contact du métal froid. « Le pistolet, non... » Il vit le sang, les morceaux de la boîte crânienne éclatée, les petits tas de cervelle sur le tapis. « Tu tiens donc à partir intact ? Elle te plaît tant que ça, ta figure ? » Non, ce n'était pas pour cela. Il se moquait bien de l'image qui resterait de lui après sa mort. D'ailleurs, il avait laissé des ordres précis : pas d'annonce officielle, pas d'exposition de cadavre, pas d'obsèques. Enterrement immédiat et discret. Alors ? Pourquoi pas le pistolet ? On était délivré d'un coup. Hop ! A pieds joints dans la mort. Oui, pourquoi pas ? Cette répugnance, il valait la peine d'essayer de la comprendre.

Don Manuele reposa le pistolet sur la table. Des gouttes de sueur perlaient à son front ; ce n'était pourtant que potron-minet. Il se rendit compte qu'il ne pourrait jamais appuyer sur la détente. Manquait-il de courage ? La question n'était pas là, puisque, de toute manière, il se tiendrait à sa décision. Il avait seulement à choisir le moyen. « Si ce n'est pas le pistolet, ce sera le poison. » La petite fiole brillait sur la table, à portée de sa main. Il la prit, la retourna dans sa paume, approcha le goulot de ses lèvres, faillit ôter tout de suite le bouchon. « Doucement, doucement. » Il reposa la fiole. Pourquoi avait-il dit : doucement ? Le poison convenait exactement au genre de mort qu'il souhaitait. Une mort douce, voilà. Il ne fallait pas se presser de mourir, de même que le poison ne le tuerait pas d'un coup. Mais pourquoi ne voulait-il pas être tué d'un coup ? Quelle différence y avait-il entre la mort par le poison et la mort par le pistolet ? Une énorme différence. Il la sentait d'instinct, même s'il n'arrivait pas encore à se l'expliquer.

« Avec le pistolet, tu brises quelque chose. Tu prends de front cette vie dont tu ne veux plus. Tu l'attaques, tu lui sautes à la figure. Tu lui casses la gueule, oui. Et si c'était justement ça dont tu ne voulais pas ? Tu ne cherches pas la rupture. Le genre de mort qui te convient n'a rien à voir avec un défi. Tu cherches... Tu cherches à disparaître, tu cherches à t'effacer... Une sorte de sommeil... Comme une obscurité épaisse, où tu pourrais te fondre, et rejoindre... Mais rejoindre quoi ? Rejoindre qui ? L'obscurité, c'est ça... Une sorte d'eau noire qui me recouvrirait peu à peu, où je perdrais pied sans même m'en apercevoir... Tu t'enfoncerais doucement, ce serait comme rentrer... Rentrer où ?... Cela ressemblerait à ce que tu éprouves quand tu descends dans la crypte... Là, tu as vraiment l'impression que tu retrouves ta place : avec le poison, ce serait un peu la même chose, mais d'une façon plus parfaite, parce que tu n'en bougerais plus... Tu cherches à retrouver ta place, tu veux mourir pour retrouver ta place... Voilà aussi la raison pour laquelle je ne me tuerai pas au début d'une journée... On se tue au début d'une journée pour dire non à la vie, pour lui crier son refus... Le pistolet serait le meilleur moyen, alors... Un grand bruit, un fracas... On se tue au début de la nuit parce qu'on dit oui à la mort, oui à l'obscurité, à la nuit... Pas de geste brutal... Il faut se faire accepter... J'attendrai ce soir pour me tuer... Je descendrai dans la nuit, le plus doucement possible, ce sera comme un grand escalier qui s'enfoncera sans fin dans les entrailles de la terre... Descendre, descendre... Ne jamais atteindre la dernière marche, voilà la délivrance. »

Il respira avec force. C'était curieux, ce rapprochement : deux fois de suite il avait comparé son suicide à l'escalier à vis qui le menait au sous-sol de la chapelle, dans la crypte où reposait son père. « Mon père... Est-ce que ?... » Une vive agitation le saisit. « Voyons, s'il est vrai que j'ai rencontré Feliciano peu de temps après que Caterina fut partie avec ce chanteur... Il se laissait mourir, et pendant ce temps, moi... Moi aussi ! » s'exclama-t-il tout à coup, sans pouvoir lui-même se dire pourquoi ce cri venait de jaillir de sa poitrine.

« Essaye de te rappeler. Tu marchais de long en large dans la ville, cherchant en vain à fuir la pensée de ton père... Le chagrin le tuait peu à peu, et toi, tu te jetais comme un fou dans les rues, parce que tu ne savais pas comment l'aider dans son agonie... Tu l'aimais plus que tout au monde, tu aurais voulu te jeter à ses pieds et lui crier : Regarde ! moi au moins, ton fils, je ne t'abandonne pas ! Mais je n'avais rien à lui offrir, aucun sacrifice pour lui prouver mon dévouement... Et il est mort, sans se douter que j'aurais volontiers donné ma vie pour la sienne, si Caterina avait exigé ce prix pour revenir... »

Il resta un moment silencieux, la tête penchée sur sa poitrine.

« Un jour, donc, le hasard m'a conduit dans les parages du Conservatoire. Feliciano traversait la place des Gerolomini. Je ne l'avais jamais vu. Je le distinguai tout de suite dans la foule... Et... » Il s'arrêta, avant de poursuivre à voix basse : « Je me demande bien ce que je suis en train de chercher comme ça... N'est-il pas naturel que je l'aie remarqué ? Est-ce qu'une telle beauté est de celles qui passent inaperçues ? Tout le monde le regarde, non ? » Pourtant, se serait-il attaché avec tant de violence à Feliciano, seulement à cause de sa beauté ? « Je n'arrivais pas à obtenir un de ses regards. Il me dédaignait ouvertement. Il sentait très bien que mes yeux le guettaient à la sortie du Conservatoire, puis l'escortaient depuis le bout de la place jusqu'à l'endroit où je me trouvais. Oh ! je me souviens de chaque détail avec précision. Il faisait exprès de marcher dans ma direction en regardant d'un autre côté... Il s'approchait, il était là, tout près, à portée de voix... Il passait ! Il était passé ! Il n'avait pas tourné la tête ! Et moi, je restais là, incapable de faire un geste, et tous les jours il fallait que je revienne prendre ma part de mortification, de plus en plus grande à mesure que je le fixais des yeux plus intensément et qu'il s'éloignait dans la foule avec plus d'indifférence... »

Pourquoi les souvenirs de cette époque revenaient-ils l'assiéger aujourd'hui ? Quel rapport y avait-il entre la trahison de Caterina et son aventure avec Feliciano ? Les choses n'étaient-elles pas assez claires ? Il avait rencontré Feliciano, il s'était épris inconsidérément d'un jeune homme qui avait été assez bon pour ne pas le repousser tout de suite, bien que la différence d'âge eût fourni un prétexte suffisant... Et puis... Et puis il avait perdu la tête, et la conclusion de cette folle histoire... « La voici ! » s'écria-t-il en posant les yeux sur la petite bouteille de poison.

« Oui, mais pourquoi t'es-tu attaché à lui, précisément ? Pourquoi n'en as-tu pas choisi un autre ? – Idiot ! Est-ce qu'on choisit qui on aime ? – Sans doute, n'empêche que... – Explique-toi ! – Eh bien ! Quand il te faisait attendre des heures dans la cour du Conservatoire, sans jamais se montrer à la fenêtre... – C'était convenu entre nous ! Trouve de meilleurs arguments ! – Ah ! C'était convenu entre vous que les professeurs du Conservatoire se moquent de toi en te voyant faire le pied de grue sous la fenêtre ? Et même les élèves, et tiens, si tu veux le savoir, même le concierge des Pauvres de Jésus-Christ ! – Le concierge ! Qui aurait pu lui apprendre que je ne venais pas là pour discuter musique ? – Qui ? Mais le mouchoir, pendu à la fenêtre du premier, que tu ne quittais pas des yeux ! – Et après ? – Après ? Chez Startuffo, quand il ne venait pas au rendez-vous... – Arrête ! – Il était temps encore de te ressaisir, si c'était vraiment ton bonheur que tu cherchais. – Que veux-tu dire par là ? – Attends ! Au lieu de mettre fin à cette passion sans issue, tu l'as invité à demeurer dans ton palais. – Justement ! Ce n'était pas pour me punir, cela ! Tu ne pourras pas prétendre que je n'essayais pas de le conquérir ! – Au contraire, tu cherchais des preuves qu'il ne t'appartiendrait jamais. – Pourquoi serais-je resté des nuits entières à ma fenêtre ? – Parce que secrètement tu poursuivais un but, qui n'avait rien à voir avec Feliciano. – Tais-toi ! – Allons ! Comme si tu ne savais pas depuis le début où il passe ses nuits ! – Tais-toi, je t'en supplie ! – Et comme si tu ignorais aussi que tout le monde rit dans ton dos... – Sauf le Roi, qui s'esclaffe sous mon nez ! – Tu vois ! »

Don Manuele s'aperçut qu'il riait tout haut, à son extrême confusion. Joignant aussitôt les mains, il tourna vers le portrait de Feliciano accroché au mur un visage implorant. « Pardon, Feliciano... Comment ai-je pu dire ça ?... Pardon... Tu étais le plus beau... Je n'ai aimé que toi dans ma vie et, quoi qu'il arrive, tu auras été mon seul bonheur ici-bas... Personne ne m'obligera à dire que je n'ai pas voulu de toutes mes forces être heureux avec toi ! » s'écria-t-il en faisant craquer les jointures de ses doigts. Il s'appuya, haletant, sur le bord de la table. Il ne comprenait pas pourquoi cette pensée stupide revenait le tourmenter ainsi, ni pourquoi il devait s'en défendre avec cette véhémence. « Ne l'ai-je pas aimé à la folie ? Est-ce que je ne continue pas à l'aimer mille fois plus que moi-même ? Ne donnerais-je pas tout pour lui ? Ai-je cessé de l'attendre ? Est-ce que ma vie avait un sens avant de le connaître ? Et le poison que je vais prendre, ne prouve-t-il pas que... » Il tressaillit. Une fois de plus, sa pensée avait dévié dans une direction inattendue. Il saisit à nouveau la fiole sur la table et la contempla longuement.

« Pourquoi vais-je me tuer ce soir ? » Une voix lui répondit dans le silence. « Saurais-tu dire pourquoi ? » Il s'entendit alors prononcer ces paroles mystérieuses, qui s'échappèrent de ses lèvres sans aucune participation de sa volonté. « Ton père t'attend. » Il regarda autour de lui, comme s'il avait craint que quelqu'un pût le surprendre. « Ton père t'attend. » Que signifiaient ces mots ? Il n'arrivait pas à découvrir quelle voix les lui avait dictés, mais ils s'imposaient à son esprit avec une évidence terrible. Terrible ? Douce plutôt, lumineuse et douce. Tout devenait simple soudain. Il avalerait le poison quand la nuit commencerait à obscurcir la ville ; une sorte de torpeur se répandrait peu à peu dans ses veines ; il se mettrait à descendre ; et, tout au bout de cet abîme noir et profond, une grande forme lui ouvrirait les bras et le prendrait sur son cœur.

« Il t'attend. Tu sais très bien qu'avec le poison ce n'est pas vraiment se tuer. Es-tu prêt maintenant à le rejoindre ? » Don Manuele inclina la tête. « O mon père ! Je vous demande pardon d'avoir tardé si longtemps ! » La voix se mit à rire. « Tu n'as rien à te reprocher, va ! Tu n'as pas dévié une seule fois de la ligne de conduite qui pouvait lui être le plus agréable ! » Il redressa la tête et regarda fixement devant lui. « Comment dis-tu ? N'ai-je pas poursuivi de folles pensées et entretenu pendant des mois des espérances risibles ? – Risibles, ça oui. – Pendant tout ce temps, n'ai-je pas manqué à ce que je devais à mon père ? – Pas du tout, don Manuele. – Pas du tout ? Mais si toi-même tu viens de me demander si j'étais prêt enfin à le rejoindre ! – Tu ne l'as jamais vraiment quitté. – Lorsque je courais après Feliciano... – Ce n'est pas Feliciano que tu aimais. »

Il se mit à marcher de long en large, poussé par une sorte d'horreur. « Ce n'est pas Feliciano que j'aimais ? – Non. Tu aimais les humiliations qu'il te faisait subir. Tu ne le savais pas alors, mais tu vas le comprendre maintenant. – Je ne te crois pas ! » La voix reprit froidement. « D'abord, cesse de t'agiter comme ça. Cherche à rassembler tes esprits. Tu te souviens très bien que les premiers jours où Feliciano passait devant toi place des Gerolomini en faisant exprès de ne pas répondre à ton regard, tu étais presque décidé à ne plus jamais revenir dans ces parages. – C'est vrai » murmura-t-il. « Mais tu es quand même revenu. – Parce qu'il était si beau. Je ne pouvais pas détacher mes yeux de lui. – Tu t'obstines ! Tu es revenu place des Gerolomini parce que je te soufflais à l'oreille : Saisis cette occasion de prouver à ton père comme tu sais lui rester fidèle ! – Toi, tu m'as dit ça ? » Il promena autour de lui un regard craintif. « La vérité te fait peur. Il faut avouer que tu as fameusement réussi à la déguiser. Cette passion ! » De nouveau, la voix se mit à rire. Don Manuele se retourna vivement. « Tu peux chercher ! » dit la voix. « Je ne suis ni derrière toi ni devant toi ni de côté... – Où donc es-tu ? » s'exclama-t-il. « Partout où tu es. Par exemple, j'étais avec toi chez Startuffo, dans la salle aux miroirs de cet excellent pâtissier. Tu te rappelles ce monsieur qui dégustait son baba en commençant par ôter les fruits confits avec le bout de sa fourchette ? Qui sait si je n'étais pas ce monsieur-là ! Tu avais commandé une vésuvienne. Hum ! Le baba me parut fade tout à coup, à côté de ces parfums de bergamote, de ces nappes de caramel qui me chatouillaient les papilles. Toutes les trente secondes tu consultais ta montre. Alors je me suis penché à ton oreille et je t'ai murmuré : De quoi peux-tu te plaindre ? Tu es en vie, toi, tu peux même te commander un gâteau ! Et sais-tu comme tu m'as répondu ? » Il secoua la tête. « Tu m'as répondu : De toute façon nous sommes quittes, puisqu'il ne viendra pas. A qui pensais-tu donc, en disant ces mots ? A *qui d'autre ?* »

Don Manuele écarta les bras. « Et dans ton palais, quand tu étais assis à ta fenêtre... – N'est-ce pas alors, dit-il en s'emportant, que je lui ai donné la plus grande preuve d'amour que... » Il fut interrompu par le même rire, tranquille et moqueur. « Qui, *lui ?* – Mais... – Tu vois, tu hésites. – Ah ! je ne sais plus ! » fit don Manuele en se passant une main sur le front. « Eh bien ! moi, je sais ! » reprit la voix, « puisque c'est moi qui te parlais à l'oreille, même si tu faisais semblant de ne pas m'entendre. Pendant que Feliciano découchait du palais, et que tu attendais sans espoir le signal, je venais te chuchoter tout bas : N'est-il pas mort, *lui* ? Quelque torture que tu éprouves, n'oublie pas que le châtiment que tu mérites est encore bien plus grand. *Honte au fils qui survit à la mort honteuse de son père.* A ces mots tu baissais la tête. Oui, vraiment, je ne crois pas que depuis Abraham on n'a vu d'Isaac plus soumis ! – Tu dis que c'est pour ça que... cette histoire avec Feliciano ? – Oui. – Depuis le début ? – Depuis le début. – Et maintenant ? – Maintenant » conclut la voix d'un ton grave, « le moment du suprême hommage est arrivé. »

Don Manuele, immobile au milieu de la pièce, resta un long moment silencieux.

« Non, non et non ! » s'écria-t-il tout à coup avec force. Que voulait-il dire par là ? Il tenait toujours la fiole de poison dans une main. Soudain, sans pouvoir s'expliquer pourquoi il faisait ce geste, il la lança à l'autre bout de la pièce, contre le mur où elle se brisa en petits morceaux. « Ha !... » Il poussa un soupir. Il avait l'impression de sortir d'un long cauchemar. « Je veux vivre. » Vivre ? « Ce n'est pas moi qui suis de trop » pensa-t-il froidement. « J'ai tout compris maintenant. » D'un geste machinal il saisit le pistolet. « Voilà pourquoi l'histoire du prince de Venosa, à laquelle je n'avais jamais pensé avant, m'est revenue ces derniers temps en mémoire. » Il sourit. « J'avais peut-être besoin d'un signe. » Il éleva le pistolet à hauteur de ses yeux et tira au hasard devant lui. Un ours en porcelaine, sorti de la manufacture de Capodimonte, vola en éclats sur le manteau de la cheminée. Il avait acheté cette poterie dans l'espoir que Feliciano le forcerait à la rendre. Feliciano, ne l'ayant même pas remarquée, n'avait rien dit. L'ours était resté. Don Manuele tira une seconde fois. La balle se logea dans le dossier en velours d'un fauteuil, avec un bruit mou qui lui parut horrible. Sa main tremblait lorsqu'il reposa le pistolet sur la table. Non, impossible de faire ça lui-même. Les choses n'étaient quand même pas aussi simples. Il se croisa les bras pour mieux réfléchir et, le menton incliné vers la poitrine, se mit à marcher tout doucement. Dehors, le soleil, ayant dissipé les dernières brumes, étirait sur le golfe un reflet aveuglant. Don Manuele s'arrêta auprès d'une fenêtre.

Bien entendu, je ne pus me représenter que plus tard, après la conclusion des événements, ce qui avait traversé ce jour-là l'esprit de don Manuele. Maintenant encore, après un demi-siècle ou presque, il m'arrive certaines nuits de me réveiller en sursaut, pour me demander si je ne porte pas ma part de responsabilité dans la tragédie qui mit fin à cette histoire. Le duc et don Raimondo commencèrent à se rendre des visites, beaucoup plus fréquemment qu'ils n'en avaient l'habitude. Comment ils se mirent d'accord pour associer leurs folies, seul le Diable ou quelqu'un de ses agents infernaux saurait nous le dire. Je me souvins après coup du projet délirant que le prince m'avait exposé un soir. Hélas ! il ne plaisantait pas. Voici ce qu'ils décidèrent dans leurs conciliabules secrets – on put le comprendre une fois le forfait accompli.

Don Raimondo dépeignit au duc sa dernière invention. Des domestiques devaient le couper en morceaux, tout vivant, puis reconstituer le corps et le coucher dans une caisse, d'où il aurait resurgi, au bout de trois jours, en pleine possession de ses fonctions vitales, grâce à une sorte d'élixir dont il venait de trouver la formule

Mais l'opération ne pouvait réussir que si un castrat y était associé. Il demandait donc à don Manuele de lui prêter Feliciano. Ils avaleraient ensemble le breuvage magique ; après quoi, ses domestiques se jetteraient sur eux et les mettraient en pièces. Ils attendraient trois jours, couchés côte à côte au milieu du grand salon. Le quatrième jour, ils se dresseraient hors de leurs caisses, et la vie éternelle s'ouvrirait devant eux.

Si don Manuele crut une seule seconde à cette fantaisie de dément – ou si dès le début il saisit l'occasion qu'il n'osait pas lui-même provoquer, je laisse cette question en suspens. Pourquoi m'emmena-t-il avec lui le jour qui avait été fixé ? Comptait-il sur moi pour le réveiller au dernier moment et l'aider à empêcher ce crime ? Je me dis pour soulager ma conscience que de toute façon cette précaution était vaine. En moins de rien les vingt ou trente domestiques de don Raimondo m'auraient réduit à l'impuissance. Et même en unissant nos forces, comment aurions-nous pu, à nous deux, nous opposer à ce qui arriva ?

Le duc, pour attirer Feliciano, lui dit que le prince l'invitait à une cérémonie nocturne, au cours de laquelle ils verraient des prodiges. Nous partîmes tous les trois, à la tombée de la nuit. Don Raimondo nous attendait au milieu de son grand salon. Pour une fois, ses domestiques ne formaient pas la haie. Il les avait disposés en cercle autour de la pièce. Ils tenaient comme d'habitude dans leur main un flambeau, qui brûlait à hauteur de leurs yeux. Rien jusqu'alors ne me parut insolite. Il y avait bien dans un coin deux caisses oblongues posées sur des tréteaux. Elles me firent penser aux cadavres qui étaient restés dans le souterrain, mais je ne m'en émus pas davantage. Le prince ne nous laissa pas le temps de lui poser des questions. Il prit sur une console deux verres déjà remplis. Il en offrit un à don Manuele, l'autre à moi. Feliciano fit un geste pour prendre celui qu'il me tendait. Le prince fronça les sourcils et mit d'autorité ce verre dans ma main. Feliciano, vexé, quitta le milieu de la pièce et se dirigea vers une fenêtre. Don Raimondo lui coupa la route. Il avait pris sur la console deux autres verres, également pleins. Il lui en tendit un, garda l'autre pour lui. Les domestiques, seulement alors ce détail me frappa, tenaient une de leurs mains cachée derrière leur dos. Le prince leva son verre. Nous bûmes tous les quatre en silence. Nous n'avions pas échangé plus d'une demi-douzaine de mots.

Don Raimondo fit un signal. Les domestiques, ayant posé par terre les flambeaux, se précipitèrent en avant, le bras tendu et le poignard brandi. Mais, devant le prince, ils parurent hésiter. « Exécutez mes ordres ! » leur cria-t-il. Alors, d'un seul mouvement, ils se retournèrent vers Feliciano. De tous les côtés à la fois les lames s'abattirent sur le malheureux. Ils se renvoyaient son corps qui rebondissait de pointe en pointe sans tomber. Il mourut sans une plainte, sans un cri. Dieu me pardonne, mais il eut le temps de regarder don Manuele qui s'était réfugié dans un coin. Lorsque les valets s'écartèrent, il s'écroula sur le tapis, les bras en croix, un sourire aux lèvres.

Ce qui se passa ensuite – quels mots humains pourraient le décrire ? Le prince avait beau ordonner de le frapper à son tour, ils ne l'écoutèrent pas. A genoux autour du cadavre, ils se mirent à le couper en morceaux. A plusieurs d'entre eux, la fameuse perruque grise était tombée dans la lutte – et de jeunes visages apparurent, convulsés par l'acharnement le plus hideux. Toutes les humiliations subies au service de don

Raimondo, c'est à croire qu'ils s'en vengèrent cette nuit-là. Ils commencèrent par découper le corps avec leurs poignards, puis, dans leur hâte, ils les jetèrent de côté pour arracher de leurs propres mains les lambeaux de chair sanglants. Ils s'affairaient avec une frénésie silencieuse, obéissant encore malgré eux à l'interdiction que leur avait faite le prince de se manifester par la voix. Ce fut d'autant plus horrible de les entendre pousser un grand cri lorsque, de leurs mains impies, ayant trouvé le cœur, ils l'agitèrent devant nous comme un trophée. A cette vue je m'évanouis dans mon coin.

Quand je repris mes sens, j'étais seul dans le salon. Don Manuele, le prince, les domestiques avaient disparu. Les flambeaux abandonnés par terre achevaient de se consumer. Je me dressai péniblement sur les genoux. Les petites flammes, une à une, se couchaient pour rendre l'âme. Tel fut le seul hommage rendu à Feliciano. Je joignis les mains. Il ne restait plus de sa forme terrestre que de vagues débris éparpillés dans le sang, comme si ç'avait été un bœuf offert un jour de cocagne par la libéralité du Roi pour l'amusement de ses sujets.

Épilogue

Feliciano était mort ; le prince, devenu fou pour de bon, interné à San Martino. Le chagrin, le remords, l'horreur du forfait accompli avaient tué don Manuele, sans le secours ni du poison ni du pistolet. Cimarosa, quand il était fatigué de se faire mitonner des plats par sa pâtissière, perdait quelques kilos avec une actrice, dans une liaison tumultueuse, enfantine, publique, éphémère, dont il venait en pleurant se consoler dans mes bras. Le docteur Salerno n'avait pas encore réussi à prouver l'androgynie de l'embryon. J'acceptai la proposition du landgrave de Heidelberg, transmise par l'ambassadeur du grand-duc de Bade.

Il y a près d'un demi-siècle que j'habite ici, entre les maisons roses, veillant aux destinées du théâtre d'opéra, m'efforçant de maintenir contre la nouvelle mode allemande une petite place au chant italien – avec moins en moins de conviction.

J'ai continué à recevoir des nouvelles de Naples. La Reine obtint le bannissement de Sarah Goudar. Ange Goudar trouva ce prétexte pour abandonner sa femme. Il resta à Naples ; elle rejoignit à Venise Casanova. Le quartier neuf qu'ils avaient construit sur le Pausilippe périclita insensiblement. Les maisons se dégradèrent ; plusieurs tombaient en ruine. Antonio Perocades profita de cette affaire pour répéter son axiome favori : une civilisation du couple est la base nécessaire du développement économique. Pourtant la colonie de San Leucio, fondée pour les bâtards de Roi Ferdinand, continua à prospérer : elle produisait la meilleure soie du royaume, et c'est un franc-maçon, le chevalier Planelli, qui en rédigea la constitution, copiée sur le modèle des manufactures anglaises !

Cette réussite ne dut réjouir qu'à moitié don Antonio. D'ailleurs, les événements se précipitèrent. La Révolution triompha à Paris, les armées du Directoire descendirent jusqu'à Naples, il fut un des dix commissaires de la République Parthénopéenne. Mais le Roi, ayant reconquis son trône, envoya tous les jacobins au supplice. On dressa les échafauds sur la place du Marché, au milieu des bornes qui servent à attacher les chevaux. Le duc de San Demetrio fut décapité, le prince de Caramanico pendu. Le duc de Serracapriola avait pu s'enfuir. La duchesse de Sanfelice, enceinte du général français Championnet, attendit sa délivrance au fond d'un cachot. On étrangla le nouveau-né devant elle, puis on la pendit. Son cou, qui avait gardé malgré les ans la pureté de l'albâtre, fut serré dans la corde du bourreau. Les *lazzaroni*, qui étaient restés fidèles au Roi, organisèrent de grandes fêtes. Le cadavre de don Antonio, accroché à la potence, pendant trois jours se balança comme un pantin. Ils se bousculaient pour cracher sur son corps. C'est ainsi que la raison fut définitivement vaincue à Naples, et la maturité du royaume ajournée *sine die*.

Il est vrai qu'on ne châtre plus les enfants. Le mouvement des lumières a marqué là un point. Le temps des sopranistes est fini. Mais aussi, on peut dire que, dès la fin du XVIIIe siècle, leur mission historique était terminée. Le plaisir de les entendre chanter n'explique pas à lui seul la vogue incroyable des castrats. Nous répondions à un besoin plus profond – le prince m'a éclairé là-dessus. Les salles entières qui se levaient pour nous applaudir assouvissaient en nous écoutant une aspiration mystérieuse cachée au fond des âmes. On ne lira plus sur l'enseigne des barbiers : « Ici on améliore les garçons », parce que le nouveau siècle fait un crime de cette pratique – oui, mais surtout, parce que la fonction que les dessus remplissaient, d'autres la remplissent maintenant, avec d'autres moyens.

Ce matin, tandis que je contemple, assis sur un banc, les bords ensoleillés du Neckar, je me rappelle une à une les paroles de don Raimondo. De l'autre côté du fleuve, la forteresse rose, effrangée dans la brume, se détache sur une colline de bois sombres. Les étudiants se promènent en récitant des vers de Novalis, de Hölderlin. Les nouveaux poètes allemands ont repris, sans le savoir, le message resté incompris du prince. L'horreur de la réalité, l'apologie du rêve, le refuge dans l'enfance, le sentiment que le rôle assigné à chacun par les lois de la biologie et par les pressions de la société constitue la véritable mutilation, le refus de se laisser emprisonner dans les limites étroites de l'identité individuelle, le désir de se fondre avec l'univers dans une communion mystique – il n'y a pas tellement loin entre les expériences de don Raimondo sur la transmutation des matières ou la résurrection des corps, et cette soif de s'égaler à Dieu par l'anéantissement de soi.

Que faisaient d'autre, d'ailleurs, les paysans de San Donato, recroquevillés dans la pénombre de leurs petites maisons, le jour où leurs femmes accouchaient et les neuf jours suivants ? S'approprier les fonctions de l'autre sexe, antique aspiration des hommes exclus de la liberté de procréer ! Et Luisilla ? Elle me demanda de faire saigner mon doigt quand elle eut reconnu dans le sang la marque unilatérale de sa féminité. Pourquoi m'aurait-elle enjoint de répéter cette cérémonie avec chaque nouvelle phase de la lune, si elle n'avait voulu m'associer, d'une façon ou d'une autre, au petit mystère périodique qui sépare les filles définitivement des garçons ?

La nostalgie de l'Eden primordial où tout est dans tout et tout communique avec tout et le masculin avec le féminin sans distinction ni de sexes ni de personnes renaît ainsi d'âge en âge, à travers d'autres coutumes inventées par chaque nouvelle civilisation : le rite de la couvade des mâles à San Donato, l'institution des castrats à Naples, la promenade le long du Neckar avec les *Hymnes à la nuit* à la bouche – et qui sait si nous ne verrons pas un jour, selon la prophétie de don Raimondo, les jeunes gens adopter pour leurs cheveux et pour leurs vêtements une mode unisexe, rendue nécessaire par le déclin de l'opéra ?

Comme ils marchent pensivement sur la berge ! Comme ils ont peu l'air d'appartenir à ce monde ! Les voilà dans la plénitude de leur essence humaine (divine ?), avant d'être engagés par les contraintes de l'âge adulte dans une série d'options restrictives. Leurs poètes favoris leur parlent de femmes inaccessibles, d'amours condamnées. Ils rêvent à ce qu'ils ne peuvent atteindre. Les seules passions dignes des dieux ! La brise agite sur leur front leurs boucles transparentes. L'eau qui s'écoule en murmurant brouille le reflet des maisons. Une vapeur monte sur la frange des collines touchées par le rayon pâle du soleil. Le château en briques roses flotte au milieu des pins noirs.

O douceur de ces brumes germaniques qui estompent le contour des choses ! Mais dans la lumière crue de San Donato, la vieille sagesse contadine elle aussi avait trouvé le moyen d'éviter les choix qui mutilent : ces portes qu'on ne fermait jamais, ces ustensiles de cuisine qui n'appartenaient à personne, ce mobilier identique d'un foyer à l'autre, ces provisions que les ménagères s'échangeaient, ces couteaux que les pères cachaient sous les lits, en manière d'excuse, quand une double naissance exaltait leur puissance génitrice, ces mourants qu'on portait dans la rue, ces morts qu'on plaçait nus à se dissoudre dans la terre... Je comprends aujourd'hui pourquoi don Sallusto attirait mon attention sur toutes les petites curiosités de la vie à San Donato : il cherchait à me rendre solidaire de cette civilisation archaïque, tant il craignait que plus tard, dans les grandes villes conquises par l'économie bourgeoise et la philosophie rationnelle, on me fît honte de ne pas savoir répondre avec précision qui j'étais.

Et c'est vrai que j'ai souffert au début, c'est vrai que je me suis senti dépouillé de ma jeunesse, frustré, proscrit, c'est vrai que j'ai avalé mes larmes en me retournant la nuit sur mon matelas. Il m'a fallu du temps pour rire de toutes les sottises entendues dans le monde, depuis cette comtesse romaine qui me demanda : « Dans votre profession, est-ce qu'on se passe les secrets de père en fils ? », jusqu'à la baronne de Breteuil, pieuse mégère de Paris, qui me présentait à ses amies françaises en soupirant derrière son éventail : « Vous savez, le petit qui a été mordu par un cygne. » Combien de fois, aussi, dus-je donner mon avis sur l'anecdote de Montesquieu relative aux deux petits châtrés de Rome, Mariotti et Chiostra, les deux plus belles créatures qu'il eût vues de sa vie, et qui auraient inspiré le goût de Sodome, écrivit-il, aux gens les moins dépravés à cet égard. Un jeune Anglais, etc.

Il m'a fallu du temps pour m'accepter. Mon père m'avait répété si souvent : « Tu ne seras bon à rien ! » Cette interdiction lointaine, en m'empêchant de désirer la gloire, explique la modestie de ma carrière. Que je suis heureux, aujourd'hui, de ne pas avoir réussi à percer ! Devenir « quelqu'un », se faire « un nom » : tout le monde court après cette chimère. C'est comme pour le sexe. Au soir de ma vie, je devrais me dire le plus infortuné des humains, n'ayant pas goûté aux plaisirs dont ils font un cas si extraordinaire. Ils m'apparaissent si petits, au contraire, si misérables, tous ces amants tourmentés par l'impatience d'atteindre leur but – et moi, si prodigieusement enrichi d'avoir échappé à l'obligation d'être un homme !

Cette terre allemande, je veux que mon corps y repose. Dieu sait si j'ai adoré Naples, la mer du Pausilippe, la splendeur des couchants sur Capri, la grotte de Cumes aux échos mystérieux, les sombres rues bordées de palais magnifiques, les cours moussues aux escaliers géants, les jardins dans les cloîtres, les stucs dans les églises, le pas des ânes sur le pavé noir, le cri des marchands d'eau dans la fraîcheur du matin – et les douze cents bougies plantées dans les candélabres en or du San Carlo ! La musique ! La musique ! Hélas, dans ce domaine également, l'Allemagne a pris le relais de ma patrie. Du moment qu'il n'y a plus de castrats pour la chanter, la limpide mélodie du chant italien devient une détermination trop précise pour un art illimité par nature. Place à la confuse harmonie produite par les masses orchestrales ! Elle seule, en travestissant les sons par l'amalgame symphonique, respectera l'antique ambition d'Orphée.

A quoi bon maintenir dans cette ville la tradition de l'opéra italien ? L'orchestre du landgrave joue d'ineffables symphonies de compositeurs à peine connus de moi. Les flûtes m'entraînent auprès de cascades bondissantes ; avec les clarinettes, je me coule rapide comme une truite entre deux eaux dorées ; j'attends l'orage qui gronde dans les violoncelles ; et, pour suivre le cor, je m'égare palpitant, avec les loups, dans la forêt obscure. Puissé-je ainsi disparaître dans une onde qui m'emportera sur la mer. Que mon cœur cesse de battre avec le dernier frémissement des cymbales. J'aurai vaincu la mort et gagné le pari de don Raimondo. Comme un corps qui porté par la vague s'éloigne du rivage et peu à peu se fond dans l'immensité bleue, je m'endormirai sur le flot tumultueux des violons. Au lieu d'une rupture, le retour insensible au paradis de l'indistinct...

Je savais bien, en commençant ce récit, que je m'apprêtais à décrire un monde disparu, des coutumes périmées, un art tombé en désuétude. Mais comment deviner les ramifications merveilleuses appelées à reverdir sur ce tronc caduc ? Qui aurait pu prévoir que l'aventure du dernier castrat coïnciderait avec l'expérience du premier romantique ?

TABLE

Troisième partie
NAPLES

Dans la collection
Les Cahiers Rouges

(dernières parutions)

Lou Andreas-Salomé	*Friedrich Nietzsche à travers ses œuvres*
Jacques Audiberti	*l'Opéra du monde*
Jacques Audiberti	*Les enfants naturels*
François Augiéras	*Domme ou l'essai d'occupation*
François Augiéras	*L'apprenti sorcier*
François Augiéras	*Le voyage des morts*
François Augiéras	*Un voyage au mont Athos*
Marcel Aymé	*Vogue la galère*
Charles Baudelaire	*Lettres inédites aux siens*
Béatrix Beck	*Josée dite Nancy*
Béatrix Beck	*La décharge*
Jurek Becker	*Jakob le menteur*
Louis Begley	*Une éducation polonaise*
Julien Benda	*La tradition de l'existentialisme*
Julien Benda	*La trahison des clercs*
Yves Berger	*Le Sud*
Emmanuel Berl	*La France irréelle*
Emmanuel Berl	*Méditation sur un amour défunt*
Emmanuel Berl et Jean d'Ormesson	*Tant que vous penserez à moi*
Tristan Bernard	*Mots croisés*
Patrick Besson	*Les frères de la consolation*
Princesse Bibesco	*Catherine-Paris*
Princesse Bibesco	*Le confesseur et les poètes*
Lucien Bodard	*La vallée des roses*
Alain Bosquet	*Une mère russe*
Jacques Brenner	*Les petites filles de Courbelles*
Charles Bukowski	*Au sud de nulle part*
Charles Bukowski	*Factotum*
Charles Bukowski	*L'amour est un chien de l'enfer t.1*
Charles Bukowski	*L'amour est un chien de l'enfer t.2*
Charles Bukowski	*Souvenirs d'un pas grand-chose*
Charles Bukowski	*Women*
Anthony Burgess	*Pianistes*
Michel Butor	*Le génie du lieu*
Henri Calet	*Contre l'oubli*
Henri Calet	*Le croquant indiscret*

Truman Capote	*Prières exaucées*
Hans Carossa	*Journal de guerre*
Blaise Cendrars	*Hollywood, la Mecque du cinéma*
Blaise Cendrars	*Rhum*
André Chamson	*Le crime des justes*
Jacques Chardonne	*Ce que je voulais vous dire aujourd'hui*
Jacques Chardonne	*Les Varais*
Jacques Chardonne	*Propos comme ça*
Edmonde Charles-Roux	*Stèle pour un bâtard*
Bruce Chatwin	*Le vice-roi de Ouidah*
Bruce Chatwin	*Les jumeaux de Black Hill*
Bruce Chatwin	*Utz*
Jacques Chessex	*L'ogre*
Emile Clermont	*Amour promis*
Jean Cocteau	*La corrida du 1er Mai*
Jean Cocteau	*La machine infernale*
Jean Cocteau	*Les Enfants terribles*
Jean Cocteau	*Lettre aux Américains*
Jean Cocteau	*Reines de la France*
Vincenzo Consolo	*Le sourire du marin inconnu*
Jean-Louis Curtis	*La Chine m'inquiète*
Salvador Dali	*Les cocus du vieil art moderne*
Léon Daudet	*Souvenirs littéraires*
Degas	*Lettres*
Joseph Delteil	*Jeanne d'Arc*
Joseph Delteil	*Jésus II*
Joseph Delteil	*La Deltheillerie*
Joseph Delteil	*La Fayette*
André Dhôtel	*L'île aux oiseaux de fer*
Charles Dickens	*De grandes espérances*
Maurice Donnay	*Autour du Chat Noir*
Robert Dreyfus	*Souvenirs sur Marcel Proust*
Alexandre Dumas	*Catherine Blum*
Alexandre Dumas	*Jacquot sans Oreilles*
Umberto Eco	*La guerre du faux*
Ralph Ellison	*Homme invisible, pour qui chantes-tu ?*
Oriana Fallaci	*Un homme*
Ramon Fernandez	*Molière ou l'essence du génie comique*
Dominique Fernandez	*Porporino ou les mystères de Naples*
Ferreira de Castro	*Forêt vierge*
Ferreira de Castro	*La mission*
Ferreira de Castro	*Terre froide*
Max-Pol Fouchet	*La rencontre de Santa Cruz*
Georges Fourest	*La négresse blonde*
Georges Fourest	*Le géranium ovipare*
Jean Freustié	*Proche est la mer*

Carlo Emilio Gadda	*Le château d'Udine*
Gabriel García Márquez	*Chronique d'une mort annoncée*
Gabriel García Márquez	*Des feuilles dans la bourrasque*
Gabriel García Márquez	*Des yeux de chien bleu*
Gabriel García Márquez	*L'automne du patriarche*
Gabriel García Márquez	*L'incroyable et triste histoire de la candide Erendira*
Gabriel García Márquez	*La Mala Hora*
Gabriel García Márquez	*Les funérailles de la Grande Mémé*
Gabriel García Márquez	*Pas de lettre pour le colonel*
Gabriel García Márquez	*Récit d'un naufragé*
David Garnett	*La femme changée en renard*
Gauguin	*Lettres à sa femme et à ses amis*
Maurice Genevoix	*Raboliot*
Natalia Ginzburg	*Les mots de la tribu*
Jean Giono	*Colline*
Jean Giono	*Jean le Bleu*
Jean Giono	*Le Serpent d'Étoiles*
Jean Giono	*Les vraies richesses*
Jean Giono	*Que ma joie demeure*
Jean Giono	*Regain*
Jean Giono	*Un de Baumugnes*
René Girard	*Mensonge romantique et vérité romanesque*
Jean Giraudoux	*Adorable Clio*
Jean Giraudoux	*Églantine*
Jean Giraudoux	*La menteuse*
Jean Giraudoux	*Lectures pour une ombre*
Jean Giraudoux	*Siegfried et le Limousin*
Jean Giraudoux	*Supplément au voyage de Cook*
William Goyen	*Savannah*
Jean Guéhenno	*Changer la vie*
Yvette Guilbert	*La chanson de ma vie*
Louis Guilloux	*Angélina*
Louis Guilloux	*Hyménée*
Jean-Noël Gurgand	*Israéliennes*
Kléber Haedens	*L'été finit sous les tilleuls*
Kléber Haedens	*Magnolia-Jules/L'Ecole des parents*
Kléber Haedens	*Une histoire de la littérature française*
Daniel Halévy	*Pays parisiens*
Knut Hamsun	*Au pays des contes*
Pierre Herbart	*Histoires confidentielles*
Henry James	*Les journaux*
Pascal Jardin	*La guerre à neuf ans, suivi de Guerre après guerre*
Marcel Jouhandeau	*Élise architecte*

Marcel Jouhandeau	*Les Argonautes*
Ernst Jünger	*le contemplateur solitaire*
Ernst Jünger	*Rivarol et autres essais*
Franz Kafka	*Journal*
Paul Klee	*Journal*
Jean de La Varende	*Le Centaure de Dieu*
Armand Lanoux	*Maupassant, le Bel-Ami*
Jacques Laurent	*Croire à Noël*
Paul Léautaud	*Bestiaire*
G. Lenotre	*La Révolution par ceux qui l'ont vue*
G. Lenotre	*Napoléon - Croquis de l'épopée*
G. Lenotre	*Sous le bonnet rouge*
G. Lenotre	*Versailles au temps des rois*
Suzanne Lilar	*Le couple*
Vladimir Maïakovski	*Théâtre*
Norman Mailer	*Les armées de la nuit*
Antonine Maillet	*Les Cordes-de-Bois*
Antonine Maillet	*Pélagie-la-Charrette*
Curzio Malaparte	*Technique du coup d'État*
Luigi Malerba	*Le serpent cannibale*
Luigi Malerba	*Saut de la mort*
Eduardo Mallea	*La barque de glace*
Clara Malraux	*« Et pourtant j'étais libre... »*
Clara Malraux	*Nos vingt ans*
Heinrich Mann	*Le sujet !*
Klaus Mann	*Le volcan*
Klaus Mann	*Mephisto*
Thomas Mann	*Les maîtres*
Thomas Mann	*Mario et le magicien*
Claude Mauriac	*André Breton*
François Mauriac	*La robe prétexte*
François Mauriac	*Le mystère Frontenac*
François Mauriac	*Les chemins de la mer*
François Mauriac	*Thérèse Desqueyroux*
Jean Mauriac	*Mort du général de Gaulle*
André Maurois	*Ariel ou la vie de Shelley*
André Maurois	*Choses nues*
André Maurois	*Don Juan ou la vie de Byron*
André Maurois	*Le cercle de famille*
André Maurois	*Les silences du Colonel Bramble*
André Maurois	*René ou la vie de Chateaubriand*
André Maurois	*Tourguéniev*
André Maurois	*Voltaire, suivi de Aspects de la biographie*
Frédéric Mistral	*Mirèio-Mireille*
Thyde Monnier	*La rue courte*

Paul Morand	*Air indien*
Paul Morand	*Champions du monde*
Paul Morand	*Rien que la terre*
Alvaro Mutis	*Ilona vient avec la pluie*
Alvaro Mutis	*La dernière escale du tramp steamer*
Alvaro Mutis	*La neige de l'Amiral*
Sten Nadolny	*La découverte de la lenteur*
Irène Némirovsky	*L'Affaire Courilof*
Gérard de Nerval	*Poèmes d'Outre-Rhin*
René de Obaldia	*Innocentines*
Edouard Peisson	*Hans le marin*
Edouard Peisson	*Le pilote*
Edouard Peisson	*Le sel de la mer*
Sandro Penna	*Poésies*
Sandro Penna	*Un peu de fièvre*
Joseph Peyré	*Matterhorn*
Joseph Peyré	*Sang et Lumières*
André Pieyre de Mandiargues	*Deuxième Belvédère*
André Pieyre de Mandiargues	*Le Belvédère*
Raoul Ponchon	*La muse au cabaret*
Henry Poulaille	*Pain de soldat*
John Cowper Powys	*Camp retranché*
Bernard Privat	*Au pied du mur*
Annie Proulx	*Nœuds et dénouement*
Raymond Radiguet	*Le diable au corps, suivi du Bal du comte d'Orgel*
Charles-Ferdinand Ramuz	*Jean-Luc persécuté*
Charles-Ferdinand Ramuz	*Joie dans le ciel*
Charles-Ferdinand Ramuz	*La grande peur dans la montagne*
Charles-Ferdinand Ramuz	*Le garçon savoyard*
Paul Reboux et Charles Muller	*A la manière de...*
André de Richaud	*La fontaine des lunatiques*
Christine de Rivoyre	*Boy*
Marthe Robert	*L'Ancien et le Nouveau*
Christiane Rochefort	*Archaos*
Christiane Rochefort	*Printemps au parking*
Auguste Rodin	*L'art*
Henry Roth	*L'or de la terre promise*
Jean-Marie Rouart	*Ils ont choisi la nuit*
Mark Rutherford	*L'autobiographie de Mark Rutherford*
Vita Sackville-West	*Au temps du roi Edouard*
Sainte-Beuve	*Mes chers amis...*
Claire Sainte-Soline	*Le dimanche des Rameaux*
Peter Schneider	*Le sauteur de mur*
Leonardo Sciascia	*Du côté des infidèles*
Leonardo Sciascia	*L'Affaire Moro*

Leonardo Sciascia	*Pirandello et la Sicile*
Jorge Semprun	*Quel beau dimanche*
Victor Serge	*Les derniers temps*
Friedrich Sieburg	*Dieu est-il Français?*
Ignazio Silone	*Fontamara*
Ignazio Silone	*Le secret de Luc*
Osvaldo Soriano	*Jamais plus de peine ni d'oubli*
Osvaldo Soriano	*Je ne vous dis pas adieu...*
Osvaldo Soriano	*Quartiers d'hiver*
Roger Stéphane	*Chaque homme est lié au monde*
Roger Stéphane	*Portrait de l'aventurier*
André Suarès	*Vues sur l'Europe*
Pierre Teilhard de Chardin	*Écrits du temps de la guerre (1916-1919)*
Pierre Teilhard de Chardin	*Genèse d'une pensée*
Pierre Teilhard de Chardin	*Lettres de voyage*
Paul Theroux	*La Chine à petite vapeur*
Paul Theroux	*Voyage excentrique et ferroviaire autour du Royaume-Uni*
Roger Vailland	*Bon pied bon œil*
Roger Vailland	*Les mauvais coups*
Roger Vailland	*Un jeune homme seul*
Vincent Van Gogh	*Lettres à son frère Théo*
Vincent Van Gogh	*Lettres à Van Rappard*
Vercors	*Sylva*
Paul Verlaine	*Choix de poésies*
Frédéric Vitoux	*Bébert, le chat de Louis-Ferdinand Céline*
Ambroise Vollard	*En écoutant Cézanne, Degas, Renoir*
Kurt Vonnegut	*Galápagos*
Jakob Wassermann	*Gaspard Hauser*
Kenneth White	*Terre de diamant*
Walt Whitman	*Feuilles d'herbe t.1*
Walt Whitman	*Feuilles d'herbe t.2*
Jean-Didier Wolfromm	*Diane Lanster*
Jean-Didier Wolfromm	*La leçon inaugurale*
Emile Zola	*Germinal*
Zola, Maupassant, Huysmans, Céard, Hennique, Alexis	*Les soirées de Médan*
Stefan Zweig	*Érasme*
Stefan Zweig	*Fouché*
Stefan Zweig	*Magellan*
Stefan Zweig	*Marie Stuart*
Stefan Zweig	*Marie-Antoinette*
Stefan Zweig	*Souvenirs et rencontres*
Stefan Zweig	*Un caprice de Bonaparte*

Cet ouvrage a été imprimé par

FIRMIN DIDOT

GROUPE CPI

Mesnil-sur-l'Estrée

pour le compte des Éditions Grasset
en avril 2006

Imprimé en France

Première édition, dépôt légal : février 2005
Nouveau tirage, dépôt légal : avril 2006
N° d'édition : 14298 – N° d'impression : 79037
ISBN : 2-246-01243-0
ISSN : 0756-7170